IDENTITÉS CROISÉES

ÉGALEMENT CHEZ POCKET

NE LE DIS À PERSONNE…
(GRAND PRIX DES LECTRICES DE *ELLE*)
DISPARU À JAMAIS
UNE CHANCE DE TROP
JUSTE UN REGARD
INNOCENT
DANS LES BOIS
SANS UN MOT
SANS UN ADIEU
FAUTE DE PREUVES
REMÈDE MORTEL
NE T'ÉLOIGNE PAS
SIX ANS DÉJÀ
TU ME MANQUES
INTIMIDATION
DOUBLE PIÈGE
PAR ACCIDENT
NE T'ENFUIS PLUS
DANS LES BOIS
L'INCONNU DE LA FORÊT
GAGNER N'EST PAS JOUER
IDENTITÉS CROISÉES

Les enquêtes de Myron Bolitar

RUPTURE DE CONTRAT
BALLE DE MATCH
FAUX REBOND
DU SANG SUR LE GREEN
TEMPS MORT
PROMETS-MOI
MAUVAISE BASE
PEUR NOIRE
SANS LAISSER D'ADRESSE
SOUS HAUTE TENSION
SANS DÉFENSE

Les enquêtes de Mickey Bolitar

À DÉCOUVERT
À QUELQUES SECONDES PRÈS
À TOUTE ÉPREUVE

Harlan Coben présente

INSOMNIES EN NOIR

Harlan Coben

Né en 1962, Harlan Coben vit dans le New Jersey avec sa femme et leurs quatre enfants. Diplômé en sciences politiques du Amherst College, il a rencontré un succès immédiat dès ses premiers romans, tant auprès de la critique que du public. Il est le premier écrivain à avoir reçu le Edgar Award, le Shamus Award et le Anthony Award, les trois prix majeurs de la littérature à suspense aux États-Unis. Il est notamment l'auteur de *Ne le dis à personne...* (Belfond, 2002), qui a remporté le Grand Prix des lectrices de *ELLE* et a été adapté avec succès au cinéma par Guillaume Canet. Il poursuit l'écriture avec plus d'une vingtaine d'ouvrages, dont *Ne t'éloigne pas* (2013), *Six ans déjà* (2014), *Tu me manques* (2015), *Double piège* (2017), *Par accident* (2018), *Ne t'enfuis plus* (2019), *L'Inconnu de la forêt* (2020), *Gagner n'est pas jouer* (2021), *Identités croisées* (2022) et *Sur tes traces* (2023), publiés chez Belfond. Ses livres, parus en 40 langues, occupent la tête des listes de best-sellers dans le monde entier.

Ses ouvrages *Une chance de trop* (2005) et *Juste un regard* (2006) ont fait l'objet d'une adaptation sur TF1 en 2015 et en 2017. En 2018, l'auteur a signé un contrat avec Netflix qui prévoit l'adaptation de 14 de ses romans. Les séries *The Stranger*, adaptation du thriller *Intimidation*, et *The Woods*, tiré du titre *Dans les bois*, sont mises en ligne sur la plate-forme en 2020. Les adaptations d'*Innocent* et de *Disparu à jamais* sont disponibles depuis 2021. Celles de *Ne t'éloigne pas* et *Sans un mot* sont sorties en 2022 et celle d'*À découvert* (sous le titre *Shelter*), en 2023, sur Amazon.

Tous les titres de l'auteur sont repris chez Pocket.

Retrouvez toute l'actualité de l'auteur sur :
www.harlan-coben.fr

Composition et mise en pages
Nord Compo à Villeneuve-d'Ascq

Pour plus d'information :
#lisez! engagé
www.lisez.com
Imprimé sur du papier issu de forêts gérées durablement.

Imprimé en France par MAURY IMPRIMEUR
en septembre 2023
N° d'impression : 272483

POCKET – 92, avenue de France, 75013 Paris

S33326/01

HARLAN COBEN

IDENTITÉS CROISÉES

Traduit de l'anglais (États-Unis)
par Roxane Azimi

belfond

Titre original :
THE MATCH
publié par Grand Central Publishing,
une division de Hachette Book Group, Inc., New York

Ce livre est une œuvre de fiction. Les noms, les personnages, les lieux et les événements sont le fruit de l'imagination de l'auteur ou utilisés fictivement. Toute ressemblance avec des personnes réelles, vivantes ou mortes, des événements ou des lieux serait pure coïncidence.

ISBN : 978-2-266-33326-9
Dépôt légal : octobre 2023

À la mémoire de Penny Hubbard

1966-2021

1

Quelque part entre quarante et quarante-deux ans – Wilde ignorait son âge exact –, il trouva enfin son père.

Wilde n'avait jamais connu son père. Ni sa mère. Ni aucun autre membre de sa famille. Il ne savait ni leurs noms, ni son lieu de naissance, ni comment, tout petit, il s'était retrouvé à vivre seul dans la forêt des monts Ramapo, livré à lui-même. À présent, trente et quelques années après son « sauvetage » – « ABANDONNÉ ET SAUVAGE ! » titrait un journal ; « UN MOWGLI DES TEMPS MODERNES ! » clamait un autre –, une vingtaine de mètres séparaient Wilde d'un parent biologique et de la solution du mystère de ses origines.

Son père, avait-il appris récemment, s'appelait Daniel Carter. Il avait soixante et un ans et était marié à une femme prénommée Sofia. Ils avaient trois grandes filles – les demi-sœurs de Wilde, donc –, Cheri, Alena et Rosa. Carter habitait une villa dans Sundew Avenue à Henderson, Nevada. Il était entrepreneur et possédait sa propre boîte, DC Dream Construction.

Trente-cinq ans plus tôt, quand le jeune Wilde avait été découvert vivant seul dans la forêt, les médecins avaient estimé son âge entre cinq et sept ans. Il ne gardait aucun souvenir d'un proche, de quiconque qui ait pu prendre soin de lui, ni d'une vie autre que d'errance dans la nature. L'enfant avait survécu en s'introduisant dans des cabanons, des résidences d'été, et en pillant frigos et garde-manger. Parfois, il dormait dans les maisons vides ou sous une tente volée dans un garage ; la plupart du temps, quand la météo le permettait, le jeune Wilde préférait dormir à la belle étoile.

C'était encore le cas aujourd'hui.

Une fois localisé et « secouru » pour être rendu à la civilisation, le garçon fut placé dans une famille d'accueil par les services d'aide à l'enfance. Compte tenu du tapage médiatique, on avait cru que quelqu'un viendrait réclamer le « petit Tarzan ». Mais les jours passèrent. Puis les semaines. Les mois. Les années.

Trente et quelques années.

Personne ne s'était manifesté.

Il y avait eu des rumeurs, bien sûr. Certains pensaient que Wilde était né dans une tribu mystérieuse qui se cachait dans les montagnes, qu'il s'était enfui parce qu'on s'était mal occupé de lui, et que, du coup, les gens de la tribu n'osaient pas admettre qu'il était l'un des leurs. D'autres estimaient que la mémoire de l'enfant lui faisait défaut, qu'il n'aurait pu survivre tout seul dans la forêt inhospitalière, qu'il était trop bien éduqué et intelligent pour avoir grandi sans parents. Il lui était arrivé quelque chose de terrible, un trauma tel que son cerveau avait bloqué tout souvenir de l'événement.

C'était faux, Wilde le savait, mais qu'importe.

Ses seules réminiscences lui venaient sous forme de rêves et de flashs : une rampe d'escalier rouge, une maison obscure, le portrait d'un homme moustachu et, en fond sonore, les hurlements d'une femme.

Wilde – c'était son père adoptif qui lui avait donné ce nom – était devenu une sorte de légende urbaine. Il était le croque-mitaine local qui vivait seul dans la montagne. Si les parents de la région de Mahwah voulaient que leur progéniture rentre au coucher du soleil – et n'aille pas traîner dans les fourrés –, ils rappelaient à leurs gosses qu'à la nuit tombée, l'Homme des Bois sortait de sa cachette… féroce et assoiffé de sang.

Trente-cinq années étaient passées, et personne, pas même Wilde, n'avait la moindre idée de ses origines.

Jusqu'à aujourd'hui.

Depuis sa voiture de location garée en face de chez Daniel Carter, Wilde le regarda ouvrir sa porte et se diriger vers son pick-up. Il zooma sur le visage de son père avec l'appareil photo de son iPhone et prit quelques clichés. Il savait que Daniel Carter travaillait actuellement sur le projet d'un nouveau lotissement : douze logements avec trois chambres, deux salles de bains et, d'après leur site Internet, une cuisine aux éléments « couleur ardoise ». Dans la rubrique « Qui sommes-nous ? », il était écrit : « Depuis vingt-quatre ans, DC Dream Construction a conçu, construit et vendu des logements haut de gamme adaptés à vos besoins et à vos attentes. »

Wilde envoya trois photos à Hester Crimstein, avocate de renom et qu'il considérait quasiment comme une figure maternelle. Il voulait son avis sur la ressemblance possible entre lui et l'homme censé être son père biologique.

Cinq secondes plus tard, Hester le rappelait.

— Alors ? dit Wilde.

— Waouh.

— Waouh, genre il me ressemble ?

— Un peu plus, Wilde, et j'aurais dit que tu utilises une application qui vieillit les visages.

— Vous pensez donc…

— C'est ton père, Wilde.

Il garda le téléphone collé à son oreille.

— Ça va ? demanda Hester.

— Très bien.

— Tu le surveilles depuis combien de temps ?

— Quatre jours.

— Et que comptes-tu faire ?

Wilde réfléchit puis répondit :

— Je pourrais en rester là.

— Sûrement pas.

Il ne dit rien.

— Wilde ?

— Quoi ?

— Tu fais le canard.

— Le canard ?

— C'est mon petit-fils qui m'a appris cette expression. Ça veut dire le lâche.

— Oui, j'ai compris.

— Va lui parler. Demande-lui pourquoi il a laissé un enfant seul dans la forêt. Ah, et rappelle-moi tout de suite après parce que je meurs de curiosité.

Hester raccrocha.

Daniel Carter avait les cheveux blancs, la peau tannée, les avant-bras musclés, sans doute à force de travail manuel. Sa famille semblait soudée. En cet instant même, sa femme Sofia souriait en lui faisant un signe de la main tandis qu'il montait dans son pick-up.

Le dimanche précédent, Daniel et Sofia avaient réuni tout leur petit monde autour d'un barbecue. Leurs filles Cheri et Alena étaient là avec maris et enfants. Daniel officiait, affublé d'une toque de chef et d'un tablier avec l'inscription « Mari idéal ». Sofia avait servi la sangria et une salade de pommes de terre. À la tombée du jour, Daniel avait allumé un feu : ils avaient fait griller des marshmallows et joué à des jeux de société, comme dans un tableau de Norman Rockwell. Wilde s'attendait à ressentir un pincement au cœur en songeant à tout ce qu'il avait raté, mais à dire vrai, il n'éprouvait pas grand-chose.

Cette vie-là n'était pas meilleure que la sienne. Elle était juste différente.

Au fond, il avait très envie de retourner à l'aéroport pour rentrer chez lui. Ces six derniers mois, il avait mené une existence quasi normale, paisible, au Costa Rica avec une mère et sa fille, mais là, il était temps de regagner sa lointaine Écocapsule au cœur des monts Ramapo. C'était sa maison, le lieu où il se sentait le plus chez lui.

Seul. Dans la forêt.

Hester Crimstein et le reste du monde « mouraient » peut-être de curiosité, pressés de connaître les origines de « l'Homme des Bois », mais l'intéressé lui-même s'en fichait. Il avait toujours considéré que ses parents étaient morts ou bien l'avaient abandonné. À quoi bon savoir qui ils étaient ou quelles étaient leurs motivations ? Cela ne changerait rien, en tout cas pas dans le bon sens.

Wilde allait bien, merci. Il n'y avait aucune raison de chambouler inutilement son existence.

Daniel Carter démarra, descendit Sundew Avenue et tourna à gauche dans Sandhill Sage Street. Wilde se mit à le suivre. Quelques mois plus tôt, il s'était laissé tenter et, à contrecœur, avait déposé son ADN sur un de ces sites de généalogie qui avaient poussé comme des champignons. Cela n'engageait à rien. S'il tombait sur un « match », une concordance, il pouvait toujours le zapper. C'était un premier pas, sans aucune obligation de quoi que ce soit.

Lorsqu'il reçut les résultats, il n'y avait là rien de transcendant. Le match le plus proche était un dénommé P.B., décrit comme un cousin au second degré. Pas de quoi en faire un fromage. P.B. essaya de le contacter. Wilde allait lui répondre, mais le sort en avait décidé autrement. À sa propre surprise, il avait quitté la forêt qu'il considérait comme son véritable foyer pour un semblant de vie familiale au Costa Rica.

Sauf que ça n'avait pas marché comme prévu.

Deux semaines plus tôt, alors qu'il faisait ses valises pour rentrer aux États-Unis, le site de généalogie lui avait envoyé un mail intitulé « MISE À JOUR IMPORTANTE ! ». Ils l'avaient matché avec « un parent partageant plus d'ADN que n'importe quel autre membre de votre lignée familiale ». Le compte était au nom de D.C. À la fin du mail, un lien le pressait d'en « SAVOIR DAVANTAGE ! ». Au mépris du bon sens, il avait cliqué dessus.

D.C. était, d'après l'âge, le sexe et le pourcentage d'ADN en commun, le père de Wilde.

Wilde avait regardé fixement l'écran.

Et maintenant ? La porte ouvrant sur son passé se trouvait juste devant lui. Il n'y avait qu'à tourner la poignée. Cependant, il hésitait. Ce site insensé, intrusif fonctionnait dans les deux sens, non ? Si Wilde avait reçu la notification lui signalant la présence de son père, ce dernier avait dû être averti que son fils y était également.

Pourquoi D.C. ne l'avait-il pas contacté ?

Il laissa passer deux jours. Il faillit même effacer son profil généalogique. Il n'en sortirait rien de bon. Il le savait. Des années durant, il s'était livré à toutes les spéculations possibles et imaginables pour tenter d'expliquer comment un petit garçon s'était retrouvé seul dans la forêt pendant tout ce temps, voué (pour être honnête) à une mort certaine.

Lorsqu'il avait appelé Hester pour lui parler de ce « match » paternel et de sa répugnance à poursuivre sa quête, elle avait rétorqué :

— Tu veux mon avis ?

— Évidemment.

— Tu es un idiot.

— Ça m'aide beaucoup.

— Écoute-moi bien, Wilde.

— OK.

— Je suis beaucoup plus vieille que toi.

— C'est vrai.

— Tais-toi. Écoute-moi.

Il se frotta les yeux.

— Continuez.

— La vérité la plus laide vaut mieux que le plus beau des mensonges.

Wilde fronça les sourcils.

— Vous avez trouvé ça dans un *fortune cookie* ?

— Ne fais pas le malin. Tu ne peux pas rebrousser chemin. Il faut que tu saches la vérité.

Hester avait raison, bien sûr. Il n'avait pas envie de tourner la poignée, mais il ne pouvait pas non plus passer le reste de sa vie à contempler la porte. Il renouvela son inscription sur le site ADN et rédigea un message à l'intention de D.C. Un message simple et concis :

Je pourrais être votre fils. Peut-on se parler ?

À peine le message envoyé, il reçut une réponse automatique. Apparemment, D.C. ne figurait plus dans leur base de données. C'était à la fois bizarre et louche – son père avait choisi de supprimer son compte –, mais cela renforça Wilde dans sa détermination à obtenir des réponses. Plus question de tourner la poignée… Le moment était venu d'enfoncer cette fichue porte. Il rappela Hester. Si le nom de Hester vous semble familier, c'est parce qu'elle est une icône des médias, animatrice de l'émission *Le Crime selon Crimstein*. Elle donna quelques coups de fil, fit jouer ses relations. De son côté, Wilde utilisa les sources remontant à son nébuleux passé dans la « sécurité ». Ils mirent dix jours à obtenir un nom :

Daniel Carter, soixante et un ans, Henderson, Nevada.

Quatre jours plus tôt, Wilde avait pris l'avion à Liberia, Costa Rica, pour se rendre à Las Vegas dans le Nevada. Et le voici donc au volant d'une Nissan

Altima bleue, filant le train au Dodge Ram de Daniel Carter en direction de son chantier. Assez tergiversé. Lorsque Daniel Carter s'arrêta à l'entrée du lotissement, Wilde se gara dans la rue et descendit de voiture. Le vacarme du chantier était assourdissant. Wilde allait traverser quand il vit deux ouvriers accoster Daniel Carter. Le premier lui tendit un casque. Le second, une sorte de cache-oreilles. Carter mit les deux et les précéda sur le site. Leurs bottes de sécurité soulevaient la poussière du désert, qui les rendait presque invisibles. Wilde attendit. Un panneau accroché à des madriers annonçait en caractères tarabiscotés que la résidence « Les Charmilles » – pouvait-on imaginer un nom plus banal ? – se composait de « luxueuses maisons de ville » à partir de 299 000 dollars. Sur le bandeau rouge qui barrait l'affiche en diagonale, on pouvait lire : « BIENTÔT ICI ! »

Daniel Carter était peut-être le patron, mais visiblement il n'avait pas peur de mettre les mains dans le cambouis. Wilde le vit donner l'exemple à ses ouvriers. Il fixa une poutre, enfila des lunettes de protection pour se servir d'une perceuse. Il inspecta les travaux, hochant la tête lorsqu'il était content, pointant les défauts lorsqu'il ne l'était pas. Les ouvriers le respectaient. Cela se voyait. Ou alors était-ce une projection de sa part ? Difficile à dire.

Deux fois, Daniel Carter se trouva seul, mais au moment où Wilde allait l'aborder, quelqu'un d'autre le devançait. Le chantier était une ruche effervescente et bruyante. Or Wilde détestait le bruit. Il décida de patienter et d'approcher son père à son retour à la maison.

À cinq heures, les ouvriers commencèrent à se disperser. Daniel Carter fut l'un des derniers à partir. Il fit un signe de la main pour dire au revoir et grimpa dans son pick-up. Wilde le suivit jusqu'à son domicile dans Sundew Avenue.

Au moment où Daniel Carter coupa le moteur et sortit de son véhicule, Wilde se gara en face de chez lui. Carter l'aperçut et s'arrêta. La porte de la villa s'ouvrit. Sa Sofia l'accueillit d'un sourire quasi angélique.

Wilde se glissa hors de la voiture.

— Monsieur Carter ?

Son père restait à côté de la portière ouverte, presque comme s'il hésitait à remonter dans son pick-up pour repartir. Méfiant, il dévisagea l'intrus. Ne sachant que dire, Wilde opta pour la simplicité :

— Puis-je vous dire deux mots ?

Daniel Carter jeta un coup d'œil en direction de sa femme. Quelque chose passa entre eux, le langage muet d'un couple uni depuis plus de trente ans. Sofia rentra et referma la porte.

— Qui êtes-vous ? demanda Carter.

— Je m'appelle Wilde.

Il se rapprocha pour ne pas avoir à crier.

— Je crois que vous êtes mon père.

2

Daniel Carter ne dit pas grand-chose.

Il écouta en silence Wilde lui expliquer son passé, le site Internet, la conclusion qu'il en avait tirée, à savoir qu'ils étaient vraisemblablement père et fils. Son expression restait neutre ; de temps à autre, il hochait la tête, se tordait les mains peut-être, blêmissait légèrement. Son stoïcisme impressionna Wilde, lui rappelant, curieusement, le sien.

Ils étaient toujours devant chez lui. Du coin de l'œil, Carter surveillait sa maison. Il finit par lâcher :

— Allons faire un tour.

Ils montèrent dans le pick-up sans dire un mot ; ni l'un ni l'autre n'éprouvait le besoin de parler. Ses paroles avaient sans doute provoqué un choc chez Carter et il recourait à la voiture comme un boxeur au compte debout. Ou pas. Difficile de lire dans les pensées des autres. Il était peut-être sidéré. Ou alors c'était une ruse.

Dix minutes plus tard, ils s'installaient au Mustang Sally, un restaurant style années 1960 situé dans l'enceinte d'une concession Ford. Les banquettes en skaï rouge se la jouaient nostalgique, mais quand on vient du New Jersey, le factice ne tient pas la route.

— C'est de l'argent que vous voulez ? demanda Carter.

— Non.

— C'est ce que je pensais.

Il poussa un long soupir.

— Pour commencer, je pourrais mettre votre parole en doute.

— Vous pourriez, dit Wilde.

— On pourrait faire un test de paternité.

— On pourrait.

— Mais je ne vois pas l'intérêt. Il y a une ressemblance entre nous.

Wilde ne dit rien.

Carter passa la main dans sa tignasse blanche.

— C'est trop bizarre, cette histoire. J'ai trois filles. Vous le saviez, ça ?

Wilde acquiesça.

— Une véritable bénédiction, mes filles.

Wilde secoua la tête.

— Laissez-moi deux minutes pour reprendre mes esprits, d'accord ?

— D'accord.

— Vous devez avoir un million de questions. Moi aussi, d'ailleurs.

Une jeune serveuse s'approcha de leur table.

— Hello, monsieur Carter.

Daniel Carter la gratifia d'un sourire chaleureux.

— Hello, Nancy.

— Comment va Rosa ?

— Elle est en pleine forme.

— Vous lui passerez le bonjour.

— Compte sur moi.

— Qu'est-ce que je vous sers ?

Daniel Carter choisit un club-sandwich avec des frites. Il interrogea du regard Wilde, qui fit la même commande. Nancy demanda s'ils désiraient quelque chose à boire. Les deux hommes firent signe que non à l'unisson. La serveuse ramassa les cartes et repartit.

— Nancy Urban était en classe avec ma petite dernière, dit Carter lorsqu'elle fut hors de portée de voix. C'est une gentille fille.

— Mmm.

— Elles ont joué dans la même équipe de volley.

— Mmm.

Carter se pencha légèrement.

— J'ai du mal à comprendre.

— Là-dessus, on est deux, répliqua Wilde.

— Je n'arrive pas à croire ce que vous me dites. Vous êtes vraiment le petit garçon qu'on a retrouvé dans la forêt il y a tant d'années ?

— Oui, c'est bien moi.

— Je me souviens des articles dans la presse. On vous a surnommé le « petit Tarzan », non ? Vous avez été repéré par des randonneurs.

— C'est ça.

— Dans les Appalaches ?

Wilde hocha la tête.

— Les monts Ramapo.

— C'est où, ça ?

— New Jersey.

— Sérieux ? Les Appalaches touchent le New Jersey ?

— Absolument.

— Ça alors.

Carter haussa les épaules.

— Je ne suis jamais allé dans le New Jersey.

Et voilà. Son père biologique n'avait jamais mis les pieds dans l'État que Wilde avait toujours considéré comme son foyer. Que fallait-il en déduire ?

— On n'imagine pas qu'il y a des montagnes dans le New Jersey, dit Carter, cherchant à se raccrocher aux branches. On pense plutôt surpopulation, pollution, Springsteen et les Soprano.

— C'est un État complexe, dit Wilde.

— Tout comme le Nevada. Vous n'avez pas idée de tous les changements auxquels j'ai assisté.

— Depuis combien de temps vivez-vous dans le Nevada ? s'enquit Wilde, histoire de le ramener en douceur au sujet qui les intéressait.

— Je suis né pas loin d'ici, dans un patelin qui s'appelle Searchlight. Ça vous dit quelque chose ?

— Non.

— C'est à quarante minutes plus au sud.

Il pointa le doigt en guise d'explication, puis regarda son doigt, secoua la tête et posa sa main à plat sur la table.

— Je radote, pardon.

— Pas de problème, répondit Wilde.

— C'est que… Un fils.

Son regard s'était embué.

— J'ai du mal à me rentrer ça dans la tête.

Wilde se taisait.

— Laissez-moi vous dire une chose, puisque vous devez sûrement vous poser la question.

Il baissa la voix.

— Je ne savais rien de vous. Je ne savais pas que j'avais un fils.

— Quand vous dites que vous ne saviez pas…

— Mais alors pas du tout. Jusqu'à aujourd'hui. C'est un choc total pour moi.

Un frisson glacé parcourut Wilde. Toute sa vie, il avait attendu des réponses comme celle-ci. Il avait occulté ses interrogations, prétendu que cela n'avait pas d'importance, et quelque part c'était vrai, mais cela n'empêchait pas la curiosité. À un moment, il avait décidé qu'il ne se laisserait pas définir par l'inconnaissable. Livré à une mort certaine dans la forêt, il avait réussi à survivre. Il y avait là de quoi façonner quelqu'un, forger sa personnalité et ses choix de vie.

— Comme je vous l'ai dit, j'ai trois filles. Découvrir maintenant, après toutes ces années, que j'ai eu un fils avant même leur naissance…

Il secoua la tête, cligna des yeux.

— Nom d'un chien, il faut que je m'y fasse. Laissez-moi souffler.

— Prenez votre temps.

— On vous appelle donc Wilde ?

— Oui.

— Qui vous a donné ce nom-là ?

— Mon père adoptif.

— Il a bien choisi.

Puis :

— Il a été gentil avec vous ? Votre père adoptif ?

Wilde n'avait pas envie d'être celui qu'on questionne.

— Oui, se contenta-t-il de répondre.

Sans aller plus loin.

Carter portait toujours sa chemise de travail, recouverte d'une fine couche de poussière. Il sortit un stylo et des lunettes de lecture de sa poche de poitrine.

— Redites-moi quand on vous a trouvé.

— Avril 1986.

Carter le griffonna sur le set en papier.

— Et quel âge on vous a donné ?

— Entre cinq et sept ans.

Il le nota aussi.

— Donc, à un an près, vous seriez né autour de 1980.

— C'est ça.

L'œil sur ses notes, Daniel Carter hocha la tête.

— J'en déduis, Wilde, que vous avez été conçu quelque part durant l'été 1980 et que vous êtes venu au monde neuf mois plus tard, mettons entre mars et mai 1981.

Une légère vibration l'interrompit. Carter prit son téléphone portable et regarda l'écran en plissant les yeux.

— Sofia, dit-il tout haut. Ma femme. Il vaut mieux que je réponde.

Non sans mal, Wilde lui fit signe de décrocher.

— Bonjour, chérie… Oui, je suis au Mustang Sally.

Tout en écoutant, il laissa glisser son regard sur Wilde.

— Un fournisseur. Pour une offre de tuyaux en PVC. Oui, je t'en parlerai plus tard.

Nouvelle pause, avant qu'il n'ajoute un très sincère :

— Je t'aime.

Il raccrocha, posa le téléphone sur la table et le contempla longuement.

— Cette femme, c'est ce qui m'est arrivé de mieux dans la vie.

Et, sans quitter le téléphone des yeux :

— Cela a dû être dur pour vous, Wilde. Ne rien connaître de votre passé. Je suis désolé.

Wilde ne dit rien.

— Je peux vous faire confiance ?

Sans lui laisser le temps de répondre, Carter balaya sa propre question d'un geste de la main.

— C'est stupide de ma part. Insultant même. Je n'ai aucun droit de vous demander quoi que ce soit. On est un homme de parole ou on ne l'est pas. Vouloir s'en assurer ne sert à rien. Les pires menteurs que j'aie rencontrés sont les plus forts pour faire des promesses en vous regardant droit dans les yeux.

Carter joignit les mains sur la table.

— J'imagine que vous êtes là pour obtenir des réponses.

Craignant que sa voix ne le trahisse, Wilde hocha la tête.

— Je vous dirai ce que je peux. Il faut juste que je réfléchisse par où commencer. Le mieux serait…

Il regarda en l'air, cilla, se jeta à l'eau.

— Sofia et moi, on est sortis ensemble en terminale. On est vite tombés amoureux. En même temps, on n'était que des gamins. Vous savez ce que c'est. Bref, Sofia est beaucoup plus intelligente que moi. Après le lycée, elle est partie étudier à l'université. Dans un autre État. Dans l'Utah. C'était la première de sa famille à faire de longues études. Moi, je me suis enrôlé dans l'armée de l'air. Vous avez fait votre service militaire ?

— Oui.

— Quelle branche ?

— Armée de terre.

— Vous avez pris part à des opérations ?

C'était un sujet que Wilde préférait éviter.

— Oui.

— Pas moi. Question âge, j'ai eu de la chance. Après le Viêtnam et jusqu'à ce que Reagan bombarde la Libye en 1986, on a eu l'impression qu'il n'y aurait plus jamais de guerres. Je sais, ça paraît bizarre aujourd'hui, mais c'est la vérité. C'est le contrecoup psychologique du Viêtnam. Un stress post-traumatique à l'échelle nationale, ce qui n'était peut-être pas plus mal. J'étais principalement stationné à Nellis, à une demi-heure d'ici, mais j'effectuais aussi de brèves missions à l'étranger. Ramstein en Allemagne. Mildenhall au Royaume-Uni. Je ne volais pas, non. Je travaillais à l'équipement, à construire des bases essentiellement. C'est là que j'ai appris mon métier.

Nancy, la serveuse, l'interrompit :

— Les frites sont prêtes, alors je vous les apporte en premier. C'est meilleur quand c'est chaud.

Carter afficha un sourire charmeur.

— Quelle délicate attention ! Merci, Nancy.

Nancy Urban posa la grande corbeille de frites entre les deux hommes et une petite assiette devant chacun d'eux. Le ketchup était déjà sur la table, mais elle plaça la bouteille au centre, comme pour leur rappeler qu'elle était là. Après son départ, Carter prit une frite dans la corbeille.

— Sofia et moi, on s'est fiancés juste avant mon départ pour ma mission d'été à Ramstein. On était encore très jeunes, et j'avais peur de la perdre. Avec tous ces types cool qu'elle côtoyait au campus. Tous les couples qui s'étaient formés au lycée soit avaient rompu, soit s'étaient mariés en catastrophe parce que la fille était tombée enceinte. Enfin bref, j'ai acheté une bague de fiançailles dans une boutique de prêt sur gages, vous imaginez un peu.

Il plissa les yeux.

— Vous n'avez pas de problème d'alcool, Wilde ?

— Non.

— Ni de drogue ? Aucune sorte d'addiction ?

Wilde changea de position sur la banquette.

— Non.

Carter sourit.

— Tant mieux. J'ai eu un souci avec l'alcool, même si je n'y ai plus touché depuis vingt-huit ans. Mais ceci n'explique pas cela. En deux mots, j'ai passé un été de folie en Europe. Mon dernier été de célibataire. Du coup, bêtement, j'ai voulu profiter à fond de ma liberté, le genre d'argument débile que les hommes utilisent pour justifier leur conduite. C'était la seule fois où j'ai trompé Sofia, et encore maintenant, après tant d'années, il m'arrive quand je la regarde dormir de me sentir coupable. On appelait ça le coup d'un soir. Ça se dit toujours, non ?

Il leva les yeux sur Wilde comme dans l'attente d'une réponse.

— Je crois bien, dit Wilde, histoire de l'inciter à continuer.

— Bref. Vous êtes marié, Wilde ?

— Non.

— Pardon, ça ne me regarde pas.

— Pas de problème.

— En tout, j'ai couché avec huit filles durant cet été 1980. Eh oui, je me souviens du nombre exact. Lamentable, hein ? En dehors de Sofia, ce sont les seules femmes avec qui j'aie fait l'amour dans ma vie. Conclusion : votre mère est forcément l'une de ces huit-là.

Conçu lors d'une aventure d'un soir. Au fond, quelle importance ? Curieusement, c'était dans ce genre de situation que Wilde se sentait le plus à l'aise : les relations brèves ou, pour parler crûment, les plans cul. Il avait déjà essayé d'aller plus loin, mais ça n'avait pas marché.

— Ces huit femmes, dit-il.

— Oui ?

— Vous avez leurs noms ou leurs adresses ?

— Non.

Carter se frotta le menton, regarda en l'air.

— Je ne me souviens que des prénoms, désolé.

— Aucune n'a cherché à vous contacter ?

— Quoi, après ? Non. Je n'ai plus jamais eu de leurs nouvelles. N'oubliez pas, c'étaient les années 1980. Il n'y avait ni mails ni téléphones portables. Je ne connaissais pas leurs noms de famille ; elles ne connaissaient pas le mien. Il vous arrive d'écouter Bob Seger et le Silver Bullet Band ?

— Pas vraiment.

Carter sourit, nostalgique.

— Dommage. Mais vous avez sûrement entendu *Night Moves* ou *Turn the Page*. Dans *Night Moves*, Bob chante : « Je me suis servi d'elle, elle s'est servie de moi, ça ne comptait pas. » C'est ce qui s'est passé pour moi cet été-là.

— Elles étaient donc toutes des aventures d'un soir ?

— Oh, avec l'une, ça a duré un week-end. À Barcelone. Alors plutôt trois soirs, dirais-je.

— Et elles vous connaissaient seulement en tant que Daniel.

— Danny surtout, oui.

— Pas de noms. Pas d'adresses.

— C'est ça.

— Leur avez-vous dit que vous étiez militaire et où vous étiez basé ?

Carter réfléchit.

— C'est possible.

— Mais même si c'était le cas, poursuivit Wilde, Ramstein, c'est immense. Plus de cinquante mille Américains.

— Vous y avez été ?

Wilde hocha la tête. Il y avait passé trois semaines pour s'entraîner en vue d'une mission secrète en Irak.

— Donc si une jeune femme tombait enceinte et qu'elle se présentait à la base cherchant un Danny ou Daniel…

— Minute, interrompit Carter. Vous pensez que votre mère m'a recherché ?

— Je n'en sais rien. On est en 1980. Elle est enceinte. Peut-être. Ou peut-être pas. Peut-être qu'elle aussi a enchaîné les aventures d'un soir et qu'elle se moquait de savoir qui était le père.

— Vous avez raison.

La couleur déserta le visage de Carter.

— Même si elle avait voulu, jamais elle ne m'aurait retrouvé sur cette base. D'ailleurs, je n'y étais que pour huit semaines. J'étais peut-être déjà rentré au pays quand elle a su qu'elle était enceinte.

Nancy revint avec les sandwichs qu'elle posa devant chacun d'eux. Son regard dansa de l'un à l'autre. Elle avait dû sentir l'ambiance car elle s'empressa de tourner les talons.

— Huit femmes, reprit Wilde. Combien d'entre elles étaient américaines ?

— Qu'est-ce que ça change ? Oh, je vois. Vous avez été abandonné dans une forêt du New Jersey. Ce serait donc logique que votre mère soit américaine.

Wilde attendait.

— Une seule. J'ai surtout rencontré des filles en Espagne. Beaucoup d'Européens passaient leurs vacances d'été là-bas.

Wilde s'efforça de respirer calmement.

— Quel souvenir gardez-vous d'elle ?

Carter prit une frite et, la tenant entre le pouce et l'index, l'examina comme si elle allait lui fournir un indice.

— Je crois qu'elle s'appelait Susan.

— Susan, dit Wilde. Où avez-vous rencontré Susan ?

— Dans une discothèque à Fuengirola. C'est une ville sur la Costa del Sol. Je me souviens, quand je l'ai abordée, son accent m'a surpris car il y avait très peu d'Américains là-bas à l'époque.

— Vous êtes donc dans une discothèque, reprit Wilde. Réfléchissez. Avec qui étiez-vous ?

— Des gars de mon régiment, sûrement. Je ne me rappelle plus. Désolé. On allait de boîte en boîte.

— Susan vous a-t-elle dit d'où elle venait ?

Carter secoua la tête.

— En fait, je ne suis même pas certain qu'elle était américaine. Comme je l'ai dit, des jeunes Américaines, il y en avait très peu dans les années 1980. Mais comme elle avait l'accent américain, j'en ai conclu qu'elle était d'ici. Et puis, j'avais pas mal bu. Je me souviens d'avoir dansé avec elle. C'est comme ça qu'on faisait. On transpirait sur la piste de danse avant de partir ensemble.

— Où étiez-vous allés ?

— On s'était cotisés à plusieurs pour louer une chambre d'hôtel.

— Vous vous souvenez du nom de l'hôtel ?

— Non, mais c'était juste à côté de la boîte de nuit. Dans une grande tour. Ronde, je me rappelle.

— Ronde ?

— Oui. C'était une tour ronde. Facile à repérer. Notre chambre avait un balcon. Je ne sais pas pourquoi, mais ça m'est resté. En regardant les photos d'hôtels sur Internet, je pourrais sans doute reconnaître la tour. Si elle est toujours là.

Comme si ça changeait quelque chose, pensa Wilde. Comme s'il allait faire un saut en Espagne pour demander dans un hôtel si une jeune Américaine prénommée Susan n'avait pas passé une nuit chez eux durant l'été 1980.

— Vous rappelez-vous exactement quand c'est arrivé ?

— Vous voulez dire la date ?

— Oui, plus ou moins.

— Je crois que c'était l'une des dernières. La sixième ou la septième… Donc ce devait être au mois d'août. Mais ce n'est qu'une supposition.

— Elle aussi était descendue dans cette tour ronde ?

Carter esquissa une moue.

— Je ne sais pas. Ça m'étonnerait.

— Avec qui voyageait-elle ?

— Aucune idée.

— Quand vous l'avez accostée, y avait-il quelqu'un avec elle ?

Il secoua lentement la tête.

— Je regrette, Wilde. Je ne me souviens plus.

— Comment était-elle ?

— Cheveux châtains. Mignonne. Mais…

Il haussa les épaules et s'excusa de nouveau.

Ils évoquèrent les autres possibilités. Une Ingrid d'Amsterdam. Rachel ou Racquel de Manchester. Anna de Berlin. Une heure passa. Puis une autre. Ils finirent les sandwichs et les frites qui avaient eu le temps de refroidir. Le téléphone de Daniel Carter vibra à plusieurs reprises. Il l'ignora. Ils continuèrent à parler ou plutôt Carter parla car Wilde n'était pas du genre à se confier facilement.

Lorsque son portable se remit à vibrer, Carter fit signe à Nancy pour demander l'addition. Wilde proposa de la régler, mais Carter ne voulut rien entendre.

— Je dirais bien que c'est le moins que je puisse faire, sauf que ce serait indécent.

Ils remontèrent dans le pick-up pour retourner dans Sundew Avenue. Le silence entre les deux hommes était à couper au couteau. À travers le pare-brise, Wilde regarda le ciel nocturne. Il avait passé sa vie à contempler les étoiles, mais cette couleur du ciel juste après le crépuscule, cette teinte turquoise, on ne la trouvait que dans le Sud-Ouest américain.

— Vous logez où ? demanda Carter.

— Au Holiday Inn Express.

— C'est bien.

— Ouais.

— J'ai un service à vous demander, Wilde.

Il jeta un coup d'œil sur le profil de son père. Leur ressemblance ne faisait plus aucun doute. Carter fixait la route ; ses mains noueuses agrippaient le volant à dix heures dix.

— Je vous écoute, dit Wilde.

— J'ai une famille formidable. Une femme aimante, des filles adorables, des petits-enfants même.

Wilde ne dit rien.

— On est des gens simples. On travaille dur. On essaie de bien faire. J'ai monté ma boîte il y a un moment déjà. J'ai toujours été réglo. Je soigne mes clients. Deux fois par an, Sofia et moi partons en camping-car dans un parc naturel. Autrefois, les filles venaient avec nous, mais maintenant elles ont leur propre famille.

Carter mit le clignotant et tourna le volant en croisant les mains. Puis il regarda Wilde.

— Je n'ai pas envie de dynamiter leur vie. Vous pouvez comprendre ça, hein ?

— Je peux, acquiesça Wilde.

— Quand je suis rentré cet été-là, Sofia est venue me retrouver à la base aérienne. Elle m'a demandé ce que j'avais fait là-bas. Je lui ai menti, les yeux dans les yeux. D'accord, c'était il y a longtemps, mais si elle apprend que notre mariage a été bâti sur un mensonge…

— Je comprends, dit Wilde.

— C'est juste que… vous voulez bien me laisser un peu de temps ? Que je puisse réfléchir à tête reposée ?

— Réfléchir à quoi ?

— Si je leur en parle ou pas. Et comment leur en parler.

Wilde hésita. Lui non plus n'était pas emballé par cette perspective. Souhaitait-il avoir trois nouvelles sœurs ? Non. Avait-il envie ou besoin d'un père ? Non. C'était un solitaire. Il avait choisi de vivre retiré dans la forêt. Il ne s'attachait pas. Le seul être vis-à-vis duquel il se sentait responsable, c'était son filleul Matthew… pour l'unique raison que David, le père de Matthew, avait été son meilleur ami et qu'il était mort par la faute de Wilde. Il avait une dette envers ce garçon. Une dette illimitée.

Il y avait d'autres personnes dans sa vie. Aucun homme, pas même Wilde, n'était aussi isolé qu'une île.

Mais avait-il besoin de ça ?

Lorsqu'ils arrivèrent dans Sundew Avenue, il sentit son père se raidir. Sofia et leur fille Alena se tenaient sur le perron.

— Voici ce que je vous propose, commença Daniel Carter. On se voit demain au petit déjeuner. Huit heures au Holiday Inn Express. On discutera de tout ça et on verra ce qu'on décide.

Wilde hocha la tête. La voiture s'arrêta dans l'allée. Les deux hommes descendirent. Sofia se hâta à la rencontre de son mari. Il lui resservit son histoire de fournisseur de tuyaux en PVC, mais à voir sa tête, Wilde n'était pas certain qu'elle l'ait cru. Pendant tout ce temps, Sofia ne quitta pas Wilde des yeux.

Il choisit le moment opportun pour consulter ostensiblement sa montre et déclarer qu'il devait rentrer. Rapidement, il regagna sa voiture de location. Il n'eut pas besoin de se retourner pour sentir leurs regards sur lui. Il s'installa derrière le volant et appuya sur l'accélérateur. Sans un coup d'œil en arrière. Une fois à l'hôtel, Wilde fit sa valise. Il n'avait pas grand-chose. Il régla la note, prit la route de l'aéroport, déposa la voiture à l'agence de location.

Puis il embarqua sur le dernier vol à destination du New Jersey.

Assis près du hublot, il se repassa mentalement leur conversation. Il ne voulait pas dynamiter leur vie. Ni la sienne.

C'est fini, songea-t-il.

Mais il se trompait.

3

Chris Taylor, qu'on surnommait jadis « l'Inconnu », déclara :

— Suivant… Girafe.

Girafe se racla la gorge.

— Je ne voudrais pas dramatiser.

— Mais tu ne fais que ça.

C'était Panthère. Tout le monde s'esclaffa.

— Pas faux. Mais cette fois… Bref, ce type mérite une punition exemplaire.

— Un ouragan force cinq de punitions, renchérit Alpaca.

— Une peste noire de punitions, ajouta Chaton.

— Si quelqu'un mérite le pire de notre part, dit Panthère, c'est bien lui.

Se renversant en arrière, Chris Taylor regarda les visages sur son écran mural géant. De loin, on aurait dit une réunion Zoom surdimensionnée, mais en réalité, il s'agissait d'un programme sécurisé de visioconférences conçu par Chris lui-même. Ils étaient six à l'écran, trois en haut, trois en bas. Leurs vrais visages étaient masqués par des Animoji grandeur nature, représentant, vous l'avez deviné, une girafe, une panthère, un alpaca, un chaton, un ours polaire et le propre avatar de l'Inconnu en tant que chef du groupe, le lion. Chris, qui se terrait maintenant dans un luxueux loft de Franklin Street au-dessus du Tribeca Grill dans Manhattan, n'avait pas choisi d'être le lion. Il trouvait ça trop ostentatoire pour un chef, trop isolé, si vous préférez, du reste de la bande.

— Ne nous emballons pas, dit-il. Tu veux bien nous exposer son cas, Girafe ?

— Le formulaire a été rempli par une mère célibataire – ou devrais-je dire une ex-mère célibataire – nommée Francine Courter, commença Girafe.

Son Animoji rappelait à Chris le magasin de jouets de son enfance : Geoffrey la girafe avait été la mascotte de la chaîne ToysЯUs. Ce magasin, c'était la sortie réservée aux grandes occasions ; Chris se souvenait de son émerveillement chaque fois qu'il en franchissait le seuil. Un souvenir heureux, et il se demandait souvent si Girafe (il ou elle, personne ne connaissait le genre des membres du groupe) n'avait pas choisi cet Animoji pour la même raison.

— Le fils unique de Francine, Corey, a été tué lors d'une fusillade au lycée de Northbridge en avril dernier. Corey était en seconde. Il avait quinze ans. Passionné de théâtre et musicien de talent. Il assistait à une répétition pour le concert de printemps quand le tireur a fait irruption dans la salle et l'a abattu d'une balle dans la tête. Il y a eu douze morts et six blessés ce jour-là.

Girafe prit une inspiration.

— Lion ?

— Oui ?

— Dois-je entrer dans les détails à propos de cette fusillade ?

— Je ne crois pas, Girafe, répondit Chris/Lion. On se souvient tous de la couverture médiatique. À moins que quelqu'un n'ait une objection ?

Personne ne se manifesta.

— OK, je continue alors, dit Girafe.

Malgré le logiciel de changement de voix, Chris perçut un frémissement dans son intonation. Ils utilisaient tous une application de modification vocale, pour des raisons d'anonymat et de sécurité. L'Animoji ne leur cachait pas seulement le visage, il métamorphosait leur apparence.

— Après avoir enterré son fils unique, Francine a sombré dans une grave dépression, ce qui n'est pas difficile à comprendre. Sa manière de canaliser sa douleur a été de militer activement pour le contrôle des armes afin que d'autres parents ne connaissent pas la même épreuve.

— Girafe ?

C'était Ours polaire.

— Oui, Ours ?

— Je ne devrais peut-être pas soulever cette question, mais je suis pour le Deuxième Amendement. Si quelqu'un est en désaccord avec cette femme, même s'il s'agit d'une mère endeuillée…

Girafe le coupa sèchement :

— Il ne s'agit pas de ça.

— OK, je voudrais juste éviter le débat politique.

Chris prit la parole.

— On s'est tous mis d'accord. Notre mission est de punir la cruauté et la maltraitance. Ça n'a rien de politique.

— Il ne s'agit pas de politique, insista Girafe. Francine Courter fait l'objet d'attaques vraiment ignobles.

— Continue, lui dit Chris.

— Où en étais-je… Oui, elle embrasse la cause. Bien entendu, comme l'a dit Ours, les gens n'adhèrent pas à son point de vue. Elle s'y attendait. Mais les attaques verbales se sont vite transformées en une campagne de terreur ciblée contre elle. Francine a reçu des menaces de mort. Elle était harcelée en permanence sur Internet. Son domicile a été visité. Elle a dû partir vivre chez son frère. Mais rien ne l'a préparée au déchaînement qui a suivi.

— C'est-à-dire ?

— Un complotiste détraqué a posté une vidéo prétendant que la fusillade n'avait jamais eu lieu.

— Sérieux ? dit Chaton.

— Comme si les caméras de surveillance qui ont filmé le carnage n'étaient pas une preuve suffisante pour ces psychopathes, ajouta Panthère.

— Un *fake*, dit Girafe. C'est ce qu'il clamait dans sa vidéo. Une mise en scène orchestrée par les partisans du contrôle des armes qui veulent vous désarmer. Francine Courter était une « actrice » payée par « l'État profond » – allez savoir ce que ça signifie –, mais le plus effarant, c'est quand il a affirmé que son fils Corey n'avait jamais existé.

— Mon Dieu ! Comment peut-on… ?

— La plupart du temps, c'est de l'invention pure. Là, il a manipulé le récit jusqu'à le rendre peu crédible. Par exemple, il a déniché une autre Francine Courter qui vit au Canada et qui n'a pas d'enfants : il a enregistré une conversation téléphonique avec elle dans laquelle

elle déclare n'avoir jamais eu de fils prénommé Corey et encore moins victime d'une fusillade. Donc, c'est un coup monté.

— Je ne supporte pas ces gens-là, dit Alpaca.

— C'est déjà horrible de perdre un enfant…

Chaton avait un accent anglais, ou alors c'était son logiciel de distorsion vocale.

— … mais être tourmentée par ces fous furieux !

— Qui est assez stupide pour croire ces âneries ? demanda Ours polaire.

— Tu n'as pas idée, répondit Girafe. Ou peut-être que si.

— Qu'y a-t-il d'autre dans cette vidéo complotiste ? demanda Chris.

— Rien de très rationnel. Il pose des questions absurdes, du genre : « Pourquoi certaines images filmées par les caméras de surveillance sont en noir et blanc, alors que d'autres sont en couleurs ? » Comme si ça prouvait que tout cela était un *hoax*. Ensuite, il retouche des photos ou s'en sert pour fabriquer des preuves. Par exemple – là, c'est franchement dégoûtant –, un bot qui poste la photo de quelqu'un qui ressemble de loin à Corey dans un match des Mets qui a eu lieu *après* la fusillade. Avec la légende : « Voici l'acteur qui a joué Corey Courter dans la fusillade du lycée de Northbridge à un match de base-ball la semaine dernière ! » Et les commentaires vont bon train : « Ça prouve bien que c'était une mise en scène, il m'a l'air en pleine forme, c'est un *fake*, vous êtes des moutons, arrêtez de croire ce que vous racontent les médias de masse, informez-vous, Francine Courter est une traîtresse », et ainsi de suite.

— Si révoltant que ça puisse paraître, dit Ours polaire, il semblerait qu'il y ait trop de personnes impliquées pour qu'on puisse intervenir efficacement.

— C'est ce que je craignais, répliqua Girafe, jusqu'à ce que je tombe sur la seconde vidéo.

— La seconde vidéo ?

— La première vidéo postée sur YouTube provenait d'un compte appelé Bitter Truth, Amère Vérité. Elle a fini par être supprimée, mais comme toujours dans ces cas-là, c'était déjà trop tard. Elle comptabilisait plus de trois millions de vues. Elle a été copiée et diffusée… bref, vous connaissez la chanson. Mais une seconde vidéo a été publiée sous le nom de Truth de Bitter, Vérité d'Amère.

— Tu parles d'un nom de plume, dit Chris.

— C'est clair. Il voulait qu'on sache que c'était le même homme.

— C'est donc un homme ? questionna Panthère.

— Oui.

Ce n'était une surprise pour personne. Certes, il y a des femmes parmi les trolls. Mais elles n'agissent pas de la même façon. Ce n'est pas du sexisme. C'est un simple constat.

— Sa seconde vidéo…

Girafe se tut, incapable de poursuivre.

Il y eut un silence.

Panthère parla le premier.

— Ça va, Girafe ? demanda-t-il avec douceur.

— Prends ton temps, dit Chris.

— Oui, donnez-moi une seconde. C'était trop dur à regarder. Le lien est dans mon compte rendu, mais en gros, ce type va au cimetière. Sur la tombe de Corey, un ado de quinze ans. Il est habillé en noir style ninja, avec une cagoule, pour ne pas qu'on le reconnaisse. Il a apporté un appareil, genre détecteur de métaux qu'on utilise sur les plages. D'ailleurs, c'en est probablement un. Il affirme que c'est un « DC »… un détecteur de cadavres. Il en fait une démonstration sur les autres tombes : quand il le dirige vers le sol, l'appareil réagit. On entend une sorte de grésillement. C'est comme ça qu'on sait, clame-t-il, qu'il y a véritablement un corps enterré sous la pierre tombale. Puis il passe son engin au-dessus de la tombe de Corey. Et devinez ce qui se passe ?

— Oh, mon Dieu, souffla Alpaca.

— Exactement. D'après lui, l'appareil indique qu'il n'y a pas de corps sous la dalle.

— Et les gens gobent ça ?

— Si ça colle avec leur récit, dit Chris, les gens peuvent gober n'importe quoi. Nous sommes bien placés pour le savoir.

— Malheureusement, ce n'est pas fini.

Girafe laissa échapper un profond soupir.

— À la fin de la vidéo, l'individu urine sur la tombe de Corey.

Nouveau silence.

— Après quoi, il poste cette vidéo sur tous les sites associés à Francine Courter.

Le silence se prolongea.

Chris le rompit le premier.

— Et son nom ? dit-il entre ses dents.

— Kenton Frauling. J'ai mis du temps, mais j'ai remonté la piste d'une bonne dizaine de bots jusqu'au même compte, Bitter Truth ou Truth de Bitter.

— Comment l'as-tu retrouvé ?

— J'ai envoyé un mail, en me faisant passer pour un journaliste qui croyait à son histoire. Il a cliqué sur le lien et, enfin, vous connaissez la suite…

— Donc, Frauling est non seulement l'auteur de ces vidéos nauséabondes…

— … mais de la plupart des commentaires aussi. Il conversait avec lui-même. Attaquait en nombre. Il a également fait appel à une société de bots étrangère pour renforcer le tir de barrage contre Francine. En plus des innombrables posts sur Twitter, Facebook et autres, il appelle sur le téléphone de Francine à n'importe quelle heure. Il envoie des lettres à son domicile avec des photos explicites de Corey ; il a même posé des flyers sur sa voiture.

— Et que fait-il dans la vie, ce Frauling ?

— À trente-six ans, il est directeur commercial dans une grosse compagnie d'assurances. Un salaire à six chiffres.

Chris sentit ses poings se serrer. Il n'était pas choqué d'apprendre que Kenton Frauling avait une vie en dehors de ses activités de troll. Les gens s'imaginent que la grande majorité des personnages malveillants qui se livrent au harcèlement en ligne sont des losers sans emploi tapant furieusement sur leur ordinateur depuis le sous-sol de chez leur maman, or très souvent, ce sont des individus cultivés, qui travaillent et sont financièrement à l'aise. Ce qui les rassemble, c'est un sentiment d'offense imaginaire, une rancœur, l'impression injustifiée d'être une victime.

— Frauling a deux enfants. Il vient de se séparer de sa femme. Voilà en gros le dossier. Je vous ai transféré le fichier avec les vidéos et les posts.

— De la part des autres membres de Boomerang, dit Chris, j'aimerais remercier Girafe pour l'énorme travail qu'il a fourni sur cette affaire.

Il y eut des murmures d'assentiment.

— Passons au vote, poursuivit Chris. Tout le monde est d'accord pour entreprendre une action contre Kenton Frauling ?

Tous votèrent pour. C'était le sixième et dernier dossier présenté aux Boomerang aujourd'hui. Selon le règlement, si deux membres votaient contre, le troll n'était pas inquiété. Sur les six cas du jour, cinq avaient été validés. Le seul à avoir été retoqué concernait un beau gosse, star de la téléréalité, harcelé sur le Net. C'est Panthère qui avait soulevé la question, mais comme le bellâtre était une victime relativement antipathique, ils avaient préféré consacrer leur énergie aux affaires qui en valaient la peine.

La devise des Boomerang était simple : le karma est comme un boomerang, on récolte ce que l'on sème. Le groupe choisissait soigneusement ses cibles à l'issue d'un minutieux examen de contrôle. Du temps de ses activités dans la peau de l'Inconnu, Chris avait appris à ses dépens qu'on ne peut rendre justice que quand on est à 100 % sûr – sans l'ombre d'un doute – que l'autre l'a mérité. Par mesure de sécurité, il allait étudier maintenant le dossier complet de Girafe pour s'assurer que tous les points de détail correspondaient à sa description. Mais a priori, il ne devrait pas y avoir de problème. De tous les six, Girafe était le plus méticuleux.

— OK, reprit Chris, parlons riposte. Girafe, pour quel niveau d'ouragan optes-tu ?

Girafe n'hésita pas.

— S'il y a bien un monstre qui mérite la catégorie cinq…

— Je suis pour, coupa Panthère. La catégorie cinq.

Les autres acquiescèrent avec empressement.

Les Boomerang avaient rarement recours à la catégorie cinq. La plupart des trolls entraient dans la deuxième ou la troisième catégorie : leur châtiment consistait alors à saborder leur cote de solvabilité, à vider leur compte en banque, voire à les faire chanter, le but étant de leur donner une leçon, mais sans les détruire.

La catégorie cinq, en revanche, était cataclysmique. Il s'agissait moins de nuire que d'anéantir purement et simplement.

Dieu était peut-être miséricordieux, mais pas les Boomerang. Pas avec quelqu'un comme Kenton Frauling.

4

Quatre mois plus tard

Hester Crimstein, la brillante avocate dont la réputation n'était plus à faire, regarda son adversaire, le procureur Paul Hickory, ajuster sa cravate avant de se lancer dans le réquisitoire final.

— Mesdames et messieurs les jurés, ce n'est pas seulement l'affaire de meurtre la plus claire et la plus carrée que j'aie eue à traiter… c'est l'affaire de meurtre la plus claire et la plus carrée que le parquet ait jamais connue.

Hester se retint de lever les yeux au ciel. Ce n'était pas encore le moment.

Qu'il en profite donc.

Hickory brandit la télécommande d'un geste théâtral, la pointa vers le téléviseur et appuya sur le bouton « ON ». Il aurait pu afficher l'image plus tôt, mais Paul Hickory avait le sens du spectacle. Hester prit un air blasé. Comme ça, si un membre du jury jetait un coup d'œil dans sa direction, il pourrait constater son manque total d'intérêt.

Son client, Richard Levine, était assis à côté d'elle. Elle avait longuement discuté avec lui de la façon dont il devait se comporter, de sa posture, de la manière de réagir (ou plutôt de ne pas réagir) face au jury. Présentement, son client, qui allait finir ses jours derrière les barreaux si jamais Hickory gagnait la partie, gardait les mains sagement jointes sur la table, le regard fixé droit devant lui.

Brave garçon.

À l'écran, une douzaine de personnes étaient massées devant le fameux Arc de triomphe de Washington Square Park. Paul Hickory pressa avec ostentation le bouton « Play ». Hester ralentit sa respiration.

Ne laisse rien paraître.

Paul Hickory avait déjà montré cette vidéo. Plusieurs fois même. Mais il avait eu le bon sens de ne pas en faire trop, ne pas insister jusqu'à l'écœurement, au risque de banaliser la violence des faits qui se déroulaient sous leurs yeux.

Il voulait néanmoins provoquer un choc. Une réaction viscérale.

Dans la vidéo, Richard Levine, le client de Hester, portait un costume bleu sans âge et des mocassins noirs. Il s'approcha d'un dénommé Lars Corbett, leva sa main avec un pistolet et, sans la moindre hésitation, lui tira deux balles dans la tête.

Ça criait dans tous les coins.

Lars Corbett s'effondra, mort avant d'avoir touché terre.

Paul Hickory appuya sur « Pause » et écarta les bras.

— Est-il besoin d'en dire davantage ?

Il laissa sa question rhétorique résonner dans le prétoire tout en déambulant le long du banc des jurés pour tenter de capter leurs regards.

— Ceci, mesdames et messieurs, est une exécution. Un assassinat commis de sang-froid dans les rues de notre ville… Au cœur d'un de nos parcs préférés. Voilà ce que c'est. Personne ne conteste les faits. Voici notre victime, Lars Corbett.

Il pointa le doigt sur l'homme qui gisait dans une flaque de sang.

— Et voici l'accusé, Richard Levine, qui s'est servi d'un Glock 19 dont l'examen balistique a confirmé que c'était bien l'arme du crime. Une arme que Levine a achetée quinze jours plus tôt chez un armurier de Paramus, New Jersey. Nous avons convoqué quatorze témoins qui ont tous identifié M. Levine comme étant l'auteur des coups de feu. Nous avons présenté deux autres vidéos provenant de deux sources indépendantes qui montrent la même scène filmée sous un angle différent.

Hickory secoua la tête.

— Voyons, que vous faut-il de plus ?

Il poussa un soupir, peut-être un brin mélodramatique au goût de Hester. Paul Hickory était jeune, entre trente et trente-cinq ans. Hester avait connu son père à l'école de droit, un personnage flamboyant prénommé Flair (oui, Flair Hickory était son vrai nom), qui aujourd'hui était un de ses principaux rivaux. Paul était doué et il irait loin – tel père, tel fils –, mais il lui restait encore du chemin à faire.

— Personne, y compris maître Crimstein et l'accusé lui-même, n'a démenti ces faits capitaux. Personne n'est venu dire que là…

Il désigna la vidéo en pause.

— … ce n'est pas Richard Levine. Personne n'est venu fournir un alibi à M. Levine ni prétendre de quelque manière que ce soit qu'il n'a pas sauvagement assassiné M. Corbett.

Il s'interrompit, se rapprocha du banc des jurés.

— Rien. D'autre. N'a d'importance.

Il l'énonça tel quel, en trois phrases distinctes. Hester ne put résister à la tentation. Elle croisa le regard d'une jurée – une certaine Marti Vandevoort dont Hester avait flairé la fragilité – et leva quasi imperceptiblement les yeux au ciel.

Comme s'il savait ce qu'elle avait en tête, Paul Hickory se tourna vers elle.

— Bien sûr, maître Crimstein fera son possible pour brouiller ce récit très simple. Mais s'il vous plaît, nous sommes tous trop intelligents pour nous laisser berner par ses manigances. Les preuves sont écrasantes. Je ne saurais imaginer une affaire plus transparente. Richard Levine a acheté une arme. Il l'a emportée illégalement pour se rendre le 18 mars à Washington Square. Nous savons d'après les témoignages et le rapport de l'expert en informatique que M. Levine était maladivement obsédé par M. Corbett. Il a tout planifié. Il a suivi M. Corbett pour l'exécuter en pleine rue. C'est la définition même d'un meurtre avec préméditation, mesdames et messieurs. Or – ai-je besoin de le préciser ? –, on n'a pas le droit de tuer. C'est contraire à la loi. Mettez l'assassin en prison. Il y va de votre devoir de citoyens. Je vous remercie.

Paul Hickory se laissa tomber sur son siège.

Le juge, un vieil ami de Hester du nom de David Greiner, s'éclaircit la voix et regarda dans sa direction.

— Maître Crimstein ?

— Une petite seconde, Votre Honneur.

Hester s'éventa avec sa main.

— Le souffle me manque après un réquisitoire aussi alambiqué et en même temps à côté de la plaque.

Paul Hickory bondit de sa chaise.

— Objection, Votre Honneur...

— Maître Crimstein, l'admonesta mollement le juge.

Hester balaya ses excuses d'un geste de la main et se leva.

— La raison pour laquelle je trouve M. Hickory alambiqué et en même temps à côté de la plaque est...

Elle s'interrompit.

— Pour commencer, permettez-moi de vous saluer tous.

Cela faisait partie de sa méthode d'approche. Éveiller leur curiosité, puis les laisser mariner un peu.

— La mission du jury est une tâche grave et importante, et du côté de la défense, nous vous remercions d'être là, de participer, de faire preuve de diligence et d'ouverture d'esprit à l'égard d'un homme qui dans cette affaire endosse clairement le rôle d'un bouc émissaire. Dieu sait que je n'en suis pas à mon premier procès...

Hester sourit, surveillant du coin de l'œil ceux qui allaient lui sourire en retour : il y en eut trois, dont Marti Vandevoort.

— ... mais je crois n'avoir jamais vu un jury capable de statuer sur un cas avec autant de sérieux et de discernement.

C'était du pipeau, bien sûr. Tous les jurés se ressemblaient. Ils s'ennuyaient au même moment, retenaient leur souffle au même moment. Sa spécialiste en la matière, Samantha Reiter, assise trois rangées derrière elle, pensait que ce jury-là était particulièrement malléable, mais la ligne de défense de Hester était aussi particulièrement abracadabrante. Les preuves, comme l'avait souligné Paul Hickory, étaient en effet accablantes. Elle entrait dans la course loin, très loin derrière l'accusation. Elle en était consciente.

— Où en étais-je, déjà ?

Ça, c'était pour rappeler au passage qu'elle n'était plus toute jeune. Elle ne rechignait pas à l'occasion à jouer les tatas ou les mamies gâteau. Vive, impartiale, stricte, un peu distraite, attachante. La plupart des jurés connaissaient Hester par le biais de son émission *Le Crime selon Crimstein*. Le parquet s'escrimait à recruter des gens qui n'avaient jamais entendu parler d'elle. Mais même si un juré affirmait ne pas regarder l'émission – personne ne la regardait régulièrement –, ils l'avaient presque tous vue intervenir à la télévision à un moment ou à un autre. Un candidat qui disait ne pas la connaître mentait le plus souvent, ce qui arrangeait plutôt Hester ; cela signifiait qu'il voulait faire partie de son jury et qu'il serait probablement de son côté. Avec le temps, le parquet avait percé à jour la combine, et ils cessèrent de poser la question.

— Ah oui, c'est vrai. J'ai qualifié le réquisitoire de M. Hickory d'à la fois alambiqué et à côté de la plaque. Et vous voulez sans doute savoir pourquoi.

Sa voix était douce. Elle commençait toujours ses plaidoiries de la sorte, pour obliger les jurés à se pencher en avant. Et pour permettre à sa voix de prendre de l'ampleur au fil de la narration.

— M. Hickory a répété en boucle ce que nous savions déjà, n'est-ce pas ? En termes de preuves, j'entends. Nous ne contestons pas le fait que l'arme appartenait à mon client, ni le reste d'ailleurs… Alors pourquoi nous faire perdre notre temps avec ça ?

Elle haussa les épaules d'un air éloquent, mais sans attendre la réaction de Hickory.

— Dans l'ensemble, les assertions de M. Hickory… Je ne dirais pas qu'elles sont mensongères car ce serait malpoli. Toutefois, le parquet est une institution politique, et comme le pire des hommes politiques – ce n'est pas ce qui nous manque, hein ? –, M. Hickory a réécrit l'histoire pour vous en livrer une version tronquée et distordue. Mon Dieu que ça m'horripile, pas vous ? Ça m'horripile en politique. Ça m'horripile dans les médias. Et sur les réseaux sociaux. Moi, je ne suis pas sur les réseaux sociaux, mais mon petit-fils Matthew me montre quelquefois ce qui s'y passe, et je vous assure, on se croirait chez les fous. Surtout n'y allez pas.

Il y eut quelques rires brefs.

Tout cela faisait partie du spectacle. Personne n'aime les hommes politiques ni les médias, pas plus que les avocats ; Hester n'en apparaissait donc que plus proche, plus abordable. C'est toutefois une contradiction intéressante. Demandez à quelqu'un ce qu'il pense des avocats en général, il en dira rarement du bien. Demandez-lui ce qu'il pense de *son* avocat, et il l'encensera.

— Comme vous le savez déjà, le discours de M. Hickory ne tient pas la route. Contrairement à ce qu'il lui plaît d'imaginer, dans la vie rien n'est tout blanc ou tout noir. Nous sommes tous d'accord là-dessus, n'est-ce pas ? Cela fait partie de la condition humaine. Nous croyons tous que nous sommes complexes et uniques, que les autres ne peuvent pas lire dans nos pensées, mais que nous pouvons lire dans les leurs. Y a-t-il des choses toutes noires et des choses toutes blanches dans le monde ? Certainement. Nous y reviendrons dans un moment. Mais la vie se décline essentiellement dans les tons gris.

Sans se tourner vers l'écran, Hester appuya sur la télécommande et une image apparut sur le téléviseur fourni par la défense. Celui-ci était volontairement plus gros que celui de l'accusation : soixante-douze pouces contre cinquante pour celui de Hickory. Le message subliminal adressé au jury disait qu'elle n'avait rien à cacher.

— Pour des raisons qui lui appartiennent, M. Hickory a choisi de ne pas vous montrer ceci.

Naturellement, les yeux des jurés se tournèrent vers l'écran derrière elle. Hester ne bougea pas. Elle voulait leur faire comprendre qu'elle savait de quoi il retournait ; au lieu de cela, elle observa leurs visages.

— Je déteste enfoncer des portes ouvertes, mais ceci est la vue d'une main en gros plan. Plus précisément, la main droite de M. Corbett.

L'image était floue. C'était en partie dû à la technologie – le plan était très rapproché –, et en partie délibéré. S'il avait été dans son intérêt de jouer sur la luminosité ou les pixels, Hester l'aurait fait. Un procès, ce sont deux récits concurrents. Cet agrandissement lui était nécessaire, et tant pis pour la qualité.

— Vous voyez ce qu'il serre dans sa main ?

Quelques-uns des jurés plissèrent les yeux.

— Ce n'est pas très net, je sais, poursuivit Hester. Mais on voit que c'est noir. C'est du métal. Regardez bien.

Elle pressa la touche « Play ». La main se leva. Dans la mesure où c'était un gros plan, le mouvement sembla rapide. Une fois de plus, c'était intentionnel. S'approchant de la table avec les pièces à conviction, Hester prit un petit pistolet.

— Ceci est un pistolet de poche, un Remington RM380. Il est noir. Il est en métal. Savez-vous pourquoi on achète une arme de cette taille ?

Elle marqua une pause, comme si les jurés allaient lui répondre.

— Eh bien, c'est évident, non ? Comme son nom l'indique, c'est une arme de poche. Qu'on peut porter sur soi. Qu'on peut dissimuler pour s'en servir. Et que savons-nous d'autre ? Que Lars Corbett possédait au moins un pistolet de cette marque et du même modèle.

Hester pointa le doigt sur l'image granuleuse.

— Ne serait-ce pas un pistolet dans la main de Lars Corbett ?

Elle marqua une nouvelle pause, plus brève cette fois.

— Alors voilà, on a déjà un doute. Ce qui suffit en soi pour classer l'affaire. Je pourrais me rasseoir sans dire un mot de plus, et bien entendu, vous voterez la relaxe. Mais on ne va pas en rester là. Car il y a autre chose.

Hester désigna négligemment la table de la défense.

— Nous avons entendu le témoignage selon lequel le Remington de Lars Corbett avait été « trouvé »…

Elle esquissa des guillemets sarcastiques dans l'air.

— … dans son sous-sol, mais en réalité ? En sommes-nous certains ? Lars Corbett possédait tout un arsenal. Vous l'avez vu durant le procès. Il avait un faible pour toutes sortes d'armes de destruction : gros fusils d'assaut, mitraillettes, revolvers et Dieu sait quoi d'autre. Tenez, je vais vous montrer.

Elle cliqua sur l'écran. L'accusation avait tenté d'écarter du dossier cette photo issue de la page Facebook de Corbett. Peu importait, avait argué Paul Hickory vaillamment, l'apparence physique de la victime ou sa décoration intérieure. Au moment d'interroger les témoins, Hickory avait demandé au juge Greiner :

— Si c'était une affaire de viol, maître Crimstein montrerait-elle au jury la photo d'une jeune femme en tenue aguichante ? Je croyais qu'on avait dépassé ce stade.

Mais Hester avait objecté que ce fait avait valeur de preuve : un homme qui exhibait publiquement sa vaste collection d'armes risquait de s'en servir. Du moins, cela expliquait l'« état d'esprit » de Richard Levine, à savoir qu'il se sentait en danger.

Il y avait une autre raison, plus importante, pour laquelle elle avait tenu à montrer cette photo.

— Croyez-vous que cet homme…

Elle désigna Corbett.

— … achetait ses armes en toute légalité ? Ne pourrait-on pas envisager qu'il ait eu plusieurs armes de poche en sa possession et que ce que nous voyons dans sa main…

Elle agrandit encore la masse noire dans la main de Corbett.

— … c'en est une ?

L'attention du jury lui était maintenant acquise.

Hester ne voulait pas qu'ils regardent la masse noire trop longtemps. Elle revint donc à la photo de Corbett avec son fusil d'assaut. Lentement, elle retourna à sa table pour leur laisser le loisir d'examiner la photo. Lars Corbett avait les cheveux en brosse et un sourire suffisant. Mais l'essentiel se trouvait à l'arrière-plan.

Derrière Corbett, il y avait un drapeau rouge avec une croix gammée.

Le drapeau nazi.

Hester n'en parla pas tout de suite. Elle s'efforça de s'exprimer posément, d'une voix neutre, détachée, raisonnable.

— M. Hickory affirme, sans preuve à l'appui, que ce n'est pas une arme dans la main de Lars Corbett, mais un iPhone.

À dire vrai, Paul Hickory avait des preuves solides que c'était bien un iPhone. Il avait pulvérisé l'hypothèse de l'arme d'entrée de jeu. Il avait produit d'autres photos de la main, des vidéos et des témoins oculaires pour confirmer que c'était un iPhone et que Lars Corbett le levait pour filmer l'altercation. Et tout le monde avait pu voir que, après les coups de feu, son téléphone était tombé sur le trottoir.

Hester ne s'attarda donc pas là-dessus, mais orienta sa plaidoirie dans une direction différente.

— Après tout, M. Hickory a peut-être raison, concéda-t-elle d'un ton conciliant. C'est peut-être un iPhone. Mais je n'en suis pas si sûre. Et vous non plus.

Songez à l'image de cette main que je vous ai montrée. Imaginez maintenant que tout se passe en une fraction de seconde. Votre cœur bat la chamade. Vous craignez pour votre vie. Vous êtes face à cet homme…

Elle désigna la photo de Lars Corbett ricanant devant le drapeau nazi.

— … qui a décidé de vous tuer, vous et votre famille.

Elle pivota vers le jury.

— Mettriez-vous votre vie en jeu sous prétexte que c'est peut-être un iPhone ? Moi non plus.

Lentement, elle décrivit un cercle pour se placer derrière son client. D'un geste chaleureux, maternel, elle posa les mains sur les épaules de Richard Levine.

— Laissez-moi vous présenter mon ami Richard, dit-elle avec un sourire empreint de bonté.

Elle baissa les yeux sur lui.

— Richard est un grand-père de soixante-trois ans. Il n'a pas de casier judiciaire. Il n'a jamais été arrêté auparavant. Pas une fois. Il n'a jamais été verbalisé pour conduite en état d'ivresse. De toute sa vie, il n'a eu qu'une seule amende pour excès de vitesse. C'est tout. Je n'aime pas ce terme, mais là, il s'impose : c'est un citoyen modèle. Il est père de trois enfants : deux fils, Ruben et Max, et une fille, Julie. Il a deux petites-filles, les jumelles Laura et Debra. Rebecca, sa femme, est morte l'année dernière après s'être longuement battue contre un cancer du sein. M. Levine a pris un congé prolongé pour s'occuper de son épouse mourante. Il travaillait depuis vingt-huit ans au siège d'une chaîne de magasins bien connue, où il dirigeait le service comptabilité. Richard a été élu à trois reprises au conseil municipal de sa ville, Livingston, dans le New Jersey. Il est pompier bénévole et consacre du temps et de l'argent à des causes humanitaires. C'est, mesdames et messieurs, quelqu'un de bien. Personne n'est venu dire le contraire. Tout le monde aime Richard Levine.

Hester sourit de nouveau, tapota les épaules de Levine d'un geste rassurant et revint vers la photo de Corbett.

— L'ex-femme de Corbett, Delilah, a divorcé pour cause de maltraitance. Il la battait tout le temps. Elle a dû être hospitalisée trois fois en un an. Dieu merci, Delilah a obtenu la garde de leur fille de trois ans et une ordonnance de restriction à son encontre. Lars Corbett compte un grand nombre d'interpellations et d'inculpations pour agressions, troubles à l'ordre public et – nous insistons là-dessus – détention illégale d'armes de poing. Regardez cette photo, mesdames et messieurs. Que voyez-vous ? Ne mâchons pas nos mots. Vous voyez une ordure.

Le visage empourpré, Paul Hickory allait se lever, mais Hester l'arrêta d'un geste.

— Peut-être pas vous, monsieur Hickory, je ne sais pas. Peu importe. Richard Levine n'a probablement pas vu une ordure non plus. Il a vu quelque chose de bien pire. Le grand-père de Richard était un survivant de l'Holocauste. Les Américains l'ont récupéré à Auschwitz. À moitié mort de faim. Un cadavre ambulant. Mais ils sont arrivés trop tard pour sauver les siens. Sa mère, son père, même sa petite sœur sont tous morts à Auschwitz. Assassinés. Gazés. Prenez un moment pour y réfléchir.

Hester se rapprocha de l'écran.

— Imaginez maintenant qu'un homme fait irruption chez vous et tue toute votre famille. Tous jusqu'au dernier. Il annonce clairement son intention, puis la met à exécution. Il tue tous ceux qui vous sont chers et promet de revenir pour en finir avec vous. Son but ultime est de vous anéantir. Quelques années passent. Vous avez fondé une nouvelle famille. Or l'homme revient. Il monte l'escalier. Et dans la main, il tient quelque chose qui ressemble à un pistolet.

Hester attendit qu'un silence absolu règne dans la salle avant d'ajouter :

— Laisseriez-vous à ce monstre le bénéfice du doute ?

Elle prit un ton tranchant, accusateur :

— M. Hickory ne cesse de répéter que ce n'est pas de la légitime défense, que Lars Corbett ne l'a pas menacé physiquement. Est-ce une plaisanterie ? M. Hickory est-il malhonnête ou bien stupide ? Lars Corbett dirigeait un groupe de miliciens nazis. Son message de haine était suivi et relayé par des milliers de followers sur les réseaux sociaux. Leur objectif était clair. Tuer. Massacrer. Exterminer un certain nombre de gens, dont mon ami Richard. Qui serait assez naïf pour se voiler la face ? Ce jour-là, Lars Corbett était sorti pour rallier ses troupes et aller assassiner des gens bien comme Richard, ses trois enfants et ses deux petites-filles.

Sa voix enfla, frémissante.

— Voyons, M. Hickory vous dira que Lars Corbett avait le « droit »…

De nouveau des guillemets dans l'air.

— … de parler de vous jeter dans une chambre à gaz et d'exterminer toute votre famille, tout comme ses ancêtres nazis l'avaient fait avec ceux de mon client. Mais mettez-vous dans la peau de Richard et demandez-vous… Que feriez-vous ? Attendriez-vous tranquillement chez vous que les nazis se réveillent pour commettre un nouveau génocide ? Attendriez-vous qu'on vous pousse dans la chambre à gaz sans avoir pu vous défendre ? Nous savons quel était le but poursuivi par Corbett. Lui et sa racaille ne s'en cachaient pas. Du coup, vous, citoyen responsable, être humain doué d'empathie, père aimant et papi gâteau menant une vie exemplaire, vous vous rendez à Washington Square Park pour entendre le discours de haine de ces assassins. Bien sûr, vous avez peur. Bien sûr, votre cœur cogne dans votre poitrine. Quand soudain cet individu, ce triste sire qui a juré votre mort, cet homme qui se vante de posséder tout un arsenal, lève la main, une main qui tient un objet noir et métallique, et…

La voix de Hester se brisa dans un demi-sanglot. Ses yeux s'emplirent de larmes. Baissant la tête, elle ferma les paupières.

— Évidemment que c'est de la légitime défense.

Elle laissa une larme couler le long de sa joue.

— C'est le cas le plus typique de légitime défense qu'on puisse imaginer. Non seulement il est enraciné dans le présent, mais ses racines ont traversé sept décennies et un océan. La légitime défense est dans l'ADN de M. Levine. Elle est dans votre ADN, et dans le mien aussi. Ça…

Elle pointa de nouveau le doigt sur Lars Corbett devant le drapeau à la croix gammée.

— Cet *homme*…

Elle cracha le mot.

— … veut vous tuer, vous et vos proches. Il tient un objet noir dans sa main. Il le lève, et tout ce passé monstrueux – les camps de concentration, les chambres à gaz, toute cette horreur, ce carnage que Corbett voudrait ressusciter – ressurgit de la tombe pour s'abattre sur vous et ceux que vous aimez.

Hester revint se poster derrière son client et, une fois de plus, posa les mains sur ses épaules.

— La question n'est pas de savoir pourquoi Richard a sorti son arme.

Elle ferma les yeux, laissant s'échapper une larme de plus, puis les rouvrit et dévisagea les jurés.

— La question est : qui parmi vous aurait agi différemment ?

Pendant que le juge donnait les dernières consignes, Hester repéra son petit-fils Matthew debout contre le mur du fond. Son cœur manqua un battement. La présence de Matthew au prétoire ne présageait rien de bon. La dernière fois qu'il avait débarqué par surprise sur son lieu de travail, une de ses camarades de classe avait disparu et il était venu solliciter son aide.

Pourquoi était-il là cette fois ?

Matthew était en première année de fac à l'université du Michigan. Mais s'il se trouvait dans les parages, c'était que l'année scolaire était terminée. Ils étaient au mois de mai. Était-ce le début des vacances d'été ? Hester n'en savait rien. Elle ne savait pas non plus que Matthew était rentré, et cela la perturbait. Ni Matthew ni sa mère Laila ne l'avaient prévenue de son retour. Laila était la belle-fille de Hester. Ou était-ce plus correct de dire « ex-belle-fille » ?

Comment appelle-t-on la veuve de votre plus jeune fils ?

— Levez-vous.

Hester et Richard Levine s'exécutèrent tandis que le jury se retirait pour délibérer. Richard Levine regardait droit devant lui.

— Merci, chuchota-t-il.

Hester hocha la tête, et les gardes escortèrent Levine dans sa cellule. À ce stade du procès, la plupart des avocats s'amusent à jouer les experts : ils déconstruisent les points forts et les points faibles du dossier, s'efforcent de décrypter le langage corporel des jurés et de prédire le verdict. Hester gagnait sa vie – en partie du moins – en faisant la même chose à la télévision. Elle excellait à ce genre d'exercice et y prenait du plaisir, vu que l'enjeu était purement fictif. Mais dans la vraie vie, dans un cas comme celui-ci qui la touchait personnellement, elle évitait de s'impliquer. Les jurés étaient notoirement imprévisibles, comme la réalité elle-même, d'ailleurs. Songez à ces brillants esprits qui causent à la télévision. Ne se trompent-ils jamais ? Qui avait prévu qu'un jeune Tunisien s'immolerait par le feu, donnant naissance au Printemps arabe ? Qui avait prévu qu'on passerait la moitié de notre temps de veille le nez sur l'écran de notre smartphone ? Qui avait prévu Trump, Biden, la pandémie et le reste ?

Selon le vieux proverbe yiddish, « l'homme prévoit, Dieu rit ».

Hester avait fait de son mieux. La décision du jury ne lui appartenait pas. Autre chose qu'elle avait apprise en vieillissant : on se préoccupe seulement de ce qu'on peut maîtriser. Et si on ne peut pas maîtriser, on laisse tomber.

C'était sa prière de la sérénité, la sérénité en moins.

Elle se hâta de rejoindre son petit-fils. C'était toujours aussi douloureux d'entrevoir le reflet de son fils mort dans ce garçon en passe de devenir un homme. À dix-huit ans, Matthew était plus grand que son père, et comme Laila, sa mère, était noire, il avait la peau foncée. Mais les attitudes, cette façon de s'adosser au mur, de balayer la salle du regard, la dégaine, sa manière de chercher ses mots, de regarder à gauche lorsqu'il réfléchissait… c'était du David tout craché. Hester s'en délectait, et en même temps cela lui broyait le cœur.

— Alors, qu'est-ce qui ne va pas ? dit-elle.

— Rien.

Elle fronça les sourcils, image même de la grand-mère sceptique.

— Ta maman… ?

— Elle va bien, mamita. Tout le monde va bien.

Il avait dit la même chose lors de sa dernière visite surprise. Sauf que ce n'était pas vrai.

— Quand es-tu rentré d'Ann Arbor ? demanda-t-elle.

— La semaine dernière.

Elle essaya de cacher sa déception.

— Et tu ne m'as pas appelée ?

— On sait comment tu es à la fin d'un procès, répondit Matthew.

Faute de mieux, Hester ravala ses protestations et le serra contre elle. Matthew, qui était quelqu'un d'affectueux, l'entoura de ses bras. Elle ferma les yeux et essaya d'arrêter le temps. Et, l'espace d'une seconde ou deux, elle y parvint presque.

Les yeux clos et la tête sur la poitrine de Matthew, elle répéta :

— Qu'est-ce qui ne va pas ?

— C'est Wilde. Je m'inquiète pour lui.

5

— Ça fait un moment que je n'ai plus de nouvelles, dit Matthew.

Ils étaient assis côte à côte sur la banquette arrière de la Cadillac Escalade de Hester. Tim, son chauffeur et quasi-garde du corps, s'engagea sur le niveau inférieur du pont George-Washington. Ils se rendaient dans le New Jersey, plus exactement à Westville, une petite ville dans les montagnes où Hester et son défunt époux Ira avaient élevé leurs trois garçons : Jeffrey, aujourd'hui dentiste à Los Angeles ; Eric, analyste financier installé en Caroline du Nord, et le plus jeune, David, le père de Matthew, mort dans un accident de voiture quand Matthew avait sept ans.

— Quand lui as-tu parlé pour la dernière fois ? demanda Hester.

— Quand il a appelé de l'aéroport pour dire qu'il allait s'absenter pendant quelque temps.

Elle hocha la tête. Ce devait être le jour où Wilde s'était envolé pour le Costa Rica.

— Donc, ça fait presque un an.

— Oui.

— Tu connais Wilde, Matthew.

— Oh oui.

— Je sais qu'il est ton parrain.

Wilde avait été le meilleur ami de David... David, lui, avait probablement été l'unique ami de Wilde.

— Et qu'il devrait être plus présent dans ta vie...

— C'est pas ça, l'interrompit Matthew. J'ai dix-huit ans.

— Et donc ?

— Je suis un adulte maintenant.

— Et donc ?

— Wilde a toujours été là, dit Matthew avant d'ajouter : En dehors de maman, c'est lui qui a le plus été là pour moi.

Hester s'écarta de lui.

— En dehors de maman, répéta-t-elle. Alors là...

— Je ne voulais pas...

— En dehors de maman.

Hester secoua la tête.

— Ça, c'était pas très gentil, Matthew.

Il baissa le nez.

— Ne sers pas ce couplet passif-agressif à ta vieille grand-mère. Ça ne marche pas avec moi, tu entends ?

— Excuse-moi.

— Je vis et je travaille à Manhattan, poursuivit-elle. Ta maman et toi, vous habitez Westville. Je viens aussi souvent que je peux.

— Je sais.

— C'était pas très gentil, répéta-t-elle.

— Je sais. Je suis désolé. C'est juste que...

Matthew se tourna vers elle. À voir ses yeux, les yeux de David, Hester ressentit un pincement au cœur.

— Je ne veux pas que tu t'en prennes à lui, dit-il.

Hester regarda par la vitre.

— Ça, je comprends.

— Je suis inquiet, c'est tout. Il est parti à l'étranger et…

— Wilde est rentré il y a quatre mois.

— Comment le sais-tu ?

— On est restés en contact. J'avais quelqu'un pour s'occuper pendant son absence du tube métallique qui lui sert de domicile.

— Attends. Il est revenu dans sa forêt ?

— J'imagine.

— Mais tu ne lui as pas parlé ?

— Pas depuis son retour. En même temps, avant l'année dernière, je ne lui avais pas parlé depuis six ans. C'est comme ça entre lui et moi.

Matthew hocha la tête.

— Cette fois, je suis réellement inquiet.

— Pourquoi ?

— Parce que je n'étais pas à la maison il y a quatre mois. Maintenant je suis rentré. Ça fait une semaine.

Hester devina où il voulait en venir. Quand il habitait dans la forêt derrière leur maison, Wilde veillait sur Matthew et Laila, principalement depuis quelque cachette dans la montagne, parfois la nuit, assis seul dans le jardin, et parfois – épisodiquement – depuis le lit de Laila.

— S'il est revenu et qu'il va bien, reprit Matthew, il serait passé nous voir.

— Pas forcément.

— Peut-être pas.

— Et il a traversé une mauvaise passe.

— Comment ça ?

Hester se demanda si elle devait lui en parler et décida que ça ne pouvait faire de mal à personne.

— Il a retrouvé son père biologique.

Matthew ouvrit de grands yeux.

— Waouh !

— Comme tu dis.

— Et où ça ? Qu'est-ce qui s'est passé ?

— Je ne sais pas exactement, et même si je le savais, ce ne serait pas à moi de t'en parler. Mais à mon avis, ça a mal tourné. Wilde est rentré, a balancé le téléphone jetable qui lui servait à communiquer avec moi, et depuis je n'ai plus de nouvelles.

Tim bifurqua sur la Route 17, direction nord. Trente ans durant, Hester avait effectué ce trajet entre son domicile et Manhattan. Ira et elle avaient été heureux ici. Ils avaient su créer un équilibre entre le travail et la vie de famille comme n'importe quel couple de leur entourage. Une fois les garçons partis, Hester et Ira avaient vendu la maison de Westville pour acheter un appartement à Manhattan. Tel avait été leur projet de départ : travailler dur, élever au mieux les enfants et s'offrir une retraite dorée en ville tous les deux. Hélas ! cela ne s'était pas passé comme prévu. Hester affectionnait le dicton « L'homme prévoit, Dieu rit », mais dans son cas, la variante « Si tu veux faire rire Dieu, parle-lui de tes plans » aurait convenu davantage.

— Mamita ?

— Oui ?

— Comment tu as fait pour joindre Wilde l'autre fois ?

— Tu veux dire quand tu m'as demandé de retrouver Naomi ?

Matthew hocha la tête.

Hester soupira profondément et réfléchit aux différentes solutions possibles.

— Ta mère est à la maison ?

Matthew consulta l'heure sur son portable.

— Probablement. Pourquoi ?

— Je vais te déposer chez toi. Si ça ne la dérange pas, je reviendrai d'ici une heure.

— En quoi ça la dérangerait ?

— Elle a peut-être d'autres projets, répondit Hester. Tu me connais. Je n'aime pas m'imposer.

Son petit-fils éclata de rire.

— Personne n'aime les grandes gueules, Matthew.

— Tu es une grande gueule, riposta-t-il.

— Justement.

Matthew lui sourit et cela fendit le cœur de Hester.

— Tu iras où après m'avoir déposé ?

— Voir si je trouve Wilde.

— Je ne peux pas venir avec toi ?

— Laisse-moi faire sur ce coup-là.

Cette réponse laissa Matthew sur sa faim, mais le ton catégorique de sa grand-mère lui fit clairement comprendre que toute résistance serait inutile. Ils quittèrent l'autoroute, passèrent devant plusieurs concessions automobiles et, deux minutes plus tard, pénétrèrent dans un tout autre monde. Tim tourna à droite, puis à gauche, puis encore deux fois à droite. Hester connaissait ce trajet par cœur. L'immense maison en rondins était nichée au pied des monts Ramapo dans le massif des Appalaches.

Une Mercedes SL 550 était garée dans l'allée.

— Maman a une nouvelle voiture ? s'enquit Hester.

— Non, c'est à Darryl.

— Qui est Darryl ?

Matthew se borna à regarder sa grand-mère. Hester s'efforça de faire taire la sourde douleur dans sa poitrine.

— Ah, dit-elle.

Tim s'arrêta derrière la Mercedes de Darryl.

— Tu me préviendras si tu le retrouves ? dit Matthew.

— Je t'appellerai.

— N'appelle pas. Reviens plutôt dès que tu peux. Je sais que maman voudrait te le présenter.

Hester hocha la tête avec lenteur.

— Tu l'aimes bien, Darryl ?

Pour toute réponse, Matthew embrassa sa grand-mère et se glissa dehors.

Hester le regarda s'éloigner d'une démarche qui lui rappela David. Ira et elle avaient bâti cette maison quarante-trois ans plus tôt. Comme on dit, c'était hier et en même temps il y a une éternité. Ils avaient vendu la maison à David et Laila. Hester avait hésité. Elle trouvait bizarre de continuer à vivre à l'âge adulte dans la maison de son enfance. D'un autre côté, cela pouvait se comprendre. David et Laila adoraient cet endroit. Ils avaient entièrement réaménagé l'intérieur à leur image. Ira aussi était content qu'ils aient gardé la maison : comme ça, il pouvait revenir pour aller à la pêche, randonner et se livrer à toutes ces activités de plein air dont Hester ne voyait vraiment pas l'intérêt.

Seulement, même si on ne croit pas à l'effet papillon, que serait-il arrivé si elle avait poussé David et Laila à acheter ailleurs ? Ce genre d'idées, ça rend fou, et même si elle comprenait intellectuellement que rien de tout cela n'était sa faute, les choses se seraient passées autrement, non ? David n'aurait pas emprunté cette route de montagne glissante. La voiture n'aurait pas basculé dans le vide. Ira n'aurait pas succombé à une crise cardiaque – selon Hester, son cœur s'était brisé – si peu de temps après.

Parlons-en, de laisser tomber ce qu'on ne peut pas maîtriser.

— Tim, je crois que Laila a un homme dans sa vie, dit-elle à son chauffeur.

— Laila est une belle femme.

— Je sais.

— Et ça fait un bail.

— Je sais.

— Et puis, Matthew est à la fac. Elle est toute seule maintenant. Vous devriez être contente pour elle.

Hester fit la moue.

— Je ne vous ai pas embauché pour jouer les conseillers familiaux.

— Je ne vous compterai pas de supplément, répliqua Tim. On va où ?

— Vous savez bien.

Il hocha la tête et fit demi-tour pour sortir de l'impasse. Il leur fallut plus de temps pour trouver l'entrée du chemin qu'elle ne l'aurait cru. Wilde veillait à ce qu'il reste camouflé et difficile à localiser, mais cette fois, il était tellement envahi par la végétation que Tim ne put s'y engager. Il gara la voiture sur le bas-côté.

— À mon avis, Wilde ne l'utilise plus.

Si c'était ça, alors Hester était à court d'idées. Elle pouvait toujours demander à Oren, son compagnon, d'envoyer des rangers pour passer la zone au peigne fin, mais si Wilde n'avait pas envie qu'on le retrouve, ils ne le trouveraient pas… Et s'il lui était arrivé malheur, hélas, il était certainement déjà trop tard.

— J'irai à pied, dit Hester.

— Mais pas toute seule.

Tim jaillit de son siège avec une célérité dont on ne l'aurait pas cru capable vu son imposante corpulence. C'était une vraie armoire à glace, avec un costume mal ajusté et une coupe en brosse. Il boutonna son veston – il tenait absolument à venir travailler en costume – et lui ouvrit la portière.

— Restez là, lui ordonna Hester.

Plissant les yeux, il scruta les environs.

— Ça pourrait être dangereux.

— Vous êtes armé, n'est-ce pas ?

Il tapota sa hanche.

— Bien sûr.

— Formidable, alors surveillez-moi d'ici. Si quelqu'un essaie de me kidnapper, tirez. Attendez… sauf si c'est un homme bien bâti, là vous pourrez me dire adieu.

— Wilde est bien bâti, non ?

— Un homme *de mon âge*, Tim. Et merci de tout prendre à la lettre.

— Ça se dit encore, « bien bâti » ?

— Moi, je le dis.

Hester se dirigea vers l'ouverture dans les fourrés. La dernière fois qu'elle était venue ici, celle-ci était suffisamment large pour qu'une voiture y passe. Tim s'y était engagé, déclenchant les détecteurs de mouvement mis en place par Wilde. Ils avaient attendu, et il n'avait pas tardé à apparaître. C'était comme ça avec Wilde. Il avait élevé la vie en marge de la société au rang d'un véritable art. En partie pour des raisons de sécurité. Durant ses années de travail secret à la fois dans l'armée, puis dans l'agence créée avec sa sœur adoptive Rola, il s'était fait pas mal d'ennemis. Dont certains auraient bien voulu le retrouver pour lui faire la peau. Bonne chance à eux.

Mais surtout, cela remontait au trauma de son enfance. Petit garçon, aussi loin qu'il puisse s'en souvenir, Wilde avait vécu seul dans cette forêt, forcé de se débrouiller par lui-même. Imaginez un peu. Le seul à qui il ait parlé directement pendant toutes ces années était un autre enfant de son âge, que Wilde avait repéré en train de jouer dans son jardin. Celui-ci l'avait abordé, et tous deux avaient noué une relation étrange et clandestine. Quand la mère de l'autre garçon l'entendait parler à voix haute, il prétendait s'adresser à un ami imaginaire, et la mère, naïve à bien des égards, le croyait. Ce fut seulement quand on découvrit Wilde que la vérité éclata au grand jour.

L'autre garçon – attention, spoiler ! – était le plus jeune fils de Hester, David.

Le périmètre était en effet envahi de broussailles, mais la clairière où Tim s'était garé la dernière fois était toujours là. Hester hésita. Elle chercha des yeux une quelconque caméra ou un détecteur de mouvement, mais évidemment, Wilde était trop malin pour les laisser bien en vue. Elle pourrait appeler, crier son nom, mais ça ne marcherait pas non plus. Soit il allait bien et ne tarderait pas à surgir, soit il avait des ennuis. D'une manière ou d'une autre, Hester le saurait bientôt.

Un quart d'heure plus tard, Tim se fraya un passage à travers la végétation et la rejoignit dans la clairière. Hester consulta les messages sur son téléphone. Le jury du procès Levine avait terminé sa journée. Sans parvenir à un verdict, mais ce n'était pas une surprise. Les délibérations reprendraient dans la matinée. Matthew envoya deux textos pour savoir où elle en était et lui dire qu'ils l'attendaient à la maison.

Un autre quart d'heure passa.

Hester oscillait entre l'inquiétude (et si Wilde avait des problèmes ?) et la colère (s'il allait bien, pourquoi avoir négligé son filleul ?). Mais quelque part, elle comprenait. C'était un cas d'école : Wilde ne s'était jamais remis d'avoir été abandonné dans sa petite enfance, d'où son incapacité à forger des liens d'attachement. En un sens, c'était logique, sauf qu'une chose était sûre : il aurait donné sa vie pour Matthew ou Laila. Wilde aimait inconditionnellement ceux qu'il considérait comme ses proches… et en même temps, il était incapable de vivre avec eux ni d'entretenir un semblant de relation régulière. C'était un paradoxe, certes, mais nous sommes tous construits ainsi. Nous aimerions que les autres soient simples, cohérents, prévisibles, sauf que ce n'est jamais le cas.

Hester se tourna vers Tim. Il haussa les épaules.

— On a assez attendu, non ?

— Je crois, oui.

Ils rebroussèrent chemin à travers les fourrés. Arrivés à la voiture, ils tombèrent sur un homme barbu aux cheveux longs, nonchalamment adossé au capot, les bras croisés.

— Alors, qu'est-ce qui ne va pas ? demanda Wilde.

Hester et lui se dévisagèrent pendant quelques secondes. Tim finit par rompre le silence.

— J'attends dans la voiture.

L'apparition soudaine de Wilde rouvrit les vannes du passé. Les souvenirs affluèrent telles des vagues qui déferlent sur la plage, vous prennent par surprise et, à peine parvenez-vous à reprendre pied, vous entraînent de nouveau vers le fond. Hester revit Wilde petit garçon dans la forêt, adolescent dans sa cuisine avec David, athlète adulé dans son lycée, cadet à West Point, garçon d'honneur, l'air déguisé dans son smoking, au mariage de David et Laila (il aurait pu être témoin, mais Hester avait insisté pour que ce rôle soit dévolu à l'un des frères de David), parrain avec Matthew bébé dans les bras, l'homme qui, les yeux baissés, s'était accusé de la mort de David.

— Tu t'es laissé pousser la barbe, observa-t-elle.

— Vous aimez ?

— Non.

Il était toujours magnifique, bien sûr. Lorsqu'on l'avait trouvé dans la forêt, les journaux l'avaient surnommé le « petit Tarzan », et c'est comme si ce surnom avait façonné son physique. Tout en muscles saillants et angles aigus, Wilde avait les cheveux châtain clair, les yeux pailletés d'or, le teint basané. Sa posture faisait penser à une panthère prête à bondir, ce qui n'était pas loin de la vérité.

— Encore quelqu'un qui a disparu ? demanda-t-il.

C'était la raison pour laquelle elle l'avait contacté la dernière fois.

— Oui, rétorqua Hester. Toi.

Il ne dit rien.

— Devine qui a signalé ta disparition. Qui s'inquiétait tellement pour toi qu'il est venu me chercher.

— Matthew, dit-il après un moment de silence.

— Qu'est-ce qui t'arrive, bon sang ?

Il ne répondit pas.

— Pourquoi abandonnes-tu ton propre filleul ?

— Je ne l'abandonne pas.

— Il t'aime. Tu es ce qui se rapproche le plus de…

Elle ne termina pas sa phrase, préférant changer de sujet.

— J'ai fait tout ce que tu m'avais demandé, non ?

— Oui, dit-il. Merci.

— Alors que s'est-il passé quand tu as retrouvé ton père ?

— Voie sans issue.

— Je suis désolée. Et la prochaine étape ?

— Il n'y a pas de prochaine étape.

— Tu capitules ?

— On a déjà eu cette discussion. Peu m'importe de savoir comment j'ai atterri dans la forêt.

— Et Matthew ?

— Quoi, Matthew ?

— Tu as pensé à lui ? Je sais qu'on est tous censés accueillir tes excentricités d'un haussement d'épaules, genre « vous connaissez Wilde », mais ce n'est pas une excuse pour laisser tomber Matthew.

Wilde réfléchit avant de hocher la tête.

— Pas faux.

— Alors quel est le problème ?

— Matthew est à la fac.

— Il est en vacances chez lui.

— Oui, je sais.

— Tu gardes toujours un œil sur eux, dit Hester.

Il ne répondit pas.

— Alors pourquoi… ?

Elle secoua la tête.

— Peu importe. Monte dans la voiture. On y va ensemble.

— Nan.

— Tu es sérieux ?

— Je les contacte d'ici ce soir. Dites-le à Matthew.

Il fit quelques pas. Il allait retourner dans la forêt.

— Wilde ?

Il s'arrêta.

Hester s'efforça de parler posément. Elle n'avait pas prévu d'aborder le sujet, pas comme ça. Elle avait attendu le moment propice, pensant le revoir ici ou là, mais ce n'était pas son genre ni celui de Wilde non plus. D'un autre côté, elle craignait que, en évoquant maintenant ce drame qui les liait à tout jamais, cela ne le pousse à s'enfoncer plus profondément dans la forêt.

— Juste après ton départ…

Elle entendit sa voix trembler et fit un effort pour se ressaisir.

— … j'ai demandé à Oren de me conduire à cet endroit sur Mountain Road.

Wilde ne bougea pas.

— La croix qu'on avait mise est toujours là. Sur le bas-côté de la route. Défraîchie, battue par les vents, mais toujours debout, marquant l'endroit où la voiture de David a quitté la chaussée. Tu dois le savoir, toi. Que la croix est toujours là. Je parie que tu y retournes de temps à autre.

Wilde continuait à lui tourner le dos.

— J'ai regardé en contrebas. Là où la voiture a atterri. Et j'ai imaginé la scène. L'obscurité. La route verglacée.

— Hester…

— Tu veux bien me dire ce qui s'est réellement passé ce soir-là ?

— Je vous l'ai dit.

Les yeux de Hester s'emplirent de larmes.

— Tu as toujours dit que c'était ta faute.

— Et c'est vrai.

— Je ne te crois pas.

Wilde ne broncha pas.

— En fait, je n'y ai jamais vraiment cru. Mais je suis restée longtemps en état de choc. Et je ne voyais pas l'intérêt de connaître la vérité. Comme toi avec ton passé. Ça change quoi, tu ne cesses de me répéter… Tu es et tu seras toujours l'enfant abandonné dans la forêt. Ça change quoi, me disais-je… Mon fils est mort et il le sera toujours.

— S'il vous plaît.

Lentement, Wilde lui fit face. Leurs regards se croisèrent.

— Je regrette.

— Tu l'as déjà dit. Mais je ne t'ai jamais accusé de quoi que ce soit. Et je ne veux pas de tes excuses.

Il restait là sans réagir, l'air perdu.
— Wilde ?
— Dites à Matthew que je le contacterai.
Et il disparut dans les fourrés.

6

Hester avait raison : il n'aurait pas dû prendre ses distances vis-à-vis de Matthew.

Les choses avaient changé, se disait-il. Matthew avait grandi et étudiait à l'université. Qui plus est, Laila avait un nouveau compagnon, sa première relation durable depuis la mort de David onze ans plus tôt. Wilde n'avait pas sa place là-dedans. Aucun statut officiel. Et il n'en voulait surtout pas. Autrefois, sa présence avait semblé réconforter Laila. Il avait eu un rôle à jouer. Aujourd'hui, sa mission était terminée. Il se sentait comme un chien dans un jeu de quilles.

Du coup, il était resté à l'écart.

Bien sûr, il continuait à veiller de loin sur Laila et Matthew depuis sa forêt – c'est ainsi qu'il sut que Matthew était rentré –, mais ses tours de veille se faisaient de plus en plus rares. La frontière est mince entre le désir légitime de protéger et l'ingérence dans la vie privée.

Mais Laila était une chose, et Matthew en était une autre. Peut-être qu'il se cherchait des excuses. Peut-être qu'il était simplement égoïste. L'an dernier, il avait pris trop de risques en matière d'engagement personnel. Aujourd'hui, il ne voulait plus se mouiller.

Et puis Hester l'avait pris de court en reparlant de l'accident. Pourquoi ? Et pourquoi maintenant ?

Wilde s'arrêta devant un arbre bien précis pour déterrer l'un de ses coffres en inox. Il en avait six dissimulés dans la forêt avec des faux papiers, de l'argent liquide, des passeports, des armes et des téléphones jetables.

Le coffre sous le bras, il se hâta de regagner son micro-logement, une merveille de technologie dernier cri baptisée Écocapsule. La surface habitable était minuscule, moins de sept mètres carrés, et pourtant elle contenait tout ce qu'il fallait : un lit rabattable, une table, des rangements, une kitchenette, une douche, des toilettes à incinération qui transformaient les déjections en cendres. L'Écocapsule fonctionnait à la fois à l'énergie solaire et éolienne. Non seulement sa forme ovoïde limitait les déperditions de chaleur, mais elle permettait de recueillir l'eau de pluie dans des citernes où elle était filtrée pour être utilisée aussitôt. La capsule étant à la fois mobile et dotée d'un revêtement de camouflage – sans parler du système sophistiqué de surveillance que Wilde avait mis en place –, elle était quasiment indétectable.

Il ouvrit le coffre et en sortit un téléphone jetable de qualité militaire. Son dispositif de sécurité le rendait pratiquement intraçable, mais tout était dans ce « pratiquement ». Quoi qu'on vous raconte, il y a toujours une faille quand il s'agit de technologie, un moyen de remonter la piste et, au bout de la ligne, il y a toujours un humain pour surveiller vos faits et gestes si vous n'y prenez pas garde. Wilde s'employait à y pallier avec différents VPN et autres logiciels de masquage.

Une fois les mesures de protection activées, il alluma l'appareil et consulta ses textos et mails. L'espace d'une seconde, il se demanda si son père, plus connu sous le nom de Daniel Carter, avait tenté de le joindre, mais bien sûr c'était impossible. Wilde ne lui avait fourni aucune information le concernant. Quand les alarmes s'étaient déclenchées – au moment où Hester pénétrait dans la forêt –, il s'était surpris à penser que c'était bel et bien Daniel Carter, que, après son départ inopiné, son père avait pris la peine d'effectuer des recherches pour savoir où le trouver, ou qu'il s'était adressé à Hester, ou…

Aucune importance.

Il parcourut ses messages pour la première fois depuis des mois. Il y en avait quelques-uns de Matthew, lui demandant essentiellement où il était. Plus deux de Rola, sa sœur adoptive, le premier lui demandant où il était, et le second rédigé en ces termes :

Soupir. Ne sois pas comme ça, Wilde.

Il devrait l'appeler, elle aussi.

Rien d'Ava. Rien de Naomi. Rien de Laila.

Puis il tomba sur un message qui le surprit.

Il était de la part de P.B., envoyé via la messagerie du site de généalogie. Le mail datait du 10 septembre, cela faisait presque neuf mois. Wilde cliqua sur le lien et afficha toute la conversation entre P.B. et lui dans l'ordre chronologique.

P.B. avait contacté Wilde en premier (il y avait un peu plus d'un an de cela), avant son départ pour le Costa Rica.

À : W.W.
De : P.B.
Bonjour. Pardon de ne pas vous donner mon nom, mais j'ai des raisons de ne pas vouloir révéler ma véritable identité. Il y a trop de trous dans mon histoire personnelle, et beaucoup de tourmente. Vous êtes le parent le plus proche que j'aie trouvé sur ce site, et je me demande si chez vous aussi il y a des trous et de la tourmente. Si oui, je pourrais peut-être vous apporter quelques éclaircissements.

Wilde lui avait écrit des mois après, pendant qu'il attendait son vol à l'aéroport de Liberia pour aller rencontrer son père à Las Vegas.

À : P.B.
De : W.W.
Désolé de n'avoir pas répondu plus tôt. J'ai retrouvé mon père ici. Je vous envoie le lien vers son profil. Pourriez-vous me dire si vous aussi êtes apparenté à lui ? Comme ça, nous saurons si nous sommes parents du côté paternel ou du côté maternel. Merci.

Mais après son séjour à Las Vegas, il avait choisi de ne pas poursuivre dans cette voie ni même de consulter ses mails. À quoi bon ? Dit comme ça, on aurait pu le soupçonner de s'apitoyer sur son sort, mais ce n'était pas le cas. Il aspirait à la solitude. C'était sa seconde nature. Les psys s'étaient régalés en ramenant tout cela à son enfance, à l'importance des cinq premières années de la vie, et aux dégâts irréparables causés par l'absence de tout attachement, de tout contact physique ou émotionnel avec ses semblables durant cette période.

Peut-être bien. Au fond, ça ne l'intéressait pas vraiment. Il n'avait pas cherché à connaître sa véritable identité car il n'en voyait pas l'utilité. Cela ne changerait rien à ces fameuses cinq premières années ; il avait certes conscience de n'être pas « normal », mais il n'en souffrait pas plus que ça. Ou alors il se racontait des histoires. Vivre seul dans la forêt ne vous immunise pas contre les fausses croyances communes au reste de l'humanité.

Assez d'introspection pour aujourd'hui. Tout cela à cause de Matthew, bien sûr. Et de Laila.

Surtout de Laila.

Une notification en lettres rouge vif l'informa qu'il avait un nouveau message. Wilde l'ouvrit :

À : W.W.
De : P.B.
Le profil de votre père ne me correspond pas ; notre lien de parenté se situe donc du côté maternel. J'espère que la rencontre avec votre père se passera bien. Tenez-moi au courant du résultat.

Depuis mon dernier message, ma vie a pris un tournant désastreux. Quand vous saurez qui je suis, vous me haïrez probablement comme tous les autres. On m'avait prévenu. À force de monter, on finit par retomber. C'est ce qu'on dit toujours. Plus on s'élève, et plus dure est la chute. Moi, je planais tout là-haut sur mon nuage, alors vous imaginez la dégringolade.

Désolé de me répandre ainsi. Je ne sais pas par où commencer. Il y a tellement de mensonges qui circulent à mon sujet. S'il vous plaît, ne les croyez pas.

Je suis au bout du rouleau. Je ne vois pas comment je peux y survivre. Et puis voilà que je reçois votre message, comme une bouée qu'on lance à quelqu'un qui se noie. Croyez-vous au destin ? Moi, je n'y ai jamais cru. Je n'ai pas de famille à qui faire confiance. Tout ce que je savais de moi et de mes origines s'est révélé être un mensonge. Vous êtes mon cousin. Je sais que ça ne signifie rien, mais peut-être que si. Peut-être que ça change tout. Peut-être que votre réponse à mon message n'est pas un hasard.

Je ne me suis jamais senti aussi seul et perdu. Les murs se referment sur moi. Je ne peux pas fuir. Je veux seulement dormir. Je veux seulement la paix. Je veux que ça s'arrête. Vous devez penser que je suis cinglé de vous écrire tout ça, à vous, un inconnu. C'est fort possible. D'abord, ils m'ont menti à moi. Maintenant, ils mentent à mon sujet. C'est sans fin. Je n'ai plus la force de lutter. J'ai essayé, mais ça ne fait qu'empirer.

Pourriez-vous m'appeler ? S'il vous plaît. Mon numéro de portable s'affiche en bas. Soyez gentil, ne le communiquez à personne. Vous comprendrez quand on aura parlé.

Wilde contempla le ciel à travers les branches. Le message remontait à quatre mois. Si P.B. avait traversé une crise, c'était maintenant de l'histoire ancienne. De toute façon, Wilde ne voyait pas comment il pouvait l'aider. Manifestement, P.B. avait besoin d'une épaule pour pleurer, or ce n'était pas son fort.

Hester devait déjà être chez Matthew. Il ne fallait pas les faire attendre.

D'un autre côté, ça ne coûtait rien de passer un coup de fil.

Bien sûr, Wilde l'appréhendait. De devoir s'expliquer. De révéler à P.B. qu'il était l'anonyme W.W. De s'excuser de n'avoir pas répondu plus vite. Et ensuite ? Où cette conversation allait-elle les mener ?

Il repartit de l'autre côté de la montagne, vers la maison de David. C'est ainsi qu'il la considérait, même si David était mort depuis onze ans. Deux cents mètres plus loin, Wilde s'arrêta, sortit son téléphone et composa le numéro de P.B. Collant le téléphone à son oreille, il sentit son cœur cogner sourdement dans sa poitrine tandis qu'il l'entendait sonner. Il sentait bien que cette décision – entrer en contact avec ce personnage tourmenté de P.B. – allait tout changer. Il ne croyait pas au surnaturel, mais lorsqu'on vit avec des animaux, on apprend à se fier aux signaux que vous envoie votre corps. L'instinct du danger est réel. Tout le monde l'a. Si votre lignée a survécu aussi longtemps, c'est parce qu'à votre insu, cet instinct primitif était gravé dans votre ADN.

Et en parlant d'ADN…

Le téléphone de P.B. sonna six fois avant qu'un automate ne l'informe que le propriétaire de ce numéro n'avait pas activé sa messagerie vocale. Intéressant.

Wilde raccrocha. Et maintenant ?

Il hésita à envoyer un texto anonyme, mais pour dire quoi ? Était-il prêt à dévoiler que le message venait de W.W. ?

Ne ferait-il pas mieux de laisser tomber ?

Non, pas cette fois. Hormis le fait que cette piste pouvait le conduire jusqu'à sa mère, P.B. avait écrit à Wilde pour lui demander de l'aide. Il était désespéré et n'avait personne vers qui se tourner. Et Wilde n'avait pas réagi à son appel pendant quatre mois.

Son texto fut bref :

Ici W.W. Désolé pour le retard, P.B. Écrivez ou appelez-moi dès que vous pouvez.

Il fourra le téléphone dans sa poche et s'engagea dans la descente.

7

Un quart d'heure plus tard, Wilde s'arrêta à l'orée de la forêt qui bordait le jardin des Crimstein. Il perçut du mouvement derrière la fenêtre du premier étage. La fenêtre de Laila. Il fallait bien l'avouer : ici, dans cette chambre, Wilde avait passé les meilleures nuits de sa vie.

Il repensa à la première fois où il s'était retrouvé dans cet endroit, même si le souvenir commençait à pâlir. David, six ans, était en train de jouer avec ses deux aînés. Il y avait dans le jardin une balançoire en bois de cèdre sculpté, un toboggan, une maisonnette et une cage à écureuil. Maintenant qu'il avait rencontré son père, Wilde réalisait qu'il avait six ans à l'époque. Avant ce jour-là, il n'avait jamais parlé à un autre être humain.

Du moins, il ne s'en souvenait pas.

Le jeune Wilde maîtrisait bien le langage. Il avait passé la majeure partie de l'hiver dans un chalet au bord d'un lac, à la frontière entre le New Jersey et l'État de New York. C'était une résidence d'été ; il se rappelait avoir fait le tour de plusieurs maisons en essayant portes et fenêtres, frustré de ne pas pouvoir les ouvrir. Il finit par pousser une petite fenêtre au sous-sol, tout juste assez grande pour laisser le passage à un enfant de sa taille. Par chance, le chalet était équipé, et même s'il y avait un risque que les propriétaires débarquent d'un jour à l'autre, cela voulait dire que le jeune Wilde disposait d'eau courante et d'électricité. Dans cette famille, il devait y avoir des enfants, ou des petits-enfants. Il y trouva des jouets, mais surtout des vidéocassettes avec des émissions comme *Rue Sésame* ou des séries éducatives. Wilde passa des heures à les regarder et à parler tout haut ; à la différence de Tarzan et de Mowgli auxquels on l'avait comparé, il en avait appris suffisamment pour savoir qu'il existait une autre vie en dehors de la forêt.

Les frères aînés de David étaient censés surveiller le petit dernier, mais ils étaient trop occupés à prendre d'assaut la maisonnette. Wilde les regardait. Ce n'était pas la première fois qu'il s'aventurait hors de sa cachette pour observer ses semblables. Il avait même été repéré à plusieurs reprises par des randonneurs, des campeurs, voire des propriétaires de résidences secondaires, mais chaque fois il s'était enfui. On l'avait probablement signalé aux autorités, mais franchement, pour dire quoi ? « J'ai vu un enfant dans la forêt. » Oui, et alors ? Ce n'est pas comme s'il se baladait avec un pagne – il portait des vêtements volés dans les maisons qu'il avait visitées –, c'était donc un petit garçon comme un autre, qui se promenait tout seul.

Il y avait bien eu des rumeurs au sujet d'un « enfant sauvage », mais on les avait attribuées au soleil, à la fatigue, à la drogue, à la déshydratation, à l'alcool et tout le toutim. Dans le jardin des Crimstein, les deux grands étaient en train de chahuter maintenant, riant et roulant sur la pelouse. En transe, Wilde ne les quittait pas des yeux. La porte de derrière s'ouvrit, et leur mère cria :

— Dîner dans un quart d'heure, et il n'y aura pas de second appel !

Wilde regardait toujours les deux frères s'ébattre dans l'herbe quand, tout près de lui, une voix dit :

— Salut.

C'était un petit garçon de son âge.

Wilde allait détaler. Jamais ce gamin ne le rattraperait dans le dédale de la forêt. Mais ce même instinct qui normalement lui dictait de fuir lui souffla de rester. Ce fut aussi simple que ça.

— Salut, répondit-il.

— Je m'appelle David. Et toi ?

— Je ne sais pas.

Ce fut le début de leur amitié.

À présent, David était mort. Et cette maison abritait sa veuve et son fils.

Matthew sortit dans le jardin par la porte de derrière.

— Hello, Wilde.

Les deux hommes – oui, Matthew était un homme à présent – se dirigèrent l'un vers l'autre. Quand Matthew le serra dans ses bras, Wilde se demanda depuis combien de temps il avait été privé de contact physique avec autrui. Avait-il seulement touché quelqu'un depuis Las Vegas ?

— Je suis désolé, dit Wilde.

— C'est pas grave.

— Si, ça l'est.

— En fait, oui. Je m'inquiète pour toi, Wilde.

Matthew ressemblait à son père à un point que c'en était presque douloureux. Wilde préféra changer de conversation.

— C'est comment, la fac ?

Le visage de Matthew s'illumina.

— Trop génial.

La porte du jardin s'ouvrit de nouveau. C'était Laila. Leurs regards se croisèrent, et Wilde sentit son cœur faire un bond. Laila portait un chemisier blanc au col ouvert et une jupe crayon noire. Elle venait certainement de rentrer de son cabinet d'avocats ; elle avait tombé sa veste et troqué ses chaussures à talons contre une paire de baskets. Pendant une seconde ou deux, ils se bornèrent à se dévisager sans se soucier du monde extérieur.

L'air de flotter au-dessus des marches du perron, Laila descendit et vint embrasser Wilde sur la joue.

— C'est si bon de te revoir.

— Pareil, répondit-il.

Elle lui prit la main. Il se sentit rougir. Il l'avait laissée tomber sans un coup de fil, sans un mail, sans un texto.

Quelques secondes plus tard, Hester passa la tête par la porte :

— Pizza ! Matthew, viens m'aider à mettre la table.

Matthew tapa Wilde dans le dos et repartit au petit trot vers la maison. Laila se retourna vers lui.

— Tu ne me dois aucune explication. Tu n'as pas à faire attention à moi.

— Je n'étais pas…

— Laisse-moi finir. Tu ne me dois rien, mais avec ton filleul, c'est différent.

Wilde hocha la tête.

— Je sais. Je suis désolé.

Elle détourna le regard.

— Tu es rentré depuis combien de temps ?

— Quelques mois.

— Tu es donc au courant pour Darryl.

— Tu ne me dois aucune explication, dit Wilde.

— Parfaitement.

Ils regagnèrent la maison. Tous les quatre – Wilde, Laila, Matthew et Hester – s'installèrent autour de la table de cuisine. Il y avait deux pizzas : l'une à partager entre les trois adultes et l'autre, pratiquement tout entière, pour Matthew. Entre deux bouchées, Hester bombarda Wilde de questions sur son séjour au Costa Rica. Il se montra évasif. Laila restait silencieuse.

Matthew poussa Wilde du coude.

— Les Nets jouent contre les Knicks.

— Ils ont eu de bons résultats cette année ?

— Non mais, t'as carrément décroché, hein ?

Leurs parts de pizza à la main, ils passèrent au salon où trônait un écran géant. Wilde et Matthew suivirent le match dans un silence complice. Wilde n'avait jamais aimé se cantonner au rôle de spectateur. Il préférait pratiquer le sport. Le père de Matthew, lui, avait collectionné les cartes et les souvenirs, fréquenté les stades avec ses frères aînés, tenu des statistiques et regardé des matchs comme celui-ci jusque tard dans la nuit.

Laila et Hester se joignirent à eux, même si elles passaient le plus clair de leur temps sur leurs téléphones. À la mi-temps, Hester se leva.

— Il faut que je rentre.

— Vous ne restez pas chez Oren ? demanda Laila.

Oren Carmichael était le shérif de Westville, il était proche de la retraite. Lui et sa famille avaient vécu ici ; ils avaient été amis avec Ira et Hester, et Oren avait même entraîné deux des fils de Hester, dont David. Maintenant que Hester était veuve et qu'Oren avait divorcé, une idylle était née entre les deux.

— Pas ce soir. Le jury Levine risque de revenir dans la matinée.

— Je vous raccompagne à la voiture, dit Wilde.

Hester fronça les sourcils.

— Qu'est-ce que tu veux ? lui demanda-t-elle une fois devant la maison, là où personne ne pouvait les entendre.

— Rien.

— Tu ne me raccompagnes jamais.

— C'est vrai.

— Alors ?

— Ça a été dur d'obtenir l'adresse de mon père sur DNAYourStory ?

— Très. Pourquoi ?

— J'aurais besoin de précisions concernant un autre profil sur le même site.

— Encore un parent ?

— Oui. Un cousin issu de germain.

— Tu ne peux pas lui répondre et le rencontrer normalement ?

— C'est plus compliqué que ça.

— Comme toujours avec toi, soupira Hester.

Wilde attendit.

— OK, envoie-moi les infos.

— Vous êtes la meilleure.

— Mais oui, c'est moi la chef.

Elle jeta un coup d'œil sur la maison.

— Et tu en es où, là ?

— C'est-à-dire ?

— J'ai bien vu comment tu regardais Laila. Et comment elle te regardait.

— Il n'y a rien entre nous.

— Elle a quelqu'un.

— Je sais.

— Je m'en doutais.

— Je ne m'en mêlerai pas.

Tim ouvrit la portière à Hester. Elle étreignit Wilde avec force en murmurant :

— Évite de disparaître à nouveau, OK ? Tu peux vivre dans la forêt ou tout ce que tu veux, mais fais-nous signe de temps à autre.

Elle s'écarta, leva les yeux sur lui.

— Tu comprends ?

Il acquiesça. Hester prit place sur la banquette arrière. Wilde suivit la voiture des yeux, puis il sortit son téléphone et composa le numéro de sa sœur adoptive. Lorsqu'elle répondit, il entendit la cacophonie familière à l'arrière-plan. Rola Naser avait cinq enfants.

— Allô ?

Il savait que son nom ne s'afficherait pas puisqu'il appelait depuis un appareil jetable.

— On peut zapper la partie où tu m'engueules parce que je n'ai pas donné signe de vie ?

— Sûrement pas, rétorqua-t-elle.

— Rola…

— Mais b… je ne dis pas le mot à cause des enfants, mais c'est pas l'envie qui me manque… Qu'est-ce que t'as dans le crâne, Wilde ? Attends, ne réponds pas. Qui peut le savoir mieux que moi ?

— Personne.

— Exactement. Personne. Et tu as promis la dernière fois de ne pas me refaire le coup.

— Je sais.

— C'est comme Lucy qui joue au foot avec Charlie Brown.

— Lucy ne joue pas au foot.

— Hein ?

— Lucy tient le ballon, puis le retire quand Charlie Brown essaie de taper dedans.

— Tu rigoles ? C'est ça que tu as en tête, Wilde ?

— Tu souris, Rola. Je l'entends dans ta voix.

— Je suis en colère.

— En colère, mais souriante.

— Ça fait plus d'un an.

— Je sais. Tu es de nouveau enceinte ?

— Non.

— J'ai raté quelque chose d'important ?

— Durant l'année écoulée ?

Rola soupira.

— Qu'est-ce que tu veux, Wilde ?

— J'aimerais que tu localises un portable pour moi.

— File-moi le numéro.

— Maintenant ?

— Non, attends encore un an… Tu me le donneras après.

Wilde lui dicta le numéro de P.B. Dix secondes plus tard, Rola commenta :

— Intéressant.

— Quoi ?

— Il est rattaché à une société-écran appelée PB&J.

— Adresse ? Propriétaires ?

— Pas de propriétaires. L'adresse, les îles Caïmans. Il est à qui, ce numéro ?

— Un cousin à moi, je crois.

— Redis-moi ça ?

Lorsque le jeune Wilde avait été trouvé dans la forêt, il avait été recueilli par la généreuse famille Brewer. Une bonne trentaine d'enfants avaient été placés chez les Brewer, et tous en étaient ressortis grandis. La plupart n'étaient restés que quelques mois. Certains, comme Wilde et Rola, y avaient passé des années.

— C'est une longue histoire.

— Tu recherches tes parents biologiques ?

— Non. Enfin, plus maintenant.

— Mais tu as mis ton ADN sur un site généalogique ?

— Oui.

— Pourquoi ?

— Tu comprends quoi quand je dis « une longue histoire » ?

— Tu es incapable de raconter une longue histoire. Donne-moi juste les grandes lignes.

Wilde évoqua son échange avec P.B. sans parler de son père.

— Lis-moi son message, dit Rola lorsqu'il eut terminé.

Il s'exécuta.

— Comme ça, ce gars-là est célèbre ?

— Ou il croit l'être.

— J'espère qu'il dramatise.

— C'est-à-dire ?

— Ça ressemble à une lettre de suicide.

Le ton désespéré du message n'avait pas échappé à Wilde.

— Tu peux voir si tu trouves quelque chose sur la société-écran ?

— Tu passeras nous rendre visite ?

— Oui.

— Ce n'est pas donnant-donnant. Je t'obtiendrai les infos de toute façon.

— Je sais, dit Wilde. Je t'aime, Rola.

— Mais oui. Tu es rentré du Costa Rica ?

— Oui.

— Tout seul ?

— Oui.

— Zut. Désolée pour toi. Tu es retourné dans ta forêt ?

— Oui.

— Zut.

— Tout va bien.

— Je sais, répondit Rola. Tout le problème est là. Je vais voir ce que je peux dégoter sur PB&J, mais je doute que ça nous mène quelque part.

Il raccrocha et revint dans la maison. Laila avait quitté la pièce. Matthew regardait la deuxième mi-temps d'un œil, tout en surfant sur son ordinateur portable. Wilde s'affala sur le canapé à côté de lui.

— Où est ta mère ? s'enquit-il.

— Là-haut en train de bosser. Tu sais qu'elle a un copain ?

Wilde choisit de lui répondre par une autre question.

— Et ça ne te dérange pas ?

— Pourquoi veux-tu que ça me dérange ?

— Je ne sais pas, je te demande.

— Je n'ai pas à donner mon avis.

— C'est vrai, opina Wilde.

Le match reprit après la pub. Croisant les bras, Matthew fixa l'écran.

— Darryl est un peu trop lisse.

— Ah bon, se contenta de répondre vaguement Wilde.

— Genre, il n'utilise pas les formes parlées. C'est toujours « je ne sais pas », jamais « ché pas ». « Tu es » au lieu de « t'es ». Ça m'agace grave.

Wilde garda le silence.

— Il a un pyjama en soie assorti. Noir. On dirait un costume. Même ses tenues de sport sont assorties.

Wilde continuait à se taire.

— Tu dis rien ?

— On dirait un ogre, dit Wilde.

— C'est ça.

— Non. Laissons ta maman mener sa vie comme elle l'entend. Du moment qu'elle est heureuse.

— Si tu le dis.

Le silence entre eux n'était jamais pesant, tout comme avec David autrefois.

— J'ai une remarque à faire, lâcha Matthew au bout de quelques minutes.

— Laquelle ?

— T'as l'esprit ailleurs, Wilde. Ou, si j'étais Darryl, je dirais : « *Tu* as l'esprit ailleurs, Wilde. »

Wilde ne put s'empêcher de sourire.

— Oui, je comprends que ça t'agace.

— Eh oui.

— J'ai rencontré mon père biologique.

— Hein… Quoi ?

Wilde hocha la tête. Se redressant, Matthew concentra toute son attention sur lui. Son père était comme ça aussi : avec lui, on avait l'impression que les autres n'existaient pas. Wilde n'était pas du genre à s'épancher, mais peut-être qu'il devait au moins ça à Matthew, après le coup de la disparition.

— Il habite Las Vegas.

— Cool. Genre dans un casino ?

— Non. Il est dans le bâtiment.

— Comment l'as-tu trouvé ?

— Sur un site généalogique.

— Waouh. Tu es donc allé à Vegas ?

— Oui.

Matthew écarta les bras.

— Et ?

— Il ignorait mon existence et il ne sait pas qui est ma mère.

Matthew écouta ses explications en silence, puis fronça les sourcils.

— Bizarre.

— Quoi ?

— Qu'il ne se souvienne pas de son nom.

— Pourquoi bizarre ?

— Toi, par exemple, tu couches avec un tas de femmes, donc tu ne retiens pas tous les prénoms.

C'est normal. Pas très classe, Wilde, mais je comprends.

— Merci.

— Mais ton père ? Ce Daniel Carter ? Il n'a couché qu'avec une seule fille avant ça. Et avec une seule – la même – après. On pourrait croire qu'il se souviendrait de celles qu'il a eues entre-temps.

— Tu penses qu'il m'a menti ?

Matthew haussa les épaules.

— Je trouve ça bizarre, c'est tout.

— Tu es jeune.

— Ton père l'était aussi quand il t'a conçu.

— Pas faux, acquiesça Wilde.

— Tu devrais le rappeler et insister un peu.

Wilde ne répondit pas.

— N'abandonne pas, Wilde.

— Je n'en ai pas l'intention. C'est même plutôt l'inverse, figure-toi.

— C'est-à-dire ?

— C'est pour ça que je t'en parle. J'ai besoin de ton aide.

Le visage de Matthew se fendit d'un sourire.

— Bien sûr.

— J'ai été contacté par un autre parent sur le même site. Il se fait appeler P.B.

Wilde lui montra le dernier mail de P.B. Matthew le lut deux fois.

— Attends… Tu l'as reçu quand, ce message ?

— Il y a quatre mois.

— Tu as la date exacte ?

— Oui, c'est écrit là. Pourquoi ?

Matthew ne quittait pas l'écran des yeux.

— Pourquoi n'as-tu pas répondu plus tôt ?

— Je ne l'avais pas vu.

— C'est donc ça, déclara Matthew toujours sans le regarder.

— Quoi ?

— La raison pour laquelle tu as l'esprit ailleurs.

— Je ne vois pas de quoi tu parles.

— Tu te sens coupable.

Matthew paraissait scotché à l'écran.

— Un parent à toi t'a appelé à l'aide. Et tu n'as même pas pris la peine d'entendre son appel.

Wilde le regarda.

— Je te trouve dur.

— Mais ?

— Tu n'as pas tort. Tu ne trouves pas qu'il s'exprime comme s'il était célèbre ?

— Peut-être qu'il est mytho, dit Matthew.

— Peut-être.

— C'est le problème des réseaux sociaux. Un gars de ma classe a posté une chanson et récolté cinquante mille vues sur sa chaîne YouTube. Du coup, maintenant il se prend pour Drake.

Ne sachant qui était Drake, Wilde garda le silence.

— Mais quelque chose là-dedans… reprit Matthew.

— Quoi ?

— Sutton saurait peut-être.

— Sutton, ton béguin depuis la quatrième ?

L'ombre d'un sourire joua sur les lèvres de Matthew.

— Depuis la cinquième même.

— La fille qui sort avec Crash Maynard ?

— Qui *sortait.*

Il ne put retenir son sourire plus longtemps.

— Tu as été absent un long moment, Wilde.

— Tu crois ?

— Sutton et moi, on est ensemble depuis presque un an maintenant.

Wilde sourit aussi.

— Cool.

— Oui.

Matthew rougit.

— Oui, c'est super.

— Euh… on n'a pas besoin d'aborder ce sujet-là, si ?

Matthew s'esclaffa.

— Tout va bien.

— Tu es sûr ?

— Tu as un train de retard, Wilde.

— Pardon.

— Maman a géré. C'est bon.

À la nouvelle pause publicitaire, Matthew se leva.

— À ce propos…

— Oui ?

— Je file sous la douche. Désolé de partir en courant, mais je passe la nuit chez Sutton.

— Oh, fit Wilde.

Puis :

— Ta mère est d'accord ?

Matthew répondit par une grimace.

— Sérieux ?

— Tu as raison. Ça ne me regarde pas.

Wilde se leva à son tour.

— Je vais y aller aussi.

Matthew grimpa les marches deux à deux et disparut dans sa chambre. Wilde allait monter dire au revoir à Laila quand son téléphone sonna. C'était Rola.

— Alors ?
— Bingo, répliqua Rola.
— Je t'écoute.
— J'ai une adresse pour PB&J. Mais ça n'a pas de sens.

8

L'adresse postale de PB&J était un luxueux appartement au soixante-dix-septième étage d'un gratte-ciel étincelant appelé simplement Sky sur Central Park sud à côté de l'hôtel Plaza. Haute de plus de quatre cents mètres, c'était la deuxième tour d'habitation la plus élevée de New York.

— C'est pas juste cossu, dit Rola. Ça pue le bif.

— Le bif ?

— J'ai appris ce mot dans un dico d'argot.

Wilde n'avait même pas envie de savoir.

— Et cet appartement est la propriété de PB&J ?

— Je n'en sais rien. Pour l'instant, j'ai juste leur adresse postale.

— Il n'y a pas moyen de savoir à qui ça appartient ?

— Je n'ai pas de chiffres, mais voilà : le premier prix d'un appartement dans cette tour est de dix millions.

— De dollars ?

— Non, de pesetas, rétorqua Rola. De dollars, évidemment. Le duplex du dernier étage est en vente à soixante-quinze millions.

Wilde se frotta le visage et consulta sa montre.

— Je pense pouvoir y être dans une heure.

— Quarante-six minutes si tu pars maintenant, d'après Waze, dit Rola.

— Je vais voir si je peux emprunter la voiture de Laila.

— Ooooooh, fit Rola en étirant le mot sur un ton moqueur. Tu es chez Laila ?

— Et Matthew, dit Wilde. Hester était là aussi.

— Ne le prends pas mal.

— Je ne le prends pas mal.

— J'aime bien Laila, ajouta Rola. Je l'aime beaucoup.

— Elle a quelqu'un.

— Ouais, mais tu sais ce que tu pourrais avoir, toi ?

— Quoi ?

— Un parent ultrariche qui habite Sky. Appelle-moi quand tu en sauras plus.

Wilde s'arrêta au pied de l'escalier et appela. Matthew dégringola les marches, lui tapa dans la paume sans s'arrêter et fila vers la porte en criant :

— À plus !

La porte claqua derrière lui.

Wilde resta un moment sans bouger.

— Il a grandi, dit Laila d'en haut.

— Oui.

— Ça craint.

— Oui.

— Il passe la nuit chez sa copine.

— Il me l'a dit.

— J'ai juré de ne pas être de ces mères-là, mais…

— Je comprends.

Wilde se tourna vers elle.

— Tu peux me prêter ta voiture ?

— Bien sûr.

— Je te la ramène ce soir.

— Ne t'embête pas. Je n'en aurai pas besoin avant midi.

— OK.

— Tu sais où est la clé.

Il hocha la tête.

— Merci.

— Bonne soirée, Wilde.

— Bonne soirée, Laila.

Elle retourna dans son bureau. Wilde prit la clé dans la corbeille près de la porte. Laila avait troqué sa BMW contre une Mercedes noire, la même que celle de Darryl. Fronçant les sourcils, il régla la radio sur une station rock et prit la route de Manhattan. Le trafic sur le pont George-Washington était étonnamment fluide. Wilde s'engagea sur le deuxième niveau et se rangea dans la file de droite. Même d'ici, loin de Central Park sud, on distinguait Sky dont le sommet se perdait dans les nuages.

Il se gara dans le parking souterrain de l'hôtel Park Lane. Sky était une tour de verre lisse et impersonnelle. Le hall d'entrée étincelait, tout en blanc, cristal et chrome. Durant le trajet, Wilde s'était demandé comment il allait s'y prendre et ce qu'il pouvait espérer en venant ici. Il entra.

Un vigile le toisa comme s'il venait de surgir d'une benne à ordures.

— Les livraisons, c'est la porte de service.

Wilde leva les mains.

— Vous voyez un colis, là ?

La femme bien habillée derrière le comptoir d'accueil vint à sa rencontre.

— Puis-je vous aider ?

Qui ne tente rien...

— Appartement 77, s'il vous plaît.

La réceptionniste échangea un regard entendu avec le vigile.

— Votre nom ?

— W.W.

— Pardon ?

— Dites-leur que c'est W.W.

Elle regarda à nouveau le vigile. Wilde essaya de décrypter leurs expressions. Un édifice comme celui-ci devait être bien gardé. Rien de surprenant à cela. Même s'il arrivait à franchir ce premier barrage, il y en aurait d'autres côté ascenseurs. Curieusement, plutôt que la méfiance ou l'inquiétude, c'est la lassitude et la résignation qu'il lut sur leurs visages. Comme s'ils rejouaient un scénario familier pour la millième fois.

La réceptionniste retourna à son bureau et décrocha le téléphone. Elle tint le combiné contre son oreille pendant près d'une minute, puis revint vers lui.

— Il n'y a personne.

— Bizarre. P.B. m'a dit de passer.

Ni le vigile ni la réceptionniste ne répondirent à cela.

— P.B. est mon cousin, hasarda Wilde.

— Mmm, fit le vigile, l'air de quelqu'un qui avait déjà entendu cela une centaine de fois. Vous n'êtes pas un peu vieux pour ça ?

— Pour quoi ?

La réceptionniste dit :

— Frank.

Frank le vigile secoua la tête.

— Vous feriez mieux de partir, euh…

Il leva imperceptiblement les yeux au ciel.

— … W.W.

— Puis-je lui laisser un message ? demanda Wilde.

— À qui ?

— À P.B.

Tous deux le regardèrent fixement.

— Vous êtes conscient, dit la réceptionniste, que nous ne pouvons dévoiler l'identité de nos résidents.

Il scruta leurs visages. À l'évidence, quelque chose lui échappait.

— Alors, je peux laisser un mot ou pas ?

La réceptionniste alla chercher un papier et un stylo. Wilde ne savait pas trop quoi écrire. Le plus simple serait d'expliquer qu'il était le W.W. du site généalogique et de donner le numéro d'un téléphone intraçable. Mais en avait-il envie ? Était-il prêt à s'exposer de la sorte ? D'ailleurs, à la réflexion, que faisait-il ici ? Il ne connaissait pas P.B. Il n'était pas responsable de son sort. Et il avait très bien vécu jusqu'ici sans connaître la solution au mystère de ses origines.

Que faisait-il ici ?

— Bien sûr, dit la réceptionniste. Puis-je voir vos papiers, s'il vous plaît ?

Il avait sur lui des documents au nom de Jonathan Carlson, mais cela risquait de soulever des interrogations au sujet de W.W. et de cette histoire de cousin, et tout ça pour quoi ? Fallait-il sacrifier un précieux alias pour ça ?

La réponse était non.

— J'essaierai son portable plus tard, déclara Wilde.

— Mais oui, dit Frank, vous n'avez qu'à faire ça.

En sortant, Wilde prit la direction de l'ouest. On aurait pu croire que le soi-disant Homme des Bois se sentait mal à l'aise à Manhattan, mais en fait c'était le contraire. Il aimait New York. Il aimait les rues, les bruits, les lumières, la vie. Était-ce paradoxal ? Peut-être. Ou alors c'était le contraste qui lui plaisait. De même qu'il n'y a pas de haut sans bas, de nuit sans jour, on ne saurait apprécier la campagne sans la ville. Et surtout, cette ville, si populeuse et animée soit-elle, vous offrait un espace de solitude pour déambuler et observer à votre guise parmi la foule.

Mais assez philosophé… Ce dont Wilde avait besoin, c'était un café et un croissant au chocolat de chez Kayser dans Columbus Circle.

Il s'arrêta à un distributeur pour retirer le montant quotidien maximal de 800 dollars auquel il avait droit. Un plan avait germé dans son esprit : attendre que l'un des employés comme le vigile ou la réceptionniste quitte son travail et lui graisser la patte pour obtenir des informations sur l'occupant de l'appartement 77. Mais il doutait que ça marche. Le vigile serait peut-être plus facile à soudoyer que la réceptionniste, à moins que ce ne soit un simple a priori de sa part.

Il traversa la rue et s'adossa à un mur de pierres côté parc pour pouvoir surveiller la sortie des employés. Le café était délicieux. Il mordit dans le croissant et se demanda pourquoi il ne quittait pas sa forêt plus souvent. Puis il songea à P.B. Que voulait-il ? Quelle était la cause de son mal-être ? Pourquoi quelqu'un qui vivait dans cette tour étincelante s'adressait-il à un parfait inconnu, même s'il partageait un peu de son ADN avec lui ?

Wilde faisait le guet depuis une heure quand son téléphone sonna.

C'était Laila.

Il décrocha.

— Salut.

— Salut.

Il y eut un silence.

— Matthew ne sera pas là cette nuit, dit-elle.

— Je sais.

— Wilde ?

— Oui, Laila ?

— Quand tu auras fini ce que tu as à faire, viens à la maison.

Il n'eut pas besoin de se faire prier.

Wilde dormit profondément cette nuit-là et se réveilla peu avant six heures du matin. Laila dormait à côté de lui. Il la contempla quelques instants, puis s'allongea sur le dos et, croisant les mains derrière sa nuque, regarda le plafond. Laila affectionnait le linge de lit blanc au tissage serré à l'extrême. Le prix était insensé, mais dans des moments comme celui-ci, il pouvait la comprendre.

Laila roula sur le côté et posa la main sur sa poitrine. Ils étaient nus tous les deux.

— Salut, dit-elle.

— Salut.

Elle se rapprocha. Il l'attira à lui.

— Alors, dit-elle, le Costa Rica.

— Oui, eh bien ?

— Ça n'a pas marché ?

— Ça a marché, répondit Wilde. C'est juste que ça n'a pas duré.

Il aimait Laila. Et Laila l'aimait. Au début, ils avaient essayé de construire un semblant de vie de couple, mais ça n'avait pas fonctionné. C'était sa faute à lui. Rien à voir avec le fantôme de David – même s'il avait été bien présent dès le départ – ni avec la peur de s'engager. Wilde n'était pas fait pour ce qu'on peut considérer comme une relation normale. Laila avait besoin d'autre chose. L'histoire se répétait en boucle : Laila rencontrait quelqu'un, Wilde s'éloignait pour ne pas gêner cette idylle naissante, il voulait son bonheur, mais l'idylle finissait généralement en queue de poisson non parce qu'il lui manquait mais parce qu'elle n'était toujours pas remise de la mort de David, son âme sœur, du coup Laila rompait avec son mec, après quoi elle se sentait seule, et là, dans la forêt, l'attendait Wilde, toujours disponible et qui ne demandait rien.

Lavez, rincez, renouvelez l'opération.

Lui, sa dernière tentative de vivre une « relation normale » avait eu lieu au Costa Rica avec une autre femme et sa fille. Tout s'était passé à merveille jusqu'à ce que ça explose en vol. *Toutes les relations ont une fin*, se disait-il pour se justifier. Sauf que dans son cas, ça arrivait plus vite que prévu.

— Quelle heure est-il ? demanda Laila.

— Presque six heures.

— Je doute que Matthew rentre avant midi.

— Mais je ferais mieux d'y aller quand même.

— Oui.

Il eut envie de lui parler de Darryl… et puis finalement non. Il se glissa hors des draps soyeux. Sentant son regard sur lui, il se dirigea pieds nus vers la salle de bains. Tout Monsieur Habitat-Écolo qu'il était, Wilde ne dédaignait pas le luxe d'une douche chaude à volonté. Il espérait que Laila se joindrait à lui, mais elle ne vint pas. Lorsqu'il sortit, elle était assise en peignoir au bord du lit.

— Ça va ? lui demanda-t-il.

— Oui.

Puis :

— Je t'aime, Wilde.

— Moi aussi je t'aime, Laila.

— Est-ce en partie à cause de moi que tu es parti au Costa Rica ?

Il ne lui avait jamais menti.

— En partie, oui.

— Dans mon intérêt ? Ou dans ton intérêt à toi ?

— Oui.

Laila sourit.

— Tu es resté longtemps avec elle.

— Avec elles deux, rectifia Wilde. Oui.

— Tout cela devrait être beaucoup plus simple, tu ne crois pas ?

Wilde se rhabilla et s'assit sur le lit à côté d'elle pour lacer ses baskets. Il avait d'autres choses à lui dire, mais cela pouvait attendre. Il se leva. Elle se leva. Ils s'étreignirent longuement. Cette chambre était chargée d'histoire. David était là, comme toujours. Ils en étaient conscients tous les deux, mais sa présence ne les gênait plus. Voilà des années qu'ils ne vivaient plus leur relation comme une trahison.

Wilde ne promit pas d'appeler. Ne demanda pas qu'elle l'appelle non plus. La situation était claire. La balle était dans le camp de Laila.

Il descendit, traversa le salon et, à sa surprise, tomba sur Matthew assis dans la cuisine devant un bol de céréales.

L'adolescent lui décocha un regard noir.

— On dirait que c'est de famille.

— Quoi ?

— Coucher à droite et à gauche, mentir, tout ça.

Wilde ne répondit pas. C'était à sa mère de lui parler, si toutefois elle le jugeait utile. Il se dirigea vers la porte du jardin.

— Allez, à plus.

— Tu ne veux pas savoir ce que j'entends par « c'est de famille » ?

— Dis-le-moi.

— C'est simple, déclara Matthew. Je sais qui est P.B.

9

Wilde s'assit à côté de lui. Matthew contemplait fixement ses céréales froides.

— Je croyais que c'était fini, maman et toi.

Wilde ne dit rien.

— Je sais que tu restais dormir des fois. Tu crois que je t'entendais pas filer le matin ?

— Je n'ai pas l'intention de discuter de ça avec toi.

— Dans ce cas, je ne te parlerai pas de P.B.

Attrapant la boîte de céréales, Wilde en vida une poignée dans sa paume et se mit à grignoter, le temps que Matthew finisse de bouder.

— Elle a quelqu'un d'autre maintenant, dit Matthew. Je te l'ai dit.

— Je n'ai pas l'intention de discuter de ça avec toi.

— Et pourquoi, hein ? Je suis plus un gamin.

— Mais tu réagis comme un gamin.

— Ben, c'est pas moi qui pars comme un voleur à six heures du matin.

Matthew prit une cuillerée de céréales et l'enfonça rageusement dans sa bouche.

— Qu'entends-tu par « c'est de famille » ? demanda Wilde.

— Toi et P.B.

— Eh bien ?

— Tu regardes jamais les émissions de téléréalité ?

Wilde le contempla d'un œil inexpressif.

— OK, fit Matthew. Suis-je bête. Mais ça te dit quelque chose, non ? Les émissions comme *Bachelor* ou *L'Île de la tentation* ?

Wilde continua à le fixer.

— Le nom complet de P.B. est Peter Bennett. Il a gagné un gros reality show.

— Gagné comme dans un jeu concours ?

— Pas exactement. Enfin, ce n'est pas *X Factor*. Tu connais *L'amour est un champ de bataille* ?

— Bien sûr, répondit Wilde. *Love Is a Battlefield*. Pat Benatar.

— Qui ça ?

— La chanson.

— Quelle chanson ? Je te parle d'une émission de téléréalité.

— On gagne, dans une émission de téléréalité ?

— Bien sûr. Non mais, d'où tu sors, Wilde ? C'est un genre de compétition. Au début, il y a trois femmes et vingt et un hommes qui tous cherchent le grand amour. Mais pour y arriver, bonne chance. C'est chaud, comme dit toujours l'animateur. L'amour, c'est comme la guerre. Devine où ça se passe ?

— Sur un champ de bataille ? répondit Wilde du tac au tac.

— Exactement.

— Tu es sérieux ?

Matthew hocha la tête.

— À la fin, il n'y a plus qu'une seule femme qui choisit un homme. Ils sont faits l'un pour l'autre. Les derniers à rester debout. Et ils se marient en direct. Dans le dernier épisode.

— Sur un champ de bataille ?

— Oui. L'an passé, c'était à Gettysburg.

— Et ce parent à moi, P.B. ?

— Peter Bennett.

— C'est ça. Il a gagné ?

— Lui et Jenn Cassidy, la femme de sa vie.

— Jenn ?

— Oui.

— S'il te plaît, fit Wilde, dis-moi que c'est une blague.

— Quoi ?

— Peter Bennett et Jenn. D'où le sigle PB&J ?

— C'est malin, hein ?

Wilde secoua la tête.

— Je ne suis pas certain de vouloir le rencontrer.

Matthew s'esclaffa.

— En tout cas, ils sont célèbres. Ou ils l'étaient. Il y a un an ou deux.

— Quand il a gagné l'émission ?

— Oui.

— Je suppose que PB&J ne sont plus ensemble.

— Pourquoi tu dis ça ?

— *Primo* – mais c'est peut-être moi –, j'estime que ce n'est pas le meilleur moyen de rencontrer l'amour de sa vie. Dans un concours à la télé.

— T'es expert en relations amoureuses maintenant ?

— Touché, dit Wilde.

— Et secundo ?

— Tu m'as balancé « C'est de famille » parce que tu étais en colère contre moi. J'en déduis que P.B. – Pauvre Blaireau ou ce que tu voudras – a trompé sa Jenn.

— Trop fort, déclara Matthew.

— Comment as-tu appris ça ? lui demanda Wilde.

— J'ai vu un ou deux épisodes, mais Sutton et ses copines de fac regardent ce truc religieusement. Avant chaque épisode, elles se partagent un *space cake* et du coup ça les fait pleurer de rire.

— Et où est-il aujourd'hui ?

— Peter Bennett ?

— Oui.

— C'est ça, le hic. Personne ne sait. Il a disparu.

La porte de la cuisine s'ouvrit. Laila entra en peignoir éponge, les sourcils froncés.

— Je pensais bien avoir entendu des voix.

Ils se retournèrent tous les deux. Matthew parla le premier :

— Tu veux bien m'expliquer ce qui se passe ?

Laila le regarda.

— Je dois te répondre maintenant ?

— Ce serait pas mal.

— Non, je suis toujours la mère, et tu es toujours le fils.

— T'as rompu avec Darryl ?

Laila jeta un furtif coup d'œil à Wilde.

— Pourquoi tu es là, au fait ? Tu ne devais pas dormir chez Sutton ?

— Jolie manœuvre de diversion, maman.

— Je n'ai pas besoin de faire diversion. Je suis la mère.

— Eh bien, j'avais prévu de rester chez Sutton, mais j'avais quelque chose à dire à Wilde. Du coup, je suis repassé chercher les clés de la voiture, et j'ai entendu du bruit en haut.

Il y eut un silence.

Laila gratifia Wilde d'un regard éloquent.

Il se leva.

— Je vais vous laisser tous les deux.

Il sortit par la porte du jardin, ferma les yeux et aspira une grande goulée d'air. Pourquoi Laila l'avait-elle appelé ? Qu'avait-elle derrière la tête ? Peut-être devrait-il disparaître à nouveau, histoire de ne pas lui compliquer la vie, mais réflexion faite, ce serait insultant pour elle. Laila était tout sauf une potiche. Elle était capable de savoir ce qu'elle voulait sans qu'il intervienne pour jouer les sauveurs.

Une fois à l'orée du bois, Wilde appela Rola. Il était tôt, mais elle était sûrement déjà levée, ou alors elle aurait coupé son téléphone. Elle répondit dès la première sonnerie avec, en toile de fond, le vacarme du petit déjeuner familial.

— Qu'est-ce qui t'arrive ?

Il lui répéta ce qu'il venait d'apprendre au sujet de Peter Bennett.

— Quand tu dis qu'il a disparu… commença-t-elle.

— Je n'en sais pas plus. Il faut que je fouille de mon côté.

— Au moins, on a son nom maintenant. Ça devrait le faire. Je vais vérifier ses cartes de crédit, ses factures de téléphone… La routine, quoi. Je suis sûre qu'il ne sera pas difficile à localiser.

— Ça marche.

— On a aussi un nouveau chez CRAW, Tony, qui s'y connaît en généalogie.

— Quel rapport entre une agence de sécurité privée et la généalogie ?

— Tu crois que tu es le seul à rechercher tes parents biologiques ?

— Des enfants nés sous X ?

— De moins en moins. En fait, beaucoup de gens s'inscrivent sur un site ADN juste pour s'amuser. Ou pour en savoir plus sur leurs ascendants. Au final, ils découvrent que leur père – c'est souvent le père, même si ça peut être la mère ou les deux parents – n'est pas leur vrai père. Et la famille implose.

— J'imagine.

— La plupart du temps, le père n'est même pas au courant. Il a élevé le gamin comme son fils, et maintenant que celui-ci a grandi, qu'il a vingt, trente ou quarante ans, il apprend que sa femme a couché avec un autre homme et que toute sa vie est bâtie sur un mensonge.

— Ça risque d'être déplaisant.

— C'est peu de le dire. Je vais demander à Tony d'étudier l'arbre généalogique de Peter Bennett. Il trouvera peut-être quelqu'un là-dedans en lien avec toi.

— Merci.

— Je te rappelle dès que j'ai du nouveau.

Wilde récupéra son ordinateur portable dans l'Écocapsule et alla se poser trois kilomètres plus loin, à un endroit où il pouvait se connecter à Internet sans se faire repérer. Il tapa « Peter Bennett » et « PB&J » dans Google. Ce fut une avalanche d'informations. *L'amour est un champ de bataille* avait engendré des milliers, sinon des millions de pages, de posts sur les réseaux sociaux, de podcasts, de forums et autres.

Peter Bennett.

Wilde examina quelques-unes des innombrables photos de son cousin. Y avait-il une ressemblance entre Bennett et lui ? La réponse était oui. Du moins, c'est ce qu'il lui semblait. Peut-être qu'il se leurrait, mais la peau mate, les paupières lourdes, la forme de la bouche… Il y avait quelque chose là-dedans. Peter Bennett avait 2,8 millions de followers sur Instagram. C'était sans doute beaucoup. Il y avait plus de trois mille posts. Il les parcourut rapidement. La plupart représentaient un Peter Bennett souriant aux côtés d'une Jenn Cassidy radieuse ; les photos laissaient entendre que ces deux-là étaient amoureux et riches, au risque d'inspirer l'envie plutôt que l'admiration. Wilde cliqua sur le profil de Jenn Cassidy et vit qu'elle avait 6,3 millions de followers.

Intéressant. Les stars féminines de la téléréalité avaient-elles plus de fans que leurs homologues masculins ?

Il revint sur la page de Peter Bennett pour l'étudier de plus près. Sa photo de profil le montrait torse nu. Il avait la peau lisse et luisante, et des tablettes de chocolat sculptées témoignant plus d'un désir de frimer que de se muscler réellement. Pendant deux ans, Peter Bennett avait posté au moins une photo par jour : lui et Jenn en vacances aux Maldives, dans des soirées de gala et aux premières, essayant des habits de stylistes, préparant des repas extravagants, faisant du sport, dînant dans des restaurants gastronomiques, dansant dans des boîtes de nuit. Mais les posts avaient ralenti au cours de l'année jusqu'à disparaître complètement. Le dernier remontait à quatre mois : c'était la vue plongeante d'une falaise avec une cascade. La légende indiquait qu'il s'agissait des falaises d'Adiona en Polynésie française. Le message qui l'accompagnait était bref :

Je veux seulement la paix.

Les mêmes mots que dans la missive désespérée de P.B. Plus aucun doute possible : Peter Bennett était P.B.

Wilde cliqua sur cet ultime post et lut les commentaires :

Allez, saute !
Bye bye !
Crève, salope.
J'espère que tu vas atterrir sur un rocher et agoniser pendant qu'un animal viendra te manger la peau et que les fourmis rouges se glisseront dans ton rectum et…

Wilde se redressa. C'était quoi, ce délire ?

Il revint en arrière. Au cours des derniers mois, Bennett avait posé seul. Sans Jenn. Wilde continua à remonter dans le temps. La dernière photo avec le hashtag #PB&J était datée du 18 mai. Le #CoupleIdéal, comme on les surnommait fréquemment, était assis sur des transats à Cancún, une Margarita glacée dans une main et une bouteille de tequila d'une marque réputée dans l'autre. Ils étaient sponsorisés, comprit Wilde. Pratiquement toutes les photos étaient des publicités pour lesquelles ils avaient dû toucher de l'argent.

Après cette dernière image du beau couple, il n'y eut aucun nouveau post sur la page de Bennett pendant trois semaines… Une éternité, semblait-il, dans la galaxie des réseaux sociaux. Puis ce fut un simple encadré avec une citation :

> Ne vous pressez pas de croire
> Ce que vous entendez,
> Car les mensonges se propagent plus vite
> Que la vérité.

Le nombre total des likes sous sa dernière photo avec Jenn à Cancún ? 187 454.

Le nombre des likes sous cette citation ? 743.

Wilde passa les deux heures suivantes à recueillir un maximum d'informations sur son éventuel cousin. Il consulta les forums, les réseaux sociaux et le cloaque du Net par excellence : les commentaires. Ce qui lui donna envie de prendre une douche et de s'enfoncer encore plus profondément dans la forêt.

Sans entrer dans les détails, voici ce qu'il réussit à glaner :

Peter Bennett s'était inscrit à l'émission de téléréalité *L'amour est un champ de bataille*. Beau, charmant, gentil, poli, modeste, Bennett était rapidement devenu le candidat favori de la saison. Le dernier épisode – quand Jenn Cassidy avait préféré Peter Bennett au « bad boy » Bob Jenkins, dit « Big Bobbo », lors de la bataille finale – avait pulvérisé tous les records d'audience des dix années passées.

C'était il y a trois ans.

Contrairement à la plupart des couples qui se forment à la télévision, Peter et Jenn – alias PB&J – démentirent tous les pronostics en restant ensemble. Leur mariage et tous les événements qui allaient avec – la fête des fiançailles, l'enterrement de vie de jeune fille, l'enterrement de vie de garçon, le déjeuner de la mariée, la soirée cigares des garçons d'honneur, le Cerf et la Biche (allez savoir ce que ça représentait), la répétition de la cérémonie, le brunch du lendemain, la lune de miel – furent largement médiatisés. Leur vie tout entière ressemblait à un gigantesque clip commercial, ce qui visiblement ne les gênait pas le moins du monde.

Le couple nageait dans le bonheur. Il ne leur manquait plus qu'un bébé PB&J. Les fans se demandaient sur les forums quand Jenn allait tomber enceinte. Il y eut des enquêtes et même des paris pour savoir si ce serait un garçon ou une fille. Mais comme il n'y avait toujours aucune grossesse en vue, Peter et Jenn annoncèrent conjointement, sur un ton beaucoup plus sombre que d'habitude, que l'heureux couple avait des problèmes de fertilité et qu'ils les affronteraient comme ils affrontaient tout le reste : avec amour et solidarité.

Et publicité.

Peter et Jenn mirent en ligne le protocole médical qu'ils devaient suivre : les piqûres, les traitements, les opérations, le prélèvement d'ovocytes, même le recueil du sperme… Mais les trois premières tentatives de FIV échouèrent. Jenn n'était toujours pas enceinte.

Puis tout explosa.

Cela se passa dans le podcast vidéo de Reality Ralph de la manière la plus cruelle qui soit. Ralph avait invité Jenn, prétendument pour parler de ses problèmes d'infertilité et redonner ainsi un peu d'espoir à celles qui traversaient la même épreuve.

Ralph : Et Peter, il tient le coup malgré tout ce stress ?

Jenn : Il est extraordinaire. Je suis la femme la plus heureuse du monde.

Ralph : C'est vrai, Jenn ?

Jenn : Bien sûr.

Ralph : Sûr et certain ?

Jenn : (rire nerveux) Qu'essayez-vous de me dire ?

Ralph : Je dis que Peter Bennett n'est peut-être pas celui qu'on croyait. Je dis que si vous regardez ceci…

Ralph montra à une Jenn sidérée des textos, des captures d'écran, des photos de pénis… Le tout, affirma-t-il, envoyé par Peter Bennett à quelqu'un. Jenn attrapa la bouteille d'eau d'une main tremblante.

Ralph : Désolé de vous montrer tout ça…

Jenn : Vous savez combien il est facile de falsifier ces choses-là ?

Ralph : Nous avons fait appel à des experts. Je suis navré de vous le dire, mais ils proviennent bien du téléphone de Peter et de son ordinateur. Les images, euh… plus intimes, allez-vous nier que c'est votre mari ?

Silence radio.

Ralph : Il y a pire, mes amis. L'une des femmes concernées est ici, avec nous.

Jenn retira son micro et se leva, furieuse.

Jenn : Je ne vais pas rester là à…
Ralph : Place à notre invitée. Allez-y, c'est à vous.
Invitée/Marnie : Jenn ?

Jenn se figea.

Invitée/Marnie : Jenn ? (sanglots) Je suis vraiment désolée…

Jenn était sans voix. Marnie était la jeune sœur de Jenn Cassidy, fut-il expliqué. Avec force messages et captures d'écran, Marnie raconta que Peter l'avait harcelée sans répit jusqu'à la soirée fatidique où elle avait trop bu en sa compagnie, vraiment trop bu. Ou peut-être – elle ne pouvait l'affirmer avec certitude – qu'il l'avait droguée.

Invitée/Marnie : Quand je me suis réveillée… (sanglots)… j'étais nue et j'avais mal partout.

La réaction fut prévisible et fulgurante. Le hashtag #cancelpeterbennett caracola dans les dix premiers sur Twitter pendant presque une semaine. Là-dessus, une flopée d'anciens candidats de *L'amour est un champ de bataille* prirent la parole à la radio, dans des podcasts, sur des plateformes de streaming et les réseaux sociaux pour expliquer aux fans insatiables qu'ils avaient toujours soupçonné Peter Bennett d'être un peu « bizarre ». Une source anonyme « confirma » que Peter Bennett avait berné le producteur de l'émission ; d'autres prétendaient que la production avait créé de toutes pièces ce personnage de gentil garçon, sachant que Bennett était un sociopathe capable de jouer tous les rôles.

Peter, pour sa part, clama son innocence, mais ses protestations se perdirent dans l'hallali général. Quant à Jenn Cassidy, elle refusa de parler et choisit de se couper du monde, même si, d'après les « sources proches », elle était « anéantie » et « songeait à divorcer ». Jenn publia une déclaration demandant de respecter son « intimité durant cette période douloureuse ». Mais, bon, quand on étale en public les moments heureux de sa vie, difficile de se cacher quand ça vire à la tragédie.

Wilde sentit son téléphone vibrer. C'était Rola.

— Mauvaise nouvelle.

— Quoi ?

— Je pense que Peter Bennett est mort.

10

— Tu as eu le temps de le googler ? demanda Rola.

— Oui.

— Tu connais donc la sordide histoire de PB&J.

— J'en sais suffisamment.

— C'est fou, non ?

— Tu l'as dit.

— La plupart des gens pensent qu'il s'est suicidé en se jetant de cette falaise.

— Et toi ?

— Aussi.

— Pourquoi ?

— Soit Peter Bennett est mort, soit c'est un surdoué de la cavale… Or c'est plutôt rare. Je continue à chercher, mais jusqu'ici, aucune activité sur ses cartes de crédit, ses factures, son téléphone, pas de retrait au distributeur, rien. Alors, tu prends tout ça, tu ajoutes les posts sur les réseaux sociaux, le message énigmatique qu'il t'a adressé, le harcèlement mérité ou non, le chagrin d'avoir été mis au ban de la société et, soyons clairs, d'être haï par le monde entier. Tu mets le tout dans un blender, tu mixes, et le résultat ne va pas être joli.

Wilde réfléchit un instant.

— Rien du côté de l'arbre généalogique ? dit-il.

— Le père de Peter Bennett est mort il y a quatre ans. Shirley, sa mère, vit dans une résidence seniors à Albuquerque.

— Je dois être apparenté à l'un des deux.

— Sûrement. Il est aussi le dernier d'une famille de quatre enfants. Ta meilleure option, c'est la sœur de Peter, Vicky Chiba. Elle est aussi son agent… C'est elle qui gère sa carrière. Elle et son mari, Jason Chiba, habitent à West Orange.

— Bien reçu.

— Wilde, tu sais que West Orange, c'est à deux pas de chez moi ?

— Je sais.

— Je t'envoie l'adresse de Vicky Chiba. Peut-être, après que tu seras passé la voir…

Rola n'eut pas besoin de finir sa phrase. West Orange était à une demi-heure de route, si ça roulait. Wilde loua une voiture chez Hertz sur la Route 17 et arriva chez les Chiba peu avant midi. Il sonna à la porte. Vicky Chiba entrouvrit le battant en bois, mais garda la porte moustiquaire fermée.

— Vous désirez ?

Elle avait les cheveux blancs. D'un blanc immaculé. Un blanc plus blanc que blanc. Le genre de blanc qu'on associe plus à une substance chimique qu'à l'âge. Sa frange était coupée droit à la hauteur des yeux. Ses bras étaient chargés de bracelets. De longues plumes lui pendaient aux oreilles.

— Je cherche votre frère, Peter.

Vicky Chiba n'eut pas l'air surprise.

— Et vous êtes ?

— Mon nom est Wilde.

Elle soupira.

— Vous êtes un fan ?

— Non, je suis votre cousin.

Sans ouvrir la porte moustiquaire, Vicky Chiba croisa les bras et l'examina de la tête aux pieds comme s'il était un article qu'elle envisageait d'acheter.

— Votre frère Peter, dit Wilde.

— Oui ?

— Il s'est inscrit sur un site de généalogie.

Une lueur traversa furtivement son regard.

— On a matché. Cousins issus de germain.

— Attendez, je ne vous ai pas déjà vu quelque part ?

Wilde ne répondit pas. Il avait l'habitude. L'histoire du garçon de la forêt avait défrayé la chronique plus de trente ans auparavant. À l'époque, Vicky n'était qu'une ado, mais une fois par an, une chaîne de télévision en manque de sujets lui consacrait un « Que sont-ils devenus ? » bien malgré lui, du reste.

— Ça veut dire, poursuivit-il en espérant la convaincre, que nous sommes cousins aussi.

— Je vois, dit-elle d'une voix blanche. Que lui voulez-vous, à mon frère ? De l'argent ?

— Vous dites que ma tête ne vous est pas inconnue.

— En effet.

— Vous souvenez-vous de l'histoire de l'enfant sauvage trouvé dans la forêt ?

Vicky fit claquer ses doigts.

— Mais oui, c'est ça.

Wilde attendit.

— Vous n'avez jamais su comment vous vous êtes retrouvé dans cette forêt, hein ?

— Exact.

— Attendez...

Sa bouche s'arrondit ; elle venait de comprendre.

— Nous sommes donc parents ?

— Il semblerait que oui.

Vicky déverrouilla en vitesse la porte moustiquaire.

— Entrez.

Son intérieur, comme son apparence, méritait bien le qualificatif de bohème. Motifs chaotiques, textures mélangées, couches désordonnées, explosions de couleurs... Tout semblait agité, même si rien ne bougeait. Sur la table, il y avait une sorte de boule de cristal avec des cartes de tarot et des livres sur la numérologie. L'un des murs était recouvert d'une tapisserie géante avec une silhouette en position de lotus et sept pierres précieuses représentant les sept chakras descendant du sommet de la tête jusqu'au bassin. Ou était-ce dans l'autre sens ? Wilde ne se souvenait plus.

— Vous avez l'air sceptique, dit Vicky.

— Pas du tout, répondit-il pour éviter de polémiquer.

— Ça m'a beaucoup aidée dans ma vie.

— Je n'en doute pas.

— Votre présence ici. Ce n'est pas un hasard.

— Je sais.

— Mais j'avoue que je suis surprise. Vous dites que mon frère s'est inscrit sur un site de généalogie ?

— Oui.

Vicky secoua la tête et les plumes de ses boucles d'oreilles rebondirent sur ses joues.

— Ça ne lui ressemble pas. Il a donné son nom ?
— Non, juste les initiales.
— Il ne vous a pas dit son nom ?
— Non.
— Alors comment avez-vous su qui il était ?
Wilde esquiva la question.
— Si j'ai bien compris, votre frère est porté disparu.
— Peter n'a pas disparu, dit Vicky. Peter est mort.

11

Elle voulut entendre l'histoire de Wilde d'abord.

— Waouh ! s'exclama-t-elle quand il eut terminé son récit. Voyons si j'ai bien tout compris. Une parente à nous a séjourné en Europe dans les années 1980. Là-bas, elle a rencontré un soldat en permission et elle est tombée enceinte. C'est ça ?

Wilde hocha la tête.

— On ne sait pas comment, le bébé, un garçon, vous, a été abandonné dans la forêt et n'a aucun souvenir de sa vie d'avant. Finalement, vous avez été secouru et recueilli, et aujourd'hui, genre trente-cinq ans après, vous ne savez *toujours* pas comment vous avez atterri dans cette forêt.

Vicky leva les yeux.

— J'ai bien résumé la situation ?

— Oui.

Elle regarda en l'air, perdue dans ses pensées.

— Si c'était quelqu'un de ma famille, je l'aurais su, non ?

— Elle a peut-être caché sa grossesse, répondit Wilde.

— C'est possible. D'après ce que vous dites, votre mère aurait eu entre dix-huit et vingt-cinq ans maxi quand elle a rencontré votre père biologique.

— C'est à peu près ça.

Elle rumina pendant quelques instants.

— Mon père est mort, et maman… elle est là sans être là, si vous voyez ce que je veux dire. Mais je peux essayer de mettre la main sur notre arbre généalogique. Du côté de mon père, ils sont férus de généalogie. Ils pourraient peut-être vous aider.

— Très volontiers, dit Wilde avant de changer de sujet. Qu'est-ce qui vous fait croire que votre frère est mort ?

— Dites-moi franchement. Vous êtes un spectateur ?

— Un spectateur ?

— De *L'amour est un champ de bataille.*

— Non, répondit Wilde. J'ai entendu parler de cette émission aujourd'hui seulement.

— Mais vous avez contacté Peter par l'intermédiaire de ce site ?

— J'ignorais qui il était. Il n'avait mis que ses initiales.

Puis Wilde ajouta :

— Peter m'a écrit le premier.

— Ah bon ?

Vicky désigna d'un geste le téléphone de Wilde.

— Je peux voir ce qu'il dit ?

Wilde ouvrit la messagerie du site généalogique et lui passa son portable. Les yeux de Vicky, pendant qu'elle lisait, s'emplirent de larmes.

— C'est dur, dit-elle doucement.

Wilde garda le silence.

— Toute cette douleur, cette souffrance.

Elle secoua la tête sans quitter l'écran des yeux.

— Vous êtes allé voir sur les réseaux sociaux ?

— Oui.

— Vous savez donc ce qui lui est arrivé.

— En partie, dit Wilde. Vous pensez qu'il a sauté de cette falaise dont il a posté l'image ?

— Oui, bien sûr. Pas vous ?

Il préféra ne pas répondre.

— A-t-il laissé une lettre ?

— Non.

— Vous a-t-il envoyé un message quelconque ?

— Non plus.

— Et à quelqu'un d'autre… Votre mère par exemple, ou Jenn Cassidy ?

— Pas à ma connaissance.

— Et ils n'ont jamais retrouvé le corps.

— C'est rare qu'ils retrouvent les gens qui se jettent des falaises d'Adiona. C'est ce qui fait l'attrait du lieu. On saute dans le vide au bout du monde.

— Si je pose toutes ces questions, c'est pour comprendre pourquoi vous êtes aussi sûre qu'il est mort.

Vicky réfléchit un instant.

— Pour plusieurs raisons. La première… Eh bien, ça ne va pas vous plaire parce que vous êtes loin de tout cela.

Wilde ne réagit pas.

— Il y a une force vitale dans l'univers. Je ne vais pas entrer dans le détail, surtout avec un sceptique aux chakras bloqués, ça n'en vaut pas la peine. Mais je sais que mon frère est mort. Je l'ai senti quitter son corps.

Ravalant un soupir, Wilde laissa passer un moment. Le silence devenait pesant.

— Vous avez dit : plusieurs raisons. L'une, vous *sentez* que Peter est mort. Et quelles sont les autres ?

Vicky fit un geste d'impuissance.

— Où voulez-vous qu'il soit ?

— Je n'en sais rien.

— Si Peter est vivant, poursuivit-elle, alors où est-il, hein ? Ou peut-être avez-vous des infos que je n'ai pas ?

— Non, mais je voudrais essayer de le retrouver, si vous n'y voyez pas d'objection.

— Pourquoi ?

Puis :

— Ah oui, je vois.

Elle brandit le téléphone de Wilde avant de le lui rendre.

— Vous vous sentez coupable. Peter vous a envoyé ce message de détresse, et vous n'avez pas répondu.

Ce n'était pas vraiment un reproche, mais pas une absolution non plus.

— Moi aussi je m'en veux, si ça peut vous consoler. Non mais, regardez-le.

Elle prit un cadre avec une photo représentant quatre personnes : Vicky, Peter et deux autres qui devaient être leur frère et sœur.

— C'est votre fratrie ? demanda Wilde.

Vicky hocha la tête.

— Les quatre enfants Bennett. Je suis l'aînée. Elle, c'est ma sœur Kelly. On était inséparables. Puis il y a eu notre frère Silas. Kelly et moi, on l'a pourri gâté jusqu'à l'arrivée de Peter. Regardez son visage. Regardez bien.

Wilde obtempéra.

— Ça se sent, non ?

Il ne dit rien.

— L'innocence de Peter, sa naïveté, sa fragilité. Nous autres, on n'est pas trop moches, mais Peter avait quelque chose de plus. La téléréalité, c'est bidon bien sûr. Tout est écrit d'avance. Mais n'empêche que votre vraie nature finit par transparaître. Et Peter, par nature, était la bonté même. C'était quelqu'un de pur.

Wilde se retint de demander pourquoi « quelqu'un de pur » aurait drogué sa belle-sœur pour la violer car Vicky Chiba aurait soit nié, soit coupé court à la conversation, ce qui n'arrangerait en rien ses affaires.

— Vous dites que vous vous en voulez aussi. Pourriez-vous m'expliquer pourquoi ?

— Parce que je l'ai embarqué là-dedans. Je savais qu'il deviendrait une star, et j'ai tiré les tarots. Ils m'ont encouragée à agir plutôt que réagir. Ça me le disait tout le temps : « Sois active plutôt que réactive. » Or, dans ma vie, j'ai toujours été réactive. Du coup, j'ai rempli le dossier de candidature pour l'émission. Je ne pensais pas que ça aboutirait. Ou peut-être que si. Je ne sais plus. Mais je n'étais pas vraiment consciente de l'impact à long terme sur la psyché de Peter.

— Comment ça ?

— La gloire, ça vous change un homme. OK, c'est un lieu commun, mais personne n'en sort indemne. Quand vous êtes en pleine lumière, c'est chaud, c'est réconfortant, c'est la drogue la plus addictive du monde. Les gens célèbres disent tous que non – qu'ils sont au-dessus de ça –, mais pour les stars de la téléréalité, c'est encore pire.

— Dans quel sens ?

— Ça ne dure pas. Il y a toujours une date de péremption. J'ai travaillé quelque temps à Hollywood. Et j'ai souvent entendu dire que les plus grandes stars étaient des gens gentils. Le plus souvent c'était vrai, voyez-vous, mais vous savez pourquoi ?

Wilde secoua la tête.

— C'est parce qu'elles peuvent se le permettre. Ces icônes du cinéma sont assurées de briller indéfiniment. Mais pour les stars de la téléréalité, c'est exactement l'inverse. Elles savent que la lumière va s'estomper avec le temps.

Wilde désigna la photo de famille dans sa main.

— Et c'est ce qui est arrivé à votre frère ?

— J'ai cru que Peter gérait la situation au mieux. Je pensais qu'il allait fonder un foyer avec Jenn et qu'ils seraient heureux, mais quand tout est parti en fumée…

Sa voix se brisa. Ses yeux s'embuèrent.

— D'après vous, dit-elle, Peter serait encore en vie ?

— Je ne sais pas.

— Ça ne tient pas debout, déclara-t-elle sur un ton faussement assuré. S'il était en vie, il m'aurait contactée.

Wilde resta silencieux. Vicky Chiba y était presque.

— D'un autre côté, si Peter avait décidé de quitter ce monde…

Elle s'interrompit, cilla pour chasser ses larmes, se ressaisit.

— … je pense qu'il m'aurait prévenue. Pour me dire au revoir.

Ils restaient là, debout, l'un en face de l'autre.

— Revenons une seconde en arrière, dit Wilde. Quand avez-vous vu Peter pour la dernière fois ?

— Il habitait chez moi.

— Ici ?

— Oui.

— Et quand est-il parti ?

— Vous avez vu son profil sur les réseaux sociaux ?

— Sur quelques-uns, oui.

— Il est parti trois jours avant son dernier post sur Instagram.

— Celui avec la falaise ?

— Oui.

— Comment est-ce arrivé ?

— C'est-à-dire ?

— Il habitait ici, c'est bien ça ?

— Oui.

— Alors qu'est-ce qui l'a poussé à partir ? Que vous a-t-il dit ?

Les yeux de Vicky débordèrent de nouveau.

— En apparence, Peter semblait aller mieux. Il y a eu ce post : « Ne vous pressez pas de croire ce que vous entendez. » Vous l'avez vu ?

Wilde acquiesça.

— J'ai donc cru qu'il était en train de tourner la page, mais avec le recul, je me rends compte que ce n'était pas naturel. Comme s'il se préparait à une bataille qu'il était sûr de ne pas gagner.

Elle s'approcha de l'ordinateur qui trônait sur un bureau dans un coin.

— Vous avez lu les commentaires sous ses posts ?

— Oui.

— C'est immonde, non ?

— Tout à fait.

— Avant son départ, Peter les a tous lus. Jusqu'au dernier. Ne me demandez pas pourquoi. J'ai essayé de l'en dissuader. Ça l'a fait partir en vrille. Il a passé sa dernière journée à ça. À lire les commentaires. Puis il a parcouru les centaines de MP.

— MP ?

— Messages privés. C'est comme le service de messagerie sur votre site de généalogie. Les gens qui ont un compte sur Instagram peuvent vous écrire directement. D'habitude, on les lit rarement. Je me suis efforcée de suivre quand Peter était au faîte de sa popularité – c'était important pour lui, d'être gentil avec ses fans –, mais il y en avait tellement que c'était impossible. Bref, il est tombé sur un message particulièrement abject. À mon avis, ça a été la goutte d'eau qui a fait déborder le vase.

— Quand l'a-t-il reçu ?

— Un ou deux jours avant son départ. Une espèce de salopard toxique le trollait depuis quelque temps déjà, mais là… C'est la première fois que je l'ai vu en colère. Au début de cette histoire, il était surtout perdu et désemparé. Comme si la vie lui avait mis une énorme gifle et qu'il essayait de reprendre ses esprits pour comprendre ce qui lui arrivait. Mais cette fois, il a voulu régler son compte à ce type.

— L'auteur du message toxique ?

— Oui.

— Et que disait ce message ?

— Je ne sais pas. Peter a refusé de me le montrer. Deux jours après, il a fait sa valise et il est parti.

— Vous a-t-il dit qu'il partait et où il allait ?

Vicky secoua la tête.

— Quand je suis rentrée du travail, la maison était vide.

— J'imagine que vous avez essayé de le joindre ?

— Oui, mais il n'a pas répondu. J'ai appelé Jenn. Elle m'a dit qu'ils ne s'étaient pas parlé depuis plusieurs semaines. J'ai téléphoné à d'autres amis. Rien. Au bout de trois jours, je suis allée à la police.

— Et comment ont-ils réagi ?

— Comment voulez-vous qu'ils réagissent ? rétorqua Vicky avec un haussement d'épaules. Peter est un adulte. Ils ont pris ma déposition et m'ont renvoyée dans mes pénates.

— Pouvez-vous me montrer ce message ? demanda Wilde. Celui qui l'a bouleversé.

— Pour quoi faire ? Toute cette haine, au bout d'un moment c'est difficile à digérer.

— J'aimerais le voir, si ça ne vous dérange pas.

Vicky hésita, mais pas très longtemps. Elle ouvrit Instagram sur son téléphone et alla sur le profil de son frère. Wilde revit la fameuse falaise avec la légende :

Je veux seulement la paix.

Vicky déplaça le curseur, et il relut le message précédent dans son encadré :

Ne vous pressez pas de croire
Ce que vous entendez,
Car les mensonges se propagent plus vite
Que la vérité.

— Cet abruti avec le pseudo SarbRuegnev a laissé beaucoup de commentaires, dit Vicky. Toujours des horreurs du genre « Tu vas payer » ou « Je sais tout sur toi », « J'ai des preuves », « Tu mérites la mort ». Mais voici ce qu'il a écrit sous ce post.

Elle fit défiler la page jusqu'au message en question. La photo de profil de SarbRuegnev était un gros bouton rouge avec l'inscription « COUPABLE ». Son commentaire disait :

Regarde tes MP.

— Il est peut-être serbe, ce SarbRuegnev, dit Vicky.

— Non, dit Wilde.

— Ah ?

— SarbRuegnev, c'est Bras Vengeur à l'envers.

— C'est un malade, souffla Vicky. Un grand malade.

— Pourrais-je voir son message à votre frère ?

Vicky hésita.

— Je peux vous parler franchement ? dit-elle.

Wilde attendit.

— Je n'y tiens pas trop. À vous montrer ce message, j'entends, reprit-elle.

— Pourquoi ?

— Il y a un certain ordre dans l'univers, et je ressens tout cela comme une grave perturbation cosmique.

Wilde ravala un autre soupir.

— Moi non plus je n'ai pas envie de perturber l'ordre cosmique, mais y a-t-il plus perturbant qu'une question sans réponse ? Ces doutes ne sont-ils pas un obstacle à la force vitale ?

Vicky parut réfléchir.

— Je ne vous le demanderais pas si je ne le jugeais pas important, ajouta Wilde.

Elle hocha la tête et pianota sur les touches. Puis elle fronça les sourcils, s'interrompit, marmonna quelque chose, se remit à taper.

— Bizarre.

— Quoi ?

— Je ne peux pas accéder au compte Instagram de Peter.

Elle croisa le regard de Wilde.

— Ça me dit « mot de passe incorrect ».

Wilde fit un pas vers elle.

— Quand vous êtes-vous connectée pour la dernière fois ?

— Je ne sais plus. D'habitude on ne le ferme pas… Enfin, je crois. Les nouvelles technologies, c'est pas trop mon truc.

— Peter gérait-il lui-même sa communication sur les réseaux sociaux ?

— Ces derniers temps, oui. À un moment, quand Jenn et lui gagnaient des sommes à six chiffres par mois, ils ont fait appel à une société qui s'occupait de la pub et du placement de produits.

— Six chiffres par mois ?

— Sans problème. L'année de la victoire, je dirais même que c'était plus proche des sept chiffres.

Wilde pensait avoir mal compris.

— Par mois ?

— Mais oui.

Vicky essaya de nouveau et secoua la tête.

— Il a peut-être changé de mot de passe. Il ne voulait peut-être pas qu'on voie ces messages.

Elle détourna le regard.

— Je sais que ça part d'une bonne intention, mais à mon avis on devrait s'arrêter là.

Wilde sentit qu'il était en train de la perdre. Alors il eut une idée.

— OK, n'en parlons plus pour l'instant. Vous avez accès à ses mails ?

— Oui.

— Vous les avez consultés ?

— Pas récemment. Pourquoi aurais-je fait ça ?

— Il pourrait y avoir quelque chose là-dedans. Si, par exemple, Peter a envoyé un mail ces dernières semaines…

— Il communiquait rarement par mail. Il préférait les textos.

— Mais ça vaut le coup de vérifier, vous ne croyez pas ? Il a pu contacter quelqu'un. Ou être contacté par quelqu'un.

Vicky rouvrit le navigateur et cliqua sur l'icône de Gmail. Sa propre adresse mail s'afficha aussitôt. Elle l'effaça, tapa une adresse commençant par PBennett447 et son mot de passe. Puis elle ouvrit la boîte de réception.

— Rien de particulier ? s'enquit Wilde.

Vicky secoua la tête.

— Il n'y a que des newsletters ou des messages professionnels. Et aucun n'a été ouvert depuis que Peter a disparu.

Wilde nota qu'elle avait dit « disparu » cette fois, plutôt que « mort ».

— Jetez un coup d'œil aux messages envoyés. On ne sait jamais.

C'était juste une manœuvre de diversion… Il avait déjà obtenu ce qu'il voulait.

Vicky obtempéra.

— Non, il n'y a rien de nouveau.

— Peut-être en cherchant du côté de votre autre frère ou de votre sœur…

— Kelly vit en Floride avec son mari et leurs trois gosses. Elle dit qu'elle n'a pas parlé à Peter depuis des mois. Quant à Silas, eh bien, tous deux étaient les petits derniers, mais Silas a toujours été jaloux de Peter. Vous savez ce que c'est. Peter était plus beau, plus populaire, plus doué en sport. Je doute qu'ils se soient revus depuis qu'on a tous été invités à l'émission.

— Vous avez participé à *L'amour est un champ de bataille* ?

Vicky hocha la tête.

— Il y a un épisode vers la fin qui s'appelle « Derrière la ligne de front ». Les finalistes présentent Jenn à leur famille. C'était donc entre Peter et Big Bobbo.

— Big Bobbo ?

— L'autre finaliste, Bob Jenkins. Il se faisait appeler Big Bobbo. Bref, la production réunit toute la famille, et ils veulent du spectacle. Nous étions censés nous méfier, interroger Jenn et tout le tintouin. Et il fallait qu'on soit tous là. Silas n'était pas ravi.

— Mais il est venu quand même ?

— Oui. C'était bien payé, on était logés à leurs frais dans un bel hôtel dans l'Utah, du coup il a dit oui. Mais une fois sur place, il a fait la tête. Il a à peine desserré les dents. Et il a fini par devenir un mème Internet.

— Un mème ?

— C’est comme ça qu’on dit, je crois. Sa photo a fait le buzz sur les réseaux : on l’a surnommé Silas le Taiseux ou Silas le Grincheux, avec des légendes du genre « Moi avant le café ». Silas était en pétard. Il voulait porter plainte contre l’émission.

— Et où est-il maintenant ?

— Je ne sais pas trop. Il est chauffeur routier. Je peux vous donner son numéro de portable.

— Ce serait super.

— Mais je doute qu’il puisse vous être utile.

— Et Jenn ?

— Quoi, Jenn ?

— Peter était resté en contact avec elle ?

— Vers la fin, non.

— Et vous, vous lui parlez souvent ?

— Autrefois, on était très proches. Avant toute cette histoire. Elle a été anéantie par sa trahison.

— Vous pensez donc que c’est vrai ?

— Peter disait qu’il n’avait rien fait, répondit Vicky après une hésitation.

Wilde attendit.

— Qu’est-ce que ça change maintenant ?

— Je ne juge personne, dit Wilde. J’ai juste…

— Vous avez juste quoi ? rétorqua Vicky sèchement. Ça ne vous regarde pas. Je vous ai promis notre arbre généalogique. C’est pour ça que vous êtes venu, non ? Pour savoir pourquoi on vous a abandonné dans cette forêt ?

Il vint alors à l’esprit de Wilde que pour la deuxième fois de sa vie consciente – la première, c’était il y a quelques mois avec son père –, il s’entretenait avec un membre de sa famille biologique. Il avait cru que cela n'aurait pas d'importance. Que les réponses à ses questions n'auraient aucun impact significatif sur le cours de son existence, surtout après la rencontre avec ce père qui, très clairement, le trouvait encombrant. Mais se retrouver ainsi face à quelqu'un du même sang ne le laissait pas insensible, loin de là.

— Vicky ?

— Oui ?

— Vous avez parlé de chakras, de pressentiments et tout ça.

— Ne vous fichez pas de moi.

— Il ne s'agit pas de ça. Quelque chose ne colle pas dans toute cette affaire.

— Je ne vois toujours pas en quoi ça vous concerne.

— Peut-être en rien. Mais je vais continuer à creuser, avec ou sans votre bénédiction. Au mieux, vous aurez quelques réponses. Au pire, je vous aurais fait perdre un peu de votre temps.

— Vous ne me faites pas perdre mon temps, répondit Vicky Chiba.

Puis elle ajouta :

— Nous sommes cousins. Et vous avez ma bénédiction.

12

— Peter Bennett est très probablement mort, dit Rola.

— Je sais.

— Je ne comprends pas pourquoi tu t'obstines.

Rola Naser, la sœur adoptive de Wilde, vivait avec sa famille dans un pavillon typique des années 1970 comportant une extension démesurée à l'arrière. La cour était jonchée de jeux et de jouets d'enfants – vélos, tricycles, échasses, battes de base-ball en plastique orange fluo, crosses de hockey, poupées, camions –, éparpillés comme si on les avait lâchés du ciel.

Ils étaient assis à la table de cuisine. L'un des gamins de Rola était perché sur le genou de Wilde. Sa fille était en train de manger un beignet à la confiture, ou plutôt de l'étaler sur son visage. Les deux aînés s'entraînaient dans un coin à danser sur une chanson de TikTok qui répétait en boucle : « Dis-moi pourquoi tu me kiffes. »

Wilde fit sauter le gamin sur son genou pour l'empêcher de pleurer.

— Tu as passé des années à me harceler pour que je retrouve ma famille biologique, dit-il.

— Certes.

— Tu m'as bassiné avec ça jusqu'à plus soif.

— Certes.

— Eh bien ? fit-il.

— La sœur de Peter Bennett… Quel est son nom, déjà ?

— Vicky Chiba.

— C'est ça. Elle va te donner leur arbre généalogique, non ?

— Oui.

Rola leva les mains, paumes vers le ciel.

— Elle est plus âgée que son frère ; elle doit donc en savoir plus sur la famille. Qu'est-ce qu'il te faut de plus ? J'ai lu l'histoire de Peter Bennett sur Internet : ça m'a l'air d'être un connard de compétition. Pourquoi vouloir lui venir en aide ?

Ce serait trop long à lui expliquer… Long et irrationnel, même aux yeux de Wilde.

— On peut passer sur mes motivations, OK ?

— Comme tu veux. Je te prépare quelque chose à manger ? Enfin, quand je dis « préparer »… Dois-je commander une autre pizza ?

— Merci, ça ira.

— Tant pis. J'en ai déjà commandé une de plus. Alors, en quoi puis-je t'aider ?

Wilde désigna du menton son ordinateur portable.

— Tu permets ?

Rola pianota sur le clavier et le tourna vers lui. Wilde passa le bras autour du petit Charlie pour pouvoir taper sans lui faire perdre l'équilibre. Il ouvrit Gmail.

— Tu fais quoi ?

— J'ai demandé à Vicky Chiba de consulter la boîte mail de Peter.

— Laisse-moi deviner. Tu as mémorisé ses identifiants.

Il hocha la tête.

— À son insu ?

Nouveau hochement de tête.

— C'est quoi, son mot de passe ?

— LoveJenn447.

Wilde tapa le mot de passe et, bingo, ouvrit la messagerie de Peter Bennett. Il parcourut les mails. Vicky avait dit la vérité : il n'y avait là rien de personnel, rien qui puisse leur servir. Il consulta les messages récemment supprimés. Toujours rien. Il continuerait à creuser plus tard.

— Tu sais à quoi ça correspond, ce 447 ? demanda Rola.

— Aucune idée.

— Tu ne fais pas confiance à la sœur ? Ou devrais-je dire ta cousine ?

— Ce n'est pas ça.

Wilde lui parla de la réticence de Vicky à fouiller plus loin lorsqu'elle s'était aperçue que son frère avait changé son mot de passe sur Instagram. Il essaya de se connecter au compte Instagram de Peter à l'aide du mot de passe LoveJenn447.

Non. Mot de passe incorrect.

C'était à prévoir. Dessous, il y avait le lien pour réinitialiser le mot de passe en cas d'oubli. Wilde cliqua. Comme tous les autres sites, Instagram lui envoya un mail à l'adresse figurant dans le profil.

Cette adresse était – roulement de tambour – celle du compte Gmail auquel il avait eu accès grâce à Vicky.

— Malin, dit Rola. Primitif, mais malin.

— Mon épitaphe, répondit Wilde.

Il attendit le mail d'Instagram, choisit un nouveau mot de passe anodin, puis l'utilisa pour se connecter à Instagram. Négligeant les messages généraux, il alla directement dans les « principaux ».

Ceux de SarbRuegnev étaient tout en haut de la pile. Rola se pencha pour lire par-dessus son épaule.

SarbRuegnev : Si tu essaies de revenir, Peter, je te détruirai. Je sais ce que tu as fait. J'ai les preuves.

Peter : Qui êtes-vous ?

SarbRuegnev : Tu le sais.

Peter : Pas du tout.

Sur ce, SarbRuegnev avait envoyé une photo… plus explicite encore que celles de Marnie dans le podcast. La légende sous la photo disait :

SarbRuegnev : TU SAIS.

En l'absence d'horodatage, il était impossible de deviner le temps écoulé entre ce message et la réponse de Peter Bennett.

Peter : Je veux qu'on se rencontre. Voici mon numéro. S'il vous plaît.

Rola avait couvert les yeux du petit Charlie avec sa main.

— Ben, mon cochon.

— Comme tu dis.

— Joli éclairage, la photo de la bite.

— Tu veux que je te l'imprime ?

— Une capture d'écran suffira. C'est donc ça ? Ce SarbMachinTruc n'a pas répondu à la proposition de Peter ?

— Pas ici. Mais Peter lui a donné son numéro de portable. Ils ont pu échanger par téléphone ou par texto. Y aurait-il un moyen de localiser SarbRuegnev ?

Rola ouvrit le frigo, prit une pomme et la lança à son fils Elijah.

— Le mieux qu'on puisse espérer, c'est que ce gars – ou cette fille, on n'en sait rien, après tout – ait envoyé un texto ou appelé Peter Bennett sur son portable.

— Et sinon ?

Rola haussa les épaules.

— On peut essayer de remonter jusqu'à lui via Instagram, mais c'est plus compliqué. On travaille beaucoup là-dessus de nos jours, surtout au niveau institutionnel. Il y a tellement de faux comptes qui se créent pour diffamer les gens ou les harceler. Prends ton cousin, tiens. Il a reçu des menaces de mort. C'est de la folie. Pourquoi ces trolls s'en prennent-ils à quelqu'un qu'ils ne connaissent pas ? Bref, on traite souvent ce genre d'affaires, mais pour des raisons plus concrètes.

— Et vous arrivez à les identifier ?

— Parfois. Il y a toujours des empreintes numériques. On utilise le traçage des métadonnées, l'analyse des liens, des outils de recherche avancée, tout ça. S'il s'agit d'un cas grave, comme une authentique menace de mort, nous pouvons demander un mandat pour essayer d'obtenir l'adresse IP de l'individu. Je suppose que tu veux retrouver ce SarbMachinChose.

— Oui.

— Je vais mobiliser les meilleurs gars de mon équipe.

— Merci.

— Sauf que… Wilde ?

Il la regarda.

— Tu ne dois rien à Peter Bennett.

13

Wilde consulta ses messages. Aucune nouvelle de Laila. Pas grave, il verrait bien. Il rendit la voiture de location et regagna à pied son Écocapsule à travers la montagne. La forêt, c'est la sérénité et la solitude, mais elle n'est jamais silencieuse. Elle grouille de vie, une vie souvent cachée, et c'est magique et intimidant à la fois. En louvoyant entre les arbres, Wilde sentit les muscles de son dos et de ses épaules se relâcher. Sa respiration se fit plus ample. Son pas, plus lent. Ainsi détendu, il se laissa aller à considérer Peter Bennett sous un autre angle.

D'après Rola, il ne lui devait rien. Peut-être. Mais depuis quand fallait-il être redevable envers quelqu'un pour lui venir en aide ?

Il sortit son téléphone et composa le numéro que Vicky lui avait donné : celui de son frère Silas – le cousin de Wilde, donc. Ce dernier répondit au bout de la troisième sonnerie.

— Qui c'est ?

En entendant le grondement du trafic, Wilde supposa que Silas était dans son camion.

— Je m'appelle Wilde. J'ai eu votre numéro par votre sœur, Vicky.

— Qu'est-ce que vous voulez ?

— Je suis votre cousin.

Wilde lui parla des tests ADN, des messages de Peter, de son intention de le retrouver.

— Bon sang, dit Silas lorsqu'il eut terminé. C'est un sacré bordel. Comme ça, on serait parents du côté de votre maman ?

— Apparemment.

— Et elle n'a jamais parlé de vous à votre père ? Elle vous a juste abandonné dans la forêt ?

Ce n'était pas tout à fait exact, mais Wilde ne prit pas la peine de le corriger.

— Quelque chose comme ça.

— Pourquoi m'appelez-vous, Wilde ?

— Je suis à la recherche de Peter.

— Pourquoi ? Vous êtes flic ?

— Non.

— Un Batailleur ?

— Un quoi ?

— C'est comme ça qu'on appelle les groupies de *L'amour est un champ de bataille*. Les Batailleurs. Vous êtes un Batailleur ?

— Non.

— Parce qu'ils ont fait de moi un mème. Cette émission à la con, je veux dire. Il ne se passe pas un jour – encore maintenant ! –, sans que je croise un abruti qui me dit : « Eh, mais vous êtes le gars qui fait la gueule ! » Ça m'énerve, vous n'avez pas idée.

— Je peux l'imaginer.

— Mais vous savez, tout le monde pense que Peter est mort.

— Pas vous ?

— J'en sais trop rien, cousin.

Silas renifla.

— Cousin. Ça fait drôle, non ?

— Un peu.

— Écoutez, je n'avais plus de nouvelles de Peter depuis un moment. En vérité, on n'était pas très proches, mais Vicky a dû vous le dire, ça. Vous avez matché avec Peter sur un site ADN, hein ?

— Oui.

— Ça vous ennuie de me dire lequel ?

— Quel site ? DNAYourStory.

— Ah, ceci explique cela.

— Quoi donc ?

— Pourquoi on n'a pas matché, vous et moi. J'ai envoyé mon ADN sur MeetYourFamily.

— Et vous avez eu des matchs ?

— Un seul, à 23 %.

— Quel lien de parenté ça pourrait être ?

— Oh, plein. Moi, je dirais un demi-frère ou une demi-sœur. Mon vieux était coureur de jupons. Ne le dites pas à Vicky. Elle croit que ce brave Phil était un papa poule. Ça lui briserait le cœur.

— D'après vous, elle n'aimerait pas savoir qu'elle a un demi-frère ou une demi-sœur ?

— Qui sait ? Vous avez peut-être raison. Je devrais peut-être lui dire. Mais ça servirait à quoi ?

— Vous avez contacté cette personne ?

— J'ai essayé. J'ai envoyé un message sur l'appli, mais je n'ai pas eu de réponse.

— Pourriez-vous me transmettre l'info par texto ?

— Sur… ? Le match ? Je ne vois pas bien ce que je pourrais vous communiquer. Le compte a été supprimé.

Bizarre, pensa Wilde. Comme celui de Daniel Carter.

— Mais vous avez un nom, des initiales, quelque chose ?

— Nan. MeetYourFamily ne révèle pas les identités sans l'accord des deux parties. Je ne sais donc rien sur lui. Ou sur elle. Juste qu'on avait 23 % d'ADN en commun.

— Ça doit faire un drôle d'effet, dit Wilde.

— Quoi ?

— Vous avez peut-être un demi-frère quelque part, mais aucun de vous deux ne le sait.

— Possible. On trouve de tout sur ces sites-là. J'ai un pote qui a découvert que son papa n'était pas son vrai père. Ça l'a complètement chamboulé. Il ne l'a même pas dit à sa maman parce qu'il ne voulait pas qu'ils divorcent.

— Et vous n'avez pas eu d'autres matchs ?

— Rien d'intéressant. Je vous enverrai tout ce que j'ai quand je serai rentré à la maison. À propos, cousin, vous habitez où ?

— New Jersey.

— Près de chez Vicky ?

— Pas loin, répondit Wilde. Et vous ?

— Dans le Wyoming, mais j'y suis jamais. Là, je suis en train de traverser le Kentucky avec mon chargement.

Silas s'éclaircit la voix.

— Par contre, je suis souvent dans le New Jersey. C'est quoi, notre lien de parenté ?

— Nous avons un arrière-grand-parent en commun.

— C'est pas énorme, dit Silas. Mais c'est pas rien non plus.

— Ce n'est pas rien.

— Surtout pour vous, j'imagine. Sans vouloir vous offenser, vous n'avez personne d'autre que nous. Ce serait sympa de se voir. Aller boire un café ensemble.

— Quand repassez-vous par le New Jersey ?

— Bientôt. En général, je dors chez Vicky.

— La prochaine fois que vous êtes là, dit Wilde, appelez-moi.

— Ça marche, cousin. Et je vais chercher du côté de notre famille pour voir si je trouve quelque chose.

— Bonne idée, merci.

— Vous allez continuer à rechercher Peter ?

— Oui.

— Bonne chance alors. Je ne juge personne, mais c'est Vicky qui l'a fichu dans ce pétrin. Elle a voulu bien faire, sauf que Peter n'avait pas sa place dans ce milieu-là. Si je peux vous aider à le retrouver…

— Je vous tiendrai au courant.

Silas raccrocha. Wilde fourra le téléphone dans sa poche arrière et poursuivit son chemin. Il respirait à grandes goulées, remplissant ses poumons avec l'air frais des montagnes. Il tourna la tête vers le doux soleil et laissa vagabonder ses pensées. Qui, comme souvent, firent surgir la vision réconfortante d'un beau visage familier.

Le visage de Laila.

Le bourdonnement du téléphone le tira en sursaut de sa rêverie. C'était Hester.

— Hello, répondit-il en essayant de se maintenir dans cet état de torpeur bienheureuse.

— Tu vas bien ?

— Oui.

— On dirait que tu as pris quelque chose.

— C'est la vie qui me fait planer. Quoi de neuf ?

— J'ai eu ton message, déclara Hester. Tu as donc retrouvé ton parent du site ADN ?

— Son identité, oui. Mais pas lui.

— Explique-toi.

— Vous avez déjà regardé l'émission de téléréalité qui s'appelle *L'amour est un champ de bataille* ?

— Je ne rate jamais un épisode, dit Hester.

— C'est vrai ?

— Bien sûr que non. Le concept même me paraît aberrant. La téléréalité ? Moi, je regarde la télé pour *échapper* à la réalité. Pourquoi tu me demandes ça ?

Wilde avait encore du chemin à faire ; il raconta donc à Hester l'histoire de Peter Bennett et la saga du scandale et de sa disparition.

— Quel gâchis, dit Hester lorsqu'il eut terminé.

— C'est clair.

— Tu as retrouvé les tiens… et ils sont aussi tordus que les autres familles.

— J'ai été abandonné enfant dans la forêt, répliqua Wilde. Vous vous attendiez à quoi, vous ?

— Pas faux. Tu vas donc rechercher ton cousin disparu ?

— Oui.

— Ça va peut-être juste confirmer qu'il s'est suicidé.

— Peut-être.

— Imagine que ce soit le cas.

— Alors j'aurai ma réponse.

— Et tu vas laisser tomber ?

— Que puis-je faire d'autre ?

— Notre prochaine étape, déclara Hester, avec son ton de stratège, la personne qui pourrait nous fournir des informations, est, me semble-t-il, sa femme ou sa veuve, Jenn MachinChose.

— Cassidy.

— Comme David ? Oh, mon Dieu, c'était mon idole à l'époque.

— Qui ça ?

— David Cassidy. *The Partridge Family* ?

— OK.

— Les filles se moquaient de sa coiffure, mais il avait de jolies petites fesses.

— Bon à savoir, répondit Wilde. Et comment faire pour approcher Jenn Cassidy ?

— Je connais pas mal d'agents à Hollywood. Je verrai si elle accepte de parler à l'un de nous.

— Parfait.

— Je suppose que tu as demandé à Rola d'établir la véritable identité de ce troll, ce Sarb je ne sais quoi ?

— Oui.

— Au fait, commença Hester d'un ton qui se voulait nonchalant, tu as *shtuppé* Laila la nuit dernière ?

— Hester.

— Réponds.

— Et vous, rebondit-il, vous avez *shtuppé* Oren ?

— Je ne m'en suis pas privée. Il a de plus belles fesses que David Cassidy.

Elle marqua une pause.

— Ta question, c'était pour m'empêcher de t'interroger sur tes rapports avec mon ex-belle-fille ?

Wilde poursuivit sa marche au même rythme.

— Où êtes-vous ?

— Dans mon bureau. J'attends le verdict dans l'affaire Levine.

— Et vous savez à peu près quand il va tomber ?

— Je n'en ai pas la moindre idée.

Hester marqua une nouvelle pause.

— Ta question, c'était pour m'empêcher de t'interroger sur tes rapports avec mon ex-belle-fille ?

Wilde garda le silence.

— OK, c'est bon, ça ne me regarde pas. Laisse-moi passer quelques coups de fil pour voir ce que je peux glaner. On se reparle plus tard.

L'Écocapsule nécessitait un peu d'entretien. Comme il n'avait pas beaucoup plu depuis son retour, Wilde emporta la citerne pour la remplir au ruisseau le plus proche. L'Écocapsule était équipée de roues pour qu'il puisse la déplacer afin de ne pas se faire repérer, mais il restait toujours à proximité d'une source d'eau en cas de sécheresse comme aujourd'hui.

Lorsqu'il eut fini, Wilde gagna son poste d'observation qui lui offrait une vue plongeante sur la maison de Laila au fond de son impasse. Il n'y avait aucune voiture. Personne en vue.

Son téléphone vibra de nouveau. C'était Rola.

— On a eu du bol. En quelque sorte.

— Explique-toi.

— On a localisé le point d'accès qu'utilise SarbRuegnev. Apparemment, il dirige une grosse boîte de bots, dont plusieurs ont trollé ton cousin en se faisant passer pour des personnes différentes. Du coup, non seulement ce type poste des messages toxiques sur Peter Bennett, mais il les propage, comme s'ils étaient plusieurs.

— C'est fréquent, dit Wilde.

— Je trouve ça ignoble. Franchement, je ne comprends pas.

— Tu as le nom ou l'adresse de SarbRuegnev ?

— En quelque sorte. Tu sais comment ça marche, un point d'accès ?

— Oui, ça va.

— On a l'adresse de facturation. Mais ça peut être n'importe qui dans la maisonnée qui l'utilise.

— Très bien.

— L'adresse est celle de Henry et Donna McAndrews, 972 Wake Robin Lane à Harwinton dans le Connecticut. C'est à deux heures de chez toi.

— J'y vais.

Cette fois, Wilde ne passa pas par un loueur. Il connaissait un endroit où il pouvait « emprunter » un véhicule avec une plaque impossible à identifier… Version automobile du téléphone jetable. Il jugea que ce serait préférable. Il emporta également des habits noirs, une cagoule, des gants et un déguisement qui lui allait bien en cas de besoin. Il n'y avait pas loin de la prudence à la paranoïa. Wilde en était conscient, mais il préférait prendre ses précautions.

Il prit la Route 287 et traversa l'Hudson à l'emplacement de l'ancien pont Tappan-Zee, qui avait été détruit et remplacé par le tout nouveau pont Gouverneur-Mario-M.-Cuomo. Wilde n'avait rien contre Mario

Cuomo, mais il se demandait pourquoi les autorités avaient changé ce nom parfait – Tappan d'après une tribu amérindienne et Zee signifiant « mer » en néerlandais – pour honorer une personnalité politique.

Au fil des kilomètres, le paysage devenait de plus en plus rural. Le comté de Litchfield était couvert de magnifiques forêts. Cinq ans plus tôt, quand il avait cherché à fuir les monts Ramapo sans quitter la côte Est, Wilde avait vécu deux mois ici.

Il faisait nuit lorsqu'il arriva dans Wake Robin Lane. La rue était déserte, silencieuse. Wilde ralentit. Chaque maison avait un grand terrain. Leurs lumières scintillaient à travers le feuillage épais.

Mais on ne voyait aucune lumière au 972.

De nouveau, Wilde ressentit ce picotement primitif, cet instinct de survie que nous avons étouffé pour la plupart, ou laissé s'étioler quand le « progrès » nous a offert des habitations en dur avec portes verrouillées et forces de l'ordre pour veiller à notre sécurité. Il poursuivit sa route et tourna à droite dans Laurel Road. Après avoir dépassé le réservoir de Wilson Pond, il trouva un coin tranquille près du parc de Kalmia Sanctuary. Il était déjà habillé en noir. Il enfila les gants, une casquette de base-ball noire et glissa la fine cagoule de ski dans sa poche au cas où. L'obscurité était totale, mais ça ne le gênait pas. Il connaissait suffisamment le ciel et les étoiles pour traverser à pied les terrains boisés. En cas de besoin, il avait aussi une lampe de poche – être « survivaliste » ne signifiait pas qu'on pouvait voir dans le noir –, mais le ciel était relativement clair ce soir.

Un quart d'heure plus tard, Wilde pénétra dans le jardin des McAndrews. Avant de partir, il avait regardé la maison sur Zillow. Les McAndrews l'avaient achetée en janvier 2018 pour la somme de 345 000 dollars. D'une surface globale de 240 mètres carrés, elle comptait trois chambres, trois salles de bains ; c'était une construction récente, nichée sur un hectare de terrain.

Au calme, comme on disait dans les prospectus. Sauf que c'était beaucoup trop calme.

Il n'y avait pas de lumières à l'arrière non plus.

Soit toute la famille McAndrews était déjà couchée – il n'était que neuf heures –, soit, plus vraisemblablement, il n'y avait personne à la maison. Wilde sentit son téléphone vibrer. Il avait un Airpod dans son oreille gauche. Il le tapota pour répondre. Inutile de dire « Allô ». Rola avait l'habitude.

— Henry McAndrews a soixante et un ans, sa femme Donna, soixante. Ils ont trois garçons : vingt-huit, vingt-six et dix-neuf ans. Je continue à creuser.

Elle raccrocha.

Que fallait-il en déduire ? S'il devait se fier à l'âge et au sexe, il y avait plus de chances que SarbRuegnev soit l'un des fils. Seulement, vivaient-ils encore à la maison ?

Wilde enfila la cagoule. Plus un centimètre de sa peau ne dépassait. Aujourd'hui, la plupart des résidences sont équipées d'un système de sécurité ou de caméras. Pas toutes. Mais beaucoup. Il se rapprocha de la maison. S'il se faisait repérer, eh bien, on ne verrait qu'un homme vêtu de noir de pied en cap. Ce qui n'était pas grand-chose.

Se baissant, il ramassa quelques galets dans un massif de fleurs. Sans se redresser, il jeta ces galets contre la baie vitrée coulissante et attendit.

Rien.

Il répéta son geste en visant les fenêtres à l'étage. Plus fort cette fois. C'était un moyen archaïque, certes, mais efficace de savoir s'il y avait quelqu'un à la maison. Au cas où les lumières s'allumeraient, il prendrait ses jambes à son cou. Personne ne pourrait le rattraper avant qu'il ne disparaisse dans les bois.

Wilde lança d'autres cailloux, plus grands, plusieurs à la fois. Ils firent beaucoup de bruit, mais c'était intentionnel de sa part.

Aucune réaction. Pas de cris. Pas d'invectives. Pas de lumières. Pas de silhouettes derrière les vitres.

Conclusion : il n'y avait personne.

Ce n'était pas une conclusion définitive. Il pouvait y avoir un gros dormeur là-dedans, mais là encore, Wilde n'était pas particulièrement inquiet. Il ne lui restait plus qu'à chercher une porte ou une fenêtre déverrouillée. Sinon, il avait tout ce qu'il fallait sur lui pour faire sauter n'importe quel verrou. C'est drôle, quand on y pense… Tout petit déjà, il pénétrait par effraction dans les maisons. Bien sûr, l'enfant qu'il était n'avait pas d'outils. Il essayait juste les portes et les fenêtres, et si aucune ne cédait, il allait voir ailleurs. Une fois – il devait avoir quatre ou cinq ans –, il avait eu si faim qu'il avait lancé une grosse pierre contre une fenêtre au sous-sol et s'était faufilé par la brèche. Il repensa aux affres de ce petit garçon, à sa peur et à sa détresse qui l'avaient emporté sur la prudence. Il s'était entaillé le ventre sur du verre brisé en se glissant par cette fenêtre du sous-sol. Jusqu'ici, cet incident lui était complètement sorti de la tête. Qu'avait-il fait après s'être coupé ? Avait-il eu la présence d'esprit de chercher une armoire à pharmacie dans la salle de bains ? Avait-il juste pressé sa chemise contre la blessure ? Les entailles étaient-elles profondes ou superficielles ?

Wilde ne savait plus. Il se souvenait juste de s'être coupé sur des morceaux de verre. C'est ainsi que les souvenirs lui revenaient... par morceaux brisés. Ses premiers souvenirs : une rampe rouge, des boiseries foncées, le portrait d'un homme moustachu, une femme en train de hurler. Ces images l'avaient hanté toute sa vie sans qu'il sache si elles signifiaient réellement quelque chose.

Il essaya d'abord les fenêtres du bas. Fermées. Il essaya la porte de derrière. Fermée. Il essaya la baie vitrée coulissante.

Bingo.

Wilde en fut surpris lui-même. Pourquoi verrouiller toutes les fenêtres et pas la baie vitrée ? C'était peut-être un oubli, une négligence. Mais tout de même.

Et de nouveau, ce picotement.

Plié en deux, il entrouvrit le panneau vitré. Pas plus de deux centimètres. Puis deux autres. Le panneau glissa aisément sur le rail. Sans bruit. Wilde le poussa tout doucement. Il en faisait peut-être trop, mais l'excès de confiance représentait un danger bien plus grave que n'importe quel adversaire. Il dressa l'oreille et attendit.

Rien.

Lorsqu'il eut ouvert suffisamment la baie vitrée, il pénétra dans le salon. Il hésita à refermer derrière lui, mais s'il devait sortir précipitamment, une porte ouverte lui ferait gagner du temps. Pendant toute une minute, il resta parfaitement immobile, guettant le moindre son.

Il n'y avait rien.

En revanche, un ordinateur de bureau trônait dans un coin.

Re-bingo.

La maison était vide. Il en était sûr maintenant. Mais il n'arrivait pas à se débarrasser de cette sensation de picotement. Wilde n'était pas superstitieux. Il ne croyait pas aux prémonitions. Pourtant, il y avait comme de l'électricité dans l'air.

Quelque chose ne tournait pas rond.

C'était peut-être son imagination, mais une fois de plus, on n'était jamais trop prudent. Il s'approcha de l'ordinateur à pas de loup. C'était la raison de sa visite chez les McAndrews : récupérer tout ce qu'il pouvait sur leur ordinateur pour le transmettre aux experts de Rola. Il aurait bien voulu pouvoir interroger aussi les McAndrews, même s'il doutait du résultat. Le but principal était de découvrir comment ce troll de SarbRuegnev s'était procuré les photos compromettantes qui avaient mis Peter Bennett dans tous ses états.

L'ordinateur était un PC protégé par un mot de passe. Wilde sortit deux clés USB et enfonça la première dans le port USB. Cette clé-là était le couteau suisse du hacker. Dotée de programmes comme mailpv.exe et mspass.exe, une fois connectée, elle pouvait récupérer toutes sortes de mots de passe : Facebook, Outlook, votre compte bancaire, n'importe.

Mais Wilde n'avait pas besoin de tout cela.

Il lui fallait juste le mot de passe du système d'exploitation pour pouvoir télécharger tout le contenu de l'ordinateur sur la seconde clé. Au cinéma, cela prend un temps relativement long. Dans la vraie vie, le mot de passe est contourné en quelques secondes, et le téléchargement dure cinq minutes maximum.

Une fois le PC déverrouillé, Wilde ouvrit le navigateur pour consulter l'historique. De nos jours, les ordinateurs ne sont plus la principale source d'information. Pour surfer et faire des recherches, les gens utilisent surtout leur téléphone portable. On pouvait certes espionner les mails et les textos, mais le plus intéressant était souvent caché dans les messageries sécurisées comme Signal ou Threema.

Premier site en favoris : Instagram.

Bizarre. Normalement, c'était une application pour téléphone portable. Wilde cliqua sur le lien et la page Instagram s'afficha instantanément. Il s'attendait à voir le profil de SarbRuegnev, mais le nom d'utilisateur était Infirmièredecœur24. La photo était celle d'une femme d'origine asiatique âgée d'une trentaine d'années. À droite, Wilde remarqua l'option permettant de changer de profil. Il l'ouvrit.

Et tomba sur plusieurs dizaines de comptes.

C'était un véritable pot-pourri de religions, de nationalités, de genres, de professions, de croyances. Wilde fit défiler la liste tout en prenant des photos avec son téléphone, au cas où les noms n'apparaîtraient pas sur la clé USB. Il en compta plus de trente, quand il repéra enfin celui de SarbRuegnev.

Il cliqua sur son profil. SarbRuegnev n'avait posté que douze photos au total, des photos de nu. Ses abonnés, au nombre de quarante-six, semblaient tous figurer dans la liste des comptes sur cet ordinateur. Wilde cliqua sur l'icône des messages privés. Il retrouva la correspondance entre SarbRuegnev et Peter Bennett, mais le plus étrange, ce fut le dernier message reçu par SarbRuegnev.

Il provenait de quelqu'un qui avait pour pseudo PanthèreAttaque88. Le message était laconique :

Je te tiens, McAndrews. Tu vas payer.

Houla, pensa Wilde. Cette Panthère avait donc réussi à débusquer McAndrews.

La clé USB clignota deux fois : le téléchargement était terminé. Wilde la retira et la glissa dans sa poche. Il cliqua sur le profil de PanthèreAttaque88, mais celui-ci n'existait plus. La personne qui avait créé ce compte – et envoyé ce message menaçant – avait pris soin de le supprimer.

Merde, que se passait-il ?

Pour la première fois depuis qu'il était entré dans la maison, Wilde entendit du bruit.

Une voiture.

Il s'approcha vivement de la baie vitrée, juste à temps pour voir s'éloigner les feux arrière d'un véhicule. OK, ce n'était qu'une voiture qui circulait dans la rue. Déjà, tout était redevenu silencieux.

Mais la sensation de picotement était de retour.

Wilde retraversa la pièce, se demandant s'il devait rester pour continuer à explorer le contenu de l'ordinateur ou s'il ferait mieux de partir, quand le premier relent parvint jusqu'à lui.

Il se figea.

Son cœur cognait sourdement contre sa poitrine. Il s'arrêta devant la porte qui devait mener au sous-sol. Se penchant, il inhala plus profondément.

Oh non.

Wilde n'avait pas envie d'ouvrir cette porte. Il aurait voulu fuir. Mais il ne pouvait pas. Pas maintenant.

De sa main gantée, il tourna la poignée. Le battant s'entrouvrit. Et voilà. Il ne lui en fallait pas plus. L'horrible odeur de putréfaction jaillit du sous-sol comme si elle tapait à la porte, demandant à être relâchée.

Wilde alluma la lumière et jeta un coup d'œil dans l'escalier.

Il y avait du sang.

Du sang partout.

14

Lorsqu'elle reçut l'appel de Wilde, Hester était allongée sur le lit et essayait de reprendre son souffle. À côté d'elle, les yeux au plafond et le sourire aux lèvres, il y avait – était-elle trop vieille pour le mot « amant » ? – son chéri, Oren Carmichael.

— C'était, dit-il juste avant que le téléphone ne sonne, fabuleux.

Ils se trouvaient dans le duplex de Hester à Manhattan. Tout comme elle, Oren avait vendu sa maison de Westville où lui et son ex, Cheryl, avaient élevé leurs enfants. La présence d'Oren à la périphérie de sa vie ne datait pas d'hier. Il avait été entraîneur de ses fils Eric et David dans leurs équipes de base-ball respectives. Il était aussi l'un des policiers qui avaient découvert le petit Wilde dans la forêt.

Oren lui sourit.

— Quoi ? demanda Hester.

— Rien.

— Alors pourquoi ce grand sourire ?

— Qu'est-ce que tu ne comprends pas à « c'était fabuleux » ?

À la mort d'Ira, Hester avait décidé qu'elle en avait fini avec les hommes. Ce n'était pas une décision prise sous le coup de la colère, de l'amertume ni du chagrin, même s'il y avait de cela aussi. Elle avait aimé Ira. C'était un homme attachant, bon, intelligent, drôle. Et un merveilleux compagnon de route. Hester ne se voyait tout simplement pas fréquenter quelqu'un d'autre. Elle avait une carrière prenante, une vie riche, et rien que l'idée de se pomponner pour aller à un rendez-vous galant lui donnait des frissons. Cela lui demandait trop d'efforts. La perspective de se retrouver un jour nue devant un autre homme qu'Ira la terrifiait et l'épuisait à la fois. Qui avait besoin de ça ? Pas elle.

Le shérif Oren Carmichael avait été une surprise. Ce grand gaillard aux larges épaules sanglé dans son uniforme n'était pas du tout le genre de Hester, et vice versa. Mais elle succomba, il succomba, et voilà où ils en étaient maintenant. Hester se plaisait à penser qu'Ira aurait été heureux pour elle, tout comme elle aurait été heureuse pour Ira s'il s'était mis en couple avec Cheryl, l'ex-femme d'Oren, une beauté sculpturale qui postait toujours des photos d'elle en bikini. Enfin, concernant Cheryl et Ira, elle n'était pas complètement honnête.

Ira, lui, aurait-il voulu qu'elle soit heureuse avec quelqu'un d'autre ? Elle l'espérait, mais rien n'était moins sûr, il lui arrivait d'être jaloux, et Hester aimait séduire à l'époque. Elle avait trouvé le bonheur avec Oren. Ils étaient prêts à s'engager davantage, mais ça voulait dire quoi à leur âge ? Des enfants ? Hahaha. Le mariage ? Pour quoi faire ? S'installer sous un même toit ? Bof. Hester avait besoin d'espace. Elle n'avait pas envie d'avoir un homme à plein temps, même un homme merveilleux comme Oren. L'aimait-elle moins pour autant ? Difficile à dire. Elle aimait Oren de tout son cœur, mais pas comme à dix-huit ans, ni même comme à quarante.

Une chose cependant était incontestable : sa relation avec Oren était charnelle… Plus charnelle que celle qu'elle avait connue avec Ira. Et elle s'en voulait de cela. Sa vie sexuelle avec Ira s'était étiolée. Ce qui était normal. On fonde un foyer, on a une carrière à mener, on tombe enceinte, on élève les gosses, on est claquée, on n'a plus d'intimité. Une histoire classique, en somme. Mais Ira ne cachait pas sa frustration. « Je suis en manque de passion », disait-il. Considérant qu'un homme en voulait toujours plus, Hester avait fait la sourde oreille, mais aujourd'hui elle se posait des questions.

Un soir, peu de temps avant l'accident de David, elle avait trouvé Ira assis dans le noir, un verre de whisky à la main. Il buvait rarement, et très vite l'alcool lui montait à la tête. Hester était entrée dans la pièce et s'était arrêtée derrière lui. Elle n'était même pas sûre qu'il ait remarqué sa présence.

— Si je meurs et que tu rencontres quelqu'un, avait-il dit, voudrais-tu que ta vie sexuelle avec lui ressemble à la nôtre ?

Elle n'avait pas répondu. Mais elle n'avait pas oublié non plus.

Ira ne serait peut-être pas ravi de savoir ce qui se passait dans son ancien lit. Ou peut-être qu'il comprendrait. Quand on est jeune, on attend beaucoup trop d'une relation ; puis un beau jour, on regarde en arrière, et tout devient clair.

Le téléphone carillonna de nouveau.

— Le verdict ? demanda Oren.

Un peu plus tôt, à table, ils avaient discuté de l'affaire Richard Levine.

— Soit tu fais confiance au système, avait commenté Oren en officier de police qu'il était, soit tu ne lui fais pas confiance.

— Je fais confiance à notre système, avait-elle dit.

— Nous savons tous les deux que ça n'avait rien à voir avec de la légitime défense.

— Ce n'est absolument pas ce que nous savons.

— S'il s'en tire, ça voudrait dire que notre système ne marche pas ?

— Ou l'inverse.

— Comment ça ?

— Ça voudrait dire que notre système est suffisamment souple.

Oren avait réfléchi un instant.

— Levine avait ses raisons. C'est ce que tu es en train de dire ?

— Plus ou moins.

— Chaque assassin pense qu'il a une raison pour tuer.

— C'est vrai, avait acquiescé Hester.

— Et tu crois qu'on a le droit de tuer pour ça ?

— Seulement quand il s'agit de nazis, lui avait-elle répondu en déposant un baiser sur sa joue. Quand il s'agit de nazis, ça ne me pose aucun problème.

Hester se dressa sur le lit et jeta un œil sur son téléphone.

— Non, ce n'est pas le verdict.

Elle porta le téléphone à son oreille.

— Vous êtes seule ? demanda Wilde.

Sa voix tremblait légèrement. Ce n'était pas bon signe.

— Non.

— C'est possible de se parler sans témoin ?

Elle indiqua par gestes à Oren qu'elle passait dans la pièce d'à côté. Il hocha la tête. Une fois au salon, et après avoir refermé la porte de la chambre, Hester lança :

— Bien… qu'est-ce qui ne va pas ?

— J'ai une hypothèse à vous soumettre.

— Quelque chose de déplaisant, je parie.

— Plutôt, oui.

— Je t'écoute.

— Admettons que j'aie découvert un cadavre.

— Je savais bien que c'était déplaisant. Où ça ?

— Dans une maison particulière où je n'étais pas censé me trouver.

Wilde lui expliqua ses démarches pour essayer de localiser son cousin et comment elles l'avaient conduit jusque chez les McAndrews.

— Tu sais qui c'est, ce cadavre ?

— Le père. Henry McAndrews.

— Tu es toujours sur place ?

— Non.

— Y a-t-il un moyen de savoir que tu as pénétré dans la maison ?

— Non.

— Tu as l'air bien sûr de toi, observa Hester.

Wilde ne répondit pas.

— À ton avis, la mort remonte à combien de temps ?

— Je ne suis pas médecin légiste.

— Mais ?

— À vue de nez, je dirais une semaine.

— Intéressant, fit Hester. Normalement, sa femme ou ses enfants auraient dû alerter les autorités, non ? J'imagine que tu m'appelles pour avoir mon avis en tant qu'avocate ?

Wilde garda le silence.

— De deux choses l'une, poursuivit-elle. Ou tu préviens la police ou…

— Je suis entré dans la maison par effraction.

— Ça, c'est gérable. Tu passais par là. Tu as senti une drôle d'odeur.

— Habillé en noir, ganté et cagoulé, j'ai ouvert une baie vitrée dans une maison isolée sur un hectare de terrain, à l'endroit où personne n'irait se balader à pied…

— Tout ça peut s'expliquer, dit Hester.

— Sérieux ?

— Ça peut prendre du temps. Mais ils sauront que tu ne l'as pas tué parce que l'autopsie révélera qu'il était mort depuis au moins une semaine. Je finirai par te sortir de là.

— Et l'option numéro deux ?

— Tu as peur que la police ne te croie pas ?

— Si je me livre, ils vont fouiller dans mon passé. Ils pourraient même réexaminer l'affaire Maynard.

Hester n'y avait pas songé. L'affaire Maynard, un kidnapping « banal » aux yeux de tous, cachait en réalité tout autre chose. Qu'on avait passé sous silence pour un tas de raisons.

— Je vois, dit-elle.

— Et au mieux, en supposant que je me livre à la police… qui serait leur principal suspect ?

— Je ne te suis pas… Oh, attends. Ton cousin ?

— Qui d'autre ?

— Allons bon, Wilde. Tu voudrais le couvrir, même s'il a tué ce gars-là ?

— Non.

— On n'assassine pas quelqu'un parce qu'il vous a trollé.

— Sauf si c'est un nazi.

— C'est une plaisanterie ?

— Pas terrible, mais oui. J'ignore si Peter Bennett y est pour quelque chose. Nous n'avons pas la moindre idée de ce qui se joue là.

— On ne peut pas laisser un cadavre pourrir sur place, déclara Hester. Mon conseil, c'est de prévenir la police.

— Ou… l'option numéro deux ?

— C'est l'option numéro deux. L'option numéro un était de te dénoncer. L'option numéro deux est de passer un coup de fil anonyme. J'aurais choisi la première solution, mais mon client est une tête de mule.

— Et vous comprenez son point de vue, ajouta Wilde.

— En effet.

Hester changea son fusil d'épaule.

— Tu sais quoi ? C'est moi qui vais appeler. Ils ne peuvent pas m'obliger à donner des noms. Secret professionnel, mais de cette façon, je resterai dans le circuit. Je suppose que notre coup de fil est intraçable ?

— Absolument.

— Parfait, je te tiendrai au courant.

Elle raccrocha. Lorsqu'elle revint dans la chambre, Oren était en train de se rhabiller. Elle ne le retint pas.

Cela ne la dérangeait pas qu'il passe la nuit chez elle, mais elle n'y tenait pas non plus.

— Tout va bien ? lui demanda-t-il en enfilant son T-shirt.

— Tu connais quelqu'un chez les flics du comté de Litchfield ?

— Ça peut se trouver, pourquoi ?

— Je dois signaler un cadavre.

15

Wilde déposa la voiture chez Ernie. Lequel Ernie ferait ce qu'il fallait pour que le véhicule ne puisse être identifié. Normalement, dans ce genre de situation, le véhicule était démonté pour finir en pièces détachées. Ernie ne chercherait pas à en savoir plus, ni Wilde non plus. C'était plus sûr pour les deux parties.

Rola vint le chercher. Il lui remit la clé USB. Puis, une fois dans son minivan équipé de rehausseurs, il lui raconta sa découverte. Elle l'écouta, la mine sombre.

— Cette clé USB, je vais tout analyser moi-même.

— Tu sais faire ça ?

— Quand ce n'est pas trop compliqué, oui. Comprenons-nous bien. Je fais confiance à mes experts. La discrétion, ça les connaît.

— Mais tu ne veux pas les embarquer là-dedans.

— Pas quand il y a un cadavre.

Wilde hocha la tête.

— Normal.

— En même temps, dans cette histoire, les méchants, c'est pas nous. Si on trouve quelque chose qui permet d'arrêter l'assassin, on prévient la police, non ?

— Bien sûr.
— Même si c'est ton cousin.
— Surtout si c'est mon cousin.
Rola prit la bretelle de sortie.
— Tu peux dormir à la maison, si tu veux. Ma connexion Internet est au top.
— Ça ira.
Dix minutes plus tard, elle mit les warnings et s'arrêta sur le bas-côté dans une obscurité totale. Wilde l'embrassa sur la joue, descendit et disparut entre les arbres. Il n'y avait plus grand-chose à faire ce soir. Il allait regagner son Écocapsule et essayer de dormir un peu. Mais à une centaine de mètres de son logis, son téléphone vibra. C'était un texto de Laila :

Tu viens ?

Wilde répondit :

Tu as parlé à Matthew ?

Laila : C'est grave.
Wilde : Quoi ?
Laila : Si je dois te renvoyer un texto pour te redire : « Tu viens ? », c'est que c'est grave.

Il sourit dans le noir et prit le chemin du jardin de Laila. Il n'était pas vraiment inquiet pour Darryl. C'était le problème de Laila, pas le sien. Et ce n'était pas à lui de décider ce qui était le mieux pour elle car ce serait l'infantiliser. Wilde était honnête avec elle, et elle comprenait la situation. Qui était-il pour la « sauver » face à ses propres choix, même s'il doutait de leur bien-fondé ?

Joli raisonnement.

Laila l'accueillit à la porte de derrière. Matthew n'était pas là. Ils montèrent directement. Wilde se déshabilla et alla sous la douche. Laila le rejoignit. À sept heures du matin, après une nuit de sommeil comme il n'en avait pas connu depuis des lustres, il ouvrit les yeux et vit Laila assise au bord du lit, le regard perdu au loin. En silence, il contempla son profil.

Sans tourner la tête, elle déclara :

— Il faut qu'on parle.

— OK.

— Mais pas aujourd'hui. J'ai encore deux ou trois choses à régler.

Wilde se rassit.

— Tu veux que je parte ?

— Non.

Elle se tourna vers lui, et son cœur fit un bond dans sa poitrine.

— Si tu me racontais ce qui t'arrive ?

Wilde n'y tenait pas plus que ça. Il y a des gens qui aiment s'épancher. Cela les aide à y voir plus clair. Sauf que lui, c'était l'inverse. Il réfléchissait mieux quand il gardait les choses pour lui, laissant la pression monter jusqu'à ce que les solutions éclosent à la surface. Et, pour mélanger les métaphores, lorsqu'il se mettait à parler, c'était comme un ballon qui se dégonflait.

Cependant, il était toujours intéressant de confronter son point de vue à celui d'une autre personne, surtout aussi intuitive que Laila, et puis il sentait bien que cela lui ferait plaisir. Il lui résuma donc l'histoire de Peter Bennett sans mentionner la découverte du cadavre la veille au soir.

— La solution la plus simple est souvent la bonne, commenta-t-elle lorsqu'il eut terminé.

Wilde ne dit rien.

— Ton cousin n'a pas supporté le scandale qui lui a coûté son mariage, sa réussite, toute sa vie en quelque sorte… et il a mis fin à ses jours.

Il hocha la tête.

— Mais cette explication n'a pas l'air de te satisfaire.

— Je ne sais pas.

— Le sort de Peter Bennett est certainement lié à son statut de star de la téléréalité.

— C'est très possible.

— Sauf que tu connais mal cet univers-là.

— Tu as quelque chose à me suggérer ?

— Oui.

— À savoir ?

— On va t'instruire sur le sujet.

— Comment ?

— Matthew et Sutton seront là dans une heure.

— Tu veux que je parte ?

— Non, je veux que tu restes. Ce sont eux qui t'instruiront.

Tous les quatre – Wilde, Laila, Matthew et Sutton – passèrent plusieurs heures à visionner les épisodes de la saison PB&J de *L'amour est un champ de bataille.*

Sutton observait Wilde.

— Ça vous horripile, hein ?

À quoi bon mentir ?

— Oui.

Pas besoin d'ajouter qu'il trouvait l'émission stupide, répétitive, manipulatrice, malhonnête, cousue de fil blanc, à la limite de la maltraitance, car pratiquement aucun concurrent n'en sortait indemne après avoir été raillé, ridiculisé, dépeint comme quelqu'un de mauvais, au cœur brisé ou à l'esprit dérangé… C'était évident. Wilde s'était efforcé de la regarder sans a priori et sans aucune attente, conscient qu'il ne faisait pas partie du public cible, mais *L'amour est un champ de bataille* était bien pire que tout ce qu'il avait imaginé.

Assis sur le canapé, Matthew et Sutton se tenaient par la main. Wilde avait pris le fauteuil à leur droite. Laila allait et venait dans la pièce.

— Mon père pense que ça marque la fin d'une civilisation, dit Sutton.

Wilde sourit.

— Seulement, on n'est pas dupes, poursuivit Sutton. Les parents voient ça et se disent : « Mon Dieu, quel déplorable exemple pour nos enfants, etc. » Alors qu'en fait, c'est tout le contraire. C'est une leçon.

— Comment ça ? demanda Wilde.

— Personne ne veut ressembler à ces épaves, répondit-elle en désignant l'écran. Ce serait comme si regarder une émission sur une enquête criminelle pouvait donner envie de tuer quelqu'un. Nous, quand on voit ces gens-là, on se dit : « Je ne voudrais surtout pas être comme eux. »

Intéressant, songea Wilde, même si cela ne justifiait pas l'attrait ignoblement voyeuriste de l'émission. D'un autre côté, les candidats signaient en connaissance de cause, et il n'était pas dans ses habitudes de juger ses semblables. Du moment que ça ne faisait de mal à personne, rien ne l'autorisait à regarder ça de haut.

Ça ne faisait de mal à personne ? Vraiment ?

Choisir des jeunes gens inconnus, souvent instables et vulnérables, pour les jeter dans la fosse aux lions de la célébrité, n'était-ce pas délétère en soi ?

Cette émission de télé avait-elle détruit Peter Bennett ?

Les grandes lignes de *L'amour est un champ de bataille* étaient sans surprise, bien que dramatisées à outrance, mais cela valait la peine de regarder plusieurs épisodes pour avoir une vue d'ensemble. Les participants étaient nombreux (la production avait eu la bonne idée d'afficher leurs noms sur la barre de défilement), et les péripéties artificiellement gonflées, mais au bout du compte, c'était toujours la même vieille histoire. Jenn devait choisir entre deux hommes. Le premier était le dangereusement sexy Big Bobbo. C'était le nom que ce fanfaron de Bob Jenkins se donnait dans l'émission, parlant toujours de lui à la troisième personne (« Big Bobbo kiffe les culs ronds, les filles. Pas de fesses plates pour Big Bobbo, hein ? ») dans les « interviews » ineptes intercalées dans l'action. Son rival était le beau et charmant Peter Bennett, image même du futur gendre idéal. À l'origine, Peter avait été présenté comme un choix « trop rassurant » pour Jenn, mais pour finir, et en écho aux réactions des spectateurs, l'émission perdit tout sens de la nuance : Big Bobbo était devenu le méchant, le flagorneur, le séducteur visqueux, tandis que Peter, le chevalier blanc, ouvrait à Jenn la voie vers l'amour et le bonheur, si seulement elle acceptait d'y voir clair.

Les innombrables teasers, surtout vers la fin de la saison, insistaient tant et si bien sur la préférence de Jenn pour Big Bobbo qu'on savait d'avance qu'elle allait finir avec Peter. N'empêche, les producteurs se firent un devoir d'extraire jusqu'à la dernière molécule de « suspense » de la bataille finale, jusqu'à la scène de « combat » avec de la fumée partout, où il semblait que Big Bobbo avait gagné, sauf que Jenn le repoussa pour choisir le « gagnant de son cœur », Peter Bennett.

Envoyez les violons.

— La famille de Big Bobbo était à mourir de rire, dit Sutton. Sa mère a passé le casting pour *Le Champ de bataille* senior.

— Senior ? Il existe donc… ?

— La même chose, oui, mais version senior. Les séquences dans les familles, c'est du délire. Vous avez vu le frère de Peter, Silas ? Ce gars-là n'a pas dit un seul mot. Il n'a fait que tripoter sa casquette. Du coup, il est devenu célèbre dans le genre grincheux. Ses sœurs, elles avaient l'air sympas, mais aucune n'avait l'étoffe d'une star. Alors que la mère de Big Bobbo… Elle est à tomber par terre !

— Et Big Bobbo, il a été très affecté par sa défaite ? l'interrogea Wilde.

— Pas trop, non, répondit Sutton. Je n'en reviens pas que vous n'ayez jamais entendu parler de Big Bobbo.

Wilde haussa les épaules.

— En tout cas, il a été sélectionné direct pour l'émission dérivée, *La Zone de combat*.

— L'émission dérivée ?

— En gros, les candidats les plus populaires parmi les perdants sont regroupés sur une île où ils fricotent les uns avec les autres. Beaucoup de portes qui claquent et de larmes. Big Bobbo était tout le temps sur la ligne de front avec des filles différentes. Il a embobiné Brittany et Delila pour qu'elles tombent amoureuses de lui, puis il les a dézinguées au peloton d'exécution…

Dès le premier épisode. C'est la première fois, je crois, qu'il y a eu une double mise à mort dans l'émission.

Wilde ne dit rien.

— Et Jenn et Peter ?

— Ils sont devenus PB&J, sans doute le couple le plus adulé de toute l'histoire de l'émission. Je sais que vous trouvez ce concept débile, tout comme nous, mais on se retrouve pour regarder, commenter, rigoler, et… on se laisse prendre au jeu, Wilde. Vous voyez ce que je veux dire ?

— Oui, je crois.

— Et puis, c'est peut-être moi, mais je pense que j'ai raison…

— Quoi ?

— OK, c'est de la manipulation, et le scénario est écrit d'avance, mais les candidats ne peuvent pas enfumer éternellement le public.

— Comment ça ?

— Votre cousin Peter. Je ne pense pas qu'il jouait un rôle. C'est réellement quelqu'un de bien… Et Big Bobbo est réellement une grosse tache. Ce n'est pas que du spectacle. Au bout d'un moment, même s'ils essaient de cacher leur vraie nature, la caméra finit par les mettre à nu.

Wilde sentit son téléphone vibrer. C'était un texto de Hester. Un seul mot :

Appelle.

Il s'excusa et sortit dans le jardin. Il avait consulté Internet pour voir si on parlait d'un meurtre dans le Connecticut ou s'il y avait quelque chose sur

McAndrews. Jusqu'ici, il n'y avait rien. Il rappela Hester. Elle répondit dès la première sonnerie.

— La bonne nouvelle d'abord, déclara-t-elle, parce que la mauvaise est vraiment mauvaise.

— OK.

— J'ai contacté l'agent de Jenn Cassidy. Jenn est à New York pour une campagne de promo et elle a accepté de me recevoir.

— Comment avez-vous fait ?

— Chéri, je travaille à la télévision. C'est tout ce que son agent avait besoin de savoir. Ils pensent que je pourrais lui faire de la pub, que sais-je. Peu importe. Je vais la rencontrer. Je lui poserai des questions sur ton cousin Peter. Voilà pour la bonne nouvelle.

— Et la mauvaise ?

— L'homme assassiné dans le Connecticut est bel et bien Henry McAndrews.

— OK.

— Henry McAndrews, répéta Hester, ancien chef adjoint de la police de Hartford.

Wilde sentit son estomac se nouer.

— Il était flic ?

— À la retraite et bardé de décorations.

Il garda le silence.

— L'un des leurs est mort, Wilde. Tu sais ce que ça veut dire.

— Comme je l'ai dit, je n'ai aucun intérêt à protéger un assassin.

— L'assassin d'un flic, nuance.

— C'est noté.

— Oren est très ennuyé.

— Que sait-on de cette histoire au juste ?

— McAndrews était mort depuis au moins deux semaines.

— Personne n'a signalé sa disparition ?

— Non. Henry et Donna étaient séparés. Il a gardé la maison, et elle est restée à Hartford. Ils ne se parlaient plus.

— La cause de la mort ?

— Trois balles dans la tête.

— Autre chose ?

— C'est tout pour l'instant. Les médias ne vont pas tarder à relayer l'affaire. Wilde ?

— Quoi ?

— Tu peux parler à Oren. En privé.

— Pas maintenant, mais qu'il dise aux flics de fouiller l'ordinateur de McAndrews.

Une idée lui traversa soudain l'esprit.

— J'aimerais savoir également à quoi McAndrews occupait ses journées.

— Que veux-tu dire par là ?

— Genre, il travaillait ? Ou vivait-il uniquement de sa retraite ?

— Qu'est-ce que ça vient faire là-dedans ?

— Si jamais mon cousin est mêlé à son assassinat…

— C'est plus que probable, non ?

— Peut-être, je ne sais pas. Mais que faisait McAndrews de son temps ? Était-ce juste un troll anonyme… ou l'avait-on engagé pour troller ?

— Quoi qu'il en soit, tu sais qui sera le principal suspect ?

La réponse était évidente. Peter Bennett, bien sûr.

16

Chris Taylor faisait défiler les posts sur Twitter lorsqu'il tomba sur l'info suivante :

MEURTRE DANS LE CONNECTICUT

Sur le coup, il ne réagit pas. Un meurtre dans un autre État, cela ne l'intéressait pas vraiment. Il se demanda juste vaguement pourquoi ça faisait autant de bruit sur les réseaux sociaux. Il cliqua sur le lien et sentit son sang se glacer.

Le chef de la police de Hartford à la retraite, Henry McAndrews, a été retrouvé exécuté de trois balles à son domicile de Harwinton, Connecticut.

Un ancien chef de la police. Voilà ce qui expliquait le buzz.

Henry McAndrews.

Ce nom-là lui disait quelque chose. Ou plutôt ne lui disait rien qui vaille.

Chris ôta son bonnet de hipster. Il s'était aussi laissé pousser une barbe de hipster. Il portait des jeans slims, des baskets à motifs et des T-shirts basiques pour faire oublier le look plus sérieux de l'Inconnu. Et ça marchait bien, d'autant qu'il quittait rarement son loft. Dans son incarnation précédente, Chris avait révélé des secrets qu'il jugeait préjudiciables pour l'humanité. Sa propre vie avait été fracassée par des secrets. Par conséquent, sa philosophie avait été simple : faire éclater la vérité au grand jour. Une fois en pleine lumière, les secrets allaient perdre leur pouvoir de nuisance et mourir.

Mais il s'était trompé.

Quelquefois, les secrets perdent leur pouvoir de nuisance et meurent… mais à d'autres moments, ils se renforcent, se gavent de lumière et deviennent destructeurs. Les retombées avaient pris Chris par surprise. Il croyait pouvoir redresser les torts grâce à la vérité… mais c'était sans compter avec le retour de flamme. Il l'avait appris à ses dépens, dans le sang et la violence. Des innocents avaient souffert, certains même en étaient morts. Et pourtant, faut-il baisser les bras par crainte des conséquences ? Faut-il capituler devant le mal qui ronge la société ? Ce serait une solution de facilité. Chris avait réussi à se tirer sans dommages du chaos qu'il avait créé. Ses exploits lui avaient rapporté de l'argent. Il pouvait mener une existence confortable sans jouer les justiciers. Sauf qu'il n'était pas comme ça. Il avait essayé de laisser tomber, mais ça n'avait pas marché.

Aujourd'hui, il aidait les gens d'une manière différente.

Il avait fondé Boomerang pour venir à la rescousse de ceux qui étaient attaqués sans pouvoir se défendre. Il punissait non seulement les dissimulateurs, mais aussi les menteurs, les persécuteurs, les pervers… Le tout de façon anonyme. Il ciblait les nuisibles de la sphère sociale. Tout en veillant à ne pas reproduire les erreurs du passé. Son ancien travail avait été un composé volatil. Impossible à maîtriser.

Avec Boomerang, il œuvrait en toute sécurité.

Enfin presque. Le risque zéro n'existe pas. Il y avait toujours une possibilité, malgré tous ses efforts, qu'un innocent en paie les frais. Il en était conscient. Il n'était ni sourd ni aveugle. Du coup, il multipliait les contrôles. Si Boomerang vous avait dans le viseur, Chris voulait s'assurer que vous méritiez le châtiment qu'il vous réservait. Certes, il pouvait s'en remettre aux autorités, toujours à la traîne pour défendre les victimes de la cybercriminalité, néanmoins doit-on renoncer à faire le bien par crainte de se tromper ? Notre système judiciaire est imparfait, mais personne ne songe à le supprimer parce qu'il commet occasionnellement des erreurs. Nous ne capitulons pas. Nous essayons de l'améliorer. Nous faisons de notre mieux en espérant qu'à l'arrivée la balance penchera du bon côté.

Boomerang venait en aide aux gens. Ils protégeaient les innocents et punissaient les coupables.

Il relut le nom encore une fois.

Henry McAndrews.

Chris l'entra dans le fichier et trouva le dossier.

Ça ne sentait pas bon. Pas bon du tout.

Chris – Lion – attrapa son téléphone jetable équipé d'un logiciel de communication indétectable via le Dark Web. Il composa un message que seuls Alpaca, Girafe, Chaton, Panthère et Ours polaire étaient en mesure de comprendre.

Catégorie 10

Le signal d'urgence. Puis il ajouta, pour plus de sécurité :

Ceci n'est pas un exercice.

17

— Je suis si heureuse de vous rencontrer, dit Jenn Cassidy à Hester. J'adore vos analyses des affaires judiciaires à la télé.

— Merci.

— Je suis une fan de longue date.

Jenn avait une voix légèrement voilée. D'ordinaire, Hester savait décrypter les gens, mais là, il était difficile de dire si la star de la téléréalité était sincère ou pas. Jenn Cassidy incarnait l'idéal de beauté américain : cheveux blonds, sourire éclatant, yeux bleus lumineux. Son maquillage, comme le voulait la mode actuelle, était un peu trop lourd au goût de Hester. Elle arborait des cils ostensiblement faux qui ressemblaient à deux tarentules prenant un bain de soleil sur des pavés brûlants. Néanmoins, elle donnait l'impression d'être quelqu'un d'amical, d'abordable, de fiable même : pas étonnant qu'elle ait été choisie pour jouer le rôle de la gentille fille. Sa beauté n'avait rien d'intimidant.

Le portier leur tint la porte. Jenn escorta Hester à travers le hall de l'immense tour de verre qu'était l'immeuble Sky. Une fois dans l'ascenseur, elle appuya sur le bouton du premier étage.

— Nous étions plus haut avant, expliqua-t-elle.

— Je vous demande pardon ?

— Je continue à dire « nous »... en parlant de Peter et moi. Il faut que j'arrête avec ça. Bref, quand nous – et voilà, je recommence –, quand Peter et moi étions en couple, ils nous avaient installés au soixante-dix-septième étage dans un duplex avec quatre chambres. Maintenant, j'ai l'appartement numéro un. Il doit faire le tiers de la taille de l'autre.

— Vous avez changé de standing après votre rupture ?

— Ce n'est pas moi qui l'ai décidé. Ce sont les propriétaires de la tour. Dans ce genre d'immeubles, il y a toujours des appartements invendus. Et puisqu'ils sont vides de toute façon, ils les laissent gratuitement à des influenceurs à condition qu'on poste des photos.

— Je vois, dit Hester. Vous faites de la pub pour cet immeuble ?

— Oui.

— C'est ce qu'on appelle le *celebrity marketing* ?

— Exactement.

— Et c'est comme ça que vous gagnez votre vie, poursuivit Hester. Grâce à des campagnes de promo. Vous portez une robe de créateur ou vous vous rendez dans un nouveau night-club, vous êtes vue par des millions de gens, et les sociétés vous paient pour ça.

— Oui. Ou alors c'est du troc, comme ici. Quand Peter et moi étions au sommet de notre popularité,

Sky nous a offert un bail de deux ans pour la suite 77, et en échange nous postions des images sur les réseaux sociaux au moins une fois par semaine. Mais au moment de renouveler le bail, ils nous ont déplacés – enfin, moi toute seule – ici, au premier étage.

— La surface habitable est proportionnelle à la renommée, commenta Hester sans aménité.

— Vous savez, dit Jenn en posant la main sur le bras de Hester, je ne me plains pas. C'est une chance extraordinaire d'habiter ici.

L'ascenseur tinta.

— Je sais comment ça fonctionne, ajouta-t-elle. Le métier d'influenceur est à durée déterminée. On doit s'en servir comme d'un tremplin.

— Et comment voyez-vous votre avenir, Jenn ?

La porte de l'appartement s'ouvrait à l'aide d'une télécommande.

— Oh, répondit Jenn d'un air consterné. Je croyais que c'était pour ça que vous vouliez me voir. J'étais du métier avant *L'amour est un champ de bataille.*

— En tant que quoi ?

— Assistante juridique, mais j'avais été admise dans une école d'avocats.

— Impressionnant.

Le sourire de Jenn était à la fois charmant et adorablement timide.

— Merci.

— Et vous comptez vous inscrire maintenant que l'émission est terminée ?

— En fait, j'aimerais intervenir en tant qu'analyste juridique à la télévision.

— Ah, fit Hester. Je serais ravie d'en discuter avec vous une prochaine fois, mais ce n'est pas l'objet de ma visite d'aujourd'hui.

Jenn l'invita à prendre place sur le canapé d'une blancheur immaculée. Les murs étaient ornés de miroirs et de tableaux sans âme. Il n'y avait pas de photos, rien de personnel. L'endroit ressemblait plus à une suite d'hôtel raffinée – à défaut d'être chaleureuse – qu'à un véritable foyer. Hester se demanda s'il ne s'agissait pas d'un appartement témoin.

— Je suis venue vous parler de Peter Bennett.

Jenn cilla, surprise.

— Peter ?

— Oui. J'ai besoin de le retrouver.

Elle mit une seconde ou deux à digérer l'information.

— Puis-je savoir pourquoi ?

Hester hésita brièvement.

— C'est pour un client.

— Un de vos clients veut retrouver Peter ?

— Oui.

— C'est donc du domaine de la justice ?

— Je ne peux pas vous en dire plus, répliqua Hester. En tant que juriste, je suis sûre que vous comprenez.

— Oui, bien sûr.

Jenn ne cachait pas sa stupeur.

— Ça fait des mois que je suis sans nouvelles de Peter.

— Vous pourriez être plus précise ?

— Je ne sais pas où il est, madame Crimstein. Je regrette.

— Appelez-moi Hester, dit Hester avec son sourire le plus désarmant. Vous deux étiez mariés.

— Oui, répondit Jenn tout bas.

— C'était un vrai mariage ? Pas seulement pour les besoins du script ?

— Oui, nous étions mariés dans tous les sens du terme.

— OK, et ensuite il y a eu ce podcast. C'est ça qui vous a séparés ?

— Tout cela est…

Jenn avait les yeux rivés sur le parquet en bois clair.

— Vous me prenez de court, là.

— Pourquoi ? Vous dites ne pas savoir où se trouve Peter…

— C'est la vérité.

— … mais vous avez sûrement entendu les rumeurs le concernant, n'est-ce pas ?

Jenn ne répondit pas. Hester revint à la charge.

— Je parle de la campagne de haine dont il a fait l'objet. On dit que ça l'aurait poussé à mettre fin à ses jours.

Jenn ferma les yeux.

— Vous avez entendu ces rumeurs ? reprit Hester.

— Évidemment, dit Jenn encore plus bas.

— Et vous pensez qu'elles sont fondées ?

— Que Peter se serait suicidé ?

— Oui.

Elle déglutit avec effort.

— Je ne sais pas.

— Vous étiez mariés. Vous le connaissiez bien.

— Non, madame Crimstein, je *croyais* le connaître.

Une note métallique perça dans la voix de Jenn. Elle leva les yeux.

— Ça m'a fait prendre conscience d'une chose.

— Laquelle ?

— Je n'ai peut-être jamais connu Peter. Si ça se trouve, on ne connaît vraiment personne.

Hester ne releva pas cet argument sentencieux, quoique compréhensible.

— J'ai écouté ce podcast, celui où votre sœur a dénoncé votre mari.

— Madame Crimstein ?

— Hester.

— Hester, je pense en avoir dit assez.

— Mais vous n'avez encore rien dit du tout. Vous étiez en colère contre elle ?

— Elle ?

— Votre sœur. Étiez-vous en colère contre elle ?

— Quoi ? Mais non, pourquoi ? Elle était une victime, elle aussi.

— Comment ça ?

— Peter aurait pu la droguer.

— Aurait *pu* ? OK, mais même avant ça, votre sœur… Quel est son nom, déjà ? Je n'arrive pas à le retenir.

— Marnie.

— Merci. Marnie. Il y a un point qui m'échappe, Jenn. À nous deux, en tant que professionnelles, on pourrait peut-être l'éclaircir. Marnie prétend que votre mari lui a envoyé ces photos de nu *avant* la prétendue agression. Pourquoi ne pas vous en avoir parlé tout de suite ?

— Ce n'est pas aussi simple.

— Selon moi, si, répliqua Hester. Éclairez-moi.

— Marnie était une victime. Vous êtes en train de rejeter la faute sur la victime.

— Non, ma chérie, si je devais rejeter la faute sur la victime, vous seriez la première à le savoir. Appelons les choses par leur nom, voulez-vous ? Imaginons que vous soyez Marnie Cassidy. Vous aimez votre grande sœur Jenn, qui a brillamment réussi dans la vie. Elle vient d'épouser un garçon formidable, Peter. Un jour, Peter vous envoie – je vais le dire crûment – une photo de sa bite. Vous, Marnie, n'en soufflez pas un mot à votre chère sœur ? Vous ne la prévenez pas qu'elle a épousé un type pervers, menteur et destructeur ?

Hester secoua la tête.

— C'est ça que j'essaie de comprendre, reprit-elle. Prenons les choses dans l'autre sens. Imaginons que Marnie soit tombée amoureuse d'un gars rencontré sur un plateau de télé. Elle s'est mariée avec lui. Et voilà qu'il vous envoie des selfies de son service trois pièces. N'iriez-vous pas en parler à Marnie ?

— Si, répondit Jenn après un silence. Mais encore une fois, ce n'est pas aussi simple.

— OK, alors voyons ce qu'il y a de compliqué là-dedans.

— Marnie est fragile. Et facilement influençable.

— D'accord, mais comment peut-on l'influencer pour qu'elle cache une chose pareille à sa propre sœur ?

Jenn se tordit les mains.

— Je me le suis demandé moi-même.

— Et ?

— Je n'ai pas très envie d'en parler.

— Dur. Dites toujours.

— À mon avis, Marnie pensait – ou Peter lui avait peut-être mis ça dans la tête – que si elle me montrait les photos, je lui en voudrais à elle.

— À votre sœur ?

— Oui.

— Plutôt qu'à votre mari ?

— Oui.

— Tiens, tiens, intéressant, dit Hester. Genre, vous la soupçonneriez d'avoir fait le premier pas.

— Ou, je ne sais pas, de l'avoir provoqué.

— Dites-moi, entre filles… Vous pensez que c'est vrai ?

— Quoi ?

— Vous croyez que Marnie a fait le premier pas ?

— Quoi ? Non. Ce n'est pas ce que j'ai dit…

— Mais ça y ressemble. C'était peut-être involontaire. Votre sœur aurait flirté avec Peter, et il l'a interprété de travers.

— C'est horrible d'imaginer une chose pareille.

— C'était votre suggestion, pas la mienne. D'une manière ou d'une autre, Marnie ne vous a jamais parlé de ces photos. Ni d'une quelconque relation illicite avec votre mari. Je me trompe ?

Jenn ne répondit pas.

— En fait, poursuivit Hester, vous avez découvert cette sordide vérité en même temps que tout le monde. Au lieu de vous en parler d'abord, Marnie a choisi de la révéler publiquement. Vous ne trouvez pas ça bizarre ?

— Qu'insinuez-vous par là ? riposta Jenn.

— Ça saute aux yeux, non ? Marnie vendrait père et mère en échange de son quart d'heure de gloire.

— Non mais, attendez…

— Ne faites donc pas semblant de ne pas comprendre. C'est une insulte pour nous deux. Votre sœur a auditionné pour un tas d'émissions de téléréalité, sauf qu'elle n'a jamais été sélectionnée. Invisible, inaudible. Elle a été castée dans un programme dérivé sur une toute petite chaîne – uniquement parce qu'elle était la sœur de Jenn Cassidy – pour se faire éliminer dès la première semaine. C'en était fini de la gloire. Mais ô surprise !… Depuis que Marnie a dénoncé votre mari et brisé votre mariage, elle est devenue une grande star. Elle a fait partie du jury chez RuPaul et…

— Où voulez-vous en venir ?

— Peut-être que Marnie a menti. Peut-être qu'elle a tout inventé.

Fermant les yeux, Jenn secoua la tête.

— Non. Marnie n'a pas menti à propos de Peter.

— Comment pouvez-vous en être si sûre ?

Elle rouvrit les yeux.

— Vous vous doutez bien que moi aussi, j'ai été sceptique.

— Vis-à-vis de votre sœur ?

— Vis-à-vis de tout. Vous savez comment ça marche, la téléréalité ?

— Non.

— C'est une illusion. Un spectacle, certes, mais plutôt un spectacle de magie. Rien de ce qu'on voit n'est vrai. Je vis tous les jours avec ça. Alors oui, j'avais confiance en ma sœur. J'aurai toujours confiance en elle. Mais je n'étais pas prête à jeter mon mariage aux orties à cause d'un psychodrame orchestré par un podcast.

— Vous dites que votre sœur est facilement influençable. Vous avez cru que peut-être…

— Je n'ai rien cru du tout, l'interrompit Jenn d'un ton cinglant. Je voulais des preuves.

— Et vous les avez eues ?

— Oui.

— De la part de ?

Jenn prit une grande inspiration.

— Peter ne sait pas mentir.

Hester avait l'habitude de mener ses interrogatoires tambour battant, mais cette fois, elle marqua une pause pour laisser à Jenn le temps de s'expliquer.

— Il me l'a avoué. Sur ce même canapé.

— Quand ?

— Une heure après le podcast.

— Que vous a-t-il dit ? demanda Hester doucement.

— Au début, il a nié en bloc. Moi, je ne l'ai pas quitté des yeux, et j'ai bien vu qu'il évitait de me regarder. J'avais envie de le croire. Tellement envie. Mais ça se voyait sur son visage. Ça prouve juste à quel point j'étais stupide et naïve.

— A-t-il essayé de se justifier ?

— Il a dit que ce n'était pas ce que je pensais. Et que je ne pouvais pas comprendre.

— Qu'entendait-il par là ?

Jenn leva les mains.

— N'est-ce pas l'argument auquel les hommes ont recours dans ce genre de situations ? C'était peut-être le stress lié à l'émission et au fait de ne pas avoir de vie privée. Plus notre problème d'infertilité. Vu l'histoire personnelle de Peter, c'était particulièrement délicat à gérer, je pense. Il tenait beaucoup à avoir des enfants à lui.

— Son histoire personnelle ?

— Vous n'êtes pas au courant ?

Hester haussa les épaules en signe d'ignorance.

— Mais oui, bien sûr, dit Jenn. Vous ne pouviez pas savoir. C'était un secret. Moi-même, je ne l'ai appris qu'après notre mariage.

— Appris quoi ?

— Peter a été adopté. Il ne sait pas du tout qui sont ses parents biologiques.

18

Lorsque Katherine Frole vient m'ouvrir, je porte un déguisement genre célébrité qui veut passer inaperçue.

En quoi ça consiste ?

Facile. Une casquette de base-ball et des lunettes noires.

Elles le font toutes – enfin, *presque* toutes –, même si ça ne trompe personne. Une casquette de base-ball et des lunettes de soleil à l'intérieur, ou bien dehors alors qu'il n'y a pas de soleil, est-ce pour passer incognito ou pour clamer au monde entier qu'on est quelqu'un d'important, quelqu'un qu'on *devrait* reconnaître ?

N'écoutez pas leurs protestations : les gens célèbres veulent qu'on les reconnaisse. En toute circonstance. Sans ça, ils n'existent pas.

Moi, personnellement, je n'ai pas besoin de ça. Surtout aujourd'hui.

Katherine est heureuse de me voir. Tant mieux. Ça veut dire qu'elle n'est pas encore au courant pour Henry McAndrews. Comme par hasard, elle pointe le doigt sur ma tenue… Plus précisément sur la casquette et les lunettes.

— C'est pour quoi faire ?

— Oh, ce n'est rien, dis-je en m'engouffrant dans son bureau. Vous savez ce que c'est.

— Je ne m'attendais pas à vous revoir. J'ai enfreint le règlement pour vous…

— Et je vous en remercie.

Je souris de toutes mes dents.

Katherine ne répond pas tout de suite. Ça m'inquiète un peu, vu qu'elle travaille dans la police judiciaire, plus exactement au FBI. Ce qui pose un autre genre de problèmes, mais ce n'est pas le moment d'y penser. Elle porte un chemisier ajusté et un jean moulant. En d'autres termes, elle n'est pas enceinte.

De mon côté, j'ai choisi un ample coupe-vent jaune pour dissimuler mon Glock 19.

Je ne l'ai utilisé qu'une fois. Ou plutôt trois. Trois coups tirés l'un après l'autre. Pan, pan, pan. Il paraît que contrairement à ce qu'on voit dans les films, viser juste est une affaire délicate, qui demande beaucoup d'entraînement.

Sauf que, dans mon cas, les trois balles ont touché leur cible.

Il faut dire qu'elles ont été tirées à bout portant.

Katherine sourit béatement, comme si ma présence lui avait tourné la tête. C'est drôle, la gloire. Katherine Frole est quelqu'un d'important. Elle travaille à la direction des sciences et de la technologie au FBI. Elle a deux beaux garçons et un mari qui a choisi de rester au foyer pour lui permettre de poursuivre sa carrière. Ils se sont rencontrés à la fac il y a une vingtaine d'années. Bref, Katherine Frole est une femme de tête, une femme qui a réussi… Et pourtant, c'est une inconditionnelle de *L'amour est un champ de bataille*.

Nous sommes tous pétris de contradictions, pas vrai ?

— J'ai voulu passer la semaine dernière, lui dis-je, mais vous n'étiez pas là.

— En effet.

Elle s'éclaircit la voix.

— J'étais à la Barbade avec ma famille, dit-elle.

— Cool.

— Je viens juste de rentrer.

Et c'est pour ça que je suis là.

— Alors…

Katherine se laisse tomber dans le fauteuil de bureau.

— … que puis-je pour vous ?

— Quand vous avez enquêté sur mon affaire…

— Je vous arrête tout de suite, répond-elle en levant la main. Comme je vous l'ai dit, j'ai déjà enfreint le règlement parce que… Bref, vous savez pourquoi.

Certes.

— Mais c'est tout. Je ne peux pas en faire plus.

— Je sais.

Je veille à ce que mon sourire remonte jusqu'à mes yeux.

— Vous avez toute ma reconnaissance pour ce que vous avez fait. Vraiment. Je me demandais juste si vous aviez appris autre chose.

Pour la première fois, je la sens hésiter.

— Je ne vois pas de quoi vous voulez parler.

— C'est votre boulot, non ?

— C'est hors sujet.

La voix de Katherine est saccadée, nerveuse.

— Je ne peux pas en dire plus. J'ai enfreint le règlement. Je n'aurais pas dû. Mais je ne le referai pas.

— J'ai un aveu à vous faire, dis-je.

— Ah ?

— Il faut que vous compreniez. Je ne pouvais pas me contenter d'un nom.

Son sourire s'évanouit comme par enchantement.

— Comment ça ?

— Il fallait que je le voie.

— Oh, mon Dieu.

— Pour avoir une explication. C'est normal, non ?

— Mais vous aviez promis…

— Avoir son nom ne suffisait pas. Vous devez le comprendre. J'avais besoin de m'expliquer avec lui.

— Oh non, soupire Katherine.

Elle ferme les yeux un instant, s'éclaircit la voix.

— Vous avez parlé à McAndrews ?

— Oui.

— Et qu'a-t-il dit ?

— Qu'il travaillait seul.

— C'est tout ?

— C'est tout. Voilà pourquoi il m'en faut plus, Katherine. Vous qui m'avez apporté tant de soutien, qui avez fait toutes ces recherches, dites-moi : avez-vous trouvé autre chose ?

Katherine ne dit rien.

— Vous avez une belle maison et un bureau au siège du FBI, je poursuis en penchant légèrement la tête. Pourtant, vous louez ce petit bureau minable dont personne ne connaît l'existence. Pourquoi ?

— Je vais vous demander de partir.

— Vous avez des secrets ici ? C'est pour ça ? Des secrets dans votre ordinateur ?

Son portable est sur le bureau. Elle tend la main pour l'attraper, mais au même moment, je baisse la fermeture Éclair de mon coupe-vent et sors mon semi-automatique. Le tout sans effort. J'ai toujours eu une excellente coordination œil-main, d'où mes bons résultats sportifs. Ceci explique peut-être cela.

— Posez ce téléphone.

Katherine me regarde avec des yeux ronds comme des soucoupes.

— Henry McAndrews est mort, Katherine.

— Oh, Seigneur. Vous… ?

— Je l'ai tué, oui. Vous ne pensez pas qu'il le méritait ?

Elle est trop fine mouche pour répondre.

— Que voulez-vous ?

— Le reste des noms.

— Mais c'est lui, le principal coupable.

— Je ne parle pas seulement de ceux qui sont mêlés à cette affaire.

Elle a l'air déconcertée.

— Je veux les noms de tous ceux que vous avez choisi de disculper.

— Pourquoi ?

La réponse me semble évidente, mais je n'insiste pas.

— Je ne vous veux aucun mal, lui dis-je de ma voix la plus apaisante. Vous avez entendu parler de destruction mutuelle assurée ? C'est nous, Katherine. C'est vous et moi. Me coller le meurtre de McAndrews sur le dos serait contraire à votre intérêt. Car c'est vous qui m'avez donné son nom. Vous vous trahiriez en faisant cela. Alors vous voyez ? Vous me tenez, je vous tiens.

— OK, réplique-t-elle avec un hochement de tête théâtral. Vous pouvez partir. Je ne dirai rien, je vous le promets.

Elle me prend pour une bille.

— Je veux les noms d'abord.

— Je ne les ai pas.

— Allons, dis-je. Ça ne sert à rien de mentir. Vous-même pensiez que McAndrews devait être puni…

— Puni, oui, mais…

Je lève le pistolet. Katherine s'interrompt et le regarde, comme hypnotisée. C'est comme ça. Elle n'a pas d'yeux pour moi. Tout son univers se résume au diamètre du canon de mon Glock.

— Oh… OK, bégaie-t-elle, vous avez raison. Je vous donnerai les noms. Seulement, s'il vous plaît, rangez ce pistolet.

— Si ça ne vous ennuie pas, je préfère le garder jusqu'à ce qu'on ait fini.

Du bout du pistolet, je désigne l'écran de l'ordinateur.

— Ouvrez vos fichiers. Je veux voir ce que vous avez là.

La nature humaine ne cesse de me surprendre. S'il n'y avait pas eu ce podcast et cette horrible dénonciation, où en serais-je maintenant ? J'aurais sûrement continué à mener une vie « normale » – normale entre guillemets – au lieu de m'apprêter à commettre mon second meurtre. Sans ce podcast, je n'aurais jamais recherché l'identité de l'homme qui avait posté ces messages ignobles et ces photos. Je n'aurais jamais acheté une arme. Je n'aurais jamais attenté à une vie.

Certes, même ainsi – et c'est là que ça devient intéressant –, j'aurais pu… j'aurais *dû* me contenter de tuer McAndrews. J'ai eu ma vengeance. Personne n'aurait l'idée de me soupçonner, moi. C'était le crime parfait.

Tel avait été mon plan.

Sauf que, une fois face à McAndrews, quand j'ai pressé la détente une première fois, puis une deuxième et une troisième…

Savez-vous ce que j'ai découvert ?

En étant tout à fait honnête avec moi-même, savez-vous ce que j'ai réalisé ?

Que j'aimais ça. Beaucoup.

J'ai pris plaisir à tuer.

On a tous lu des livres et vu des films sur les tueurs psychotiques incapables de s'arrêter, accros à la décharge d'adrénaline. Ils commencent, enfants, par les petits animaux. Ensuite, c'est le chat du voisin qui disparaît. Puis le chien. C'est comme ça que ça marche. Une lente progression. Et c'est ce que je croyais.

Mais plus maintenant.

Si je n'avais pas été dans l'obligation de tuer, je crois que je n'aurais jamais connu cette sensation d'ivresse. J'aurais vécu ma vie comme vous. Comme la plupart des gens. Cette pulsion, ce besoin serait resté en sommeil.

Mais une fois que j'ai appuyé sur la détente…

Est-ce « extase », le mot exact ? Ou serait-ce une compulsion ?

Je ne saurais le dire.

Une fois que j'ai eu tué Henry McAndrews – une fois que j'ai eu goûté à ça –, j'ai compris qu'il n'y avait pas de retour en arrière possible.

Le changement a été brutal. Je n'arrivais plus à dormir. Je n'arrivais plus à manger. Pas parce que je me sentais coupable. C'était le cadet de mes soucis. Mon obsession, c'était le pistolet dans ma main et le crâne de McAndrews explosant dans un brouillard rouge. Et surtout l'envie de recommencer.

Du coup, s'il n'y avait pas eu ce podcast avec son lot de trahisons et d'humiliations, j'aurais vécu toute ma vie sans connaître ce sentiment, cette euphorie… et ce manque.

Cette vie-là aurait-elle été meilleure ou pire ? Je n'en sais rien. Une chose est sûre cependant : ç'aurait été une vie inauthentique.

Je souris en y repensant, et c'est ce qui terrifie Katherine. J'ai laissé tomber les anciennes valeurs, les convenances, les masques que nous portons jour après jour. C'est tellement libérateur de vivre comme on l'entend.

Je n'ai pas vraiment envie de tuer Katherine. Mon objectif – c'est ainsi que je justifie mon projet – est de liquider ceux qui le méritent. C'est pour ça qu'il me faut la liste des noms. Je supprimerai ceux qui trollent et prennent leur pied à nuire anonymement aux autres.

Katherine Frole n'est pas de ceux-là. Elle veut bien faire.

En même temps, je reconnais que mon argument « vous me tenez, je vous tiens » n'est pas très solide. Elle pourrait finir par me dénoncer aux autorités, même si ça lui vaudrait quelques ennuis.

Par conséquent, je ne peux pas la laisser en vie.

Katherine s'exécute avec empressement. Elle pianote sur son clavier et tourne l'écran vers moi.

— Voici tous les noms, dit-elle d'une voix étranglée. Je ne parlerai pas. Promis. S'il vous plaît, j'ai une famille, des enfants…

Je presse la détente à trois reprises.

Comme la dernière fois.

19

Wilde trouva Vicky Chiba, la sœur de Peter Bennett, en train de travailler dans son jardin. Elle portait des gants si épais que ses mains ressemblaient à celles de Mickey. Penchée en avant, elle grattait la terre avec une binette.

Wilde avait décidé de prendre le taureau par les cornes. Avant même qu'elle ne tourne la tête, il lui lança :

— Vous m'avez menti.

Vicky se redressa vivement.

— Wilde ?

— Vous deviez consulter votre arbre généalogique pour moi.

— Mais oui, je vais le faire, promis. C'est quoi le problème ?

— Ma collègue a rencontré Jenn.

— Oui, et alors ?

— Elle a dit que Peter avait été adopté.

La bouche de Vicky s'affaissa.

— Jenn a dit ça ?

— Oui.

Elle ferma les yeux.

— Donc Peter lui en a parlé. Je ne savais pas qu'il l'avait fait.

— C'est vrai ?

Lentement, elle hocha la tête.

— Dans ce cas, il n'existe aucun lien de sang entre nous. Ni avec vos parents, ni avec vos frères et sœur.

Vicky se borna à le regarder.

— Pourquoi m'avez-vous menti ?

— Je n'ai pas menti.

Elle se trémoussa sur place.

— J'ai juste pensé que ce n'était pas à moi de vous le dire. Peter ne voulait pas que ça se sache.

— Et sa famille biologique, vous la connaissez ?

Vicky soupira, se releva, s'épousseta.

— Allons dans la maison. Je vous expliquerai tout. Mais avant toute chose : avez-vous retrouvé Peter ?

— N'étiez-vous pas persuadée qu'il était mort ?

— Si, mais plus maintenant.

— Qu'est-ce qui vous a fait changer d'avis ?

— J'ai cru qu'il s'était suicidé à cause de ce podcast et du fiasco de PB&J.

— Et aujourd'hui ?

— Mon frère a un lien de parenté avec vous.

— Et ?

— Si je repense à ce qui lui est arrivé, répondit-elle, songeuse, ça n'a peut-être rien à voir avec Jenn et cette émission. C'est peut-être tout autre chose.

— Comme quoi ?

— Comme pour *vous*, Wilde. Quelque chose qui s'est passé dans son enfance et dont l'écho l'aurait rattrapé des années plus tard.

Il n'avait rien à répondre à cela.

— Donnez-moi une seconde, dit-elle. Tout cela est très perturbant. Mais je vais vous expliquer.

Vicky Chiba prépara une « tisane magique » qui, selon elle, guérissait tous les maux. Wilde aurait voulu en venir au fait, mais en l'occurrence, mieux valait laisser le temps au temps. Vicky était entièrement absorbée par la préparation de la tisane. Ses gestes étaient précis. Au lieu d'utiliser des sachets, elle versa le mélange de plantes dans une passoire. Sa bouilloire, gris ardoise avec une poignée imitation bois, émit un sifflement strident une fois que l'eau fut chaude. Sur l'une des tasses en céramique (celle qu'elle lui donna), on lisait « OM NAMASTE », et sur l'autre « Nous devenons ce que nous pensons – Bouddha ».

Elle but une gorgée de tisane. Wilde l'imita. Ça sentait vaguement le lilas et le gingembre. Elle but une autre gorgée. Il attendit. Vicky posa sa tasse et la repoussa.

— Un jour, il y a une trentaine d'années de ça, mes parents sont rentrés des vacances qu'ils étaient censés passer en Floride. Je ne sais plus combien de temps ils étaient partis. Nous trois – Kelly, Silas et moi –, on était restés chez Mme Tromans. C'était notre nounou à l'époque. Une dame charmante, d'un certain âge déjà.

Vicky secoua la tête, tendit la main vers sa tasse, se ravisa et posa la main sur ses genoux.

— À ce moment-là, nous vivions à Memphis. Je me souviens que papa est venu nous chercher chez Mme Tromans. Il avait l'air bizarre et faussement excité. Il nous a dit qu'on allait déménager dans une nouvelle maison. Silas n'avait que deux ou trois ans, mais Kelly et moi étions suffisamment grandes pour comprendre ce qui se passait. Kelly a fondu en larmes parce que son amie Lilly fêtait ses onze ans ce vendredi-là et qu'elle voulait absolument aller à son anniversaire. J'ai demandé où était maman. Dans notre nouvelle maison, a répondu papa, et elle avait hâte de nous voir. Nous avons roulé longtemps. Kelly a pleuré pendant des heures. Quand nous sommes enfin arrivés, maman était là… avec un bébé. Elle nous a dit que c'était notre petit frère, Peter.

Vicky leva la main.

— Je sais, j'aurais dû vous en parler, mais il faut que vous compreniez. On n'en a jamais discuté, même en ce temps-là. J'aurais eu l'impression de trahir un secret de famille. Ça paraît insensé, mais papa et maman nous ont juste dit : « C'est votre frère Peter. » Aucune explication… Au début, tout au moins. Ils étaient tout sourires, genre ils se réjouissaient, mais même Kelly et moi, on sentait bien que c'était forcé. Ils essayaient de nous le vendre à coups de « N'est-ce pas formidable pour Silas d'avoir un petit frère ? » et de « Quelle merveilleuse surprise, hein ? ». Et quand Kelly a demandé d'où il venait, ce bébé, papa a simplement répondu : « Du même endroit que toi, ma chérie. »

Elle s'interrompit, reprit sa tasse d'une main tremblante.

— Vos parents ne vous ont pas annoncé qu'il avait été adopté ? demanda Wilde prudemment.

— Non. Pas sur le coup. Mais ils ont fini par cracher le morceau.

— Que vous ont-ils dit exactement ?

— Juste ça. Ils ont dit que c'était une adoption privée, mais que personne ne devait le savoir. Ils nous ont fait jurer de garder le secret. Et au bout du compte, on a accepté leur version. Parce qu'on l'aimait trop, Peter.

— Et lui, il savait qu'il avait été adopté ?

Elle secoua la tête.

— Mes parents ne le lui ont jamais dit.

— Et quand l'a-t-il découvert ?

— Quand il s'est inscrit à *L'amour est un champ de bataille.*

— Qui l'a mis au courant ?

— J'aurais probablement dû le faire. C'était un adulte. Il avait le droit de savoir.

Vicky contempla fixement sa tasse.

— Il l'a su par la production.

— La production de *L'amour est un champ de bataille* ?

Vicky acquiesça.

— C'est ce qu'il m'a dit. Ils établissent un dossier médical très fouillé pour chaque candidat. À tous les coups, ils sont tombés sur des éléments prouvant qu'il n'était pas le fils biologique de nos parents.

— Ça a dû être un choc.

Vicky ne répondit pas.

— Et comment Peter a-t-il réagi ?

— Il était en colère, désemparé, perdu, déprimé même… Chose qui ne lui était jamais arrivée auparavant. Mais il m'a avoué qu'il était soulagé aussi. De connaître enfin la vérité. Il m'a dit qu'il ne s'était jamais senti à sa place. Qu'il était toujours en décalage par rapport aux autres. J'ai depuis écouté des tas de podcasts sur le sujet. Il y en a un qui s'appelle *Secrets de famille* : l'animatrice a découvert en grandissant que l'homme qui l'avait élevée n'était pas son père biologique. Il y a plein d'histoires comme la sienne et celle de Peter ; les gens qui apprennent, surtout via les tests ADN, qu'ils ont été adoptés ou qu'ils sont le fruit d'une liaison, d'un don de sperme ou tout ce que vous voulez. Et ils ont tous en commun l'impression d'être différents, de ne pas trouver leur place. J'ignore si c'est vrai ou pas.

— Vous ne pensez pas que ces sentiments soient réels ?

— Vous avez ressenti ça, Wilde ? La colère, l'impression d'être en décalage, le désarroi ? Vous qui avez vécu le pire des abandons dans votre enfance.

— Nous ne parlons pas de moi.

— Ah non ? Écoutez, je ne sais pas si les sentiments de Peter étaient fondés. S'il n'a pas éprouvé ce décalage après coup – c'était un garçon plutôt bien dans sa peau – ou si quelque part, au niveau de son ADN, il n'a pas toujours senti une certaine discordance. Mais peu importe. Ça lui a fichu un sacré coup, toutes ces années de mensonges et de duperies. Il s'est donc inscrit sur plusieurs sites de généalogie pour en savoir plus sur sa famille biologique.

— Et qu'a-t-il appris ?

— Aucune idée. Il ne m'en a jamais parlé.

— Il a dit à Kelly qu'il était au courant ?

— Non.

— Ni à Silas ?

— Non plus.

— Attendez. Quel âge avait Silas quand vos parents ont adopté Peter ?

— Il n'avait pas encore trois ans.

— Voyons…

Wilde avait l'impression de naviguer à vue.
— Silas savait que Peter avait été adopté ?
Vicky secoua la tête.
— Nous ne le lui avons jamais dit.
— Quand vous dites « jamais »…
— Jusqu'à ce jour. C'était à Peter de révéler son secret. Il m'a fait promettre de n'en parler à personne.
— Même pas à son propre frère ?
— C'est compliqué entre eux. Vous avez des frères et sœurs ? Oh, pardon… Suis-je bête. Désolée. Malgré leur écart d'âge, Silas a toujours été dans l'ombre de Peter. Qui était plus populaire, meilleur athlète et tout. Silas était jaloux, aigri même, et cette émission qui a rendu Peter célèbre n'a rien arrangé.
Wilde décida d'abandonner cette piste pour l'instant.
— Henry McAndrews, ce nom ne vous dit rien ?
— Non.
Vicky pencha la tête sur le côté.
— Serait-ce le père biologique de Peter ?
— Non, je ne crois pas.
— Alors qui est-ce ?
— SarbRuegnev.
Elle écarquilla les yeux.
— Vous avez identifié ce cinglé ? Comment ?
— Ça n'a pas d'importance.
— On peut le signaler à la police ? Je sais que les lois sur le cyberharcèlement ne sont pas très strictes, mais si on prouve qu'il ciblait…
— Henry McAndrews est mort. Il a été assassiné.
Vicky porta une main à sa bouche.
— Oh, mon Dieu.
— La police est déjà sur l'affaire.

— L'affaire ?

Puis elle comprit.

— Attendez, vous êtes en train de me dire qu'ils pourraient soupçonner Peter ?

Wilde garda le silence.

— Mais oui, bien sûr, dit Vicky, répondant à sa propre question. Mais ce n'est pas lui. Il faut que vous le sachiez.

Wilde pensait à tout ce que Peter Bennett avait dû affronter au moment de sa disparition. Son ascension fulgurante, la découverte de son adoption, les révélations brutales de sa belle-sœur, l'impitoyable curée sur les réseaux sociaux en plein déballage #MeToo, le naufrage de son couple, de sa réputation, de sa carrière, de sa vie en général. Comme il avait dû se sentir fragilisé, son cousin. Et désespéré, tellement désespéré qu'il avait contacté W.W., lequel W.W. ne lui avait pas répondu.

— Que faisaient vos parents dans la vie ?

— Papa était dans les services d'entretien. Après notre déménagement, il a trouvé un poste de gérant sur le campus de l'université de Pennsylvanie. Maman, elle, travaillait à temps partiel au bureau des admissions.

Wilde en prit note mentalement. Il demanderait à Rola de recueillir des infos sur leur séjour en Pennsylvanie, mais qu'espérait-il trouver au juste ? Le meilleur indice serait de mettre la main sur l'extrait de naissance de Peter. Même en cas d'adoption privée, il devrait y avoir une trace de ses parents biologiques.

Sauf que les Bennett avaient choisi de déménager.

Brusquement. Sans crier gare. Ils laissent leurs enfants chez la nounou, puis le père débarque et les emmène loin, là où personne ne les connaît, et pour couronner le tout, ils ont un nouveau bébé.

Il y avait clairement anguille sous roche.

— Vous m'avez dit que votre père était mort et que votre maman « était là sans être là », selon votre propre expression.

— Elle a perdu la tête. Alzheimer probablement.

— À mon avis, ça vaudrait le coup de lui parler.

Vicky haussa les épaules.

— À quoi ça servirait, Wilde ?

— Il nous faut des réponses.

— Il *vous* faut des réponses. J'entends bien. Mais à quoi bon remuer le passé pour savoir comment Peter a atterri chez nous ? Ma mère est une vieille femme. Fragile. Mentalement en vrac. Chaque fois que je lui posais des questions sur la naissance de Peter, elle se mettait dans un tel état que j'ai arrêté.

Wilde n'insista pas. Rola trouverait sans peine l'adresse de la mère. Et ils aviseraient à ce moment-là.

— Wilde ?

Il la regarda.

— Je ne sais pas comment vous le dire, mais pour moi et ma famille, c'est terminé.

— De quoi parlez-vous ?

— D'après vous, Peter risque d'être soupçonné du meurtre de McAndrews.

— Il y a de fortes chances, oui.

— Réfléchissez deux minutes. La vie de Peter a été complètement détruite. Il a tout perdu. Allons au bout de notre raisonnement, OK ? Admettons qu'il ait retrouvé ce McAndrews et qu'il soit d'une façon ou d'une autre impliqué dans sa mort. Ça peut être un accident. La légitime défense. Voire, même si j'ai du mal à le croire, un meurtre. Ce serait le coup de grâce pour n'importe quel homme, non ? Il y aurait de quoi prendre la fuite, trouver une falaise ou une chute d'eau et…

Wilde secoua la tête.

— Et son dernier post ?

— Quoi, son dernier post ?

— Peter disait que les mensonges se propagent plus vite que la vérité et qu'il ne faut pas croire tout ce qu'on entend. Il m'a écrit la même chose dans son message… Que les gens mentaient à son sujet.

— Ça, c'était avant.

— Avant quoi ?

— Je crois que vous feriez mieux de partir.

— S'il y a autre chose…

— Il n'y a rien, Wilde. C'est juste que… c'est fini. Peter est mort.

— Et s'il ne l'est pas ?

— Alors il se cache et n'a pas envie qu'on le trouve. D'une manière ou d'une autre, vous feriez mieux de partir.

20

Chris Taylor attendit que toute la ménagerie de Boomerang soit réunie dans leur salle de visioconférence sécurisée. Girafe arriva en premier, suivi de Chaton et d'Alpaca. Une minute plus tard, Ours polaire fit son apparition. Le quorum était atteint. Dès le début de cette aventure, ils avaient établi un certain nombre de règles pour protéger leur identité, le groupe dans son ensemble et leur travail. Ils s'étaient également entendus sur le quorum, à savoir qu'il devait y avoir au moins cinq membres sur les six pour tenir une réunion, sans quoi celle-ci était ajournée.

— Attendons une seconde, le temps que Panthère se connecte.

L'attente dura bien plus longtemps. Chris envoya un nouveau rappel. Toujours pour des raisons de sécurité, personne ne pouvait échanger directement avec un autre membre de Boomerang. Tous les messages étaient diffusés sur le groupe.

— Panthère ne répond pas, dit Girafe.

— Il n'a pas répondu la première fois non plus, ajouta Chaton.

Tout le monde utilisait le pronom « il » sans égard pour le genre de l'intéressé, dont Chris, du reste, n'avait pas la moindre idée. Cela n'avait rien de discriminatoire ; c'était juste une couche de protection supplémentaire. En dehors de lui, le groupe pouvait très bien se composer de cinq femmes ou de cinq hommes, ou encore d'un mélange des deux. Il ne savait pas non plus où ils habitaient, si ce n'est que Chaton se référait à l'heure centrale européenne pour fixer l'horaire de leurs rendez-vous.

— Pas de panique, dit Ours polaire. Nous avons reçu le message de Lion seulement aujourd'hui.

Peut-être, mais Chris n'aimait pas ça. Il n'aimait pas ça du tout. Bien sûr qu'il se serait inquiété si l'un d'eux manquait à l'appel, mais que Panthère ne donne pas signe de vie…

— On a le quorum, déclara Girafe. Tu nous expliques de quoi il s'agit ou on attend Panthère ?

Chris hésita.

— Je préférerais que Panthère soit là. Vu que ça le concerne directement.

— Comment ça ?

Il hésita encore, puis finit par se décider.

— Je vais vous mettre quelque chose en partage d'écran.

Il alla chercher l'article à la une du *Hartford Courant*. On y voyait un portrait de Henry McAndrews dans son uniforme bleu, avec le gros titre :

MEURTRE D'UN CHEF DE POLICE
À LA RETRAITE

Exécuté à son domicile de Harwinton

Ours polaire parla le premier.

— Henry McAndrews. D'où je connais ce nom ?

— Il était dans notre fichier, répondit Chris.

— Victime ou malfaiteur ? s'enquit Girafe.

Chris appuya sur une touche de son clavier.

— Je viens de vous envoyer tout le dossier. C'est Panthère qui nous l'a présenté. McAndrews était un malfaiteur.

— Mon Dieu, quel niveau de punition lui a-t-on attribué ?

— Aucun, dit Chris.

— Je ne comprends pas, dit Girafe.

— Petite piqûre de rappel. Panthère nous a parlé d'une star de la téléréalité qui faisait l'objet d'un harcèlement en ligne.

— Exact, déclara Ours polaire. Le P.B. de PB&J. Ma fille est accro…

Il s'interrompit, conscient de divulguer une information trop personnelle.

— Je connais cette émission.

— Peter Bennett, dit Chris. Il a été mêlé à un scandale et, comme toujours, la vague de haine et de vitriol qui a suivi a pratiquement brisé sa vie. On raconte qu'il s'est suicidé, à moins qu'il ne l'ait fait croire, je ne sais plus.

— Je me souviens, dit Chaton. Mais Peter Bennett était un sale type, non ?

— Possible, répliqua Chris. Il a été accusé d'avoir trompé et peut-être même drogué des femmes. On n'a pas de preuves. C'était juste une dénonciation. Mais nous avons décidé, à juste titre, me semble-t-il, que nous avions d'autres chats à fouetter.

— On l'a zappé ?

— Oui.

— Si je me souviens bien, Panthère n'était pas vraiment d'accord, dit Chaton. Il a suggéré le niveau le plus bas… Une tempête de la catégorie un. Pour apprendre à ce McAndrews à faire le con.

— On savait que le troll était un flic ? demanda Ours polaire.

— On n'est pas allés jusque-là puisque nous sommes convenus de ne pas donner suite, répondit Chris. Ça aurait changé quelque chose ?

— Probablement pas.

Il y eut un silence.

— Attendez une minute, dit Chaton. On a eu plein de cas qui ne sont pas arrivés au stade de la punition. Ça fait partie de notre contrat. Tu penses que Panthère a choisi d'agir en franc-tireur ?

— Je ne pense rien, dit Chris.

— McAndrews était dans la police municipale, intervint Ours polaire. Il devait sûrement avoir son lot d'ennemis. Sa mort n'est peut-être qu'une simple coïncidence. Rien à voir avec nous.

— Peut-être, dit Chris sans conviction.

— Le gros titre parle d'exécution. Si ça se trouve, c'était un règlement de comptes, ou peut-être un gros troll.

— Et ?

— Il a trollé quelqu'un d'autre, et cet autre lui a fait la peau.

— Par exemple, ajouta Girafe. Ou alors c'était juste un cambriolage. Ou, comme Ours polaire et Chaton l'ont laissé entendre, ce McAndrews était un abruti avec un flingue, une plaque et un complexe d'infériorité qui ont fait de lui un troll.

— C'est ça, renchérit Chaton. Nous savons tous que Panthère ne trahirait jamais notre confiance.

— Vraiment ? demanda Chris.

— Hein ?

— Nous ne savons rien les uns des autres. C'est ça, le hic. Normalement, j'aurais été d'accord avec vous. J'aurais pensé que le meurtre de Henry McAndrews n'avait rien à voir avec nous. En fait, il y a une heure, j'ai calculé qu'il y avait entre 60 et 75 % de chances que Boomerang ne soit pas mêlé à sa mort.

— Et qu'est-ce qui t'a fait changer d'avis ? demanda Girafe.

— Voyons, Girafe, dit Chaton avec son accent british. C'est évident, non ?

— Quoi ?

Chris se chargea de répondre.

— Panthère n'est pas là. C'est le seul à ne pas être là.

— Panthère n'a encore jamais raté une réunion, opina Girafe.

— Le groupe s'est toujours réuni au complet, confirma Ours polaire. Sauf la fois où Chaton s'est excusé.

— Exactement, dit Chris. C'était le dossier de Panthère. Et maintenant il ne répond pas à nos messages.

Il y eut un nouveau silence.

— Qu'est-ce qu'on fait ? hasarda Girafe.

— Nous avons un protocole très précis, dit Chris.

— Tu parles de briser la vitre ? dit Ours polaire.

— Oui.

— C'est d'accord, dit Chaton.

— Ça me semble exagéré, déclara Girafe.

— À moi aussi, dit Ours polaire. Nous nous sommes promis de briser la vitre uniquement en cas d'extrême urgence. Et il nous faut l'unanimité. Quatre sur cinq, ça ne suffit pas.

— Je sais, répondit Chris.

C'était leur plus grand dispositif de sécurité. Ils ne se connaissaient pas entre eux. C'était le principe même de leur fonctionnement. Si l'un d'eux se faisait prendre, il ne pouvait pas trahir les autres, même sous pression. Ils n'avaient aucun moyen d'identifier leurs comparses.

À moins de « briser la vitre ».

Leurs noms étaient conservés dans un fichier confidentiel protégé par tous les verrous possibles et imaginables. Chaque membre de Boomerang avait créé son propre code de sécurité à vingt-sept chiffres. Si tous les cinq rentraient leur code à dix secondes d'intervalle, le nom du sixième leur apparaîtrait. C'était le seul moyen. Et encore, même en rentrant leurs codes simultanément, ils ne verraient que le nom du sixième membre.

— Reprenons depuis le début, dit Chris. On a une ancienne cible, Henry McAndrews, qui a été assassinée.

— Ce n'était pas une ancienne cible, objecta Ours polaire. C'était une cible *potentielle*. Au final, nous avons décidé de ne pas poursuivre.

— Je rectifie. Une cible potentielle. Son cas nous a été soumis par Panthère qui depuis ne répond pas à nos messages. Il y a plusieurs possibilités dont un certain nombre se résument à ceci : c'est une coïncidence. Nous avons affaire à bon nombre de personnes nuisibles. Le fait que l'une d'elles ait été assassinée ne constitue pas obligatoirement un lien entre lui et nous.

— C'était plus ou moins notre point de vue, dit Chaton, avant qu'on ne réalise que le cas McAndrews nous avait été présenté par notre membre manquant.

— Tout à fait. Je propose, pour faire avancer la réflexion, d'écarter l'hypothèse de la coïncidence. Admettons que le meurtre de Henry McAndrews ait un rapport direct avec nous. Plus précisément, admettons que ce meurtre soit directement lié à la disparition de Panthère.

— Holà, doucement, protesta Ours polaire. La disparition ? On n'en sait rien. Ça ne fait même pas vingt-quatre heures. Écoutez, on est tous très connectés, sinon on ne serait pas là. Je ne sais pas vous, mais quand j'ai besoin de souffler – et ça m'arrive –, je décroche complètement. Je m'en vais faire du bateau quelque part où il n'y a ni réseau mobile ni Internet. Pourquoi Panthère ne ferait pas pareil, hein ?

— Sans nous prévenir ? riposta Chaton. Et comme par hasard, juste en ce moment ?

— Tu crois quoi, Chaton ? Que Panthère a trucidé un chef de la police parce qu'il embêtait un beau gosse de la téléréalité ?

— Je n'ai pas dit ça.

— Alors tu dis quoi ?

— À mon avis, s'interposa Chris, Chaton veut dire – en tout cas, je le dis, moi – que nous devrions aller voir ça de plus près.

— En débusquant Panthère ?

— En dévoilant son nom, oui. Pour savoir où le trouver et nous assurer qu'il va bien.

— Je suis pour, déclara Chaton.

— Moi, je suis contre, dit Ours polaire. Pour des tas de raisons.

— Vas-y, on t'écoute.

— Tout d'abord, je regrette, mais c'est beaucoup trop tôt. Si j'étais à la place de Panthère, je n'aurais pas aimé qu'on divulgue mon identité. Ça m'ennuie profondément de lui faire ce coup-là.

— Quoi d'autre ?

— Si tu as raison, Lion, si Panthère est mêlé à cette histoire de meurtre, je ne vois que deux solutions. Soit il a été tellement dégoûté par notre décision de ne pas punir McAndrews qu'il a pris les choses en main. Je dis « il », mais si ça se trouve Panthère est une femme. Bref, passons. Ça, c'est la première solution, OK ? Panthère a pété les plombs, il a tué McAndrews, et maintenant il nous évite.

— OK.

— Sauf que c'est hautement improbable. Certes, Panthère a réclamé un ouragan de faible niveau pour McAndrews, mais notre refus n'a pas eu l'air de le chagriner. Il n'a pas insisté plus que ça. Alors pourquoi aurait-il pris sur lui d'exécuter McAndrews ?

— Pas faux, concéda Chris.

— Qui plus est, même si Panthère avait décidé de tuer McAndrews et de faire le mort ensuite, il savait très bien qu'on risquait de briser la vitre. Qu'on allait découvrir son véritable nom et finir par le retrouver. Donc chercher à nous éviter n'a pas de sens.

Chris hocha la tête. À l'écran, Lion fit de même.

— Qu'est-ce qui nous reste ? questionna Ours polaire. La réponse la plus plausible est que Panthère a manqué de prudence. Peut-être que ce Peter Bennett a réussi à remonter jusqu'à lui en tant que contact.

— Impossible, dit Chris. Nous avons mis trop de barrières de protection en place.

— Oui, mais nous ne sommes pas infaillibles. Si nous avons établi tous ces protocoles, y compris le fait de briser la vitre, c'est qu'il y avait une raison de le faire. Nous savions qu'un jour quelqu'un pourrait nous démasquer. Et si jamais cela arrivait – comme c'est peut-être le cas aujourd'hui –, le reste du groupe serait en sécurité. Supposons que Panthère se soit fait prendre. Ne me demandez pas comment ni pourquoi. Imaginons qu'au pire, il a craqué, il est blessé ou mort. En nous précipitant à son aide, nous nous exposerions à un danger plus grave encore.

Cet argument d'Ours polaire parut faire mouche.

— Ton raisonnement tient la route, répondit Chris, mais un homme a été assassiné. Je vote pour qu'on lève le secret sur l'identité de Panthère.

— Je suis du même avis, dit Chaton.

— Idem, ajouta Alpaca.

— J'hésite encore, avoua Girafe.

— Peu importe, déclara Ours polaire. De toute façon, le vote est anonyme. Désolé, les gars, mais je préfère attendre encore un jour ou deux. Laissons à Panthère le temps de répondre. Laissons à la police locale une chance de résoudre ce meurtre. Quelques jours de plus ou de moins n'y changeront rien. Ne prenons pas de risques en intervenant maintenant.

Chris n'était pas convaincu.

— Tu t'opposes officiellement à ce qu'on brise la vitre, Ours polaire ?

— La réponse est oui.

— OK, dit Chris, inutile d'aller plus loin. Restons en contact et gardons un œil sur l'affaire McAndrews. Alpaca, va voir ce qu'il y a dans le dossier de Panthère. On ne sait jamais, il y a peut-être un criminel en puissance dans ses fiches.

— Je m'en occupe.

— Tu nous laisses quel délai, Ours polaire ?

— Quarante-huit heures. Si d'ici là on n'a pas de nouvelles de Panthère, on brise la vitre.

21

— Bien, dit Hester à Wilde. Faisons le point.

Ils étaient attablés chez Tony, la pizzeria qui collait en tout point à l'image qu'on pouvait se faire de ce genre d'endroit. Deux hommes aux bras velus retournaient les pâtes à pizza. La toile cirée était en vichy rouge. Sur chaque table, il y avait un distributeur de serviettes en papier, du parmesan, de l'origan et de l'huile pimentée.

— On commence par quoi ? demanda Wilde.

— Je ne vais pas te répondre « par le commencement », si ?

— Non, merci.

— Alors allons-y. Tout d'abord, Peter Bennett a été adopté il y a quoi, vingt-huit ans. Sa sœur… Quel est son nom, déjà ?

— Vicky Chiba.

— Vicky t'a dit quel âge il avait ?

— Non, juste qu'il était bébé.

— OK, peu importe s'il avait deux mois ou dix. Il a été adopté. Il a grandi du côté de l'université de Pennsylvanie. Auraient-ils choisi cette région rurale pour vivre à l'écart du monde ?

— C'est possible. Avant, ils habitaient Memphis.

— OK. Donc Peter grandit sans savoir qu'il a été adopté. Toute la famille ment. C'est un peu louche, tu ne trouves pas ?

— Si.

— Bon, passons. Peter est un garçon auquel tout réussit. Il s'inscrit à une émission de téléréalité et découvre qu'il a été adopté. Naturellement, il en est tout chamboulé. Il envoie son ADN à un certain nombre de sites spécialisés en espérant trouver un match, et ça tombe sur toi.

Hester s'interrompit.

— Ce qui nous amène à la question suivante.

— Laquelle ?

— Toi, tu as mis ton ADN dans une seule base de données, n'est-ce pas ?

— Oui.

— Peter Bennett en a essayé plusieurs, d'après sa sœur. Peut-être qu'il a eu d'autres réponses. Tu devrais enquêter là-dessus, Wilde. Il a pu contacter d'autres membres de sa parentèle et communiquer avec eux.

— Bien vu.

— Revenons à notre chronologie. Peter participe à l'émission. Il gagne. Il se marie avec la jolie Jenn. Il devient riche. Il devient célèbre. Il plane au-dessus des nuages. Nous ignorons ce qu'il en est de son histoire d'adoption. Peut-être qu'il l'a oubliée. Peut-être qu'il a retrouvé des parents. Bref. Peter mène la grande vie quand, boum, ce podcast met fin à son rêve. Tout s'écroule et on le traîne dans la boue. Il perd tout. Nous savons qu'il était au fond du trou, pas seulement par les on-dit, mais parce qu'il te l'a écrit sur la messagerie du site. Mets tout ça bout à bout : le succès, la dégringolade, le désarroi, la fin de son mariage. Il coule. Il est en train de se noyer. Et quand il tente de remonter à la surface, McAndrews ou SarbMachinTruc lui enfonce à nouveau la tête sous l'eau. Et voilà. C'est la fin. Du coup – c'est une simple hypothèse –, Peter retrouve McAndrews, le tue pour se venger, prend conscience de son geste, file sur cette falaise aux suicidés et saute.

Wilde hocha la tête.

— C'est un scénario vraisemblable.

— Mais tu n'y crois pas.

— Non, je n'y crois pas.

— Parce que tu vois une faille dans ce raisonnement ou parce qu'il ne te plaît pas ?

Wilde haussa les épaules.

— Peu importe.

— Tu es décidé à suivre cette piste jusqu'au bout.

— Oui.

— Parce que c'est toi.

— Parce que je ne sais pas fonctionner autrement. Je ne vois pas l'intérêt de m'arrêter maintenant, et vous ?

— Moi non plus. Un dernier détail.

— Lequel ?

— Il y a quelque chose qui cloche dans ce podcast de Reality Ralph.

— Genre ?

— Genre Marnie, la sœur de Jenn, aurait menti.

— Mais Peter a avoué, non ?

— Seulement si on en croit Jenn, répondit Hester.

— Vous avez un doute ?

Elle esquissa une moue mi-figue mi-raisin.

— De toute façon, il faut qu'on parle à sa sœur. Moi, j'ai dû brûler mes vaisseaux en allant voir Jenn.

Wilde acquiesça.

— Je peux me charger de Marnie.

Ils reprirent chacun une part de pizza.

— C'est tout de même bizarre, dit Hester en prenant délicatement une toute petite bouchée. Tu as été trouvé, enfant, dans la forêt. Tu n'as aucun souvenir de ce qui t'est arrivé. Tu crois sincèrement y avoir vécu plusieurs années…

— On ne va pas recommencer avec ça.

— Laisse-moi parler, veux-tu ? J'ai douté de ta mémoire autrefois. Comme un certain nombre d'experts. La plupart ont conclu que tu n'aurais pas pu survivre aussi longtemps livré à toi-même, que tu avais été abandonné pendant quelques jours ou quelques semaines, mais qu'à cause du traumatisme, le temps t'avait paru beaucoup plus long. C'est ce que j'ai pensé aussi. En un sens, ça paraît logique.

— Et maintenant ?

— Maintenant, trente ans après, nous apprenons qu'un membre de ta famille a été secrètement adopté dans un État voisin… Un autre enfant sans passé. Nous avons donc deux bébés d'origine inconnue qui semblent avoir surgi de nulle part. C'est étrange, Wilde. Au départ, on était juste curieux. Je mourais d'envie de connaître ton histoire, malgré tes propres réserves. Mais là, c'est peut-être quelque chose de plus grave. De plus monstrueux.

Wilde se cala dans son siège, réfléchissant.

Hester mordit dans sa pizza et, tout en mastiquant, ajouta :

— Franchement, c'est trop bon, hein ?

— C'est vrai.

— Le secret, c'est le miel.

— Il y a du miel là-dedans ?

Elle hocha la tête.

— Miel, salami piquant, mozzarella.

— Ça le fait.

— Ce restaurant existe depuis toujours.

Wilde acquiesça.

— Tu es déjà venu ici, n'est-ce pas ?

— Bien sûr.

— Même gamin ?

Il se demandait où elle voulait en venir.

— Oui.

— Mais jamais avec David.

Comme ça, de but en blanc. Wilde ne répondit pas.

— Mon fils était ton meilleur ami. Vous passiez beaucoup de temps ensemble. Mais tu n'es jamais venu ici avec David, hein ?

— David n'aimait pas la pizza.

— C'est ce qu'il t'a raconté ?

Hester esquissa une grimace.

— Voyons, Wilde. Qui n'aime pas la pizza ?

Il ne dit rien.

— Quand Ira et moi sommes arrivés à Westville – le jour même de notre déménagement –, nous sommes venus ici avec les garçons. La salle était bondée, et le serveur s'est montré très désagréable parce que l'un de nos fils – Jeffrey, je crois – voulait juste une part de pizza au lieu de commander le menu complet. L'un dans l'autre, Ira a commencé à s'impatienter. La journée avait été longue ; nous étions tous fatigués et mal embouchés, et là-dessus le patron est venu nous prier de libérer la table à cause de cette part de pizza. Ira a piqué une crise. Je te passe les détails… Bref, nous sommes partis sans dîner. Une fois à la maison, Ira a tapé une lettre de réclamation. Deux pages en interligne simple. Il n'a jamais eu de réponse. Du coup, il a décrété qu'on ne mettrait plus les pieds chez Tony, même pas pour commander une pizza à emporter.

Wilde sourit.

— Waouh.

— Je sais.

— Je me souviens, quand notre équipe de base-ball a remporté le titre de champion du comté, David et moi étions en quatrième. Nous avons fêté ça ici, sauf qu'il a inventé une excuse pour ne pas venir.

— C'était un garçon loyal, mon David.

Wilde hocha la tête.

— Entre autres, dit-il.

Hester attrapa une serviette en papier dans le distributeur et se tamponna les yeux. Wilde attendit.

— Tu as fini ? lui demanda-t-elle.

— Oui.

— Moi aussi. On y va ?

L'addition avait déjà été réglée. Ils se levèrent pour partir. Une fois dehors, pendant que Tim démarrait la voiture, Hester posa la main sur le bras de Wilde.

— Je ne t'ai jamais tenu pour responsable de ce qui s'est passé, dit-elle. Jamais.

Il garda le silence.

— Même si je sais maintenant que tu m'as menti.

Il ferma les yeux.

— Quand vas-tu me dire, Wilde, ce qui est réellement arrivé à mon fils ?

— Je vous l'ai déjà dit.

— Non. Oren m'a emmenée sur le lieu de l'accident. Je ne t'en ai pas parlé ? C'était juste avant que tu ailles au Costa Rica. Il m'a montré l'endroit où la voiture de David avait quitté la route. Il m'a tout expliqué en détail. Oren, lui, a toujours su que tu ne disais pas la vérité.

Wilde se taisait.

— David était ton meilleur ami, dit-elle doucement, mais il était aussi mon fils.

— Je sais.

Il croisa son regard.

— Il n'est pas question pour moi de comparer.

Tim descendit de voiture et vint ouvrir la portière à Hester.

— On ne va pas faire ça aujourd'hui, chuchota-t-elle à Wilde. Mais bientôt. Tu comprends ?

Elle l'embrassa sur la joue et se glissa sur la banquette arrière. Lorsque la voiture se fut éloignée, il partit à pied dans la direction opposée. Tout en marchant, il envoya un texto à Laila.

Wilde : Salut

Les points clignotants indiquèrent qu'elle était en train de lui répondre.

Laila : Quelle femme pourrait résister à pareille entrée en matière ?

Il ne put s'empêcher de sourire en tapant un nouveau texto.

Wilde : Salut
Laila : Beau parleur, va. Amène-toi.

Il mit son téléphone dans sa poche et accéléra. Laila avait été la femme de son meilleur ami. Cela, personne ne pouvait l'oublier. David et elle avaient été des âmes sœurs. Wilde et Laila avaient passé des années à essayer de chasser le fantôme omniprésent au lieu de simplement accepter son existence.

Son téléphone se remit à bourdonner. Il jeta un coup d'œil au message :

Sérieusement, viens dès que tu peux. Il serait temps qu'on parle.

Pendant qu'il relisait le texto, le visage éclairé par l'écran du téléphone, deux voitures freinèrent à sa hauteur dans un crissement de pneus.

— Police ! À terre, tout de suite… Grouille-toi !

Wilde se raidit. Il pouvait toujours prendre la fuite, et ils auraient peu de chances de le rattraper, mais on l'accuserait d'obstruction à la force publique, même s'il n'avait rien à se reprocher. Il serait obligé de se cacher au moment où son enquête pour retrouver Peter Bennett prenait un nouveau tournant.

— À TERRE, DUCON !

Quatre hommes – deux en uniforme, deux en civil – braquèrent leurs armes sur lui.

Ils étaient tous masqués.

Ça ne sentait pas bon.

— À TERRE !

Trois hommes se précipitèrent vers lui. Le quatrième continuait à le tenir en joue. Le téléphone à la main, Wilde s'abaissa lentement jusqu'au sol, pas tant pour faire preuve d'obéissance que pour se laisser le temps de couper le son de son portable et de presser la touche d'appel. Le dernier numéro composé était celui de Laila. C'est donc elle qui recevrait son appel.

— Je ne résiste pas, dit Wilde en tâtonnant fébrilement à la recherche des bonnes touches sur son téléphone. Je me rends…

Mais les trois hommes ne l'écoutaient pas. Ils se jetèrent sur lui, le projetant sur le trottoir. Ils le retournèrent sur le ventre et l'un d'eux lui asséna un coup de genou dans un rein, atteignant le foie et les organes internes. Les deux autres le saisirent par les bras et les tordirent derrière son dos. Il sentit ses épaules craquer, mais ce n'était rien comparé à la douleur au rein. Ses assaillants lui agrippèrent le poignet pour faire tomber son téléphone, puis ils le menottèrent en serrant les bracelets à lui couper la circulation.

L'un des flics en uniforme – il faisait trop sombre pour pouvoir lire le numéro de sa plaque – écrasa le téléphone sous son godillot jusqu'à le disloquer.

À plat ventre, le visage pressé contre le bitume, Wilde réussit à noter que le véhicule le plus proche de lui avait tout d'une voiture de police banalisée : vitres teintées, tout un tas d'antennes, des lumières sur les rétroviseurs et une grille pour protéger les clignotants. Le second véhicule était une voiture de patrouille standard. Sur le côté, on lisait : « Police de Hartford ».

L'ancien fief de Henry McAndrews. Non, décidément, ça ne sentait pas bon du tout.

Le flic qui lui avait donné le coup de genou approcha ses lèvres de son oreille :

— Tu sais pourquoi on est là ?

— Pour protéger et servir ?

Le coup de poing à l'arrière de son crâne lui fit voir trente-six chandelles.

— Cherche encore, tueur de flic.

Ils lui enfilèrent un sac noir sur la tête, le plongeant dans l'obscurité, et le poussèrent sur la banquette arrière en veillant à ce qu'il se cogne le front au passage. L'un des hommes lança :

— En route.

Et les voilà partis.

— J'aimerais savoir de quoi on m'accuse, dit Wilde.

Silence.

— J'aimerais également appeler mon avocat.

— Plus tard.

— Je ne veux pas être interrogé tant que je n'aurai pas parlé à mon avocat.

Silence, encore.

Wilde essaya de nouveau.

— J'ai dit que je…

On le fit taire d'un grand coup de poing à l'estomac. Plié en deux, Wilde suffoqua. L'air avait déserté ses poumons. Si ça vous est déjà arrivé, vous connaissez cette sensation atroce, cette impression que vous allez mourir dans la seconde. Wilde était suffisamment aguerri pour savoir que ça passerait, que c'était juste un spasme du diaphragme, que la meilleure solution était de se redresser et de respirer profondément.

Il lui fallut trente secondes, mais il finit par reprendre ses esprits.

Il aurait voulu demander où ils l'emmenaient, mais le coup au plexus lui faisait toujours mal. Et puis, quelle importance ? S'ils retournaient à Hartford, il en aurait pour deux heures et quelques d'inconfort. On lui avait laissé les menottes. L'un des flics était assis à l'arrière avec lui. Un autre conduisait, forcément. Et il y en avait peut-être un troisième. Difficile à dire, avec le sac sur la tête. Toute tentative de se libérer serait vaine. Même s'il parvenait à neutraliser le type sur la banquette arrière – malgré le sac et les menottes –, la portière ne s'ouvrirait pas de l'intérieur.

Il était coincé.

Dix minutes plus tard, la voiture s'arrêta. Ce n'était pas Hartford. Ni le Connecticut. La portière s'ouvrit. Il fut empoigné par des mains vigoureuses et traîné dehors. Il hésita à s'affaisser au sol, mais se dit qu'il gagnerait seulement un coup de pied dans les côtes. Alors il se laissa conduire.

Même avec le sac sur la tête, il sentit une odeur de pin et de lavande. Il n'y avait aucun bruit. Ni voix, ni brouhaha extérieur, ni trafic automobile. Sous ses pieds, il y avait de la terre et, de temps à autre, une racine saillante. Ils devaient se trouver en pleine nature, voire en forêt.

Ce n'était pas bon signe.

On lui fit monter trois marches – il traîna les pieds pour sonder la surface, constatant que c'était du bois –, puis une porte grinça. Une légère odeur de moisi flottait dans l'air. Ce n'était pas un poste de police. Une cabane probablement, au milieu de nulle part. Deux mains le poussèrent sur une chaise dure. Personne ne parlait. Il les entendait bouger, chuchoter entre eux. Wilde attendait, s'efforçant de respirer régulièrement. Le sac noir sur sa tête l'empêchait de voir ses ravisseurs.

Les chuchotements cessèrent. Il se prépara mentalement.

— On t'appelle Wilde, dit une voix bourrue. Est-ce exact ?

— Oui.

— Très bien. On va zapper le gentil flic, Wilde, et passer directement au méchant. On est quatre ici. On veut la justice pour notre ami, c'est tout. Si on l'obtient, tant mieux. Sans quoi, Wilde, tu vas mourir d'une mort lente et douloureuse, et on t'enterrera là où personne ne pourra te trouver. Suis-je clair ?

Wilde ne répondit pas.

Soudain, il sentit un contact froid et métallique contre son cou. Il y eut un instant d'hésitation, suivi d'un déclic. Et un courant électrique le traversa. Les yeux lui jaillirent des orbites. Son corps se convulsa. Ses jambes se raidirent. La douleur était si violente qu'il fut réduit à une seule et unique pensée : que ça s'arrête.

— Suis-je clair ? répéta la voix bourrue.

Wilde réussit à articuler :

— Oui.

De nouveau, il sentit le métal froid dans son cou.

— Parfait, content qu'on ait trouvé un terrain d'entente. Ceci est un aiguillon à bétail, au fait. Là, il est réglé sur minimum. Mais ça va changer. Tu comprends ?

— Oui.

— Sais-tu qui est Henry McAndrews ?

— Oui.

— D'où le connais-tu ?

— J'ai appris son assassinat dans les journaux.

Silence. Wilde ferma les yeux et se mordit la lèvre, s'attendant à une décharge plus forte. Mais évidemment, ils le savaient. Ce qu'ils voulaient, c'était lui mettre la pression.

— Nous savons que tu es allé chez lui, Wilde. Tu es entré par la baie vitrée. Tu as fouillé dans son ordinateur. Il a un système de surveillance perfectionné. Nous savons tout ça.

— Si vous savez tout, répliqua Wilde, vous devez savoir que je ne l'ai pas tué.

— Au contraire, dit la voix bourrue. Nous savons que c'est toi. Nous voulons savoir pourquoi.

— Je ne l'ai pas tué.

Sans avertissement, l'aiguillon le foudroya de nouveau. Tous ses muscles se contractèrent involontairement. Il glissa de la chaise, se débattant comme un poisson sur le pont d'un bateau.

Deux bras musclés le relevèrent et le rassirent de force.

— Écoute-moi bien, Wilde, reprit la voix bourrue. On ne va pas te la faire à l'envers. On te laisse une chance, pas comme ce que tu as fait avec Henry. On veut juste savoir ce qui s'est passé. Ensuite, nous trouverons des preuves pour étayer tes aveux. Tu seras arrêté. Tu auras droit à un procès équitable. Bien sûr, tu parleras de notre petite conversation, mais tu ne pourras rien prouver. Et ça n'affectera en rien le procès.

Bref, c'est ta meilleure option. Tu nous dis ce qui est arrivé à Henry. On te libère et on trouve les preuves. Le tout dans les règles. Tu comprends ?

Wilde ne tenait guère à contredire la voix bourrue.

— Oui.

— On n'a aucun intérêt à te coller ça sur le dos, si ce n'est pas toi.

— Tant mieux, parce que ce n'est pas moi. Et avant que vous ne m'envoyiez une nouvelle décharge, je sais que je n'apparais pas sur les vidéos de surveillance. Car si McAndrews avait eu des caméras partout, vous auriez vu son assassin pénétrer chez lui quelques semaines plus tôt.

— Tu t'es introduit dans sa maison.

Le métal effleura le cou de Wilde. Il frissonna.

— Tu vas le nier, ça ?

— Non.

— Qu'est-ce que tu venais faire à son domicile ?

— Il était en train de harceler quelqu'un sur Internet.

— Qui ?

— Une star de la téléréalité. Il utilisait des bots et des faux profils.

Une autre voix le coupa :

— Tu crois vraiment que tu peux raconter des insanités sur Henry ?

Ils avaient dû monter d'un cran le réglage de l'aiguillon car Wilde eut l'impression que son crâne explosait en mille morceaux. Son corps fut secoué de soubresauts. Il tomba de nouveau de la chaise, mais cette fois, celui qui tenait l'aiguillon ne le retira pas. Le courant continuait à circuler à travers lui. Ses jambes s'agitaient. Ses bras se crispèrent. Ses yeux se révulsèrent.

On aurait dit que ses poumons, que tous ses organes étaient en surcharge, que son cœur allait éclater comme un ballon surgonflé.

— Tu vas le tuer !

Au milieu du vacarme, il entendit une sonnerie de téléphone. L'aiguillon se tut. Toujours pris de convulsions, Wilde se retourna et vomit.

Venant de très loin, une voix dit :

— Quoi ? Mais comment ?

Tout s'arrêta, sauf Wilde qui se tordait frénétiquement pour échapper à la douleur. Ses yeux commençaient à se fermer. Il ne résista pas. Il préférait perdre connaissance, tout pour trouver enfin le soulagement. Il sentit des bras vigoureux le relever. Il voulut participer, mais ses jambes n'obéissaient plus.

On le remit dans la voiture.

Un quart d'heure plus tard, la voiture freina brutalement. On lui ôta les menottes. La portière s'ouvrit. On le poussa dehors. Il tomba sur le bitume et roula sur le côté.

— Si tu parles, dit la voix bourrue, tu es un homme mort.

22

Quand le shérif Oren Carmichael ouvrit à Wilde, il n'en crut pas ses yeux.

— Mon Dieu, qu'est-ce qui t'est arrivé ?

Oren Carmichael se trouvait là trente-cinq ans plus tôt, le jour où l'« enfant sauvage » avait été découvert dans la forêt. C'était le premier qui lui avait parlé. Accroupi à sa hauteur, il lui avait dit d'une voix rassurante : « Personne ne te fera de mal, fiston, je te le promets. Comment tu t'appelles ? » Oren Carmichael avait conduit Wilde dans sa première famille d'accueil ; il était resté dans sa chambre jusqu'à ce qu'il s'endorme, et il était de nouveau là à son réveil. Oren avait à la fois cherché sans relâche à savoir comment Wilde avait atterri dans la forêt et aidé le garçon à s'intégrer dans ce nouveau monde. Il l'avait entraîné dans toutes sortes de disciplines sportives, enrôlé dans ses équipes, avait veillé sur lui pour lui éviter de se sentir trop différent des autres. Il lui avait dispensé des conseils quand Wilde en avait eu besoin et avait même piloté Wilde dans les eaux troubles d'une adolescence rebelle. Oren

Carmichael avait été le premier policier présent sur le lieu de l'accident qui avait coûté la vie à David.

Oren avait toujours été bon, compatissant, fort, posé, professionnel, intelligent. Wilde admirait sa posture dans la vie et, bien qu'il ne leur ait rien dit, il s'était réjoui de la relation naissante entre Hester et lui. Hester était presque comme une mère pour lui et, même s'il n'allait pas jusqu'à considérer Oren comme un substitut paternel, c'était lui que Wilde avait choisi pour modèle.

— Wilde ? dit Oren. Ça va ?

Tout comme cela lui était arrivé une heure plus tôt, Wilde frappa Oren au plexus solaire avec le talon de la main, paralysant momentanément son diaphragme. Le souffle coupé, Oren tituba en arrière. Wilde entra, ferma la porte et balaya la pièce du regard. Il n'y avait pas d'arme en vue. Il chercha des yeux un tiroir ou un autre endroit où Oren aurait pu ranger son pistolet. Il n'y avait rien.

Oren le dévisageait d'un air si peiné que Wilde détourna le regard. Il avait jugé nécessaire de lui asséner ce coup, sauf qu'il commençait à douter et surtout il venait de se rappeler qu'Oren avait soixante-dix ans maintenant.

Wilde tendit la main pour l'aider. Toujours pantelant, Oren la repoussa d'une claque.

— Respirez profondément, dit Wilde. Essayez de vous redresser.

Cela dura une minute ou deux. Il avait pris soin de ne pas frapper fort, mais il ne s'était encore jamais attaqué à un septuagénaire. Lorsqu'il eut retrouvé l'usage de la parole, Oren demanda :

— Tu veux bien m'expliquer ?

— Vous d'abord.

— Je ne vois pas de quoi tu parles.

— Quatre flics de Hartford m'ont alpagué dans la rue, ont mis un sac noir sur ma tête et m'ont travaillé avec un aiguillon électrique.

Les yeux d'Oren s'arrondirent.

— Nom de Dieu.

— Vous voulez bien m'apporter quelques éclaircissements là-dessus ?

— Qu'est-ce qu'ils t'ont fait, Wilde ?

— Je viens de vous le dire.

— Mais ils t'ont relâché ?

— Vous croyez que ça change quelque chose ?

Wilde secoua la tête.

— J'ai réussi à joindre Laila avant qu'ils ne m'embarquent. Elle a appelé Hester qui a appelé quelqu'un à Hartford pour proférer des menaces dont il vaut mieux ne rien savoir. Puis ce quelqu'un a téléphoné et ils m'ont relâché.

— Oh, bon sang.

Le visage d'Oren s'allongea.

— Hester est au courant ?

— Elle ne sait pas que je suis ici.

— Toi, tu as compris, dit Oren. À ton avis, combien de temps il lui faudra pour comprendre à son tour ?

— Ce n'est pas mon problème.

— Tu as raison. C'est le mien.

Oren se frotta le visage avec les deux mains.

— J'ai merdé, Wilde. Je te demande pardon.

Wilde ne dit rien. Il était inutile d'insister : Oren allait se mettre à table tout seul, il en était certain.

— J'ai besoin de boire un coup, déclara Oren. Pas toi ?

Wilde trouva l'idée excellente. Oren leur servit du Macallan single malt.

— Pardonne-moi, répéta-t-il. Je sais que ce n'est pas une excuse, mais un flic a été assassiné.

— Racontez-moi ce qui s'est passé.

— Comme tu le sais déjà, Hester a signalé la découverte du cadavre de Henry McAndrews par un…

Il esquissa des guillemets dans l'air.

— … client anonyme protégé par le secret professionnel. Ce qui a prodigieusement énervé la police de Hartford. L'un des leurs s'est pris trois balles dans la tête sous son propre toit… et une bêcheuse d'avocate de Manhattan refuse de leur révéler le nom de son client ? Ils étaient fous de rage. Évidemment. Ça, tu peux le comprendre.

Oren regarda Wilde. Qui ne laissa rien paraître.

— Et ensuite ?

— Ensuite, ces flics, toujours furieux, se sont renseignés sur Hester et – surprise – ont appris qu'elle fréquentait un collègue policier.

— Vous, dit Wilde.

Oren hocha la tête.

— Ils se sont donc tournés vers vous ?

— Oui.

— Et vous avez trahi le secret professionnel.

— Déjà, tu n'es pas un client, Wilde. Tu ne la rémunères pas. Tu es un ami.

Wilde fronça les sourcils.

— Vous êtes sérieux, là ?

— Parfaitement. Mais surtout, Hester ne m'a pas dit que c'était toi. Je ne lui ai pas posé la question. Je n'ai pas surpris votre conversation. Cette information, je ne l'ai pas obtenue de manière illicite. J'ai *présumé* que tu étais ce client que Hester couvrait d'une façon peu éthique, indépendamment de ma relation avec elle.

Wilde se borna à secouer la tête.

Oren se pencha en avant.

— Mettons que ce soit arrivé avant que je ne fréquente Hester. Les flics de Hartford viennent me trouver et me disent : « Cette avocate roublarde qui a habité par ici couvre quelqu'un qui est entré par effraction au domicile d'un flic assassiné, avez-vous une idée de qui ça pourrait être ? » Le nom qui me serait venu, même à l'époque, serait le tien, Wilde.

— Joli, dit Wilde.

— Quoi ?

— Joli raisonnement. Vous vous trouvez des excuses.

— J'ai manqué de discernement, dit Oren.

— Vous leur avez dit que c'était moi, hein ?

— Oui, mais j'ai aussi clairement fait comprendre que tu étais quelqu'un de proche. Je leur ai promis de t'en parler pour demander ta coopération car tu n'étais pas du genre à laisser courir un assassin. Je n'aurais jamais cru qu'ils prendraient les choses en main.

— Vraiment ?

— Vraiment.

— Même si la victime était l'un des leurs ?

Oren hocha la tête.

— D'accord. Je veux savoir qui t'a fait ça, Wilde. Je veux qu'ils soient punis.

— Aucune chance. Ils ont masqué leurs plaques d'immatriculation. Ils m'ont mis un sac sur la tête, si bien que je n'ai pas vu leurs visages. Ils sont intervenus dans une rue tranquille où il n'y a pas de caméras. Et même si j'arrivais à les identifier, ce serait leur parole contre la mienne. Ils savaient ce qu'ils faisaient.

Wilde but une gorgée et contempla Oren par-dessus son verre.

— Et vous connaissez la solidarité entre les flics.

— Zut. Je suis vraiment désolé.

Wilde attendit. Il se doutait de ce qui allait suivre. Il voulait juste le faire tourner à son avantage.

— Mais il faut que tu m'écoutes, ajouta Oren.

On y est, pensa Wilde.

— Un flic, père de famille, a été assassiné. Tu disposes d'informations pertinentes. Tu ne peux pas faire l'autruche. Il est de ta responsabilité de les communiquer aux autorités.

Wilde hésita.

— Les flics ont-ils fouillé l'ordinateur de McAndrews ? demanda-t-il.

— Ils sont en train. Mais il est protégé et il contient beaucoup de choses. Que devraient-ils chercher ?

— On partage ?

— Partager quoi ?

— Vous me dites ce que la police sait du meurtre de McAndrews, répondit Wilde. Partant de là, je vous indiquerai la direction dans laquelle il faudrait chercher.

— Tu es sérieux ?

— Il y a d'autres solutions. Par exemple, vous pourriez dire à vos collègues de me torturer à nouveau.

Oren ferma les yeux.

Wilde était furieux, mais au bout du compte, il tenait surtout à ce que l'assassin de McAndrews soit arrêté. Et s'il pouvait y contribuer, eh bien, soit. Il voulait retrouver Peter Bennett, pas le protéger.

— Je suis allé chez McAndrews parce que je recherche quelqu'un.

— Qui ?

— Peter Bennett, une star de la téléréalité. Il est porté disparu, mais on pense qu'il est mort.

Oren grimaça.

— Pourquoi le recherches-tu ?

Wilde n'avait aucune raison de le lui cacher.

— Je me suis inscrit sur un site généalogique. Et je suis tombé sur lui : visiblement, nous sommes parents.

— Attends. Tu veux dire… ?

— Oui, j'essaie de comprendre comment je me suis retrouvé dans la forêt. Depuis le temps que vous me poussez à le faire. Eh bien, je l'ai fait.

— Et ?

— J'ai retrouvé mon papa. Il habite du côté de Las Vegas.

— Quoi ?

Oren écarquilla les yeux.

— Qu'est-ce qu'il t'a dit ?

— C'est une longue histoire, mais j'en suis toujours au même point. Alors j'ai tenté ma chance avec un parent du côté maternel.

— Et cette star de la téléréalité…

— Peter Bennett.

— Il a un lien de parenté avec ta mère ?

— Oui. Mais après m'avoir contacté, il a disparu.

— Comment ça, disparu ?

— Regardez sur Internet et vous aurez tous les détails, répliqua Wilde. C'est quelqu'un de connu. S'il est mêlé à ce crime, je veux qu'on l'arrête. Liens de sang ou pas. Mon seul intérêt dans cette affaire est d'en savoir plus sur ma mère biologique.

— Donc tu cherches ce Peter Bennett et tu finis par tomber sur McAndrews ?

— Exactement.

— C'est pour ça que tu as pénétré chez lui ?

— Je croyais que la maison était vide.

— Mais alors, si c'est vrai, pourquoi n'avoir rien dit ? Pourquoi avoir demandé à Hester de passer ce coup de fil ?

Wilde le regarda.

— Vous n'êtes quand même pas obtus à ce point-là.

— OK, le fait d'être entré par effraction pourrait jouer contre toi…

— *Pourrait* jouer contre moi ? Allons, Oren. Vous savez très bien ce qu'il en est.

Oren hocha la tête. Il voyait enfin à quoi Wilde faisait allusion.

— Effectivement. Un personnage interlope, sans vouloir te vexer, Wilde…

Wilde balaya ses scrupules d'un geste de la main.

— … s'introduit par effraction au domicile d'un flic, et ce flic est retrouvé mort.

— Je n'aurai jamais droit à un traitement équitable.

— Tu aurais pu venir me trouver.

— Non.

— Pourquoi non ?

— Vous êtes le flic le plus fiable que je connaisse, répondit Wilde, et pourtant, vous voyez comment vous avez enfreint les règles quand il a été question d'un policier assassiné ?

— Je suppose que je l'ai mérité, dit Oren après un court instant.

Assez, se dit Wilde. Il était temps d'avancer.

— Bien. McAndrews était flic, n'est-ce pas ?

— À la retraite.

— La plupart des flics continuent à travailler, même retraités. Que faisait-il ?

— Détective privé.

Wilde s'en était douté.

— À son propre compte ou dans une agence ?

— Qu'est-ce que ça change ?

Oren vit sa tête et soupira.

— À son compte.

— Il avait une spécialité ?

— Je n'ai pas très envie d'en parler, dit Oren.

— Et moi, j'ai encore très envie de vomir après ces électrochocs répétés. À en juger par votre réponse, McAndrews se livrait à des activités peu recommandables.

— Tu crois, dit Oren pensivement, que son travail a quelque chose à voir avec son assassinat ?

— J'en suis certain. Il était spécialisé dans quoi ?

— Ce qu'on pourrait appeler charitablement la « sécurité d'entreprise ».

— Et si on n'est pas charitable ?

— Son boulot était de dézinguer la concurrence sur Internet.

— Vous pouvez développer ?

— Hester et toi avez déjeuné chez Tony, n'est-ce pas ?

— Qu'est-ce que ça… ?

— Mettons que dans ta ville il y ait une pizzeria installée depuis longtemps et qui jouit d'une bonne réputation. Toi, Wilde, tu décides d'ouvrir un établissement concurrent. Le problème, c'est que les gens sont fidèles à Tony. Alors comment fais-tu pour détourner la clientèle de Tony à notre époque moderne ?

— En dénigrant la concurrence, j'imagine.

— Parfaitement. Tu engages quelqu'un comme McAndrews. Il crée des faux profils qui postent des avis négatifs sur Tony. Ils inondent un certain nombre de sites de rumeurs sur les mauvaises conditions d'hygiène, des aliments avariés ou un service défaillant. Naturellement, Tony va perdre sa place au classement sur Yelp ou d'autres applis qui publient les avis des consommateurs. Incidemment, ils peuvent mentionner que la nouvelle pizzeria est bien meilleure, et d'autres faux profils renchériront : « Oui, j'ai adoré » ou : « Leur pâte est top. » C'est un exemple anecdotique, mais ça se fait aussi à grande échelle.

— Et c'est légal ? demanda Wilde.

— Non, mais c'est quasiment impossible à instruire. Combien y a-t-il de chances d'identifier quelqu'un qui poste un avis négatif en ligne en se servant d'un faux profil et d'une IP anonyme ?

— Zéro, répondit Wilde.

— Et même si on arrive à établir la véritable identité de l'individu en question, il pourra toujours dire : « J'ai écrit ce que je pensais, mais j'avais peur de signer de mon vrai nom, au cas où Tony s'en prendrait à moi. »

Wilde réfléchit un instant.

— McAndrews travaillait-il seulement pour les entreprises ?

— C'est-à-dire ?

— J'imagine que certains clients voulaient dégommer des personnes plutôt que des sociétés.

— Ça existe depuis toujours, dit Oren. Pourquoi cette question ?

— Si vous tapez le nom de Peter Bennett, vous verrez le nombre de trolls qui ont envahi les réseaux sociaux pour le dénigrer, dresser ses fans contre lui. Dès que le soufflé retombait, les trolls revenaient à l'attaque. Une bonne partie de la haine dirigée contre Bennett était véhiculée par McAndrews et son armée de bots.

— Quelqu'un en veut donc à ce Bennett ?

— Oui.

— Et ce quelqu'un a engagé McAndrews pour le cibler ?

— C'est très possible.

— Et comment as-tu su que c'était McAndrews ?

— C'est confidentiel. Ça ne nous aidera pas à trouver son assassin.

— Bien sûr que si, protesta Oren. Visiblement, McAndrews n'était pas aussi bien protégé qu'il le croyait. Tu l'as bien démasqué, toi. Je ne veux pas enfoncer une porte ouverte, mais si tu as réussi, Peter Bennett aurait pu en faire autant. Et qui d'autre que lui avait une meilleure raison de s'en prendre à McAndrews ?

— Peut-être, concéda Wilde. Écoutez, Oren, il me faut le nom de la personne qui a engagé McAndrews pour démolir Peter Bennett.

— À supposer que quelqu'un l'ait engagé dans ce but – et là, c'est vraiment une supposition –, on risque d'avoir du mal à obtenir cette information.

— Pourquoi ?

— L'un des fils McAndrews est avocat, expliqua Oren. Pour plus de sécurité, McAndrews affirmait agir dans un cadre strictement légal, de sorte que ça pourrait relever du secret professionnel. Les clients ne le payaient pas directement : c'est le cabinet du fils qui facturait les prestations.

Oren planta son regard dans le sien.

— Vois-tu, dit-il, il y en a qui abusent de cette clause du secret professionnel. Qui déforment ce principe d'une façon qu'on pourrait juger peu éthique.

— Ici ce n'est pas moi, le méchant, Oren.

Le coup porta. Ils restèrent un moment à se dévisager sans bouger.

— Quelqu'un a signalé la disparition de Peter Bennett à la police ? demanda Oren.

— Sa sœur, je crois, mais il n'y a pas eu de suite. Après tout, c'est un adulte qui a décidé de prendre la clé des champs. Il n'y avait rien de suspect là-dedans.

— Jusqu'à maintenant, dit Oren.

Puis :

— Merci, Wilde, d'avoir accepté de coopérer. Je vais regarder ça de près. Et je ferai mon possible pour t'aider. Nous sommes deux à vouloir retrouver Peter Bennett.

Son téléphone sonna. Il jeta un œil sur l'écran.

— Zut. C'est Hester.

Wilde posa son verre. Il avait encore tant de choses à lui dire… Il aurait voulu lui parler de sa trahison, de la confiance que Wilde accordait si rarement et qu'Oren avait brisée. Mais le moment ne s'y prêtait pas. Il se dirigea vers la porte.

— Vous feriez bien de répondre.

23

Wilde récupéra un autre téléphone jetable dans l'une de ses nombreuses cachettes et appela Laila.

— Ça va ? lui demanda-t-elle.

— Oui.

— Si tu n'avais pas réussi à me joindre…

— Ça aurait été, dit Wilde. Ils voulaient juste me faire peur.

— S'il te plaît, ne fais pas ça.

— Quoi ?

— Je les ai entendus te tomber dessus, et puis pouf, silence radio. Épargne-moi les banalités, je mérite mieux.

— Tu as raison. Désolé. Merci d'avoir contacté Hester.

— C'était la moindre des choses.

— Tu voulais qu'on parle ce soir…

— Après ce qui s'est passé ? Tu veux rire ? J'en tremble encore.

— Si tu permets, je vais aller dormir dans la capsule.

— Non, Wilde.

— Non ?

— On ne va pas parler, déclara Laila. On ne va pas baiser non plus. Mais j'ai besoin de toi. J'ai besoin de te tenir dans mes bras, sinon je ne dormirai pas.

Wilde hocha la tête, même s'il n'y avait personne pour le voir. Il lui fallait juste cette petite seconde avant de répondre.

— J'arrive, Laila.

Le lendemain matin de bonne heure, posté dans Amsterdam Avenue entre la 72e et la 73e Rue, Wilde observait Marnie Cassidy, celle par qui le scandale était arrivé, assise derrière la vitre d'un café en train de prendre son petit déjeuner en compagnie d'une amie. Elle souriait beaucoup, parlait avec animation et gesticulait comme une folle.

— Elle m'a l'air d'une sacrée casse-burnes, dit Rola.

Wilde acquiesça.

— Elle doit se croire très drôle et délurée, le genre de fille qui hurle « Ouh ouh » sur la piste de danse.

Wilde acquiesça de nouveau.

— Ou alors comme l'exaspérante petite amie d'un copain qui insiste pour rejoindre les garçons dans un bar sportif en maillot de foot, avec un faux œil au beurre noir, et qui crie si fort pendant tout le match qu'on a envie de la baffer.

Wilde se tourna vers elle. Rola haussa les épaules.

— Ça m'énerve, ce genre de nana.

— Je vois bien.

— Regarde-la et dis-moi que j'ai tort.

— Tu n'as pas tort.

— Wilde, je veux retrouver ces flics de Hartford et les faire douiller.

— Laisse tomber.

Marnie et son amie se levèrent pour aller payer à la caisse.

— Tu es sûr de vouloir gérer ça tout seul ? dit Rola.

— Oui.

— On se retrouve à Central Park après ?

— Oui.

Elle déposa un baiser sur sa joue.

— Je suis contente de savoir que tu vas bien.

Elle s'éloigna au moment même où Marnie sortait du café. Avec force embrassades, cette dernière prit congé de son amie et se dirigea, à en croire les espions de Rola, vers les studios d'ABC dans Columbus Avenue entre la 66e et la 67e. Wilde avait planifié son trajet pour pouvoir intercepter Marnie avant son arrivée aux studios. Il contourna le pâté de maisons et pressa le pas, afin de venir à sa rencontre.

En la croisant, il s'arrêta net.

— Excusez-moi, dit Wilde avec son plus beau sourire et en ouvrant grand les yeux, vous ne seriez pas Marnie Cassidy ?

À voir son air béat, on aurait dit qu'elle venait de toucher un très gros chèque.

— Mais oui, pourquoi ?

— Pardon de vous importuner. Vous devez vous faire accoster tout le temps dans la rue, non ?

— Oh, dit Marnie avec un petit geste de la main, ce n'est pas grave.

— C'est juste que je suis l'un de vos plus grands fans.

— C'est vrai ?

Lorsqu'il s'agissait de passer la brosse à reluire, on n'en faisait clairement jamais trop.

— Ma sœur et moi, on vous regarde très souvent sur…

Comme le nom de la chaîne lui échappait, Wilde ajouta promptement :

— Bref, on vous trouve à mourir de rire.

— C'est très gentil à vous !

— Cela vous ennuie si je vous demande un autographe et peut-être un selfie ? Jane – c'est ma sœur – va partir en vrille quand elle verra ça.

Jane. OK, il manquait singulièrement d'imagination quand il fallait trouver un prénom à la dernière minute.

Marnie rayonnait.

— Bien sûr ! Vous voulez que j'écrive quoi ?

— Oh, disons : « À Jane, ma plus grande fan », quelque chose comme ça. Je vois déjà sa tête d'ici.

Wilde fit mine de fouiller dans ses poches.

— Mince, je crois que je n'ai pas de stylo.

— Pas de souci !

Marnie semblait terminer toutes ses phrases par un point d'exclamation.

— Je dois avoir ça !

Maintenant qu'elle s'était arrêtée et fourrageait dans son sac, Wilde modifia sa posture de manière à lui bloquer subrepticement le passage. Il ne l'empêcherait pas de poursuivre son chemin. C'était juste une affaire de langage non verbal.

— Je peux vous poser une question ? demanda-t-il.

— Bien sûr, allez-y !

— Pourquoi avez-vous menti au sujet de Peter Bennett ?

Comme ça, de but en blanc.

Le sourire de Marnie resta plaqué sur son visage, mais il avait perdu son éclat. Sans lui laisser le temps de se ressaisir, Wilde enchaîna :

— Je travaille pour l'agence de sécurité CREW. Nous savons tout, Marnie. Vous avez le choix. Répondez-moi et vous vous en tirerez sans dommages… ou nous ferons tout pour vous détruire. À vous de choisir.

Marnie battit des paupières à plusieurs reprises. Wilde avait pris un risque calculé. S'il l'approchait normalement, Marnie Cassidy lui resservirait la version du podcast de Reality Ralph. Le seul moyen de la faire parler était de la prendre par surprise. De toute façon, il n'avait rien à perdre. S'il l'interrogeait simplement, c'était fichu d'avance. Si elle décidait de le planter là, c'était fichu aussi.

Mais si elle se trahissait d'une manière ou d'une autre, au moins il aurait quelque chose à se mettre sous la dent.

Marnie s'efforça de se redresser.

— Je ne vois pas de quoi vous parlez.

— Vous voyez très bien de quoi je parle, dit Wilde d'un ton sans réplique. Je vais être clair. Nous sommes seuls ici. Personne ne nous écoute. C'est entre vous et moi. Voici ma promesse. Dites-moi la vérité, et ça n'ira pas plus loin. Personne ne saura que vous m'avez parlé. Ce sera notre secret. Vous irez vous faire coiffer et maquiller au studio comme d'habitude, et vous resterez une star. Je ne plaisantais pas tout à l'heure. Je vous ai vue à la télévision, Marnie. Vous avez du talent. Cet impalpable je-ne-sais-quoi. Le public vous aime. Votre carrière est en train de décoller. Je serais prêt à miser là-dessus. Si vous m'aidez, votre étoile brillera comme si on ne s'était jamais rencontrés, sauf que je serai votre allié pour la vie. C'est dans votre intérêt, Marnie. Vous avez intérêt à m'avoir dans votre camp.

Elle ouvrit la bouche, mais aucun son n'en sortit.

Après la carotte vint le bâton :

— En revanche, si vous refusez, j'orchestrerai votre perte tant et si bien que vous en viendrez à envier Peter Bennett. Je ne serai pas votre ami, Marnie. Je ferai tout pour vous briser.

Une larme coula sur la joue de Marnie.

— Pourquoi êtes-vous si méchant ?

— Je ne suis pas méchant. Je suis honnête.

— Pourquoi pensez-vous que j'ai menti ?

Wilde brandit une clé USB. Il n'y avait rien dessus. C'était juste un accessoire qui faisait partie du scénario.

— Je le *sais*, Marnie.

— Si vous *savez*, pourquoi me le demander ? répondit-elle alors.

Et voilà. Elle avouait. Maintenant, Wilde était sûr qu'elle avait tout inventé.

— Pour avoir une confirmation. Histoire que les choses soient claires. Je n'agis pas à la légère. Je sais que vous avez menti dans ce podcast. J'ai des preuves. Suffisamment pour vous briser.

— Arrêtez de dire ça !

Elle n'avait pas tort. Wilde était en train d'improviser, et c'était loin d'être une réussite. Il lui vint également à l'esprit que les flics de Hartford avaient employé une méthode similaire pour le faire craquer. C'était regrettable, mais pas au point de le faire changer de tactique.

— J'ai fait ce qu'il fallait, déclara Marnie. Puisque vous savez tout, vous devez savoir ça aussi.

Ce qu'il fallait ? C'était nouveau. Cette fois, la prudence était de mise.

— Non, Marnie, je ne le sais pas. Pas du tout même. Pour moi, vous êtes coupable et vous allez le payer.

Il leva la main pour couper court à ses protestations.

— Mais s'il y a quelque chose qui m'échappe, je vous conseille de vider votre sac, Marnie, et vite. Car sans autre explication, je ne vois pas en quoi vous avez fait « ce qu'il fallait ».

Les yeux verts de Marnie erraient dans tous les sens tandis qu'elle réfléchissait. Le moment était délicat. Qu'il lui mette trop la pression, et elle risquait de partir en courant. Qu'il cesse de la menacer, et elle pourrait se ressaisir suffisamment pour se rendre compte qu'il bluffait.

— Tant pis, dit Wilde.

— Quoi ?

— Je n'aime pas ça.

— Que voulez-vous dire ?

— Je vais balancer l'info dans le podcast de Reality Ralph.

— Attendez… Quoi ?

— Vous ne méritez pas qu'on vous sauve, Marnie. Vous n'avez pas votre place dans les médias.

Elle fondit en larmes.

— Pourquoi êtes-vous si méchant ?

Voilà qu'elle remettait ça.

— Vous savez pourquoi.

— Je voulais seulement aider !

— Aider qui ?

Marnie sanglota de plus belle.

— Écoutez, dit Wilde, je vous ai laissé une chance. Je n'aurais pas dû. Je l'ai fait parce qu'on est de vrais fans, ma sœur et moi…

Et hop, encore une couche.

— Mon patron m'a dit que vous n'en valiez pas la peine. Je commence à croire qu'il avait raison.

Wilde prit le risque de s'écarter légèrement. Marnie pleurait toujours.

— Ça va, mon petit ? demanda une voix de femme. Cet homme est en train de vous embêter ?

Merde, se dit Wilde.

Il fit volte-face. Une femme menue et sèche comme un pruneau, portant un Caddie, le fusilla du regard.

— Vous voulez venir avec moi, mon chou ? Pour vous mettre en sécurité ?

Wilde décida de tenter sa chance.

— Ne vous inquiétez pas. On a fini de parler, de toute façon.

— Quoi ?

Marnie gratifia la vieille femme d'un sourire triste.

— Ça va, je vous remercie. Cet homme est un ami proche.

La femme n'était pas convaincue.

— Un ami proche, hein ?

— Oui. Sa sœur Jane était ma colocataire du temps où j'étais à la fac. Il vient… Je pleure parce qu'il vient juste de m'annoncer une mauvaise nouvelle. Jane a un cancer stade quatre.

Une performance au pied levé digne d'un oscar. La vieille femme regarda Wilde, puis Marnie. Mais comme c'était New York, elle haussa les épaules et poursuivit son chemin.

— Assez, fit Wilde une fois qu'ils furent seuls. Dites-moi.

— Vous tiendrez votre promesse ?

— Oui.

— Ça restera entre nous ?

— Promis.

— Il n'y aura pas de retombées sur les réseaux ?

Wilde n'en avait pas la moindre idée.

— Promis.

Marnie prit une grande inspiration et cilla pour chasser ses larmes.

— Il a fait ça à quelqu'un d'autre, pas à moi. Peter, j'entends.

— Il a fait quoi à quelqu'un… ?

— Arrêtez, le coupa-t-elle, vous savez de quoi je parle. Peter a harcelé cette fille. Il lui a envoyé des photos de nu et, quand l'occasion s'est présentée, il l'a droguée et…

Sa voix se brisa.

— Quelle fille ?

— C'est ce qu'on m'a dit.

— Qui vous l'a dit ?

— La fille elle-même. Elle ne voulait pas se manifester. Cela faisait partie de notre arrangement. Si elle accusait Peter en public, sa vie en serait changée du tout au tout. Des millions de gens l'entendraient… et elle n'avait pas envie de se retrouver sous les projecteurs. Elle n'est pas célèbre. Il fallait quelqu'un qui puisse parler en son nom.

Wilde comprenait mieux maintenant.

— Vous.

— C'est une histoire atroce. Atroce. Ce que Peter – mon propre beau-frère – lui a fait. J'ai pleuré toutes les larmes de mon corps. Il devait être puni. C'était clair pour tout le monde. La fille n'a pas voulu aller à la police non plus. Alors nous avons eu une idée.

— Vous alliez vous présenter à ce podcast, dit Wilde, et raconter cette histoire comme si elle vous était arrivée à vous.

Mon Dieu, pensa-t-il. C'était suffisamment sordide pour être crédible.

— Je voulais aider cette fille… et je voulais que ma sœur sache qui elle avait épousé.

— Et qui est-elle ? Cette « fille » que Peter a agressée ?

— Je ne peux pas le dire. J'ai promis.

— Marnie…

— Non, vous pouvez me menacer autant que vous voulez, mais je ne vais pas doxer une victime.

Wilde préféra ne pas insister.

— Mais pourquoi faire ça dans un podcast ? dit-il.

— Je viens de vous le dire. Pour aider la fille. Et pour aider Jenn.

— Mais vous auriez pu en parler à Jenn, tout simplement. Vous n'étiez pas obligée de laver votre linge sale en public.

— Quoi, vous pensez que c'était mon choix ?

La réponse était oui. Très clairement oui. C'était son choix. Elle voulait l'attention, la notoriété, et cela avait fonctionné à merveille. Hester avait raison. Marnie rêvait de célébrité quoi qu'il en coûte, et elle avait atteint son but.

— Je n'avais pas mon mot à dire, déclara-t-elle. J'étais sous contrat.

— Avec ?

— Avec l'émission. C'est le principe de la téléréalité. Vous signez un contrat. La production vous donne une consigne, et vous la suivez pour étoffer le récit.

— Mais vous ne faisiez pas partie des concurrents.

— Pas encore. Mais j'ai postulé et je suis allée jusqu'à signer. Si je voulais être sélectionnée pour la prochaine saison, il fallait que je me montre sous mon meilleur jour.

Wilde n'en croyait pas ses oreilles, et pourtant son raisonnement semblait tenir la route.

— La production vous a demandé de mentir en échange d'un créneau dans l'émission ?

— Ce créneau, je l'ai obtenu toute seule, rétorqua Marnie avec indignation. Grâce à mon talent. Et ce n'était pas un mensonge. C'est exactement ce qui est arrivé.

— Mais pas à vous.

— Quelle importance ? C'est arrivé. J'ai parlé à cette fille en personne. Elle avait des preuves.

— Quel genre de preuves ?

— Des photographies. Plein.

— Elles auraient pu être photoshopées.

— Non.

Marnie soupira, secoua la tête.

— Écoutez, Jenn et moi, on était proches. On se prenait des cuites et on parlait… bref, de Peter. C'est gênant, mais je savais à quoi *ça* ressemblait. Ce n'était pas la tête de Peter photoshopée sur un autre corps.

— Vous étiez proches, dit Wilde.

— Quoi ?

— Vous avez dit : « Jenn et moi, on était proches. »

— On l'est toujours. Enfin, on l'est à nouveau. Peter… Il avait une mauvaise influence sur notre relation.

— Comment ça ?

Marnie haussa les épaules.

— Je n'en sais rien. C'était comme ça, voilà tout.

— Vous ne l'aimiez pas ?

— Quoi ? Non.

Son téléphone vibra. Elle lut le message.

— Zut, à cause de vous, je suis en retard pour la coiffure et le maquillage. Il faut que j'y aille.

— Une dernière chose.

Marnie poussa un soupir.

— OK, mais n'oubliez pas votre promesse.

— Avez-vous dit la vérité à Jenn ?

— Je vous le répète, c'est la vérité…

Il se retint d'élever la voix.

— Avez-vous dit à Jenn que vos révélations concernant Peter, c'était arrivé à une autre femme, pas à vous ?

Marnie ne répondit pas, mais la couleur déserta son visage.

Wilde avait du mal à y croire.

— Alors votre sœur pense toujours…

— N'allez pas lui dire, siffla Marnie. J'ai fait ça pour Jenn. Pour la protéger de ce monstre. Et Peter a avoué. Vous comprenez ça ? Tout était vrai. Maintenant, fichez-moi la paix.

Elle s'essuya les yeux et s'éloigna d'un pas rapide.

24

Je vais vous expliquer quel genre d'individu est Martin Spirow.

Lorsque, l'année dernière, un mannequin fitness nommé Sandra Dubonay est morte à l'âge de vingt-six ans dans un accident de voiture, sa famille a posté une nécrologie sur les réseaux sociaux avec une photo poignante de leur fille souriant sous le soleil, et l'épitaphe : « Tu resteras à jamais dans nos cœurs. » Sous la nécrologie, dans les commentaires, Martin Spirow, sous un faux nom, a écrit la chose suivante :

> C'est malheureux, une chaudasse qui finit en bouillie.

Sincèrement, que vous faut-il de plus ?

Boomerang a enquêté sur l'affaire et Martin s'en est tiré avec une simple tape sur la main. Il suit sur les réseaux sociaux une kyrielle de « mannequins fitness » solidement charpentés, mais affirme ne pas se souvenir d'avoir écrit ces mots ignobles et cruels. Il aurait posté ce message un jour où il devait être ivre mort.

Ben voyons.

Il voudrait nous faire croire que, dans un état d'ébriété avancé, il s'est débrouillé pour se connecter avec son faux nez plutôt que sous son vrai nom ? Qu'il a su garder l'anonymat en ligne sous l'emprise de l'alcool ?

J'en doute fort.

Et même si c'était le cas, franchement, je m'en moque.

Comme l'a dit Katherine Frole à propos de Henry McAndrews, le crime de Martin Spirow ne mérite probablement pas la sentence de mort. J'en ai bien conscience. Mais il ne mérite pas de vivre non plus. Je suis encore suffisamment lucide pour me rendre compte que je cherche à justifier mes actes, mais cela ne signifie pas que mes motivations sont infondées.

Je ne suis pas spécialiste en matière de meurtres, loin de là. Ma principale référence, comme la vôtre, ce sont les films policiers à la télé. Je sais que je devrais marquer des pauses entre les exécutions ou changer d'arme à chaque fois. Je sais que je devrais passer des jours, des semaines ou des mois à planifier, qu'il y a des caméras de surveillance partout, qu'une fibre minuscule ou un petit bout d'ADN (et si quelqu'un sait que l'ADN peut changer votre vie, c'est bien moi) pourrait conduire les enquêteurs jusqu'à l'auteur du crime.

Je ferai attention, mais est-ce suffisant ?

Je pense que oui. J'ai un plan. Le moyen de sonner la fin de la partie. Si je m'y prends bien, on assistera à une résurrection comme on n'en a pas eu depuis…

Mais je ne veux pas blasphémer.

J'ai acheté un silencieux (ou « suppresseur » comme le gars de l'armurerie n'a pas cessé de répéter) pour 189 dollars.

Martin Spirow habite avec sa femme Katie dans un petit ranch du côté de Rehoboth Beach dans le Delaware. Il y a une seule voiture dans l'allée. À neuf heures quarante-cinq, Katie quitte la maison vêtue d'un jean et d'une veste d'employée Walmart. Le Walmart où elle travaille n'est qu'à quatre cents mètres de son domicile. Son mari Martin est au chômage et assiste aux réunions des Alcooliques Anonymes deux fois par jour.

Tout cela est dans le fichier de Boomerang.

La journée de travail chez Walmart dure entre sept et neuf heures. Ça me laisse beaucoup de temps. Je n'ai pas envie de le gaspiller. Une fois Katie partie, je m'avance vers la porte. Tous mes habits sont marron, y compris la casquette. Je n'ai pas de badge UPS, mais je ne pense pas que ce soit utile. J'ai un paquet vide dans les mains. C'est un déguisement banal mais efficace – livraison de colis –, et de toute façon je ne resterai pas longtemps.

Mon plus gros problème, c'est mon véhicule. Avec les moyens techniques modernes, ils ont des caméras à tous les péages et d'autres méthodes pour vous localiser. J'ai garé ma voiture quelques rues plus loin, devant un immeuble de bureaux anonyme où on trouve des cabinets de médecins et d'avocats. Je n'ai pas vu de caméras. En chemin, j'ai repéré un bac à ordures où je pourrai jeter mes habits marron qui cachent un jean et une chemise bleue.

Bref, j'ai un plan. Il n'est pas parfait, non, mais ça devrait le faire.

Je sonne. Pas de réponse. Je sonne encore une fois. Et encore.

Une voix maussade, fatiguée, demande :

— Qui c'est ?

Je me racle la gorge.

— Une livraison.

— Bon sang, il est drôlement tôt, non ? Laissez ça sur le perron.

— J'ai besoin d'une signature.

— Nom d'un chien…

Martin Spirow ouvre la porte. Sans hésitation, je sors le pistolet et le braque sur lui.

— Reculez.

Il écarquille les yeux, mais obéit. Il lève même les mains, sans que je l'aie ordonné. Je sens la peur qui émane de lui tandis que j'entre et ferme la porte.

— Si vous venez pour nous cambrioler…

— Non.

— Alors qu'est-ce que vous voulez ?

Je pointe mon arme sur son visage.

— C'est malheureux, une chaudasse qui finit en bouillie.

J'attends une seconde, le temps que ça lui monte au cerveau.

Puis je tire à trois reprises.

25

Wilde remonta jusqu'à la 72e Rue et tourna en direction de Central Park. Lorsqu'il arriva, Rola était en train d'acheter une glace à l'italienne dans un camion de glacier.

— Tu en veux une ? demanda-t-elle.

— Il est dix heures du matin.

— C'est une glace, pas de la tequila.

— C'est clair !

Elle haussa les épaules. Ils franchirent la rangée des cyclo-pousses envahissants et prirent le sentier qui menait à Strawberry Fields.

— Tu n'as pas bonne mine, dit Rola.

— Merci.

— Ces flics…

— Lâche l'affaire.

— Très bien. Comment ça s'est passé avec Marnie Cassidy ?

Il le lui raconta pendant qu'ils traversaient la foule des touristes massés autour de la mosaïque *Imagine* en hommage à John Lennon.

— Mais non ! s'exclama Rola lorsqu'il eut terminé.

— Mais si.

— Quelqu'un l'a poussée à faire ça ?

— D'après ce que j'ai compris, la téléréalité pioche dans la vraie vie pour en tirer des histoires captivantes. Elles n'ont pas besoin d'être véridiques. Le tout, c'est d'éveiller l'intérêt du public. La plupart de leurs stars l'ont bien compris. Il faut alimenter la machine à fantasmes. Sauf que le personnage de Peter est devenu trop fade. Marié depuis un moment, pas d'enfants. À mon avis, la production a monté le coup pour pimenter le récit. Histoire d'augmenter leur taux d'audience.

— Et ça a marché, dit Rola.

— Ça a marché.

— Et ils savaient que la sœur de Jenn serait prête à tout pour un peu de gloire.

— Oui.

— Donc la question est : Peter a-t-il drogué ou harcelé d'autres femmes ?

— Est-ce qu'on a des preuves en ce sens ? dit Wilde.

— Les fichiers que tu as téléchargés de l'ordinateur de McAndrews.

— Oui, eh bien ?

— On a trouvé d'autres photos de Peter.

— Et ?

— On est en train de les expertiser, mais elles ont l'air authentiques. Et très explicites aussi.

Wilde réfléchit quelques instants.

— Qui a pu envoyer ces photos à McAndrews ? Tu as une idée ?

— Non. Tu sais qu'il facturait par l'intermédiaire du cabinet de son fils ?

— Oui.

— Apparemment, tous les mails étaient expédiés au cabinet via un VPN et une messagerie anonyme. Ce n'est pas très compliqué, comme tu le sais. Et le cabinet se chargeait de transférer les mails et les pièces jointes à Henry McAndrews.

Ils s'arrêtèrent devant la statue en bronze de Daniel Webster pour lire l'inscription sur le piédestal : « Liberté et union, maintenant et à jamais, un et inséparable. »

— Prophétique, dit Rola.

— Ouais.

— C'est normal, pour un gars qui a écrit un dictionnaire.

C'était Noah Webster, pas Daniel, mais Wilde ne la corrigea pas.

— Si je suis ton raisonnement, reprit Rola, la production aurait décidé d'éliminer Peter Bennett, et ce dans les deux sens du terme. L'éliminer de l'émission et l'éliminer en le détruisant.

— Peut-être.

— Ça paraît énorme. Jouer avec la vie des gens de cette façon-là.

— C'est le principe même de ces émissions. Tu n'as jamais regardé ? On prend des jeunes gens malléables qui rêvent de gloire et on les manipule comme on veut. C'est open bar. On les fait boire. On crée des situations toxiques. Chaque participant, alors qu'il manque déjà de confiance en lui, passe par une essoreuse émotionnelle, et aucun n'est équipé pour ça.

— La manipulation, je comprends, dit Rola, mais ils ne peuvent pas inventer ce qui n'existe pas.

— Bien sûr que si.

— Non, tu ne vois pas ce que je veux dire. Une chose est de demander à quelqu'un : « Dispute-toi avec Untel », ou même : « Largue ce mec. » Mais monter des accusations de toutes pièces pour détruire la réputation d'un homme, c'est entièrement autre chose. Peu importe ce qui est notifié dans la décharge… Il pourrait porter l'affaire devant la justice.

Elle n'avait pas tort.

— Sauf, répondit Wilde, si c'est vrai.

— C'est ce à quoi je voudrais en venir. Admettons qu'une femme soit venue voir la production ou un quelconque responsable. Elle leur a raconté avoir été droguée. Elle a des preuves : photos, textos et autres. Du coup, les producteurs s'arrogent le droit de le révéler publiquement, pas seulement dans l'intérêt de l'émission, mais pour protéger les autres participants.

Wilde fronça les sourcils.

— Quoi ? dit Rola.

— C'est assez logique. Horripilant, mais logique.

— N'est-ce pas ? Maintenant, ajoutes-y Marnie. Elle ferait n'importe quoi pour participer à l'émission, et elle est facile à manipuler. Tu l'as dit toi-même, ils le sont tous. Ton cousin aussi a l'air d'un nigaud. Voilà comment le gentil Peter est devenu un monstre. Coupable non seulement de tromperie et d'agression sexuelle… mais il a fait ça avec la propre sœur de notre chère Jenn.

— Ça a créé un buzz d'enfer.

— Eh oui.

Wilde secoua la tête.

— C'est immonde, dit-il.

— Aussi.

— Alors, qu'est-ce qu'on fait ? On demande des explications à la production ?

— Que veux-tu qu'ils te disent ? rétorqua Rola. Ils ne vont certainement pas avouer. Et surtout, qu'est-ce que ça change ? En quoi ça nous aidera à retrouver Peter Bennett ?

Elle s'arrêta pour le regarder en face.

— Parce qu'on le recherche, hein ? dit-elle.

— Oui.

— Moi, j'ai plutôt l'impression que tu voudrais réhabiliter son image.

— L'image d'une star de la téléréalité, dit Wilde. Tu parles.

— Précisément. Du coup, passons à des choses plus sérieuses parce que ceci est bizarre. Très bizarre. J'ai la copie de l'extrait de naissance de Peter Bennett. Il est né un 12 avril il y a vingt-huit ans. Ses parents y figurent sous les noms de Philip et Shirley Bennett.

Wilde plissa le front.

— Mais ce sont ses parents adoptifs.

— Justement. Il n'y a aucune trace d'adoption. D'après cela, il est né à la clinique de Lewistown… C'est à peu près à une demi-heure de l'université de Pennsylvanie. Il y a aussi le nom du médecin. Docteur Curtis Schenker. Je l'ai contacté personnellement.

— Et qu'a-t-il dit ?

— À ton avis ?

— Secret médical ?

— En gros, oui. Violation de la loi sur les informations de santé. En plus, comme il a mis au monde cent millions de bébés, il ne peut pas se souvenir de chaque cas. Mais il y a un hic : deux ans après la naissance de Peter Bennett, le docteur Schenker a été interdit d'exercice pendant cinq ans pour fraude à l'assurance.

— C'est donc un type louche.

— Oui.

— Suffisamment louche pour signer un certificat de naissance moyennant un dessous-de-table ?

— C'est très possible. Mais reprenons depuis le début. La famille Bennett vit à Memphis : papa, maman, trois gosses. Ils partent s'installer près de l'université de Pennsylvanie, et tout à coup, ils donnent naissance à un petit garçon prénommé Peter.

Ce fut alors que Wilde s'en rendit compte.

— Écoute-moi bien, dit-il.

— Hein ?

— Continue à marcher comme si de rien n'était.

— Oh, merde ! On est suivis ou quoi ?

— Vas-y, marche. Et parle-moi. Ne change rien.

— Compris. Et c'est comment ?

— J'en ai repéré trois. Mais il doit y en avoir d'autres.

— Où sont-ils ?

— Peu importe. Ne les cherche pas, même discrètement. Je ne veux pas qu'ils sachent qu'on les a vus.

— Compris, répéta Rola. Ce sont des flics ?

— Pas sûr. Mais des représentants des forces de l'ordre, c'est certain. Et ils sont très forts.

— Alors ce ne sont pas ces flics de Hartford.

— Probablement pas. Ou peut-être qu'ils interviennent à leur demande.

— Tu as un plan ?

Wilde en avait un. Ils poursuivirent leur promenade à travers le parc. Sur la gauche, des centaines de touristes foulaient les dalles rouges de la terrasse de Bethesda bordant le lac qui, dans un accès d'originalité, avait été baptisé le Lac. Ce n'étaient que selfies, perches à selfie et téléphones de toutes marques et toutes dimensions. Wilde et Rola se frayèrent un passage dans la cohue en faisant mine de bavarder. Pour ceux qui les filaient, il n'était pas facile de les garder à l'œil parmi les hordes de touristes. Wilde faisait attention à ne pas se retourner. Il savait qu'ils étaient là, alors inutile de tenter le diable.

Sortant son téléphone, il cliqua sur le numéro de Hester. Elle répondit à la troisième sonnerie.

— Je suis à Central Park et je suis suivi.

Wilde et Rola empruntèrent le sentier à gauche de la fontaine et traversèrent le Bow's Bridge pour s'enfoncer dans la végétation plus dense de Ramble.

— Tu penses qu'ils vont t'arrêter ?

— Oui.

— Épingle-moi ta position.

— Je suis avec Rola.

— Qu'elle me l'envoie aussi. Laisse-moi me renseigner. Je te rappelle.

Rola et lui étaient entrés par la 72e Rue, non loin du parking souterrain où elle avait laissé sa voiture. La police – ou quelles que soient ces personnes – devait être présente en nombre sur place car logiquement, après leur promenade dans le parc, Wilde et Rola étaient censés retourner à la voiture. Mais sur ces sentiers tortueux, loin de l'épicentre, la filature devenait une tâche plus ardue.

— C’est sûrement au sujet du meurtre de McAndrews, non ? demanda Rola.

— Je n’en sais rien.

— Ils auraient trouvé un autre indice qui te relie à ce crime ?

— Ça m’étonnerait.

Son téléphone vibra. C’était Hester.

— Ne te rends pas, dit-elle.

— C’est si grave que ça ?

— Oui. Tu peux venir à mon cabinet ?

— Je pense.

— Tu as un plan ?

— Vous faites confiance à Tim ? répondit Wilde.

— Comme à moi-même.

Il lui expliqua ce qu’il comptait faire. Rola écoutait en hochant la tête. Ils pressèrent le pas pour ne pas s’attarder dans cette partie-là du parc. La police pouvait les encercler pour les alpaguer ici. La bonne nouvelle, c’est qu’il y avait pas mal de monde alentour. Ils avaient déjà dépassé deux grands groupes venus observer les oiseaux. Une arrestation au milieu de tous ces gens était une affaire risquée. Les policiers attendraient sûrement de le cueillir dans un endroit plus dégagé, comme devant la voiture de Rola.

— Une femme avec un sweat à capuche gris et des baskets blanches ? dit Rola.

Wilde acquiesça tandis qu’ils envoyaient chacun leur position à Hester. En retour, Hester leur renvoya celle de Tim. D’après Wilde, il lui faudrait environ un quart d’heure pour arriver sur le lieu du rendez-vous. Ils avaient un peu de temps devant eux. Il reprit son plan point par point. Comme tous les plans dignes de ce nom, celui-ci était redoutablement simple. Wilde veillait à ce qu'ils restent parmi les passants. Par moments, ils quittaient les sentiers boisés ; ainsi, si quelqu'un les surveillait à distance, il aurait plus de mal à les suivre.

— Le gars avec une casquette bleue et des lunettes de soleil qui fait semblant de consulter son téléphone, dit Rola.

Wilde hocha la tête.

Ils passèrent devant le théâtre en plein air, célèbre pour ses représentations de Shakespeare, avec Turtle Pond, la mare aux tortues, en toile de fond.

— Tu te souviens quand on a vu *La Nuit des rois* ici ? demanda Rola.

Ils étaient au lycée à l'époque, et une association de familles d'accueil avait offert des billets aux « défavorisés » du comté de Bergen. À l'époque, ils vivaient tous les deux chez les Brewer et avaient eu peur de s'ennuyer – Shakespeare au parc ? –, mais le spectacle les avait fascinés.

— Jeune femme avec une queue-de-cheval et un sac à dos North Face.

— Tu es trop forte, lui dit Wilde.

— Vraiment toute jeune. Elle doit être nouvelle.

— Peut-être.

— Oh, et l'homme d'affaires avec le journal. Le journal. C'est vieille école, ça.

— Je l'ai loupé, mais ne me le montre pas.

— Dis donc, Wilde, tu me prends pour une dilettante ?

— Non.

— J'étais là bien avant toi.

— Tu as raison.

Il fit une halte pour contempler l'amphithéâtre en plein air. Il se souvenait parfaitement de cette *Nuit des rois* et des acteurs qui avaient joué ce jour-là.

— Tu as gardé le programme ? demanda-t-il.

— De *La Nuit des rois* ? Tu sais bien que oui.

Il hocha la tête. Rola avait tendance à tout garder.

— Pardonne-moi, dit-il.

— Pour quoi ?

— De n'avoir pas été là souvent. Je t'aime. Tu es ma sœur. Tu seras toujours ma sœur.

— Wilde ?

— Oui ?

— Serais-tu mourant ?

Il sourit. Le moment était peut-être mal choisi, mais c'était aussi le seul où il pouvait être honnête avec lui-même. Dans l'œil du cyclone, Wilde avait plus de facilité à se regarder en face et à reconnaître l'évidence.

— Je sais que tu m'aimes, dit Rola.

— Je sais que tu sais.

— N'empêche, ajouta-t-elle, ça fait plaisir à entendre. Tu comptes te volatiliser à nouveau ?

— A priori non.

— Si jamais tu fais ça, envoie-moi un texto une fois par semaine. C'est tout ce que je demande. Sinon, je saurai que tu ne m'aimes pas.

Ils prirent la direction du Metropolitan Museum of Art. Autour d'eux, la foule devenait de plus en plus dense. Ils avaient presque atteint la sortie du parc. Une fois dans la Cinquième Avenue, ils louvoyèrent parmi la cohue et s'engouffrèrent au Met par l'entrée réservée aux membres uniquement. Tous les ans, Rola prenait un abonnement pour soutenir le musée. Elle y emmenait souvent les enfants. Ils franchirent le portique de sécurité et traversèrent le couloir.

— Ciao, dit Rola en rejoignant la queue devant le guichet.

Sans perdre une seconde, Wilde prit l'escalier qui menait au parking au sous-sol. Personne ne le suivit.

La minute d'après, il s'allongea à l'arrière de la limousine de Hester.

Vingt minutes plus tard, Tim s'engagea dans le garage de l'immeuble qui abritait le cabinet de Hester. Elle l'attendait.

— Tout va bien ?

— Oui.

— Parfait. Oren est là-haut dans mon bureau. Il veut te parler.

26

Hester désigna une chaise.

— Assieds-toi là, s'il te plaît, dit-elle à Oren. Wilde, viens t'asseoir à côté de moi.

Oren Carmichael s'installa d'un côté de la longue table de réunion, Hester et Wilde de l'autre. La salle tout en baies vitrées dominait Manhattan. Elle servait essentiellement aux dépositions juridiques, et Hester avait pris soin d'octroyer à Oren la place du déposant. Ce choix ne devait rien au hasard, Wilde en était certain.

— Écoutez-moi, tous les deux, commença Oren. Un flic a été assassiné…

— Oren ?

C'était Hester.

— Oui ?

— Chut. Explique-nous pourquoi Wilde a été pris en filature au parc.

— Attendez, fit Wilde, il ne vous l'a pas dit ?

— Pas encore. Il a juste dit que c'était grave.

Wilde se tourna à Oren.

— Grave comment ?

— Grave comme grave. Mais avant toute chose, tu dois me dire…

— Il ne te doit rien, le coupa Hester sèchement. Tu as trahi mon secret professionnel…

— Je te l'ai dit, Hester. Je n'ai pas trahi…

— Bien sûr que si, bon sang.

Wilde perçut quelque chose de différent dans sa voix. Outre l'aplomb habituel, il y avait comme une note de profonde tristesse.

— Tu n'as vraiment pas conscience de ce que tu as fait ?

Oren tiqua aussi, mais ne céda pas.

— Il faut que vous m'écoutiez. Tous les deux. Parce que c'est énorme. Un flic a été assassiné…

— Tu n'arrêtes pas de dire ça, l'interrompit Hester.

— Quoi ?

— « Un flic assassiné ». Quelle importance qu'il soit flic ou pas ?

— Tu es sérieuse ?

— On ne peut plus sérieuse. En quoi la mort d'un flic nous affecte-t-elle plus que celle de n'importe quel autre citoyen ?

— Vraiment, Hester ? C'est par là que tu veux aller ?

— Les forces de l'ordre doivent faire de leur mieux, indépendamment du rang ou du statut social. Un flic assassiné n'a pas à être prioritaire par rapport au reste de la population.

Oren leva les deux mains, paumes vers le haut.

— OK, d'accord, oublions le fait que ce soit un flic. On a un assassinat, ça te va ? Toi…

Il se tourna vers Wilde.

— … tu as trouvé le corps.

— Je vous ai dit tout ce que je savais hier soir, répondit Wilde.

— Exactement, renchérit Hester. Et c'était quand, au fait ? Ah oui, ça me revient… juste après que tes potes de la police ont enlevé et torturé mon client…

Elle lui intima le silence d'un geste.

— … et ne viens pas me dire que Wilde est un ami, pas un client, ou tu le regretteras. À ta place, je ne la ramènerais pas. Tu es complice de ce que ces hommes ont fait à Wilde.

Oren accusa le coup, cela se voyait sur son visage.

— C'est la vérité, Oren, poursuivit Hester sans désarmer, l'air accablé. Tu peux inventer toutes les excuses du monde comme n'importe quel délinquant, mais c'est toi qui leur as fourni l'information donnant lieu à l'agression. À ce propos, comment ont-ils su que nous étions chez Tony ?

— Quoi ?

Oren se redressa sur sa chaise.

— Tu ne crois tout de même pas…

— C'est toi qui leur as dit ?

— Bien sûr que non.

— Dans ce cas, pourquoi les flics ont-ils filé Wilde dans Central Park ?

— Ce n'étaient pas des flics, répondit Oren.

— C'était qui alors ? demanda Wilde.

— Des agents du FBI.

Il y eut un silence.

Se calant dans son siège, Hester croisa les bras.

— Explique-toi.

Oren soupira et hocha la tête.

— On a reçu les résultats des analyses balistiques dans l'affaire McAndrews. Il a été abattu avec une arme de poing de neuf millimètres. Le technicien de Hartford a rentré le rapport dans le fichier national, et ils ont eu un retour. Un autre meurtre commis avec la même arme. Un meurtre *récent*, je précise.

— Récent comment ? interrogea Wilde.

— Ça remonte à deux jours.

— Donc *après* Henry McAndrews.

— Oui. L'arme qui a tué Henry McAndrews a servi à éliminer une autre personne. Mais ce n'est pas le plus important.

Hester lui fit signe de continuer.

— On t'écoute.

— La victime, reprit Oren, est une fonctionnaire du FBI du nom de Katherine Frole.

Il regarda Hester.

— Là, il n'est plus question de « flic assassiné ». C'est un agent fédéral qui a été tué. Au pays des Bisounours, ça ne change peut-être rien que deux représentants des forces de l'ordre aient été abattus sans doute par le même tueur. Eux ou un citoyen lambda, c'est du pareil au même. Sauf que dans la vraie vie…

— Qu'ont-ils en commun ? demanda Wilde.

— Rien du tout, pour autant qu'on sache. À part le fait qu'ils ont reçu trois balles dans la tête provenant d'une même arme.

— Leur travail ne se chevauchait pas ?

— Pas à notre connaissance. McAndrews était un flic retraité du Connecticut. Frole travaillait à la direction des sciences et de la technologie du FBI. Jusqu'ici, la seule anomalie, eh bien, c'est toi.

Hester prit son ton d'avocate pour l'interroger :

— Ont-ils des éléments qui permettent d'établir un lien entre mon client et McAndrews ou Katherine Frole ?

— Tu veux dire en dehors du fait qu'il a pénétré par effraction chez McAndrews et découvert son corps ?

Hester posa la main sur son cœur en feignant la stupeur.

— Et comment l'ont-ils su, Oren ?

Il ne répondit pas.

— Est-ce qu'ils ont ses empreintes ? Ou des témoins ? Quelles preuves détiennent-ils pour savoir que mon client…

— On peut arrêter avec ça ? l'interrompit Oren. Nous avons deux assassinats à résoudre.

Hester allait objecter, mais Wilde posa la main sur son bras. Ce duel à fleurets mouchetés allait finir par les détourner de leur objectif. Or il avait envie d'avancer.

— Et où en est-on avec Peter Bennett ? demanda-t-il.

— Ah, fit Oren. C'est l'autre raison pour laquelle je voulais te voir.

— Comment ça ? demanda Hester.

Oren la dévisagea et, l'espace d'un instant, ce fut comme s'ils étaient seuls au monde. Wilde fut presque tenté de sortir. Ces deux-là avaient trouvé l'amour, mais il était en train de se fissurer, et malgré l'urgence de la situation, Wilde tenait beaucoup à ce qu'ils se réconcilient.

Sans quitter Hester des yeux, Oren répliqua :

— Hier soir, j'ai promis à Wilde de me pencher sur le cas de Peter Bennett.

Elle acquiesça lentement.

— Vas-y, dit-elle d'une voix radoucie. Raconte-nous.

Il se tourna vers Wilde.

— D'après ce que tu m'as dit, Peter Bennett apparaît naturellement comme un élément important dans l'assassinat de Henry McAndrews. J'ai transmis les informations au type chargé de l'enquête, un dénommé Timothy Best. Soit dit en passant, je doute qu'il soit mêlé à ce qui t'est arrivé hier. Le dossier a été confié à la police d'État. McAndrews résidait hors de la juridiction de Hartford, outre qu'il pourrait y avoir un conflit d'intérêts.

Wilde hocha la tête. Ce n'était pas ce qui le préoccupait le plus.

— Et Peter Bennett ?

— On était en train de fouiller l'histoire de Peter Bennett, mais une fois que les analyses balistiques sont tombées, le FBI a pris les choses en main. Hier, avant notre conversation, tu étais le seul à chercher Bennett. Aujourd'hui, il est recherché par le FBI et la police d'État du Connecticut.

— Ils ont trouvé quelque chose ?

— Oui, plein.

— Viens-en au fait, dit Hester en aboyant de nouveau.

Oren chaussa ses lunettes de lecture et sortit un petit carnet.

— Tu m'as parlé de la dernière photo de Peter Bennett sur les falaises d'Adiona.

— Oui.

Il lut d'une voix monocorde :

— Trois jours avant la prise de ladite photo, d'après les registres de la compagnie aérienne et du contrôle des passeports, Peter Bennett a embarqué à l'aéroport de Newark à la destination de la Polynésie française. Il a passé deux nuits dans un petit hôtel près des falaises d'Adiona. Le matin où cette photographie a été prise, il a donné son sac à dos et ses habits à la gérante de l'hôtel disant qu'il lui en faisait cadeau. Il a réglé sa note et pris un taxi pour se rendre au pied du volcan. Le chauffeur de taxi a vu ton cousin s'engager sur le sentier menant en haut de la falaise.

Oren referma son carnet d'un coup sec.

— Voilà, c'est tout.

— Comment ça, c'est tout ? demanda Hester.

— Personne n'a revu Peter Bennett depuis. Il n'y a eu aucun signalement à notre connaissance. Rien n'indique qu'il ait repris ce sentier en sens inverse. Son passeport n'a pas été utilisé. Ni ses cartes bancaires. Il ne figure sur aucune liste des passagers ni au contrôle des frontières.

— Conclusion ? dit Wilde.

— Le FBI pense qu'il s'est réellement suicidé.

— Ou alors c'est une mise en scène, glissa Hester.

— Le FBI n'est pas de cet avis, rétorqua Oren.

— Pourquoi ?

— En dehors des raisons que je viens de citer ? Il y a deux choses. Primo, Bennett s'est occupé de régler sa succession avant son départ. On a parlé à son conseiller financier, Jeff Eydenberg, à la Bank of America. Au début, il a refusé de nous répondre, compte tenu de la clause de confidentialité, mais le FBI a débarqué avec un mandat, et il a fini par coopérer, notamment parce que lui aussi s'inquiétait pour son client. D'après Eydenberg, Peter Bennett est venu le voir tout seul et a partagé son patrimoine entre ses deux sœurs. Pour le moment, tout est sous séquestre tant que son divorce avec Jenn Cassidy n'a pas été prononcé. Mais ce Jeff Eydenberg a rencontré Peter en personne. Il dit qu'il l'a trouvé très abattu.

— N'empêche, déclara Hester, réfléchissant. Ça peut faire partie de son plan. L'homme qui projette un faux suicide.

— Tout est possible, je crois.

— Tu as dit qu'il y avait deux choses. Quelle est la seconde ?

Ce fut Wilde qui répondit :

— Il n'y a pas de lettre d'adieu.

Oren hocha la tête. Hester parut déconcertée.

— Minute, fit-elle. En quoi l'absence d'une lettre d'adieu vous fait croire à un suicide ?

— Quand on veut simuler un suicide, dit Wilde, on laisse forcément une lettre. Si Peter Bennett a pris la peine de régler sa succession, de se rendre sur cette île et de poster la photo, il aurait laissé une lettre écrite de sa main pour enfoncer le clou.

— Je vois, opina Hester.

Puis :

— Mais j'ai une autre question. Qu'il s'agisse d'un vrai ou d'un faux suicide, pourquoi n'y a-t-il pas de lettre ?

Wilde se le demandait également.

— En un sens, il y en a une, dit Oren. Si vous lisez son dernier post sur Instagram.

— Qu'a-t-il écrit ? interrogea Hester.

— « Je veux seulement la paix », répondit Wilde.

Il y eut un moment de silence.

— J'ai un ami qui avait l'habitude de citer Sherlock Holmes, reprit Hester. Je ne me souviens plus des mots exacts, mais en gros il ne fallait pas échafauder de théories avant d'avoir les faits, sans quoi on déformait les faits pour les faire concorder avec la théorie. Autrement dit, nous n'en savons pas suffisamment.

— Précisément, acquiesça Oren. C'est pourquoi vous devez coopérer avec le FBI. Pour qu'on puisse avancer.

— Vous savez tout maintenant, répondit Wilde. Je n'ai plus rien à ajouter.

— Peut-être. Mais ils insistent. Ils ne te lâcheront pas tant que tu ne leur auras pas parlé.

— En d'autres termes, déclara Hester, ils soumettent mon client à un harcèlement illégal.

— Soit.

— Comment ça, « soit » ?

— Je ne suis que le shérif d'une petite localité, fit Oren. Le FBI ne me dit pas tout.

— Que dois-je comprendre ?

— Qu'il y a autre chose de beaucoup plus grave, et qu'ils n'ont pas jugé bon de me mettre dans la confidence.

— Et avec ça, tu veux qu'on aille les voir, la fleur au fusil ?

— De deux choses l'une, riposta Oren, se tournant de nouveau vers Wilde. Ou bien tu y vas, accompagné de ton avocate ici présente.

— Ou bien ?

— Tu disparais.

27

La ménagerie de Boomerang rejoignit la salle de réunion dans l'ordre suivant : Alpaca, Girafe, Chaton, Ours polaire. Le Lion de Chris Taylor présidait comme toujours. Une fois tout le monde rassemblé, ils restèrent assis en silence – l'air ridicule, pensa Chris, sous leur déguisement numérique – en attendant, en espérant l'arrivée de Panthère.

Mais Panthère ne se manifesta pas.

Chris parla le premier.

— Il faut qu'on doxe Panthère.

— Tu réalises ce que ça signifie ? demanda Ours polaire.

— Oui.

— C'est la fin de Boomerang, dit Chaton. Ça faisait partie du contrat. Si on brise la vitre en cas d'urgence, c'est terminé. On se disperse. Et on ne communique plus jamais les uns avec les autres.

Le Lion de Chris hocha la tête.

— Vous vous souvenez d'un autre dossier de Panthère, concernant un troll malveillant nommé Martin Spirow ?

— Ça me dit quelque chose, dit Alpaca.

— Je vais afficher le sommaire à l'écran.

Chris cliqua sur « Partager ».

— Ça y est, je vois qui c'est, dit Ours polaire.

— L'espèce de taré qui s'en est pris à une famille en deuil, ajouta Chaton.

— Exactement, répondit Chris. Mais au bout du compte, il n'y a eu qu'un seul post. J'ai vérifié. Et j'ai découvert que Spirow devait être saoul comme une grive quand il a rédigé ce message.

— Moi, je n'y crois pas, déclara Chaton. Quand on est bourré, on ne crée pas un nouveau profil anonyme.

— C'était aussi l'argument de Panthère. Pour finir, Spirow a eu droit à une riposte de catégorie un.

— Pourquoi ramener ça sur le tapis maintenant, Lion ?

— Parce que Martin Spirow a été assassiné. On lui a tiré dans la tête, pareil.

Il y eut un silence.

— Mon Dieu, murmura finalement Ours polaire.

— Bon sang, que se passe-t-il ? dit Chaton.

— Je ne sais pas, répondit Chris. Mais je pense qu'on n'a plus le choix. Ours polaire ?

— C'est d'accord. Il faut qu'on sache qui est Panthère.

— Ne nous voilons pas la face, renchérit Alpaca. C'est la fin de Boomerang.

— Pas forcément, répliqua Chris.

Ours polaire s'éclaircit la voix.

— Ce sont les règles que nous avons établies ensemble. Si quelqu'un découvre l'identité de l'un d'entre nous – la police, les malfaiteurs, les victimes, même le reste du groupe –, nous devons disparaître pour notre propre sécurité.

— Je ne suis pas sûr que ce soit une bonne idée, dit Chris. On a affaire à deux homicides.

— Encore une fois, rétorqua Ours polaire, c'est une conclusion qui manque de preuves.

— Quoi, tu crois que c'est une coïncidence ?

— Non. Mais j'ignore si ces meurtres ont été commis par une seule et même personne. Comment peux-tu en être certain ?

— De quoi parle-t-on ? intervint Girafe. Les deux victimes faisaient l'objet d'une enquête menée par Panthère. Nous sommes tous convenus que ces types-là étaient coupables. Pour l'un, nous avons décidé qu'il ne valait pas la peine qu'on le punisse. L'autre s'est pris une tape sur la main.

— Et depuis, Panthère n'est plus là, enchaîna Chaton.

— Ou il n'est pas en état, dit Alpaca.

— Ou bien, suggéra Girafe, et avouez que c'est l'explication la plus plausible, Panthère a choisi de faire cavalier seul et s'est mué en justicier.

— D'une manière ou d'une autre, dit Chris, on a besoin de connaître son identité.

— Je suis pour, dit Alpaca.

— Moi aussi, dit Chaton.

— Idem, dit Girafe.

Ours polaire poussa un soupir.

— OK, je vous suis. C'est la seule solution. Mais comme nous devrons nous disperser juste après, je voudrais dire que ça a été un honneur…

— On se calme, dit Chris.

— Mais on a…

— Si Panthère est derrière tout ça, il faut qu'on l'arrête. Une fois son identité révélée, on devra essayer de le contacter.

— Trop dangereux, répondit Ours polaire.

— On ne peut pas simplement fermer les yeux.

— C'était une décision commune, objecta Ours polaire. Nous ne sommes pas des flics. Je ne vais pas pourchasser l'un des nôtres pour l'arrêter.

— Donc, Boomerang poursuit ceux qui pratiquent le harcèlement sur Internet, mais il laisse courir les assassins ? demanda Chris.

— Oui. Notre mission est extrêmement précise. On a établi un protocole pour nous protéger. On n'est pas là pour empêcher le réchauffement climatique, les guerres ni même les crimes de sang. Boomerang, c'était exactement ça : renvoyer leur karma à la figure de ceux qui se livrent à des actes de malveillance en ligne.

— C'est nous qui avons créé ça, dit Chris. On ne peut pas juste fermer les yeux.

— Lion ?

C'était Chaton.

— Oui ?

— Allons voir son identité. Ensuite, chacun choisira s'il veut partir ou pas.

— Non, répliqua Ours polaire. On ne discute pas d'autre chose. Ce n'est pas ce dont on est convenus au départ.

— Les choses ont changé, dit Chaton.

— Pas pour moi, repartit Ours polaire.

— Très bien, dit Chris. Dévoilons son identité, et ensuite on verra. Nous n'avions pas prévu ce genre de situation complexe. C'est notre point faible. Préparons-nous à entrer nos codes dans le prompt que je vous envoie maintenant. Vous êtes prêts ?

Ils acquiescèrent à l'unisson.

— OK, on a dix secondes. À trois, tout le monde tape son code et clique sur « Panthère ». On y va. Un, deux… trois.

Ce fut rapide. Le nom s'afficha sur l'écran de Lion. Chris avait omis de le préciser, mais il leur avait rajouté un délai de sept secondes, si bien qu'il lut le nom en premier.

Katherine Frole.

Panthère était donc une femme. Ou se présentait comme telle. Ou portait un prénom féminin. Pour une raison probablement sexiste, Chris avait toujours cru que c'était un homme. Aucune importance. Il était déjà en train de taper le nom de Katherine Frole sur son ordinateur. Un article apparut.

Chris ouvrit le micro pour être entendu du reste du groupe.

— Merde !

28

Avant le rendez-vous avec le FBI, Hester s'assura que Wilde bénéficiait d'une immunité inconditionnelle au regard de la violation du domicile de McAndrews et de tout crime ultérieur, autre que le meurtre en question. Elle exigea également que l'entretien ait lieu à son cabinet plutôt qu'au siège du FBI, et qu'il soit filmé et sténographié sans que le FBI puisse accéder aux enregistrements.

Les négociations durèrent plusieurs heures, mais elle finit par avoir gain de cause. À présent, Hester et Wilde avaient repris leur place autour de la table, tandis qu'un agent du FBI, une femme du nom de Gail Betz, occupait la chaise d'Oren et que l'autre, qui s'appelait George Kissell, restait debout, dos au mur.

Betz mena l'interrogatoire. Kissell, silencieux, avait l'air de s'ennuyer profondément. Wilde n'avait aucune raison de leur dissimuler sa quête pour retrouver Peter Bennett, et comment elle l'avait conduit chez Henry McAndrews. Hester lui coupa la parole à plusieurs reprises, notamment quand Betz l'interrogea dans les détails sur l'effraction. Betz passa alors à Katherine Frole. Wilde la connaissait-il ? La réponse était non. Betz chercha les points communs éventuels. Frole travaillait à Trenton… Wilde s'était-il déjà rendu à Trenton ? Pas depuis le voyage scolaire dans la capitale du New Jersey quand il était en cinquième. Frole habitait Ewing, New Jersey. Wilde n'y avait jamais mis les pieds. Son corps avait été découvert dans un bureau qu'elle louait à Hopewell. Wilde était-il déjà allé là-bas ?

— Quel genre de bureau ? demanda Wilde.

Gail Betz leva les yeux.

— Pardon ?

— Katherine Frole était un agent du FBI qui travaillait à Trenton, non ?

— Si.

— Alors pourquoi louait-elle un bureau à Hopewell ?

Kissell sortit alors de son silence.

— C'est nous qui posons les questions.

— Tiens, tiens, dit Hester. Ça parle donc. Et moi qui allais féliciter le FBI pour avoir embauché un muet.

— Vous ne me faites pas rire, dit Kissell.

— Franchement, je vous trouve vexant. Plus sérieusement, mon client fait tout pour coopérer. Il tient à ce que le meurtre de l'agent spécial Frole soit élucidé. Ça vous coûte quoi de lui répondre ?

Kissell soupira et se détacha du mur.

— Vous avez terminé, agent spécial Betz ?

Betz hocha la tête. Il tira une chaise et s'assit lourdement, comme s'il portait le poids du monde sur ses épaules. Puis il rapprocha la chaise de la table, si près que sa bedaine s'en trouva comprimée. Il joignit les mains en prenant son temps. Puis il se racla la gorge.

— Êtes-vous déjà allé à Las Vegas, Wilde ?

Une sonnette d'alarme retentit dans la tête de Wilde. Dans celle de Hester aussi. Elle posa la main sur son bras, lui intimant de ne pas répondre.

— Pourquoi cette question ? demanda-t-elle.

— J'espérais avoir son avis sur les hôtels, répliqua Kissell.

Puis :

— C'est directement lié à notre enquête.

— Peut-être pourriez-vous nous expliquer en quoi.

— Votre client le sait déjà. Vous aussi sans doute, maître Crimstein. Mais je ne suis pas d'humeur à jouer aux devinettes. Je vais être franc : nous savons que vous êtes allé à Las Vegas il y a quatre mois. Plus précisément, que vous vous êtes rendu au domicile de Daniel et Sofia Carter. J'aimerais savoir pourquoi.

Wilde était sans voix.

Hester lui pressa légèrement le bras.

— Quel rapport ? dit-elle.

— Pardon ?

— Quel rapport entre la direction que prend cet entretien et les meurtres de McAndrews et de Frole ?

— À vous de me le dire, non ?

— Nous ne savons rien là-dessus.

— Eh bien, voyez-vous, maître Crimstein, moi non plus. C'est pour ça que je vous pose la question. Si j'ai une réponse, je trouverai peut-être une explication. Je poserai alors d'autres questions et trouverai d'autres explications. Ou, si je n'en trouve pas, je pourrai passer à autre chose. C'est comme ça que ça marche, une enquête. Demandez à votre client pourquoi il est allé voir les Carter à Las Vegas, et nous déciderons ensemble si ça peut nous intéresser ou pas.

— Je n'aime pas ça, déclara Hester.

— Ça me fait de la peine que vous n'aimiez pas mes questions.

Hester se désigna elle-même du doigt.

— Dites donc, mon pote, les sarcasmes, c'est mon rayon, OK ?

— Loin de moi l'idée d'usurper votre rôle, maître Crimstein. Vous refusez donc que votre client nous réponde ?

— J'aimerais le consulter en privé, répliqua Hester.

Kissell haussa les épaules et se laissa aller en arrière.

Hester chuchota à l'oreille de Wilde :

— Tu sais où il veut en venir ?

Wilde secoua la tête.

— Je ne tiens pas à ce que tu répondes à ses questions à l'aveugle, souffla-t-elle.

Il hésita brièvement. Mais après tout, s'ils étaient au courant de sa rencontre avec Daniel Carter, pourquoi en taire la raison ?

Il fit signe à Hester qu'il acceptait de répondre.

— Daniel Carter est mon père biologique, dit-il.

Kissell était un vieux briscard, habitué à entendre toutes sortes d'absurdités sans se départir de son air placide. Betz, toutefois, ne cacha pas sa surprise.

Après une seconde de pause, Kissell demanda :

— Vous voulez bien éclairer notre lanterne ?

— Pour quoi faire ? s'enquit Hester.

— Nous connaissons tous l'histoire de Wilde, dit Kissell. Elle a été largement médiatisée. Mais j'ai toujours eu l'impression qu'on ignorait l'identité de ses parents.

— C'est exact, dit Wilde.

— Et comment avez-vous découvert… ?

— Le même site de généalogie.

— Une petite minute.

Kissell se rapprocha de la table.

— Vous êtes en train de me dire que vous avez matché avec l'ADN de Daniel Carter sur un site Internet ?

— Oui.

— Voyons si j'ai bien compris. Vous avez mis votre ADN sur ce site, et ils vous ont répondu : « Hello, on a un match pour vous… C'est votre père. »

— Ils fonctionnent en termes de pourcentage, mais en gros, c'est ça.

— Donc vous l'avez contacté pour convenir d'un rendez-vous ?

— Non, dit Wilde.

— Non ?

— J'ai essayé de le joindre, mais mon message m'est revenu.

S'adossant à sa chaise, Kissell croisa les bras.

— Et vous savez pourquoi ?

— On m'a répondu que son compte avait été fermé.

— Je vois. Vous l'avez contacté, mais comme il ne voulait pas avoir affaire à vous, il a fermé son compte.

— Mon client n'a pas dit ça, protesta Hester. Il a dit que le compte avait été fermé. Il ne sait ni quand ni pourquoi.

— Je vous l'accorde, acquiesça Kissell. Et qu'avez-vous fait ensuite ?

— J'ai pris l'avion pour Las Vegas.

— Vous aviez son adresse ?

— Je l'ai trouvée, oui.

— Comment ?

Ce fut Hester qui répondit :

— C'est hors sujet.

— À d'autres. Je connais ces bases de données ADN. Elles ne communiquent pas les adresses. Si son compte a été supprimé, j'aimerais savoir comment vous avez localisé Daniel Carter.

Hester se pencha en avant.

— Agent Kissell, vous avez déjà entendu parler d'Internet ?

— Vous voulez dire quoi, là ?

— Je veux dire qu'il n'y a pas de secrets sur le Web. L'anonymat n'est qu'un leurre. Il y a toujours un moyen quand on a des ressources. Et des ressources, agent Kissell, j'en ai plein.

— C'est vous qui avez trouvé l'adresse, maître Crimstein ?

Hester se borna à ouvrir les mains.

— Comment ?

— Ai-je l'air d'un crack en informatique ? Admettons que j'aie des employés. Admettons que la base de données ADN ait des employés. Ces sites-là sont gérés par des gens. Et les gens voient leur propre intérêt avant tout.

— En clair, vous avez soudoyé quelqu'un.

— En clair, si vous êtes assez naïf pour croire qu'il est difficile d'obtenir ce genre d'informations, riposta Hester, votre place n'est pas au FBI.

Kissell réfléchit un instant.

— OK, vous êtes donc allé à Las Vegas.

— Oui.

— Et vous avez rencontré votre père biologique.

— Pas tout de suite. J'ai attendu plusieurs jours.

— Pourquoi ?

— C'était ouvrir une grande porte que j'avais gardée fermée toute ma vie, répondit Wilde, surpris de sa propre franchise. Je n'étais pas sûr d'avoir envie de voir ce qu'il y avait derrière.

— Et qu'y avait-il derrière ?

— Comment ça ?

— J'imagine qu'à un moment donné, vous vous êtes présenté à Daniel Carter ?

— Oui.

— Que vous a-t-il dit ?

— Qu'il n'était pas au courant de mon existence. Il avait passé un été en Europe pendant son service dans l'armée de l'air. Il supposait qu'une de ses conquêtes était tombée enceinte à la suite d'une aventure d'un soir.

— Il a dit qui était cette fille ?

— Apparemment, il a couché avec huit filles originaires de pays différents. Il ne connaissait que leurs prénoms.

— Je vois. Aucun indice donc concernant votre mère ?

— Non.

— C'est pour ça que vous avez fini par répondre au message de Peter Bennett ?

— Oui.

Kissell posa les mains sur sa panse.

— Comment Daniel Carter a-t-il réagi en apprenant qu'il avait un fils ?

— Ça a eu l'air de le déboussoler.

— Était-il heureux de vous rencontrer ?

Hester pivota pour voir la tête de Wilde.

— Non. Il m'a expliqué que cet été-là était la seule fois où il avait trompé Sofia et qu'aujourd'hui ils avaient trois filles. Il craignait que mon apparition ne dynamite leur vie.

— Ça peut se comprendre, acquiesça Kissell. Et ensuite ?

— Il m'a dit qu'il avait besoin de temps pour réfléchir. On s'est donné rendez-vous le lendemain matin au petit déjeuner pour en reparler.

— Et ça s'est passé comment, ce petit déjeuner ?

— Je n'y suis pas allé. Je suis rentré chez moi.

— Pourquoi ?

— Je ne voulais pas jouer avec la dynamite.

— Admirable.

Kissell jeta un coup d'œil en direction de Betz.

— Êtes-vous resté en contact avec la famille Carter depuis ?

— Non.

— Aucun contact, rien ?

— Vous avez votre réponse, dit Hester.

Puis :

— Et quel rapport avec votre enquête ?

Kissell sourit et se leva, imité par Betz.

— Merci de votre coopération. On vous tiendra au courant.

29

Katherine Frole.

Lorsque Chris Taylor eut tapé le nom de Katherine Frole dans Google, le résultat fut bien pire que tout ce qu'il avait imaginé.

Pour commencer, Katherine Frole – Panthère – faisait partie du FBI. Chris ne savait pas quoi en penser. Il avait toujours redouté que la police ne tente d'infiltrer le groupe, et en même temps il soupçonnait au moins l'un des membres de la ménagerie de Boomerang d'appartenir aux forces de l'ordre, quelqu'un qui était conscient des limites du système judiciaire actuel en matière de cybercriminalité. Pas besoin d'être « justicier » pour voir les failles du système et vouloir les corriger. Qui plus est, Katherine Frole n'était pas sur le terrain ; sa fonction devait donc exiger des compétences particulières. C'était leur point commun à tous. On n'adhérait pas à Boomerang sans savoir naviguer dans les eaux troubles du Dark Web.

Mais inutile de tourner autour du pot.

Katherine Frole avait été assassinée.

En voyant cela, en réalisant la gravité de la situation, Chris fit une chose qui aurait probablement choqué Ours polaire, Alpaca, Chaton et Girafe, les membres restants du groupe.

Il supprima Boomerang.

Tout. Jusqu'au dernier fichier. Toute la correspondance. Tout lien entre les membres.

Faisait-il encore confiance aux autres animaux ? Il n'aurait su le dire. Mais peu importait. L'un des leurs avait été tué. Toute piste susceptible de mener jusqu'à un autre membre devait être éliminée.

L'assassin appartenait-il à Boomerang ?

Il avait la chair de poule rien que d'y penser, mais l'hypothèse n'était pas à exclure.

Une chose était sûre : le FBI était déjà sur le coup, et ils ne manqueraient pas de sortir la grosse artillerie. S'ils mettaient la main sur l'ordinateur de Katherine Frole, ils passeraient son contenu au peigne fin. Chris avait multiplié les mesures de sécurité. Tous les membres suivaient un protocole strict. Mais manifestement, cela n'avait pas suffi. Soit Panthère avait enfreint les règles, soit quelqu'un avait réussi à accéder à leurs données. Ce qui les mettait tous en danger.

Bref, il n'y avait pas d'autre choix que de couper les ponts.

La question était : que faire maintenant qu'il était seul ?

Chris en savait probablement plus que le FBI. Avaient-ils seulement fait le rapprochement entre l'assassinat de Panthère et ceux de Henry McAndrews et de Martin Spirow ? Il en doutait. Il n'avait rien relevé là-dessus sur Internet, mais comment en être sûr ?

Il y avait une autre complication.

Malgré l'importance de l'enjeu, Chris ne pouvait pas alerter la police. Ce serait la plus grave des violations du protocole. Si le FBI arrêtait l'un des membres de Boomerang, celui-ci finirait en prison ou pire. Et si les victimes de Boomerang découvraient qui était derrière le groupe, la réaction risquait d'être violente.

Le danger était partout. Mais pour autant, Chris n'avait pas l'intention de laisser un assassin en liberté.

Il devait agir seul.

La question était : comment ?

Après le départ de Betz et Kissell, et de retour dans son bureau, Hester demanda :

— Il se passe quoi, Wilde ?

Sans dire un mot, Wilde chercha un numéro sur son téléphone et appuya sur la touche d'appel.

— Ton père ?

Wilde colla le téléphone à son oreille.

— Peter Bennett est un parent du côté maternel, non ?

Wilde hocha la tête. Le téléphone sonnait dans le vide.

— Alors que vient faire ton père là-dedans ?

Wilde raccrocha.

— Personne ne répond sur son lieu de travail.

— Le lieu de travail de qui ?

— Mon père. Daniel Carter. DC Dream Construction.

— Tu as son numéro de portable ?

— Non.

— Son fixe ?

Wilde secoua la tête.

— Mais Rola pourrait me dégoter ça, dit-il.

— Pourquoi, à ton avis, les agents fédéraux s'intéressent-ils à lui ?

— Aucune idée.

— Ou pourquoi votre rencontre leur paraît-elle suspecte ?

— Je ne vois qu'une seule explication, dit Wilde.

— Laquelle ?

— Daniel Carter m'a menti.

— À quel sujet ?

Wilde n'en savait rien. Il appela Rola pour la mettre au courant. Intérieurement, il revoyait la jeune Rola, élève studieuse, prenant des notes dans la chambre qu'elle partageait avec trois autres filles de passage dans leur famille d'accueil. Rola était quelqu'un de méticuleux, de tenace, une bosseuse. C'est ce qui faisait d'elle une enquêtrice hors pair. Et une alliée précieuse.

Lorsqu'il eut terminé, elle s'exclama :

— Nom de Dieu, Wilde !

— Je sais.

— On a quelqu'un à Las Vegas. Je te recontacte dès que j'ai du nouveau.

Wilde raccrocha. Hester s'était approchée de la fenêtre et contemplait le panorama spectaculaire des gratte-ciel de Manhattan.

— Deux assassinats, dit-elle.

— Je sais.

— Le FBI semble convaincu que ton cousin est mort aussi.

Elle se détourna de la fenêtre.

— Et toi, tu en penses quoi ?

— Je ne sais pas.

— Ton instinct ne te dit rien là-dessus ?

— Je ne fonctionne pas à l'instinct.

— Même dans la forêt ?

— Ça, c'est l'instinct de survie. C'est s'extraire de la boue originelle et apprendre à rester en vie. Là oui, je l'écoute. Mais si on est assez aveugle et nombriliste pour croire qu'on doit obéir à son instinct plutôt que d'examiner froidement les faits, c'est juste une croyance comme une autre.

— Intéressant.

— Et pour l'instant, comme vous l'avez dit en citant Sherlock, nous n'en savons pas suffisamment pour élaborer une théorie.

— Entièrement d'accord, sauf que nous ne sommes pas en mesure d'enquêter sur ces meurtres. Le FBI occupe déjà le terrain. En revanche, nous sommes les seuls à savoir que Marnie Cassidy a menti à propos de Peter Bennett. Ça nous laisse une bonne longueur d'avance.

— À quoi pensez-vous ?

— Tu es partant pour jeter un pavé dans la mare ?

— Tout à fait. Par quoi commence-t-on ?

Hester était déjà à la porte.

— On va raconter à Jenn les magouilles de sa sœur.

30

La réceptionniste de Sky composa le numéro de l'appartement de Jenn Cassidy.

— Hester Crimstein demande à vous voir.

Elle regarda Wilde.

— Votre nom, s'il vous plaît ?

— Wilde.

— Et un M. Wilde aussi.

Elle écouta la réponse, se détournant comme par discrétion. Hester, qui sentit le vent tourner, cria suffisamment fort pour être entendue de Jenn :

— Vous avez tout intérêt à nous recevoir avant que cette histoire ne soit portée sur la place publique, croyez-moi.

La réceptionniste se raidit. Puis elle raccrocha et dit :

— Mlle Cassidy vous attend.

La porte de l'ascenseur s'ouvrit. Le voyant du premier étage était déjà allumé. Jenn Cassidy, vêtue en Versace, les accueillit à la porte de l'appartement. Elle n'avait pas l'air enchantée de revoir Hester. Mais Hester s'en moquait.

En voyant Wilde, Jenn plissa les yeux.

— Je vous connais, non ? Attendez. Vous êtes le « petit Tarzan ». J'ai vu un documentaire sur vous il y a quelques années.

Il lui tendit la main.

— Je m'appelle Wilde.

Elle la serra à contrecœur.

— Écoutez, fit-elle en bloquant l'accès à son appartement, les yeux rivés sur Hester, je ne sais pas ce que vous voulez, mais je crois qu'on s'est tout dit la dernière fois.

— Il semblerait que non, répliqua Hester.

Jenn désigna Wilde d'un geste.

— Et lui, il est là parce que…

— Wilde est un parent de Peter.

— Mon Peter ?

— Il n'est plus à vous, si ? Justement, c'est pour ça qu'on vient.

— Je ne comprends pas.

Ce fut Wilde qui lui répondit :

— Marnie a menti. Peter ne l'a jamais agressée.

Jenn sourit. C'était un sourire authentique.

— Ce n'est pas possible.

— Je lui ai parlé. Elle a avoué.

Le sourire vacilla légèrement.

— Marnie vous a dit…

— Vous tenez vraiment à poursuivre cette conversation sur le palier ? demanda Hester.

Jenn souriait toujours, mais c'était mécanique, un réflexe de défense, rien de plus. Elle s'engouffra en titubant dans son appartement. Hester entra la première, suivie de Wilde.

— Asseyons-nous, lança Hester. La journée a été longue, et je suis épuisée.

Jenn s'effondra sur le canapé. Elle ne souriait plus. Son visage semblait s'être affaissé sur lui-même, comme une maison dont la charpente aurait cédé. Elle s'éclaircit la voix.

— Vous voulez bien m'expliquer ce qui se passe ?

Wilde lui résuma son échange avec Marnie en pleine rue. Elle écouta attentivement en fermant les yeux de temps à autre, comme si elle venait de recevoir une gifle. Finalement, elle demanda :

— Et pourquoi devrais-je vous croire ?

— Appelez Marnie, dit Hester.

Jenn laissa échapper un rire sans joie.

— Pas la peine.

— Comment ça ?

— Marnie ne va pas tarder. On doit aller à Tribeca… Un nouveau restaurant.

Dix minutes plus tard, la réceptionniste appelait pour annoncer l'arrivée de Marnie. Hester passa ce temps au téléphone avec son cabinet. Le jury de Richard Levine n'était toujours pas revenu, et le juge était à deux doigts d'ajourner le procès. Wilde de son côté se repassait mentalement sa rencontre avec Daniel Carter. En quoi son père biologique pouvait-il être mêlé à l'histoire de Peter Bennett ? Et quel rapport avec les meurtres de Henry McAndrews et de Katherine Frole ?

Jenn, elle, se contentait de regarder droit devant elle.

En entendant frapper, tous les trois se levèrent. Lorsque Jenn, hagarde, lui ouvrit la porte, Marnie jacassait déjà.

— Tu devrais me donner une clé, Jenn. C'est ridicule, franchement. Imagine que quelqu'un doive passer en ton absence, et puis ça t'oblige à te lever chaque fois, oh ! et ce restaurant, tu te souviens de mon ami Terry, un grand garçon avec une drôle de pomme d'Adam ? Il dit que c'est un endroit super et qu'ils paient une fortune les photos d'influenceurs…

Ce fut alors que Marnie aperçut Wilde.

Elle écarquilla les yeux.

— Non ! glapit-elle. Vous aviez promis ! Vous aviez promis de n'en parler à personne !

Wilde ne dit rien.

Elle fondit en larmes.

— Pourquoi êtes-vous si méchant ?

Jenn demanda tout bas :

— Qu'est-ce que tu as fait, Marnie ?

— Quoi ? Tu le crois, lui ?

— Marnie…

— Je n'ai rien fait !

Puis :

— J'ai fait ça pour toi ! Pour te protéger !

Les yeux de Jenn se fermèrent.

— Tout ça est vrai ! Tu ne comprends pas ! Peter était un monstre ! Il a avoué ! C'est bien ce que tu m'as dit, non ?

D'un ton infiniment las, Jenn répéta sa question :

— Qu'est-ce que tu as fait, Marnie ?

— J'ai fait ce qu'il fallait !

Avec une note métallique dans la voix :

— Qu'est-ce… que… tu… as… fait ?

Marnie ouvrit la bouche, sans doute pour protester encore, mais en voyant l'expression de sa sœur, elle dut sentir que c'était peine perdue.

D'une toute petite voix, comme une enfant blottie dans un coin, elle dit :

— Je suis vraiment désolée, Jenn. Vraiment désolée.

Marnie finit par se mettre à table.

Cela prit du temps. Il y eut beaucoup de « J'ai fait ça pour toi » et de « Peter était un monstre », mais à travers l'écran de fumée, le tableau se dessina peu à peu. Pendant que Marnie relatait les événements qui l'avaient conduite à proférer ces accusations en public, Jenn, assise en silence, fixait un point droit devant elle.

— J'étais à L.A. en train de passer des auditions. Des tas d'auditions. Sauf que ça ne donnait rien. Bref, peu importe. Oh, flûte, je m'emmêle les pinceaux, hein ? Enfin, tu sais que j'étais en finale pour *L'amour est un champ de bataille*, mais mes dons ne collaient pas avec leur trame narrative. Ils ont dit que j'avais un super potentiel, mais vu que j'étais ta sœur, ce serait bizarre de lancer une intrigue secondaire. Par contre, s'ils pouvaient fusionner nos deux narrations, ce serait le jackpot.

— C'est qui, « ils » ? questionna Hester.

— J'avais surtout affaire à Jake.

Hester regarda Jenn, qui répondit dans un soupir :

— L'assistant de production.

Marnie répéta ce qu'elle avait déjà raconté à Wilde : on l'avait convoquée pour écouter le récit larmoyant d'une jeune femme (qu'elle vit, admit-elle, pour la première et la dernière fois), et elle avait accepté de participer au podcast pour « aider » cette femme à témoigner. À ce moment-là, Jenn se leva.

— Il faut que j'arrive à le joindre.

— Qui ? demanda Marnie.

— À ton avis ? siffla Jenn.

— Mais Peter a avoué !

Jenn composa le numéro de Peter. Son téléphone était coupé. Wilde vit son agitation grandir. Elle appela alors un autre numéro :

— Vicky ? Où est-il ? Il faut que je lui parle.

Fermant les yeux, elle écouta Vicky lui expliquer qu'elle ignorait où était son frère.

Les joues de Marnie étaient pleines de larmes.

— Jenn, il a avoué ! Tu me l'as dit toi-même !

— Non, dit Jenn.

— Minute, intervint Hester. Vous m'avez dit la même chose… Que Peter avait reconnu les faits, là, sur ce canapé.

— Vous ne comprenez pas ?

— Je ne comprends pas quoi ?

— Ce que j'ai lu sur son visage… ce n'était pas un aveu. C'était la trahison. Ma trahison. J'ai trahi sa confiance puisque je ne l'ai pas cru. Tout est ma faute.

— Mais ces horribles photos ! cria Marnie. C'était lui ! Ce n'était pas un montage !

— Il faut que je lui parle.

Jenn tira sur sa lèvre tremblante.

— On doit remettre les choses au clair.

— Quelles choses ?

Marnie éclata en sanglots.

— Tu ne peux pas faire ça !

— Il le faut, Marnie.

— Tu es folle ou quoi ?

— Je vais aussi mettre un post sur Instagram.

— Quoi ? Non !

— Pour être sûre que Peter voie le message et rentre à la maison.

— Rentre à la maison ? répéta Marnie. Mais il doit être mort.

Jenn se raidit.

— On n'en sait rien.

— S'il te plaît, Jenn, respire un bon coup, OK ? Tu ne peux pas m'en vouloir ! J'ai parlé à la fille que Peter avait droguée…

— Arrête, Marnie, tu n'es quand même pas bête à ce point-là ? Cette fille était un leurre. Une autre assistante de prod sûrement, à qui on a demandé de jouer un rôle.

Marnie joignit les mains en prière.

— S'il te plaît, Jenn, je t'en supplie. Tu ne peux pas…

— Marnie ?

Elle s'interrompit comme si Jenn venait de la frapper.

— Tu es ma sœur. Je t'aime. Mais tu as fait assez de mal comme ça, tu ne crois pas ? La meilleure solution – la seule solution, au fond – est que tu fasses quelque chose de bien.

Les mains sur les genoux, Marnie semblait perdue.

Wilde se tourna vers Jenn.

— Peter vous a dit qu'il avait été adopté.

Ce changement de sujet la désarçonna. Elle mit une seconde à se ressaisir, puis :

— Oui, et alors ? Qu'est-ce que ça vient faire là-dedans ? Et d'ailleurs, tant qu'on y est, qu'est-ce que *vous*, vous venez faire là-dedans ?

— Vous savez que Peter a mis son ADN sur un site généalogique ?

— Qu'est-ce que… ? Oui, je suis au courant. Quand il a appris qu'il était un enfant adopté, naturellement il a voulu en savoir plus sur sa famille biologique. Il s'est inscrit sur un tas de sites de généalogie, mais je croyais qu'il avait tout supprimé, une fois qu'il avait découvert la vérité.

Wilde jeta un coup d'œil à Hester. Elle lui fit signe de poser la question qui lui brûlait les lèvres.

— Vous voulez dire que Peter a retrouvé sa famille biologique ?

— Oui.

— Qui sont-ils ?

— Il ne m'en a jamais parlé.

— Mais il les a trouvés, vous en êtes sûre ?

Jenn hocha la tête.

— Il a découvert la vérité. C'est tout ce qu'il m'a dit. Et à mon avis, ça lui a suffi. Une fois qu'il a su la vérité concernant sa famille, il n'a plus voulu entendre parler d'eux.

31

Hester avait été rappelée au tribunal. Il y avait des rumeurs sur le verdict dans l'affaire Richard Levine. Wilde rentra dans le New Jersey. Tandis qu'il prenait la sortie vers Sheridan Avenue, son portable sonna. C'était Matthew.

— C'est complètement dingue.

— Quoi ?

— Tu n'as pas entendu parler du post de Jenn Cassidy ? Sutton est en train de partir en vrille. Comme ça, Marnie aurait tout inventé au sujet de Peter Bennett ?

Wilde soupira.

— Ce post de Jenn, ça dit quoi ?

— Que Peter a été accusé à tort, et elle demande aussi qu'on le ramène à la maison. Mec, le monde entier est en train de chercher Peter. Tu n'y serais pas pour quelque chose, hein ?

— Indirectement, je suppose.

— J'en étais sûr ! Sutton pète les plombs. Les forums des fans explosent. Ton nom n'est pas encore sorti.

— Tant mieux. Tu es où ?

— À la maison.

Wilde eut une idée.

— Je peux passer utiliser l'ordinateur ?

— Bien sûr. J'ai mon portable, sinon il y a le Mac dans la grande pièce…

— Les deux, si possible.

— Pas de souci. Sutton ne sera pas là avant quatre heures.

— Et ta maman ?

— Pourquoi ne pas lui demander directement, Wilde ?

Face à son silence, Matthew poussa un soupir.

— Je ne sais pas quand elle va rentrer. Pourquoi ? Tu cherches à l'éviter ?

— Je serai là dans un quart d'heure. Tu veux bien me rendre un service en attendant ?

— Lequel ?

— Cherche les sites qui disposent d'une base de données ADN.

— Genre 23andMe ?

— Exactement. Trouve-moi tous les sites principaux.

Un quart d'heure plus tard, Matthew accueillit Wilde à la porte et le conduisit vers le Mac qui trônait dans le salon. Il avait installé son portable à l'autre bout de la table. Chacun prit place devant son écran.

— OK, dit Matthew, on fait quoi ?

— Tu as la liste des bases de données ADN ?

— Ouais.

— Il faut qu'on tente de s'identifier sur toutes.

Wilde lui donna l'adresse mail de Peter et le mot de passe LoveJenn447 récupéré lors de sa première visite chez Vicky Chiba.

Matthew essaya le premier site.

— Ça ne marche pas. Mot de passe incorrect.

Il en essaya un deuxième.

— Pareil. Tu es sûr que c'est le bon mot de passe ?

— Non.

Wilde se souvint d'avoir accédé au compte Instagram de Peter par le biais de son adresse mail.

— On va faire autrement. Clique sur « mot de passe oublié ».

Pendant ce temps, Wilde ouvrit la boîte mail de Peter pour consulter ses messages. Il n'y avait rien de neuf. Il passa du menu principal à l'onglet « Promotions » et tomba sur un nouveau message de MeetYourFamily avec des consignes pour réactualiser son mot de passe en cas d'oubli. Wilde suivit les instructions. Matthew tapait toujours sur son ordinateur. Un autre message surgit dans la boîte de réception : encore un site ADN avec des instructions pour changer de mot de passe. Wilde s'y employa aussitôt.

Mais, au moment de se connecter avec le nouveau mot de passe, ils se heurtèrent à un gros problème.

ERREUR : Vous avez confirmé votre demande de suppression définitive de vos données. Selon le règlement en vigueur, une fois la confirmation validée, ce processus ne peut être annulé, inversé ni résilié. Nous nous excusons pour la gêne occasionnée. Vous pouvez, si vous le souhaitez, créer un nouveau compte et nous renvoyer un échantillon d'ADN.

— Zut, lâcha Wilde.

— Quoi ?

— Peter a supprimé tous ses comptes.

— Tu n'as qu'à te réinscrire.

— Ils disent que la suppression est définitive.

Matthew secoua la tête.

— Il doit y avoir un moyen.

— D'après eux, non.

Ils trouvèrent dix grands sites de généalogie utilisant des tests génétiques, dont 23andMe, DNAYourStory, MyHeritage, MeetYourFamily et Ancestry. D'après les informations qu'ils purent recueillir, Peter Bennett s'était inscrit sur tous ces sites… avant de supprimer son profil. Sept sites sur les dix stipulaient clairement que toute suppression était irréversible. Deux autres proposaient une démarche pour que les données, qui avaient été « effacées mais stockées dans les archives », soient remises en ligne. Pour ce faire, Wilde devait remplir des formulaires, renvoyer des codes par mail et bien sûr payer des « frais de gestion ».

Sutton arriva alors qu'ils étaient en plein travail. Elle alla chercher une chaise et s'assit à côté de Wilde.

— C'est la folie sur les forums, déclara-t-elle. Vas-y, balance.

Wilde haussa un sourcil.

— Que je balance quoi ?

— Crache le morceau, dit Matthew sans cesser de taper. Marnie a menti ? Elle a dragué Peter et il l'a envoyée péter ?

— C'est ce qui est dit dans la déclaration ?

— Quelle déclaration ? répliqua Sutton. La seule chose qu'on a, c'est le post de Jenn sur Instagram. Les fans s'arrachent les cheveux, mais côté Marnie ou production, c'est silence radio.

Wilde obtint l'autorisation du premier site, BloodTies23. Il s'inscrivit en tant que Peter Bennett et cliqua sur le lien pour accéder aux informations sur la parentèle. Le meilleur match, c'était 2 % d'ADN en commun. Aucun intérêt.

— Vous voulez entendre la théorie la plus cheloue qui circule sur les réseaux ? demanda Sutton.

Wilde continua à taper.

— Bien sûr.

— De plus en plus de fans pensent que c'est Peter qui a tout manigancé.

Wilde leva les yeux de l'ordinateur.

— Comment ça ?

— Eh bien, voilà.

Sutton rajusta une mèche de cheveux derrière son oreille. Wilde jeta un coup d'œil à Matthew, qui souriait comme un benêt ou, pour le dire autrement, comme n'importe quel jeune qui a sa première histoire sérieuse.

— Peter Bennett n'était plus au top. Il avait connu un gros succès. Énorme même. Mais un gentil garçon, au bout d'un moment, ça finit par lasser… Ne le prends pas pour toi, Matthew…

Matthew rougit.

— Et quand ça arrive, poursuivit Sutton, les fans vous tournent le dos. On pense donc que Peter a eu une révélation. Il en avait marre de jouer les bons petits gars, alors il a voulu se faire passer pour un méchant.

Wilde fronça les sourcils.

— Pas terrible comme plan. Maintenant le public le hait, non ?

— Oui, c'est ce que certains répondent, mais peut-être que Peter a mal calculé son coup. Disons qu'il est allé trop loin. C'est une chose d'être un méchant de pacotille comme Big Bobbo. Même tromper sa femme, ça pourrait être un scénario intéressant, bien que tout le monde adore Jenn. Mais droguer et violer sa belle-sœur ?

— Ça fait beaucoup, renchérit Matthew.

— Exactement.

— Et où serait Peter aujourd'hui, d'après cette théorie ? demanda Wilde.

— Il se cache quelque part. Vu tout ce qu'il s'est pris, il a simulé sa propre mort. Mais le temps a passé, et il a retourné la situation à son avantage. En fait, c'était lui, la victime. Du coup, on a hâte de le voir rentrer. Et quand il reviendra – je vois ça d'ici –, Peter Bennett sera la plus grande star que la téléréalité ait jamais connue.

C'était certes une théorie extravagante, mais bon, il suffisait de penser à Marnie et jusqu'où elle était allée pour devenir célèbre. Il y avait cependant plusieurs éléments qui échappaient aux discussions enflammées sur les forums, comme les meurtres de McAndrews et de Frole, le lien de parenté entre Peter et Wilde, le mystère entourant la naissance de Peter ou…

N'empêche. Y avait-il un grain de vérité là-dedans ? Se pouvait-il que Peter Bennett ait tout orchestré ? Ou était-ce totalement insensé ?

Il y avait encore trop de pièces manquantes.

Le téléphone de Wilde sonna. C'était Oren Carmichael, la voix chevrotante.

— Le nom de Martin Spirow, ça te dit quelque chose ?

— Non.

— Il habite dans le Delaware. Trente et un ans. Sa femme s'appelle Katie.

— Toujours pas. Pourquoi me demandez-vous ça ?

— C'est notre troisième victime. Abattu avec l'arme qui a tué Henry McAndrews et Katherine Frole.

— Quand ?

— Ce matin.

Il y eut un silence.

— Wilde ?

— Il est dans la police ?

— Chômeur. Il n'a jamais été flic, ni agent fédéral ni même vigile dans un supermarché.

— Alors quel rapport avec les deux autres ?

— Aucun selon le FBI, mais ils viennent juste de recevoir le résultat de l'examen balistique. Certains commencent à envisager l'hypothèse d'un tueur en série qui agit au hasard.

Wilde s'abstint de tout commentaire.

— Oui, ajouta Oren, moi non plus je n'y crois pas.

— Parlez-moi du meurtre de ce Spirow.

— Tué de trois balles sur le pas de sa porte. Probablement tôt le matin. Sa femme l'a trouvé en rentrant au moment de sa pause déjeuner. C'est une rue peu fréquentée, mais ils sont en train de vérifier les caméras de vidéosurveillance et les visiophones.

— Trois balles. Comme les autres victimes.

— C'est pour ça que le FBI pense à un éventuel tueur en série.

Une fois de plus, Wilde s'efforça de reconstituer le tableau. L'univers de la téléréalité. La mystérieuse adoption de Peter. Son propre abandon. Trois meurtres reliés seulement par une arme.

Ça ne collait toujours pas.

Son téléphone signala un double appel. Il n'avait guère l'habitude de recevoir plusieurs coups de fil en même temps, mais ce n'était pas une journée comme les autres.

— J'ai un autre appel, dit-il.

— Je te rappelle s'il y a du nouveau, fit Oren avant de raccrocher.

Lorsque Wilde prit le second appel, Vicky Chiba était en larmes.

— Oh, mon Dieu.

— Vicky…

— Marnie a menti ? Elle a tout inventé ?

— Apparemment. Comment l'avez-vous su ?

— Mon téléphone n'arrête pas de sonner. Silas l'a entendu à la radio.

— On en a parlé à la radio ?

— Une émission de divertissement, je crois.

Vicky sanglota de plus belle.

— Pourquoi ? Pourquoi aurait-elle fait ça ?

Wilde ne répondit pas.

— Se rend-elle seulement compte de ce qu'elle a fait ? Elle a tué un innocent. L'a assassiné de sang-froid. C'est comme si elle l'avait poignardé en plein cœur. Sa place est en prison, Wilde.

— Où êtes-vous ? demanda-t-il.

— Chez moi.

— Je passe vous voir, et on pourra en parler.

— Silas sera là dans quelques heures.

— Il est dans le coin ?

— Il a une livraison à Newark. Puis il viendra dormir à la maison avant de repartir dans la matinée. Wilde ?

— Oui ?

— Il faut que je le dise à Silas, non ? Que Peter a été adopté.

Silas, se souvint Wilde, n'était qu'un bambin quand la famille avait déménagé en Pennsylvanie pour l'arrivée du mystérieux bébé.

— C'est vous qui voyez.

— Il y a eu trop de secrets depuis trop longtemps. Il doit savoir.

— OK.

— Silas pense que vous êtes son cousin.

— Alors que je ne le suis pas.

— Nous pouvons le lui dire aussi, si vous le souhaitez.

Wilde apprécia moyennement l'emploi de ce « nous ».

— S'il vous plaît, vous serez là quand je parlerai à Silas ?

Il garda le silence.

— Ce sera plus facile. En présence d'un tiers.

Wilde se taisait toujours.

— J'aimerais aussi… C'est important pour moi, enfin pour Silas et moi… que vous nous racontiez ce qui est réellement arrivé à Peter. Qu'on n'ait pas à se contenter de rumeurs sur les sites des fans.

Là-dessus, elle avait raison. Il lui devait bien ça.

— OK, dit-il. Je serai là.

— Merci, Wilde.

Vicky se remit à pleurer.

— Merci, pas seulement parce que vous avez accepté de venir ce soir, mais parce que vous croyez en Peter. Il est peut-être trop tard, mais au moins le monde découvrira qui il était vraiment.

Lorsque Wilde raccrocha, Matthew et Sutton étaient en train de fixer l'ordinateur, bouche bée.

— Oh, la vache ! lâcha Matthew.

Sutton ajouta :

— Waouh.

— Quoi ? demanda Wilde.

— On a trouvé un parent de Peter Bennett. Un parent proche.

32

Je lève mon arme – toujours la même – et tire à trois reprises.

Je ferme les yeux tandis que le sang éclabousse mon visage. Quelques gouttes atterrissent sur ma langue. Je ne suis pas cannibale, loin de là, mais le goût métallique de son sang m'émoustille. Ça n'a rien de sexuel. Ou peut-être que si. Je n'en sais rien. On dit ça, non ? « Le goût du sang ». Je le comprends maintenant. Dans tous les sens du terme.

Son corps est affalé sur la banquette arrière. Les yeux grands ouverts.

Les yeux de Marnie Cassidy.

Je l'ai attirée ici en lui envoyant un message depuis un téléphone jetable via une application privée en vogue chez les « célébrités » (surtout dans le milieu de la téléréalité). Comment j'ai fait pour l'attirer ? En lui offrant la rédemption. En lui lançant une bouée de sauvetage alors qu'elle était en train de sombrer. Il était clair que Marnie ne résisterait pas, qu'elle se débrouillerait pour venir à notre rendez-vous. Son monde était en train de s'écrouler. La vérité sur le rôle qu'elle avait joué commençait à sortir au grand jour.

Nous sommes dans ma voiture. Encore une fois, j'ai volé une plaque minéralogique avant de la noircir pour la rendre quasi illisible. Je porte un déguisement. Tout comme Marnie. Des fans et même quelques journalistes campent au pied de son immeuble depuis le post de Jenn ; du coup, elle s'est échappée par la porte de service. Si la police décide de mener une enquête minutieuse, j'imagine qu'ils pourront la repérer sur un certain nombre de caméras de rue jusqu'à ce qu'elle monte dans la rame de métro. La verront-ils prendre la ligne 1 en direction du sud ? C'est possible. Finiront-ils par savoir qu'elle est descendue à Christopher Street et a longé trois pâtés de maisons avant de monter à l'arrière de cette voiture ?

Je ne sais pas.

Ça va prendre du temps. On a été conditionnés par la télé à croire que la police est infaillible ou presque. C'est faux. Ils commettent des erreurs. Ils mettent du temps à recueillir et à trier les informations. Leurs journées de travail ne sont pas extensibles, et la technologie a ses limites.

Il reste encore des meurtres non résolus.

Cela dit, j'ai conscience que mon temps à moi est compté. Si je continue, je vais me faire prendre. Je ne suis pas stupide. Ma voiture est garée près de West Side Highway. J'ai trouvé un endroit tranquille devant un chantier qui pour l'instant est désert. Ça n'a pas été long.

Elle monte. Je me retourne. Et je tire trois fois dans sa figure pitoyable de menteuse.

C'est gonflé ? Sûrement. Mais les meilleures cachettes, on les trouve quelquefois dans les lieux les plus exposés.

Marnie avait son téléphone à la main quand je l'ai abattue. Je me penche pour le récupérer. Je tente de le déverrouiller au moyen de la reconnaissance faciale en l'approchant de son visage, mais au vu des dégâts, ça ne marche pas. Tant pis. J'avais espéré envoyer un texto à Jenn en me faisant passer pour sa sœur pour lui dire que je m'absentais quelques semaines en attendant que les choses se calment. Du coup, c'est raté.

Pourraient-ils tracer son téléphone portable jusqu'ici ?

Allez savoir. Je vais le détruire, mais existe-t-il des moyens techniques pour déterminer où elle s'était rendue et à quelle heure après avoir quitté son appartement ? Je pense que oui. Pas grave, de toute façon j'ai un plan.

Je jette une couverture par-dessus son corps, même si je doute qu'une caméra ou un passant puisse entrevoir quoi que ce soit par la vitre arrière. Le sang n'a pas giclé sur les vitres, je n'ai donc pas à les essuyer. J'emprunte le Lincoln Tunnel et prends la sortie de Weehawken. Je ne résiste pas à faire ce crochet et bifurque dans la petite rue cachée qui s'appelle Hamilton Avenue. La vue sur Manhattan depuis cette rive du fleuve – côté New Jersey – est à couper le souffle. Ses tours jaillissent vers le ciel dans toute leur splendeur. C'est le plus beau panorama que je connaisse.

Mais ce n'est pas la raison de mon détour.

Ici, dans cette rue modeste aux maisons modestes, se dresse un buste modeste au sommet d'une colonne. Le buste d'Alexander Hamilton. La plaque commémorative porte la mention du célèbre duel entre Alexander Hamilton et Aaron Burr qui a coûté la vie à Hamilton. On y lit également que son fils Philip a trouvé la mort ici même trois ans plus tôt. Bien avant que son histoire ne soit connue du grand public grâce à la comédie musicale *Hamilton*, j'aimais me promener à cet endroit. Je n'ai jamais compris pourquoi. Je pensais que c'était la vue, mais en fait non. C'étaient les fantômes. Le sang. La mort. Les hommes venaient là « défendre leur honneur » et mouraient souvent en duel. Le sang a coulé ici, dans ce lieu où vous vous baladez tranquillement et tombez par inadvertance sur ce monument.

Plus sinistre encore, cachée par la colonne de marbre, il y a une grosse pierre rouge-brun. L'inscription gravée côté Manhattan indique :

SUR CETTE PIERRE
A REPOSÉ LA TÊTE DU PATRIOTE,
SOLDAT, HOMME D'ÉTAT ET JURISTE
ALEXANDER HAMILTON
APRÈS LE DUEL AVEC AARON BURR.

Ça m'interpelle encore aujourd'hui. C'est normal, non ? Le monument est entouré d'une grille, mais l'espace entre les barreaux est suffisamment large pour passer la main et toucher le rocher. C'est fou. On peut poser la main sur la pierre où, selon la légende, Alexander Hamilton, mortellement blessé, a reposé deux siècles plus tôt.

C'est peut-être morbide et macabre, mais je trouve ça fascinant. Et vous aussi, certainement.

Un monument comme celui-ci ne nous évoque pas seulement des temps plus tumultueux. L'attrait qu'il exerce puise dans nos instincts les plus primaires. Avec le recul, c'était peut-être ma drogue passerelle. C'est un concept bien connu. Une drogue mène à une autre, et c'est comme ça qu'on devient accro à l'héroïne.

Ou, éventuellement, au meurtre.

Je ne ralentis pas. J'ai juste envie de passer devant ce monument discret sur l'ancien site de duel. De savourer cette sensation. C'est tout. Petit plus : si la police réussit à retracer les déplacements du téléphone de Marnie, ce détour les fera s'interroger sur son état mental. Cela pourrait m'être utile.

Je fais demi-tour et prends la direction de l'aéroport de Newark. De nos jours, l'aérogare la moins fréquentée est le terminal B. Une fois sur l'aire de dépose, je sors mon marteau et fracasse le portable de Marnie. Comme ça, son parcours s'achèvera à l'aéroport. Il y a sûrement des caméras partout. Ils iront peut-être jusqu'à vérifier si elle est descendue ici. Mais là encore, ça va prendre du temps.

Maintenant que son téléphone est hors service, je fais le tour de l'aéroport en m'arrêtant à chaque terminal pour brouiller les pistes. Puis je prends la Route 78 en direction de l'ouest. J'ai loué un box dans un garde-meuble à Chatham. Je porte toujours mon déguisement. Tête baissée, je descends de voiture et remonte la porte roulante. Puis je rentre la voiture dans le box et ferme la porte. Le garde-meuble est équipé d'un climatiseur. J'ai déjà pris soin de le mettre en marche à fond. J'ai lu plein de choses sur les cadavres en décomposition et les odeurs. Ça me laisse un peu de marge. Au moins quelques jours, voire plus. D'ici là, je trouverai un moyen de me débarrasser du corps. Je nettoie un peu et laisse Marnie sur la banquette arrière. Si j'avais balancé son corps dans la nature, la police aurait vite fait le rapprochement avec les autres meurtres. Alors que si la pauvre Marnie aux abois, avec tout ce qui lui tombe dessus, manque simplement à l'appel, il est plus que probable qu'elle ait déguerpi, histoire de se faire oublier. J'ignore combien de temps ça va durer, mais si j'en crois le vieux dicton, pas de cadavre, pas de crime.

Quelques jours, je n'en demande pas plus.

J'ai encore du pain sur la planche.

33

Par-dessus l'épaule de Matthew, Wilde jeta un coup d'œil sur Utilisateur32894, qui partageait 23 % d'ADN avec Peter Bennett sur le site MeetYourFamily.

— Tu as vérifié pour voir si cette personne a communiqué avec Peter ? demanda-t-il.

— Il n'y a aucun message. Normalement, quand on supprime un compte, tous les échanges sont définitivement perdus. Mais au cas où tu voudrais savoir à quoi ça correspond, 23 %…

Matthew cliqua sur un lien et l'explication s'afficha :

Si vous matchez à 25 % en moyenne (entre 17 % et 34 %),
votre lien de parenté est le suivant :
Grand-parent/Petit-enfant
Tante/Oncle
Nièce/Neveu
Demi-frère/Demi-sœur

— C'est bizarre qu'ils ne donnent pas plus de précisions, dit Matthew.

— C'est ça, l'ADN, lui répondit Sutton. On l'a appris en cours de biologie avec M. Richardson, rappelle-toi. 100 % signifie vrai jumeau. 50, un frère ou une mère. Le père, c'est un peu moins, genre 48 %. Je ne sais plus pourquoi.

— C'est quand même bizarre. Mettons que Wilde trouve un match de 50 %. Il ne saura pas si c'est sa mère, son père, son frère… Attends, quand tu as retrouvé ton père à Las Vegas, comment l'as-tu su ? Je veux dire, quand tu l'as découvert sur le site ADN, comment as-tu su que ce n'était pas ta mère, ni ton frère ou ta sœur ?

— Je ne l'ai pas su tout de suite. Mais plus tard, j'ai appris que c'était un homme, de vingt ans mon aîné.

— Ça aurait pu être ton frère.

Wilde n'y avait pas pensé.

— C'est bien possible.

— Aucune chance, déclara Sutton. Cinquante pour cent, ça signifie qu'on a les mêmes parents. Il peut exister un écart de vingt ans entre deux frères, mais c'est rare. La meilleure probabilité est que ce soit ton père.

— C'est vrai, rétorqua Matthew, mais réfléchis un peu. Rien dans l'histoire de Wilde ne rentre dans la norme. Il a été abandonné dans la forêt trop petit pour s'en souvenir. Qu'en penses-tu, Wilde ? Ce gars-là pourrait-il être ton frère ?

— Je n'ai jamais envisagé cette possibilité.

En théorie, Sutton avait raison. Daniel Carter, son match à 50 %, avait toutes les chances d'être son père. Mais les femmes peuvent donner naissance à un très jeune âge… dès leurs premières ovulations. En admettant que sa mère ait eu Daniel Carter à seize ou dix-sept ans, voire à vingt, elle aurait très bien pu mettre Wilde au monde aussi.

Il sortit son téléphone pour appeler Rola.

— Du nouveau sur Daniel Carter ?

— Rien pour l'instant.

— Quand tu dis « rien »…

— C'est rien. *Nada*, *wallou*, *macache*, *que tchi*. Bon, voilà le scoop : Daniel Carter n'est pas son vrai nom, Wilde.

— Mais il a une famille, une entreprise.

— DC Dream Construction appartient à une société-écran. Chez lui, personne ne répond au téléphone. Personne parmi ses collaborateurs ne veut dire où il est. Personne ne vient ouvrir quand on sonne à sa porte.

— Il a des filles.

— On ne va pas leur envoyer un détective privé. Pas tout de suite. Attendons d'en savoir plus. C'est trop tôt, Wilde.

— Confie ça au meilleur élément de ton équipe.

— J'ai choisi le meilleur.

— Merci.

— Moi.

— Hein ?

— Je pars à Las Vegas.

— Tu n'es pas obligée de faire ça.

— Mais j'ai envie. Les gosses me rendent chèvre. J'ai besoin d'un break. Un black-jack. Une petite enquête pour découvrir qui a abandonné un enfant dans la forêt. Un bandit manchot. Peut-être un spectacle de magie. Au fait, Wilde…

— Oui ?

— C'est quoi, ce binz entre ton bioman et les fédéraux ? Tu parles d'un cirque.

— Daniel Carter n'est peut-être pas mon père.

Wilde lui exposa rapidement l'histoire du pourcentage. Quelque chose dans cette affaire de lien génétique le titillait. Comme un chaînon manquant. Mais d'autres aspects commençaient à s'éclaircir. Il se rappela son coup de fil avec Silas Bennett. Silas avait trouvé un match à 23 % sur MeetYourFamily. Comme désormais c'était aussi le cas de Peter Bennett, il était logique de penser que les deux « frères », dont un supposément adopté, avaient un lien de parenté ; ils étaient très vraisemblablement demi-frères. Wilde n'en était pas certain, mais il y avait moyen de confirmer cette hypothèse.

Il téléphona à Vicky Chiba.

— Silas est là ?

— Non.

— Il arrive quand ?

— Il a pris du retard. Peut-être dans une heure, une heure et demie.

— Vous êtes toujours décidée à lui annoncer que Peter a été adopté ?

— Oui. Vous serez là, n'est-ce pas ?

— Oui.

— Merci, vraiment. Vous avez découvert quelque chose concernant Peter ?

— Je vous en parlerai de vive voix.

— OK, je vous enverrai un texto si j'ai d'autres nouvelles de Silas.

Wilde raccrocha. Ils attendaient deux autres autorisations de la part des sites ADN. Il récapitula les informations dont il disposait. Peter Bennett apprend qu'il a été adopté. Il s'inscrit sur plusieurs sites ADN pour essayer d'en savoir plus. Jusqu'ici, tout va bien. Il tombe sur un parent proche : son propre frère, Silas. Est-ce là qu'il comprend qu'il en sait suffisamment ? Peu probable. A-t-il trouvé quelqu'un d'autre ? Pourquoi avoir supprimé tous ses comptes une fois qu'il a découvert la vérité ? A-t-il appris quelque chose qu'il ne voulait pas révéler aux autres ?

Son téléphone sonna. Étrange. Cette sonnerie-là ne correspondait à aucun contact sur sa liste déjà réduite. Personne d'autre n'avait son numéro. Personne d'autre ne connaissait ce numéro. Il allait laisser la boîte vocale répondre à sa place lorsqu'il aperçut le nom qui s'affichait.

PETER BENNETT

Il se leva et s'éloigna dans un coin de la pièce.

— Allô ?

— Il faut qu'on se voie.

34

En rentrant chez elle, Hester trouva Oren qui l'attendait. Il l'accueillit en la serrant dans ses bras. Hester adorait ça. Dans les bras de cet homme grand et fort, elle se sentait petite, protégée et réconfortée. Irrésistible. Elle ferma les yeux et respira dans son cou. Même son odeur masculine, quoi que ça veuille dire, la rendait heureuse.

— Où en êtes-vous ? demanda Oren.

— Le jury est toujours dans l'impasse. Le juge Greiner veut leur laisser un ou deux jours de plus.

Ils se séparèrent pour passer au salon. La décoration style « pionniers » de l'intérieur de Hester pouvait être qualifiée d'excessive. Lors de leur déménagement, Ira et elle avaient rempli l'appartement de meubles et de tout un bric-à-brac provenant de leur maison de Westville. Bien sûr, rien n'allait avec ce nouveau cadre, ni en taille, ni en forme, ni en couleur, mais Hester et Ira avaient tout leur temps pour les remplacer. Résultat, ils étaient toujours là.

— Si le jury revient sans être parvenu à une décision, dit Oren, tu crois qu'il y aura un nouveau procès ?

— Va savoir.

Elle s'assit sur le canapé. Oren lui servit un verre de vin. Elle était fatiguée. Cela ne lui était encore jamais arrivé, mais de plus en plus elle ressentait une certaine pesanteur jusque dans ses os.

— Quand ce sera terminé, dit-elle, je voudrais prendre des vacances.

Oren haussa un sourcil.

— Toi ?

— Où pourrait-on aller ?

— Où tu veux, mon amour.

— Avant, je détestais les vacances, dit-elle.

— Je sais.

— Le travail ne m'a jamais fatiguée. Au contraire, il me boostait. Plus je me bagarrais, plus je me sentais vivante. Quand on partait, Ira et moi, ça finissait par m'épuiser plus qu'autre chose. Je ne tenais pas en place. Me poser dans un transat sur la plage, ça ne me reposait pas… Ça me donnait envie de dormir.

— Première loi de Newton, dit Oren. Un objet au repos reste au repos.

— Exactement. Si on me freine, je freine. Si on me maintient en mouvement…

— Et maintenant ?

— Maintenant, j'ai envie de partir avec toi. Je suis éreintée.

— Et tu sais pourquoi ?

— Je ne veux même pas y penser, mais ça doit être l'âge.

Oren but une gorgée de vin avant de répondre :

— C'est peut-être l'affaire Levine.

— Comment ça ?

— Depuis le début de ta carrière, tu n'as jamais été pour la légitime défense. Je sais que ton boulot est de défendre tes clients quoi qu'il en coûte…

— Eh, minute papillon. Quoi qu'il en coûte ?

— Ce n'est pas ce que j'ai voulu dire. J'entends par là que tu dois faire ton travail en mettant de côté tes sentiments personnels.

— Qu'est-ce qui te fait croire que je ne suis pas du côté de Richard Levine ?

— Il a exécuté un homme, répliqua Oren. C'est une réalité.

— Il a tué un nazi.

— Qui ne représentait pas une menace directe.

— Les nazis représentent forcément une menace directe.

— Donc, d'après toi il a eu raison de faire ça ?

— Bien sûr.

— On a le droit de tuer un nazi ? demanda Oren.

— Oui.

— Et un membre du Ku Klux Klan ?

— Aussi.

— Elle est où la frontière entre ceux qu'on doit tuer et les autres ?

— Elle s'arrête aux nazis et aux membres du Klan.

— Personne d'autre ?

— Je préférerais qu'on leur casse la gueule. J'adorerais défoncer un nazi.

— Ton client ne l'a pas défoncé, le nazi.

— Non, mais s'il l'avait fait, on l'aurait arrêté quand même, et j'aurais été là pour le défendre. Un psychopathe qui est convaincu qu'il faut exterminer ceux qui sont différents mérite qu'on l'élimine comme la vermine qu'il est.

— Tu n'es pas sérieuse ?

— Oh que si.

— On devrait changer la loi alors, ouvrir la saison de la chasse aux nazis et aux membres du Klan.

— Tu es trop chou quand tu cherches à me contredire, déclara Hester. Mais ce n'est pas ce que je suggère, non. Les lois existantes me conviennent parfaitement.

— Sauf qu'elles n'autorisent pas les actes comme celui qu'a commis Richard Levine.

Hester inclina la tête sur le côté.

— Ah bon ? C'est ce qu'on va voir. Le système actuel pourrait jouer en faveur de mon client. Si ça se trouve, il est suffisamment souple pour réagir dans le bon sens.

— Et si ça ne marche pas ? Si le jury le déclare coupable ?

Hester haussa les épaules.

— Alors le système aura parlé.

— Donc le système a toujours raison ?

— Non, le système n'est peut-être pas aussi souple que je le voudrais. Du moins avec ce jury. Et avec ma ligne de défense. Je crois au système. Je crois aussi qu'on est en droit de tuer les nazis. Qu'y a-t-il de contradictoire là-dedans ?

Oren sourit.

— J'adore ton esprit, tu sais.

— J'adore le tien aussi, mais moins que ton anatomie.

— Normal.

Elle posa la tête sur sa poitrine.

— Alors où irait-on en vacances ?

— Aux Caraïbes.

— Tu aimes la chaleur ?

— J'aime l'idée de te voir en bikini.

— Coquin.

Hester rougit malgré elle, puis cala son front contre son épaule.

— Je suis toujours furieuse contre toi, dit-elle.

— Je sais.

— J'étais à deux doigts de rompre.

Oren ne dit rien.

— J'ai beau t'aimer très fort, mon travail passe en premier. Quand je pense que tu as dit à ces flics que Wilde avait découvert le corps…

— C'était inadmissible, dit Oren.

— Alors pourquoi avoir fait ça ?

— Parce que je voulais attraper un tueur de flic. Parce qu'il m'arrive de manquer de jugeote. Parce que je suis le shérif d'une petite ville, qui n'a jamais été confronté à un homicide, et peut-être que ma vanité a pris le dessus.

— Tu as voulu briller ?

Oren grimaça.

— Oui.

— Tu avais tes raisons, dit-elle.

— Ce n'est pas une excuse.

— Non.

— Alors pourquoi tu me pardonnes ?

Hester haussa les épaules.

— Moi aussi je suis souple. Comme le système.

— Je vois.

— Et puis je n'ai pas envie de te perdre. On a chacun nos motivations. Toi, moi, Richard Levine. Le tout est de savoir si le système est suffisamment souple pour les gérer.

— Et dans ce cas précis ?

— Moi, ça me va.

— Ah, tant mieux.

— Wilde, je n'en suis pas si sûre. Il a déjà assez de mal comme ça à accorder sa confiance.

— Je sais, répondit Oren. Je tâcherai de me racheter.

Hester pensait que c'était sans espoir, mais elle garda ses réflexions pour elle.

— On a découvert un autre corps, dit Oren. Toujours la même arme.

— Waouh. Et ils soupçonnent Wilde ?

— Non. L'homme a été abattu dans le Delaware à peu près au moment où Wilde était sous surveillance à New York. Il est définitivement hors de cause.

— Parfait.

Hester se leva, but une gorgée de vin.

— Dans ce cas, tu veux bien qu'on n'en parle plus ce soir ?

— Et comment !

— J'aimerais juste me reposer.

— Bien sûr.

— Ou alors un câlin, ajouta Hester.

Oren sourit.

— Ça pourrait déboucher sur autre chose.

Elle posa son verre et lui tendit la main.

— Ce n'est pas à exclure.

— Je croyais que tu voulais te reposer.

Hester haussa les épaules.

— Le système est suffisamment souple.

35

Le nom affiché sur son téléphone était PETER BENNETT.

— Je m'appelle Chris, dit la voix.

— Ce n'est pas ce qui s'affiche.

— Je sais. Je voulais attirer votre attention.

— Comment avez-vous eu mon numéro ?

— Peu importe. Il faut que je vous parle.

— À propos de quoi ?

— Peter Bennett, Katherine Frole, Henry McAndrews, Martin Spirow.

Le dénommé Chris attendait une réponse. Wilde garda le silence.

— J'espère que c'est tout, ajouta-t-il alors. Mais il y en aura sûrement d'autres si nous ne réagissons pas.

— Qui êtes-vous ?

— Je vous l'ai dit. Mon nom est Chris.

— Et pourquoi devrais-je vous faire confiance ?

— La vraie question est : pourquoi moi, je devrais vous faire confiance ? C'est moi qui ai le plus à perdre dans cette histoire. Il faut qu'on se voie.

— D'où m'appelez-vous ?

— Regardez par la fenêtre.

— Quoi ?

— Vous êtes chez les Crimstein, la maison au fond d'une impasse. Regardez dehors, dans la rue.

S'approchant de la fenêtre panoramique à côté de la porte, Wilde scruta l'obscurité. Une mince silhouette se profila à la lueur du réverbère. L'homme agita la main dans sa direction.

— Sortez, dit-il. Je vous le répète, il faut qu'on parle.

Wilde raccrocha et se retourna.

— C'était qui ? demanda Matthew.

— Je vais dehors. Verrouillez toutes les portes. Montez tous les deux et surveillez-nous par la fenêtre de ta chambre. S'il m'arrive quoi que ce soit, appelez le 911, ta mère et Oren Carmichael. Dans cet ordre. Puis cachez-vous.

— Qui est-ce ? dit Sutton.

— Je ne sais pas. Fermez à clé derrière moi.

Chris était un blondinet pâle et fluet aux cheveux clairsemés. Il faisait les cent pas ou plutôt piétinait, comme s'il cherchait à éteindre de minuscules foyers d'incendie. À l'approche de Wilde, il s'immobilisa.

— Que voulez-vous ? dit Wilde.

Chris sourit.

— Ça fait une éternité que je n'ai pas fait ça.

Il attendait que Wilde lui demande : « Fait quoi ? » Mais comme ce dernier se taisait, il poursuivit :

— À une époque, je lâchais des bombes dans la vie des gens. Pas au sens propre, évidemment. Ou peut-être que si. Je révélais les pires secrets à des gens qui ne se doutaient de rien. J'ai dit à une femme lors de son enterrement de vie de jeune fille que son fiancé avait posté une vidéo porno d'elle pour se venger. J'ai dit à un homme, un père de famille, que sa femme avait simulé sa troisième grossesse pour l'empêcher de partir. Et ainsi de suite. J'estimais qu'ils avaient le droit de savoir. Un secret dévoilé était un secret annihilé. Je croyais bien faire.

Il s'interrompit, regarda Wilde.

— Je sais que vous avez des tas de questions, alors venons-en au fait. J'en connais suffisamment sur vous pour savoir que vous êtes un marginal. Vous habitez seul. Contourner les lois ne vous pose pas de problème majeur. Je pourrais toujours employer le conditionnel pour me protéger, mais le temps presse. Je suis obligé de m'en remettre à vous. Juste un petit rappel avant de commencer : vous avez vu avec quelle facilité je vous ai localisé. Ce n'est pas une menace. C'est une mise en garde amicale, au cas où vous voudriez vous retourner contre moi. Vous vivez à l'écart de peur, entre autres, qu'on vous retrouve. Prenez vos peurs et élevez-les à la puissance dix en ce qui me concerne. Il y a des tas de gens qui aimeraient me voir mort ou derrière les barreaux. Je ne tiens pas à ce qu'on soit ennemis, vous et moi.

— Que voulez-vous ? répéta Wilde.

— Avez-vous entendu parler d'une organisation en ligne appelée Boomerang ?

Ce nom lui disait vaguement quelque chose.

— Pas vraiment.

— C'est un groupe composé de quelques-uns parmi les meilleurs hackers de la planète réunis dans un même but.

— Dont vous faites partie.

— J'étais le chef, répondit Chris.

Une fois de plus, il sembla attendre la réaction de Wilde. Faute de mieux, ce dernier opina :

— OK.

— L'objectif de Boomerang était d'identifier les trolls et les harceleurs de la pire espèce pour les neutraliser et les punir.

— Vous étiez des justiciers, dit Wilde.

Chris hocha la tête à plusieurs reprises.

— Je considère plutôt que nous cherchions à faire régner l'ordre dans une zone de non-droit. Notre système judiciaire ne s'est pas encore étendu à Internet. Le cyberespace, c'est comme le Far West. Il n'y a pas de règles, pas de lois… Rien que le chaos et le désespoir. Alors nous, un collectif d'individus sérieux et intègres, on a voulu instaurer un semblant d'ordre et de justice. Dans l'espoir que la législation finirait par rattraper son retard et qu'on n'aurait plus besoin de nous.

— OK, dit Wilde, maintenant que vous avez justifié votre action, en quoi ça me concerne, moi ?

— Vous ne voyez pas ?

— On va dire que non.

— Vous ne m'aidez pas, Wilde. Pourtant, je fais des efforts.

Wilde se rappela le message adressé à SarbRuegnev : « Je te tiens, McAndrews. Tu vas payer. »

— Je suppose que votre groupe a repéré Henry McAndrews. Payé pour persécuter les gens sur Internet.

— C'est ça.

— Et vous l'avez tué ?

— Tué ? Seigneur, non. On n'a jamais tué qui que ce soit. Ce n'était pas le but. Des citoyens – des victimes, en fait – s'adressaient à Boomerang pour demander notre aide. Via notre site Internet. Il fallait remplir un formulaire : nom, contact, préjudice subi, tous les détails. La procédure était assez fastidieuse, mais c'était fait exprès. Si on avait souffert au point de faire intervenir Boomerang, ça valait le coup de passer quelques heures à compléter le dossier. Par contre, si on n'allait pas jusqu'au bout, c'est que l'affaire n'était pas assez sérieuse pour retenir notre attention.

Chris s'interrompit de nouveau.

— Logique, acquiesça Wilde pour l'inciter à continuer.

— Pour finir, les dossiers étaient répartis entre les membres qui prenaient le temps de les étudier. La plupart étaient classés sans suite. Seuls les cas graves entraînaient une intervention de notre part. Vous commencez à y voir plus clair, Wilde ?

— Peter Bennett.

— Précisément. On a reçu une plainte pour harcèlement en ligne. Je ne sais pas si c'est lui qui l'a déposée, ou sa sœur, ou un fan dévoué, ou quelqu'un qui se faisait passer pour lui.

— Elle vous a été adressée directement ? dit Wilde.

— Non, c'est Panthère qui l'a traitée.

— Panthère ?

— On était tous anonymes à Boomerang, avec des animaux comme avatars.

Wilde se souvint de la signature sous le message envoyé à McAndrews : PanthèreAttaque88.

— Panthère, Ours polaire, Girafe, Chaton, Alpaca et Lion. Aucun de nous ne connaissait l'identité des cinq autres. Nous avions mis en place un protocole de sécurité très strict. Pour moi, elle était Panthère. J'ignorais son nom et même son genre. Bref, elle a traité le dossier Bennett qu'elle a ensuite présenté au groupe. Nous étions six… Il fallait cinq voix minimum pour prononcer une sentence de représailles.

— Et vous l'avez fait ?

— Non. Nous avons décidé que ça n'en valait pas la peine.

— Pourquoi ?

— On ne pouvait pas s'occuper de tout le monde, et franchement, Peter Bennett n'attirait pas la sympathie, avec toutes ces accusations de viol et d'agression portées contre lui.

Cela tombait sous le sens.

— Du coup, vous n'avez pas donné suite.

— Non. Normalement, c'était fini. Affaire classée. On passe à autre chose. C'est ce qu'on a tous fait. Tous sauf Panthère.

— Comment vous expliquez ça ?

— Ce que j'ignorais à propos de Panthère – ça ne m'aurait même pas effleuré –, c'est qu'elle était une inconditionnelle de *L'amour est un champ de bataille*. Comme si elle faisait partie de l'émission. C'est pour ça qu'elle a défendu ce dossier. Difficile de prévoir qui aime quoi, hein ? Panthère, cette super-pro du FBI, vouait un culte aux stars de la téléréalité.

Wilde comprenait mieux maintenant.

— Panthère était Katherine Frole.

Chris hocha la tête.

— Je cherche encore à y voir clair, mais une fois que j'ai eu le nom de Katherine, j'ai pu accéder à un certain nombre de ses fichiers. Pas tous. Loin de là.

C'était une experte aussi, ne l'oubliez pas. Mais elle ne cachait pas son addiction à cette émission insipide. Alors, quand Boomerang a rejeté le cas Peter Bennett, je pense qu'elle a enfreint le protocole et contacté personnellement celui qui avait rempli la plainte en ligne.

— Peter, dit Wilde.

— Tout cela est purement hypothétique, mais peut-être qu'elle l'a appelé pour s'excuser. Et peut-être qu'elle a fait un pas de plus. Elle a pu le rencontrer. Et lui donner le nom de son persécuteur.

— Henry McAndrews.

Chris acquiesça.

— Vous devinez le reste. Peu de temps après, Henry McAndrews est assassiné. Lorsqu'on découvre le corps, Katherine se rend compte de ce qu'elle a fait. Elle affronte Peter Bennett. Ou alors Peter décide de la réduire au silence.

— Ça fait beaucoup d'hypothèses, observa Wilde.

— D'une manière ou d'une autre, Katherine Frole y a laissé sa vie.

— OK, cela explique Katherine Frole et Henry McAndrews. Mais que vient faire Martin Spirow là-dedans ?

— Spirow était un autre troll dans le collimateur de Boomerang.

— Lui aussi harcelait Peter Bennett ?

— Non. Il a posté un commentaire ignoble sous la nécrologie d'une femme morte. C'est la famille de la défunte qui nous a contactés.

— Et vous avez accepté de traiter son cas ?

— Pas moi, précisa Chris. Boomerang. Nous agissons toujours en tant que groupe. En l'occurrence oui, nous avons accepté. Mais nous avons plusieurs niveaux de châtiment. Le sien a été bénin. Pour faire court, Wilde, quelqu'un – Peter Bennett ou la personne qui a rempli le formulaire en ligne, un de ses proches, voire un fan détraqué – a décidé de prendre les choses en main après notre refus d'intervenir.

— En éliminant Henry McAndrews ?

— Oui. Il a ensuite tué Katherine Frole soit pour camoufler ses traces, soit... Je ne sais pas, en guise de représailles. Son corps a été découvert dans un petit bureau qu'elle louait près de son domicile. Une sorte de planque. C'est là qu'elle travaillait pour Boomerang. À mon avis, la personne qui a tué Panthère l'a obligée à lui fournir les noms et les fichiers, et maintenant elle joue les exécuteurs.

— Et vous savez quels noms ? demanda Wilde.

Chris secoua la tête.

— Panthère gérait une centaine de dossiers.

— Pourquoi vous adresser à moi ?

— Il n'y a personne d'autre.

— Pourquoi pas la police ?

Chris s'esclaffa brièvement.

— Vous plaisantez ou quoi ?

— Ai-je l'air de plaisanter ?

— Toute la ménagerie de Boomerang est dans le viseur du FBI, de la Sécurité intérieure, de la CIA...

Voyant la mine sceptique de Wilde, il ajouta :

— Oui, je sais, on pourrait croire que je fanfaronne. Mais c'est pour ça qu'on a mis tous ces protocoles en place. Vous nous avez traités de justiciers. Aux yeux du gouvernement, nous sommes bien pires. Nous avons piraté les bases de données de la police, les sites privés de l'administration, les unités centrales des armées et j'en passe. Parmi les cyberdélinquants qu'on a punis, il y a des gens très haut placés. Qui veulent notre peau. Le gouvernement aussi, d'ailleurs. Vous croyez que les prisons secrètes ont toutes été fermées ? Erreur. Ils nous y traîneraient en un clin d'œil. Dans le meilleur des cas, on écoperait de longues années de détention dans un pénitencier fédéral.

Il avait raison : ils risquaient au minimum d'être arrêtés.

— En même temps, poursuivit Chris, une larme au coin de l'œil, je suis à l'origine de tout ça. Je ne peux pas faire l'autruche. Je dois mettre fin à ce jeu de massacre avant qu'il n'y ait d'autres morts. Je suis en train d'actionner tous les freins et de puiser dans mes connaissances et mes ressources. J'ai des traceurs, des logiciels espions et surtout – outil principal des hackers – des contacts. Tout le monde nous prend pour des magiciens, mais on oublie une chose : derrière chaque pare-feu, chaque mot de passe, chaque protocole de sécurité, il y a des êtres humains. Avec lesquels on peut négocier.

Curieux, pensa Wilde. Hester Crimstein, qui ne connaissait rien à l'informatique, était arrivée à la même conclusion en invoquant le principe de l'intérêt personnel. Tout change, rien ne change.

— En examinant cette affaire à la loupe, je suis tombé à plusieurs reprises sur un nom bizarre. Le vôtre, Wilde. Je vous ai écouté quand vous avez appelé Vicky Chiba il y a une demi-heure. Je sais quelle est votre implication là-dedans. Vous êtes un type compétent en marge du système. Ma conduite ne doit pas vous surprendre. Je ne peux pas m'adresser aux autorités. Je ne peux pas mettre en danger les autres membres de Boomerang. Je ne peux ni les trahir, eux, ni ceux qui ont sollicité notre aide. La moindre indiscrétion risque d'être catastrophique.

— Et que suggérez-vous ?

— Unissons nos forces. Je vous dirai ce que je sais. Vous me direz ce que vous savez. On reste en contact. On chope l'assassin avant qu'il ne tue à nouveau. Et en guise de bonus, on découvrira peut-être ce qui vous est arrivé dans votre petite enfance.

Wilde ne dit rien.

— L'un et l'autre, on se méfie des gens, Wilde. C'est un peu pour ça qu'on en est là aujourd'hui. Mais ce n'est pas le sujet. Je n'irais pas vous balancer. Pour dire quoi, au juste ?

— Mais moi, je pourrais vous balancer.

— Exact, répondit Chris. Seulement primo, ce n'est pas dans votre intérêt. Je suis trop dangereux. Et j'ai assuré mes arrières. Le choc en retour serait au-delà de ce que vous pouvez imaginer.

— Et secundo ?

— Vous savez que chaque mot que je dis est vrai. Alors pourquoi me dénonceriez-vous ?

Wilde hocha la tête.

— OK, dit-il, voyons ce qu'on peut faire.

36

En chemin pour se rendre chez Vicky Chiba, Wilde appela Hester pour lui raconter sa conversation avec Boomerang Chris. Elle lui demanda ce qu'elle devait faire de cette information. Il lui dit d'en parler à Oren pour voir ce qu'il serait opportun de transmettre au FBI.

— Tu aurais pu lui en parler toi-même, lui objecta-t-elle.

— J'aurais pu.

— Je vois. Tu es toujours furieux contre lui.

— Je ne suis pas furieux.

— Juste pas d'humeur à lui faire confiance.

Wilde ne répondit pas.

— Ça t'ennuie si je continue à lui faire confiance, moi ? demanda Hester.

— Vous avez besoin de ma permission ?

— Et de ta bénédiction, oui. C'est que je suis vieux jeu, tu comprends.

— Vous avez les deux, répondit Wilde.

— Merci. Je n'étais pas quelqu'un qui pardonne facilement.

— Et maintenant ?

— Maintenant, je suis plus vieille et plus sage, dit Hester. Et puis je l'aime.

— Vous m'en voyez heureux, dit Wilde.

— Vraiment ?

Il l'assura de sa sincérité, et ils raccrochèrent. Lorsque Wilde s'arrêta devant chez Vicky, il la trouva en train d'arpenter le perron.

— Silas ne devrait pas tarder, déclara-t-elle. Merci d'être venu.

Il hocha la tête. Tandis qu'il la rejoignait, un poids lourd sans remorque s'engagea dans la rue. Un homme barbu qui devait être Silas Bennett se pencha par la vitre, sourit et klaxonna.

— J'ai le trac, souffla Vicky en lui rendant son sourire. On lui a caché cette histoire depuis qu'il est tout petit.

Silas gara le camion le long du trottoir et sauta de son siège. Robuste, les traits burinés, il ne manquait pas de charme. Les manches roulées de sa chemise de flanelle révélaient des avant-bras à la Popeye. Malgré sa bedaine de buveur de bière, il dégageait une impression de force. Ses muscles n'étaient pas de la frime et ne devaient rien à la fréquentation d'une salle de sport. Le visage fendu d'un large sourire, il se précipita vers sa sœur et la serra si fort dans ses bras qu'il la souleva du sol.

— Vicky !

C'était la voix grave que Wilde avait entendue au téléphone.

Silas la reposa et se tourna vers lui.

— J'ai envie de faire pareil avec toi, cousin.

Après un moment d'hésitation, Wilde se laissa faire. Les deux hommes s'étreignirent brièvement, mais avec effusion. Wilde se demanda depuis quand il n'avait pas tenu un homme dans ses bras. Matthew était trop jeune ; il ne comptait pas. Réflexion faite, sa dernière étreinte « virile » remontait à plus de dix ans, avec David, le père de Matthew et le mari de Laila.

David.

— Ravi de te rencontrer, cousin, dit Silas.

Wilde jeta un regard à Vicky qui gardait les yeux baissés.

— Moi aussi, répondit-il.

Silas se tourna vers sa sœur.

— Du coup c'est quoi, le problème ?

Le sourire de Vicky vacilla.

— Qui t'a parlé de problème ?

— Eh bien, tu m'as dit de ne *pas* arriver tout de suite. Tu attendais, je suppose, que Wilde soit là. Je me trompe ?

— Tu ne te trompes pas.

— Alors ?

Vicky se mit à tripoter la bague autour de son index.

— Si on entrait ?

— Tu m'inquiètes, sœurette. Quelqu'un est malade ?

— Non.

— Mourant ?

— Non, il ne s'agit pas de ça.

Posant les mains sur ses larges épaules, elle leva les yeux.

— Je voudrais juste que tu écoutes, OK ? Ne t'empresse pas de réagir. Entends ce que j'ai à te dire. En soi, ce n'est pas grand-chose. Ça ne change rien.

Silas coula un regard furtif en direction de Wilde.

— Tu me fais flipper grave, là.

— Je ne veux pas… Je ne…

Elle regarda Wilde.

— Commencez par votre départ de Memphis, suggéra-t-il.

— Ah oui, merci.

Vicky se retourna vers son frère.

— Tu ne te souviens pas de notre déménagement en Pennsylvanie, n'est-ce pas ?

— Bien sûr que non.

Silas eut un petit rire.

— Je devais avoir quoi… deux ans ?

— Exact. Bref, papa est venu nous chercher chez Mme Tromans. Tu n'as aucun souvenir d'elle, évidemment. Une vieille dame charmante. Elle t'adorait, Silas. Mais je radote, pardon. C'est dur pour moi. Papa nous a emmenés dans sa voiture. Et quand on est arrivés dans notre nouvelle maison, Peter était déjà là, avec maman.

Vicky se tut.

— OK, dit Silas, et alors ?

— Maman ne l'a pas mis au monde.

Silas fronça les sourcils.

— Que veux-tu dire ?

— Elle n'était pas enceinte. Papa et maman étaient partis huit jours. En vacances, ont-ils dit. Après quoi, on a quitté notre maison de Memphis pour aller vivre au milieu de nulle part avec notre nouveau petit frère.

Silas secoua la tête.

— Tu ne te souviens pas bien, dit-il. Tu étais trop jeune.

— Pas si jeune que ça. Kelly et moi… Je devrais la prévenir que je t'en ai parlé. Comment ai-je pu oublier ? J'aurais aimé qu'elle soit là. Peut-être que je pourrais l'appeler sur FaceTime. Elle pourra confirmer…

— Juste, l'interrompit Silas en levant les deux mains, juste dis-moi ce qui s'est passé.

— Je viens de te le dire. On a eu un petit frère. Comme ça, du jour au lendemain. Quand on a interrogé papa et maman, ils ont répondu qu'il était à nous. Ils ont fini par avouer que Peter avait été adopté, mais cela devait rester un secret.

Vicky raconta toute l'histoire à Silas, comme elle l'avait racontée à Wilde sous ce même toit il n'y avait pas si longtemps.

— Ça n'a aucun sens, déclara Silas lorsqu'elle eut terminé.

Il se mit à faire les cent pas exactement comme sa sœur quelques minutes plus tôt. L'hérédité. Ses grosses mains se serrèrent.

— Si Peter a été adopté, pourquoi ne pas l'avoir dit, tout simplement ? Pourquoi les parents nous ont-ils fait croire qu'il était à eux ?

— Je ne sais pas.

— Ça n'a aucun sens, répéta-t-il.

Wilde, jusque-là resté silencieux, demanda :

— Vous vous en étiez douté, Silas ?

— Hein ?

Il fronça les sourcils.

— Non.

— Même pas un peu ? Même inconsciemment ?

Silas fit non de la tête.

— J'aurais plutôt cru l'inverse.

— Comment ça ? dit Vicky.

— Que c'était moi qui avais été adopté, pas Peter.

Et il ajouta doucement :

— Peter a toujours été le chouchou.

Vicky ouvrit la bouche, mais il la fit taire d'un geste.

— Ne dis pas le contraire, Vicky. Nous le savons tous les deux. C'était l'enfant parfait. Même à tes yeux. Il faisait tout bien.

Il se remit à secouer la tête. Une larme coula sur sa joue.

— Je ne sais pas pourquoi je suis bouleversé. Ça ne change rien. Peter est… ou a toujours été mon frère. Ça ne change rien à mes sentiments pour lui.

Il regarda Vicky.

— Ni pour toi. Tu as bien morflé à l'époque. Papa qui n'était jamais là. Qui travaillait tard ou sortait avec ses copains. Maman qui était à moitié bourrée la plupart du temps. Tu nous préparais pour aller en classe. Tu nous faisais nos casse-croûte.

Maintenant, Vicky pleurait aussi.

— Je ne comprends pas, poursuivit Silas. Ils avaient déjà trois gosses dont ils n'arrivaient pas à s'occuper correctement. Pourquoi en adopter un quatrième ?

Personne n'avait de réponse à lui donner. Il y eut un moment de silence. Puis Silas se tourna vers Wilde.

— Une minute. Si Peter a été adopté et que vous deux, vous avez matché, alors on n'est pas parents, hein ?

— C'est exact, dit Vicky. Il n'a aucune obligation envers nous. Nous ne sommes pas du même sang.

— Sauf que, répliqua Wilde, nous sommes parents.

Cette annonce les prit de court.

— Vous voulez dire, fit Vicky, qu'adoption ou pas, on fait partie de la même famille ? Dans ce cas oui, peut-être, mais génétiquement parlant…

— Génétiquement parlant, répondit Wilde, nous sommes parents.

Il y eut un nouveau silence.

— Vous pouvez nous expliquer ce que vous entendez par là ? demanda Vicky.

— Silas, vous vous étiez inscrit sur le site MeetYourFamily, n'est-ce pas ?

— C'est ça.

— Et ils vous ont attribué un numéro d'utilisateur ?

— Oui.

— Vous vous en souvenez ?

— Pas par cœur. Ça commençait par 32. Mais je peux regarder…

— Était-ce 32894 ?

Il eut l'air étonné.

— Ça y ressemble.

— Et vous avez trouvé un match à 23 % ?

— Wilde, dit Vicky, de quoi parlez-vous ?

— Exact, répondit Silas.

— Quand vous avez contacté ce match, lui avez-vous donné votre nom ?

— Bien sûr. Je n'ai rien à cacher, moi.

— Et cette personne ne vous a pas répondu ?

— Non.

— La personne avec laquelle vous avez matché, déclara Wilde, était votre frère Peter.

Ils se bornèrent à le dévisager.

— Deux frères, ce serait plutôt 50 %, non ? hasarda Vicky.

— Oui, acquiesça Wilde.

— Oh, mon Dieu, murmura Silas. Je comprends maintenant.

Vicky le regarda.

— Tu comprends ?

— Parfaitement. Je m'en suis douté depuis le début. Mais je ne pensais pas que c'était Peter.

— Tu peux m'expliquer ? demanda Vicky.

— 23 %, répondit Silas, c'est un demi-frère.

Elle était toujours aussi perplexe.

— Voyons, Vicky, reprit Silas. C'est papa. Il est allé voir ailleurs. Il a mis une femme en cloque. C'est clair, non ? L'ADN ne ment pas. Papa a fait un enfant à une autre femme. Cet enfant, c'était Peter. Que nos parents ont élevé comme si c'était le leur.

Lentement, Vicky hocha la tête.

— Papa a fait un enfant à une autre femme, répéta-t-elle. Maman l'a pris chez elle. Ça explique pas mal de choses.

— Déjà, Peter nous ressemblait, affirma Silas. En plus beau, bien entendu. Je parie que sa mère était une bombasse.

— Silas !

— Quoi ? J'essaie de détendre l'atmosphère parce que sinon…

Il s'interrompit.

— J'ai l'impression que toute mon enfance était un mensonge.

Il reporta son regard sur Wilde.

— Tu m'as demandé, cousin, si je m'en étais douté. En fait, non. Mais maintenant que j'y pense, il y avait quelque chose qui ne tournait pas rond. Ça doit être vrai pour toutes les familles. Je n'en connais aucune où il n'y ait pas d'embrouilles. Sauf que là… Bon sang, Vicky. Pourquoi avons-nous déménagé ? Maman devait avoir honte. Il y a sûrement eu des rumeurs. Nos parents étaient très croyants.

Silas écarta les bras.

— Alors, qui va poser la question à un million de dollars ? dit-il.

Personne ne répondit.

— OK, je vais le faire. Qui était la mère de Peter ?

— Elle doit être une parente à vous, ajouta Vicky en se tournant vers Wilde.

— Attendez, dit Silas. Peter savait qu'il avait été adopté ?

— Oui.

— Depuis qu'il était gamin ?

— Non.

Vicky lui expliqua comment Peter avait découvert la vérité par le biais de l'émission.

— Je ne comprends pas. Peter apprend qu'il a été adopté. Il s'inscrit sur des sites ADN. Anonymement parce qu'il est une star de la télé et que les gens sont cinglés quand il s'agit de stars. Tu es un match, Wilde. Il te contacte. Sans dire qui il est. Jusque-là, ça colle. Mais moi ? On a matché comme deux demi-frères. Je lui ai écrit. J'ai donné mon nom.

— Il savait donc que c'était toi, dit Vicky.

— Eh oui. Alors pourquoi il n'a pas répondu ? Pourquoi il a fermé son compte ?

Vicky leur apparut soudain vieillie, lasse et découragée.

— À mon avis, c'était trop pour lui, dit-elle.

— Comment ça ?

— On lui a tout pris. Sa famille était bidon. Sa vie avec Jenn était bidon. Il a été trahi par Marnie et les fans qu'il aimait. Les insultes qu'il a essuyées. Les trahisons de toutes parts. Peter était un tendre. Ça, tu le sais. C'en était trop pour lui.

Ils se turent un moment.

— Tu penses qu'il s'est suicidé ? demanda finalement Silas.

— Pas toi ?

— Si, probablement.

Vicky regarda Wilde.

— Vous avez promis de nous en dire plus sur Marnie, dit-elle.

Sa voix était teintée de colère et de tristesse.

— On a juste entendu des bruits, comme quoi Marnie aurait menti et que Peter ne l'a jamais droguée ni ne lui a jamais envoyé de photos. C'est vrai qu'elle a menti, Wilde ?

— Oui.

— Pourquoi ? Pourquoi Marnie aurait-elle fait ça ?

Wilde hésita à leur rapporter la version de Marnie concernant cette autre femme qui l'aurait chargée de témoigner à sa place ; seulement il ne le sentait pas. Il opta donc pour la réponse la plus simple :

— Vous me l'avez dit la première fois où on s'est rencontrés. Certaines personnes seraient prêtes à tout pour devenir célèbres.

— Mon Dieu, fit Vicky. Mais qu'est-ce que les gens ont dans la tête ?

Le visage de Silas s'empourpra.

— Et c'est tout ? demanda Vicky. Marnie a menti à propos de Peter. Jenn l'a crue. Elles ont brisé sa vie. Ajoutez à cela cette histoire d'adoption et…

— Il y a une autre théorie qui circule, dit Wilde.

— Qui circule ? répéta Silas.

— Sur les forums. Je vous préviens, ça ne va pas vous plaire.

— On t'écoute, répondit Silas.

Wilde se tourna vers Vicky.

— Dans quelle mesure la popularité de Peter a-t-elle chuté récemment ? Mettons l'année dernière. Avant ce podcast avec Marnie.

— Je ne comprends pas.

— Prenez ses posts sur Instagram. Le nombre de likes dégringole… Ils ne sont plus que 10 ou 15 % du chiffre d'autrefois. Une amie m'a communiqué son bilan marketing sur les réseaux sociaux. N'importe qui peut faire ça. Il y a des sites gratuits, mais j'ai payé 10 dollars pour avoir plus d'infos. Sur toutes les grandes plateformes, la cote de Peter était en chute libre.

— C'est normal, fit Vicky en s'écartant d'un pas. Ça aussi, je vous l'ai dit. Je ne vois toujours pas ce que vous insinuez.

— Je n'insinue rien. Ce sont des fans qui propagent cette théorie.

— Quelle théorie ?

— Que Peter est à l'origine de tout cela.

Silas le dévisagea, bouche bée. Quant à Vicky, on aurait dit qu'elle venait de recevoir un coup de poing.

— C'est débile.

— Quoi, fit Silas, genre il aurait demandé à Marnie de mentir ?

— Quelque chose comme ça.

— Et de raconter qu'il l'a droguée ? renchérit Vicky. Non, mais vous vous entendez ? Tout le monde le hait maintenant. Il a été banni de tous les médias sociaux.

— Il a peut-être mal calculé son coup, rétorqua Wilde. En tout cas, c'est un bruit qui court. Vous savez comment ça marche, la téléréalité. La controverse fait vendre. Peter a pu se lasser de son image de gentil garçon. Un peu comme un catcheur professionnel qui de héros se transforme soudain en méchant.

— C'est absurde, protesta Vicky en agitant les mains. Vous ne l'avez pas vu. Il était dévasté. Anéanti. Jamais il n'aurait fait une chose pareille.

Wilde hocha la tête.

— Moi non plus, je n'y crois pas. Mais je voulais vous soumettre cette théorie pour voir si elle était crédible à vos yeux.

— Absolument pas, déclara Vicky fermement.

Silas, qui contemplait le plafond, dit :

— Moi, j'espère que c'est vrai.

— Quoi ? s'étrangla Vicky.

— Si c'est vrai, si Peter a tout orchestré, ça voudrait dire qu'il est en vie. Il a juste voulu faire croire qu'il était mort. Alors maintenant qu'il a été blanchi, même si c'était du pipeau, il pourrait peut-être rentrer. Réfléchis deux secondes, Vicky. Peter refait surface demain. Vu comment il a été maltraité, il sera plus célèbre que jamais… Le plus célèbre, si ça se trouve, de l'histoire de la téléréalité. S'il se remet avec Jenn, waouh, le retour de PB&J… Tu imagines les taux d'audience de leur second mariage télévisé ?

Vicky secoua la tête.

— Il n'a pas fait ça. Ce n'est pas son style. Ça n'a aucun sens.

— Et qu'est-ce qui a du sens ? lança Silas.

Les yeux de sa sœur s'embuèrent.

— Le fait que Marnie a menti et que tout le monde s'est retourné contre lui. Et par-dessus le marché, sa propre famille – moi en l'occurrence – lui a caché la vérité sur sa naissance. Il s'est senti abandonné et trahi par tout son entourage. Peut-être que Marnie, ça a été le coup de grâce. Ou le fait que Jenn ne le croie pas. Ou ce type, McAndrews, qui l'a menacé de publier d'autres photos. Ou…

Elle éclata en sanglots.

— Ou peut-être qu'il a retrouvé sa vraie mère et qu'il ne l'a pas supporté.

Il y eut un long silence.

— Wilde, dit Vicky finalement, je veux que vous cessiez vos recherches. Ça suffit.

— Je ne peux pas.

— Peter n'a pas les réponses que vous cherchez.

— Ça se peut, répondit Wilde, mais on a un assassin qui se promène en liberté. Nous devons l'arrêter.

Il reprit la route, direction les monts Ramapo. Une nuit à la belle étoile près de l'Écocapsule lui ferait du bien, mais il avait aussi envie de voir Laila.

Laila.

Elle ne lui avait pas proposé de passer, mais il ne tirait jamais de plans sur la comète la concernant.

Par loyauté vis-à-vis d'elle. Si elle voulait le voir, tant mieux. Sinon, de quel droit se mettrait-il en travers de son chemin, que ce soit avec Darryl ou quelqu'un d'autre ? Pendant qu'il ruminait ces pensées, son portable vibra. Le nom de Peter Bennett s'afficha de nouveau à l'écran. Wilde répondit :

— Allô ?

— J'ai quelque chose pour vous.

C'était Boomerang Chris.

— J'écoute.

— Vous m'avez demandé de jeter un coup d'œil aux photos compromettantes de Peter Bennett… Celles qui ont été publiées et celles que McAndrews menaçait de poster.

— OK.

— Pour commencer, j'ai l'impression que McAndrews voulait jouer double jeu.

— Comment ?

— Vous savez déjà que McAndrews a été engagé pour briser Peter Bennett en le harcelant sur Internet.

— Et qui l'a engagé, vous avez une idée ?

— Non, pas encore. Cette partie-là sera plus délicate. Comme vous l'avez dit, il était payé via le cabinet d'avocats de son fils et donc couvert par le secret professionnel. Cela n'est pas rare, mais ça rajoute une couche supplémentaire. Sachez seulement que la personne qui a embauché McAndrews lui a envoyé ces photos par mail.

— Je vois.

— Ça, c'est le premier point. Le second est plus déconcertant.

Wilde attendit.

— Les photos sont authentiques. En grande partie. Je veux dire qu'elles n'ont pas été photoshopées.

— Comment ça, en grande partie ?

— Elles sont vraies… Pas d'ombres artificielles ni de déformations. Même les métadonnées EXIF sont exactes pour ces images. Mais quelqu'un a volontairement flouté les bords et les a découpés d'une manière bizarre.

— Bizarre comment ?

— En fait, peut-être pas si bizarre que ça. C'est bien Peter. Aucun doute là-dessus. Mais la personne qui a envoyé les photos ne voulait pas être vue.

— Vous voulez dire sa partenaire sexuelle ?

— Oui.

— Ça peut se comprendre. Elle tenait à garder l'anonymat.

— Peut-être, répondit Chris.

— D'après vous, McAndrews entendait jouer double jeu.

— Oui.

— C'est-à-dire vendre ces photos à Peter ?

— Exactement.

— Ils se sont rencontrés ?

— McAndrews et Peter Bennett ? Je ne sais pas encore. Je continue à fouiller.

Wilde s'enfonça dans la forêt. La nuit était tombée. Il laissa ses yeux s'accoutumer à l'obscurité. Un peu plus de trois kilomètres le séparaient de l'Écocapsule. Ce n'était pas un problème. Les branches des arbres se découpaient sur le clair de lune. L'air était frais et immobile. Ses pas crissaient dans le noir. C'était une nuit comme Wilde les aimait. Il en avait connu des milliers dans sa vie. On pouvait réfléchir au calme. Se détendre corps et âme. Percevoir et comprendre sans se faire parasiter par les écrans, le bruit, les tensions et même les autres êtres humains.

Alors d'où lui venait ce sentiment de malaise ?

Pourquoi lui qui avait passé sa vie à se terrer dans le noir, lui qui affectionnait la solitude, était-il soudain incapable de se concentrer dans ce cocon protecteur ?

Lorsque son téléphone sonna, cette intrusion qui d'ordinaire l'aurait agacé fut comme une bouffée d'oxygène, une planche de salut. L'appel venait de Matthew.

— Allô ?

— Tu repasses à la maison ?

— Il commence à se faire tard et…

— Il faut que tu viennes.

— Pourquoi ? Que se passe-t-il ?

— J'ai réussi à accéder au dernier site. DNAYourStory.

Le site qui l'avait mis en contact avec Peter.

— Tu as trouvé un match ?

— Oui.

— Ça pourrait être moi.

— Non, ce n'est pas toi, Wilde. C'est soit la mère de Peter Bennett, soit son père.

37

Wilde prit place à côté de Matthew qui cliqua sur le lien dans DNAYourStory.

— Regarde, c'est là. Cinquante pour cent d'ADN en commun. On sait maintenant que ça correspond à un parent, un frère ou une sœur.

— Pourquoi es-tu aussi sûr qu'il s'agit d'un parent ?

— Tiens, dit Matthew en désignant l'écran. Ce profil ne comporte que des initiales, R.J., mais surtout, on voit son âge. Soixante-huit ans. C'est un peu vieux pour un frère ou une sœur, non ?

— En effet.

— Donc, la conclusion la plus plausible, c'est que R.J. est soit le père, soit la mère de Peter Bennett.

À en croire Vicky et Silas, se rappela Wilde, Peter serait le fils de leur père. Par conséquent, il y avait de fortes chances que R.J. soit la mère de Peter Bennett.

— Autre chose, dit-il.

— Quoi ?

— Je suis dans le fichier de DNAYourStory.

— Et ?

— Eh bien, ce R.J. n'a pas du tout matché avec moi. Si jamais c'est la mère de P.B., alors nous sommes parents du côté paternel.

— C'est bien ou c'est mal ?

— Je ne sais pas.

Se renversant sur sa chaise, Wilde s'efforça de mettre de l'ordre dans ses idées.

— Admettons que R.J. soit la mère de Peter. Dans ce cas, le scénario le plus probable est que je sois apparenté à la famille Bennett – Vicky, Silas, Peter – du côté de leur père.

Matthew secoua la tête.

— On finit par s'y perdre.

— C'est parce qu'on manque d'éléments, répondit Wilde. Envoyons un message à R.J.

Matthew acquiesça.

— Tu veux qu'on écrive quoi ?

Ils rédigèrent un message à R.J. de la part de P.B., dans lequel P.B. soulignait leur étroit lien de parenté en expliquant qu'il recherchait ses parents et qu'il lui fallait une réponse de toute urgence. Ils insistèrent sur l'aspect urgent, laissant entendre qu'il pouvait s'agir d'un problème médical, dans l'espoir d'inciter R.J. à répondre rapidement.

— Donnons-lui mon numéro de téléphone, suggéra Wilde. Dis-lui de m'appeler à n'importe quelle heure du jour ou de la nuit.

Matthew hocha la tête tout en tapant :

— Ça marche.

Lorsqu'ils eurent jugé tous les deux que le message était suffisamment explicite, Matthew cliqua sur « Envoyer ». Il était tard à présent. Laila n'était toujours pas rentrée. Wilde s'abstint de demander où elle était. Cela ne le regardait pas. Il s'apprêtait à regagner la forêt quand Matthew lui proposa de voir le match des Knicks. Wilde accepta, à la fois parce qu'il aimait le basket et parce qu'il voulait passer plus de temps avec Matthew.

Affalés sur le canapé, ils s'absorbèrent dans les arcanes du jeu.

— J'adore le basket, déclara Matthew au bout d'un moment.

— Moi aussi.

— Tu étais un grand sportif, hein ?

Wilde haussa un sourcil.

— J'étais ?

— Enfin… quand tu étais jeune.

— J'étais ?

Matthew sourit.

— Tu détiens toujours pas mal de records dans notre lycée.

— Ton père était doué aussi. Il avait une sacrée main gauche.

Matthew secoua la tête.

— Tu n'arrêtes pas de faire ça.

— Quoi ?

— Ramener la conversation sur mon père.

— Je n'ai pas connu de meilleur homme que lui.

— Je sais que tu le penses.

— Je ne le *pense* pas. Je le *sais*. Et je veux que tu le saches.

— Mais oui. Tu me le martèles suffisamment.

Matthew se redressa légèrement.

— Pourquoi est-ce si important pour toi ?

— De parler de ton père ?

— Ouais.

— Parce que j'aimerais que tu le connaisses. Que tu saches quel genre d'homme il était. Je parle de ton père parce que je veux qu'il reste vivant pour toi.

— Puis-je faire une remarque ? hasarda Matthew.

Wilde lui fit signe de continuer.

— Sans vouloir t'offenser…

— Mmm, dit Wilde.

— … je crois que si tu parles autant de lui, c'est parce qu'il te manque.

— Bien sûr qu'il me manque.

— Non, je veux dire par là que tu parles de lui pour qu'il reste vivant pas seulement pour moi, mais pour toi aussi.

Wilde ne répondit pas.

— J'étais gamin quand il est mort, poursuivit Matthew. Ne le prends pas mal, Wilde. Tu as toujours été un bon parrain. Je sais que tu m'aimes. Mais après la mort de papa, on t'a vu beaucoup plus souvent à la maison. Pas parce que tu te sentais coupable ou responsable. Mais parce que tu avais peur de le perdre définitivement, et du coup, quand on est ensemble, tu as l'impression que quelque part, il est encore là.

Wilde se taisait, pensif.

— Tu n'as peut-être pas tort, dit-il enfin.

— C'est vrai ?

— Après la mort de ton père, oui, c'est certainement ce qui s'est passé. Nous sortions, toi et moi. Je t'emmenais au cinéma ou bien voir un match, et quand je te ramenais chez toi, je repartais dans la forêt en me disant…

Wilde déglutit.

— … je me disais, il faut que je raconte ça à David. Tu comprends ?

Matthew hocha la tête.

— Je parlais à ton père en marchant. De tout ce qu'on avait vécu, toi et moi. Des bons moments partagés. Je sais, ça peut paraître bizarre…

— Pas du tout.

— Alors oui, c'était comme ça au début.

— Mais plus maintenant ?

— Non, plus maintenant. Aujourd'hui, j'aime bien passer du temps avec toi, c'est tout. Peut-être parce que tu me rappelles ton père, oui. Mais ce n'est pas à cause de lui. Je ne lui parle plus quand on se quitte. Quand je te vois, ce n'est absolument pas par devoir. J'ai juste envie d'être avec toi. Excuse-moi de parler de lui aussi souvent. Si je ne le fais pas, ça le rend encore plus… absent.

— Il n'est jamais absent, Wilde. Mais il ne voudrait pas non plus nous voir pleurnicher, pas vrai ?

— Tout à fait, acquiesça Wilde.

Matthew le gratifia d'un large sourire.

— Waouh.

— Quoi ?

— C'est la première fois que tu te confies à ce point-là.

Wilde s'enfonça dans le canapé.

— Ben… je ne suis pas dans mon état normal ces jours-ci.

Ils s'installèrent confortablement pour regarder le dernier quart-temps du match. Profitant d'un temps mort, Matthew roula sur le ventre et leva les yeux sur Wilde.

— Et que comptes-tu faire avec ma mère ?

— Tu pousses le bouchon un peu loin, là.

— Moi non plus, je ne suis pas dans mon état normal. Alors, tu vas faire quoi ?

Wilde haussa les épaules.

— Ce n'est pas à moi de décider.

— Toujours la même excuse.

— Pardon ?

— Ton personnage, Wilde. On connaît la chanson : tu es incapable de te fixer, tu as du mal à faire confiance, à t'engager, à t'attacher… Tu as besoin de solitude. Mais il faut être deux pour danser la valse. Tu ne peux pas continuer à reporter la responsabilité de votre relation sur elle. Elle n'a pas à porter ça toute seule.

Wilde secoua la tête.

— Dis donc, une année de fac, et tu as déjà réponse à tout.

— Tu sais où est maman ce soir ?

— Non.

— À l'heure qu'il est, elle est avec Darryl. Tu te comportes comme si ça n'avait pas d'importance. Si ce n'est pas important, dis-le-lui. Si c'est important, dis-le-lui. Le coup de l'homme des bois taciturne, c'est trop injuste pour elle.

— Ma relation avec ta mère ne te regarde pas, répliqua Wilde.

— Bien sûr que si. C'est ma maman. Son mari est mort. Elle n'a plus que moi. Évidemment que ça me regarde. Et arrête de te cacher derrière ce prétexte à la con, « ce n'est pas à moi de décider ». C'est juste un moyen commode de te défiler.

Ils se turent. Le temps mort était écoulé. Quelques secondes plus tard, le portable de Wilde sonna. Numéro inconnu.

— Allô ?

— Oui, euh… désolé. Vous m'avez demandé de vous rappeler. Ça avait l'air urgent.

C'était une voix d'homme, une voix rocailleuse… Quelqu'un qui n'était plus tout jeune.

Wilde se redressa.

— Vous êtes R.J.

Il y eut une brève hésitation. Puis :

— Oui. J'ai eu votre message.

— Ainsi, nous sommes parents, dit Wilde. Des parents proches.

— On dirait bien, répondit l'homme. Quel est votre nom ?

Il se souvint qu'ils lui avaient écrit en signant des initiales P.B.

— Paul.

— Paul comment ?

— Paul Baker.

Un nom et un prénom communément répandus aux États-Unis, donc plus difficiles à localiser.

— Où habitez-vous, Paul ?

— New York. Et vous ?

— Dans la région, pareil.

— On peut se rencontrer ? demanda Wilde.

— Avec plaisir. Vous dites que c'est urgent, hein ?

Quelque chose dans le ton de sa voix, dans cet empressement, lui déplut.

— Absolument.

— Vous connaissez Washington Square Park ?

— Bien sûr.

— On se retrouve sous l'Arc de triomphe demain matin neuf heures ?

— Parfait, dit Wilde. Puis-je vous demander votre nom ?

— Robert. Robert Johnson.

Un autre nom archicourant. L'homme le menait en bateau.

— Robert, avez-vous une idée de la nature de notre lien de parenté ?

— C'est évident, non ? Je suis votre père.

Et il raccrocha sans lui laisser le temps de réagir. Wilde essaya de le rappeler, mais la connexion semblait inexistante. Il décida alors de joindre Chris.

— Je suis toujours sur écoute ?

— Oui.

— Qui vient de m'appeler ?

— Ne quittez pas. Hmm.

— Quoi ?

— Un numéro jetable. Comme le vôtre. Difficile de remonter jusqu'à son utilisateur. Donnez-moi une seconde.

Wilde entendit un cliquetis de touches.

— Je ne sais pas si ça va vous aider, mais l'appel provenait du Tennessee. Memphis, semble-t-il.

Memphis. Le lieu de résidence de la famille Bennett avant leur déménagement soudain au fin fond de la Pennsylvanie.

Une voiture s'engagea dans l'allée. Il était presque minuit. Wilde s'approcha de la fenêtre.

C'était Laila.

Il attendit qu'elle sorte. Mais elle ne sortit pas. Pas tout de suite. Y avait-il quelqu'un avec elle ? Il ne voyait rien. Wilde laissa passer encore quelques secondes et, par discrétion, se détourna de la fenêtre.

— Je vais y aller, dit-il à Matthew.

— Ne fais pas ça.

— Quoi ?

— Ne te défile pas.

— J'essaie de lui simplifier les choses.

— Tu parles. Une poule mouillée, voilà ce que tu es.

Matthew se leva. Il dépassait Wilde d'une tête. Il ressemblait à son père. Et il avait l'air d'un homme maintenant. Quand était-ce arrivé ? Il posa la main sur l'épaule de Wilde.

— Ne te vexe pas.

— Je ne suis pas vexé.

— Je monte, déclara Matthew. Toi, tu restes ici.

Il éteignit la télé, monta dans sa chambre et referma la porte derrière lui. Wilde ne bougea pas. Cinq minutes plus tard, Laila poussa la porte d'entrée. Elle avait l'air épuisée. Ses yeux rougis montraient qu'elle avait pleuré. Mais elle était éblouissante, comme toujours. Chaque fois qu'il la voyait, Wilde était de nouveau frappé par sa beauté, comme si c'était une surprise, une découverte qui dépassait son entendement. Et chaque fois, il sentait sa gorge se nouer.

— Salut, dit-il.

— Salut.

Ne sachant trop que faire – la prendre dans ses bras, l'embrasser – et craignant de commettre un faux pas, il resta cloué au sol.

— Si tu as envie d'être seule…

— Non.

— OK.

— Et toi, tu as envie d'être là ?

— Oui.

— Tant mieux, dit Laila. Parce que je viens de rompre avec Darryl.

Wilde ne répondit pas.

— Ça te fait quoi ? lui demanda Laila.

— Tu veux la vérité ?

— Pourquoi, d'habitude tu me mens ?

— Jamais.

— Alors ?

— Je suis heureux, dit Wilde. Follement, égoïstement heureux.

Elle hocha la tête.

— Tu as les yeux rouges, ajouta-t-il.

— Oui, et ?

— Tu as pleuré ?

— Oui.

Wilde se rapprocha d'elle.

— Je ne veux pas que tu pleures. Plus jamais.

— Tu crois que tu as ce pouvoir-là ?

— Non, mais je peux toujours essayer.

Laila se débarrassa de ses escarpins.

— Tu sais ce que j'ai compris ce soir ?

— Dis-moi.

— Je veux à tout prix rentrer une cheville ronde dans un trou carré. J'ai toujours adhéré à la croyance qu'il me fallait un compagnon, un homme à mes côtés, quelqu'un avec qui partager ma vie, voyager, vieillir ensemble, tout ça. J'ai connu ça avec David, seulement il est mort. Du coup, j'essaie de reproduire ça avec quelqu'un d'autre, sauf que…

Elle secoua la tête.

— La vie en a décidé autrement.

— Je suis désolé.

— Ça va. Justement. Ce soir, je me suis rendu compte que ça me va.

Wilde fit un pas vers elle.

— Je t'aime.

— Mais tu ne peux pas être présent en permanence.

— Je peux, répliqua-t-il. Et je le ferai.

— Non, Wilde, ce n'est pas ce que je veux. Plus maintenant. On en revient toujours à tenter d'enfoncer la cheville ronde dans le trou carré.

Elle soupira et s'assit sur le canapé.

— Voici ce que je te propose. Tu m'écoutes ?

Il hocha la tête.

— Nous deux, on continue à se voir quand on peut. Tu viens ici quand tu en as envie, sinon tu restes dans ton Écocapsule.

— Ce n'est pas ce qu'on a déjà ?

— Et ça te va ?

Il faillit répondre : « Si ça te va, ça me va », mais les paroles de Matthew lui revinrent en mémoire.

— Je veux plus, dit-il.

Laila sourit. Ce fut un vrai sourire… Wilde sentit son cœur se dilater jusqu'à bondir hors de sa poitrine.

— Tu veux entendre la suite de ma proposition ?

— Plus que tu ne l'imagines.

— Qu'est-ce qui t'arrive, Wilde ?

— Allez, dis-moi ce que tu proposes.

— On forme un couple. Je n'ai pas beaucoup d'exigences, mais si on se décide, j'en aurai quelques-unes.

— Vas-y, continue.

— Tu ne disparais plus du jour au lendemain, comme tu as tendance à le faire.

— OK.

— J'en ai assez de faire semblant que ça ne m'affecte pas. Si tu te dégonfles ou que tu as besoin de prendre l'air – si tu veux te réfugier dans la forêt ou que sais-je –, on en parle d'abord.

— Marché conclu. Pardon de t'avoir blessée. Je ne pensais pas…

Laila leva la main.

— Pardon accordé, mais je n'ai pas fini.

Il lui fit signe de poursuivre.

— C'est une relation exclusive. Personne d'autre. Si tu as toujours envie de prendre du bon temps…

— Plus maintenant.

— Je sais que tu aimes bien traîner au bar de cet hôtel…

— Non, fit Wilde. Ça ne me dit plus rien.

— Je veux aussi quelqu'un qui prenne soin de moi quand j'en ai besoin. Et quelqu'un dont je peux prendre soin à mon tour.

Wilde déglutit.

— Ça me plairait aussi. Quoi d'autre ?

— C'est tout pour l'instant.

Elle consulta sa montre.

— Il est tard. Je suis cuite. Tu es cuit. C'est peut-être la fatigue qui parle. On verra ce que ça donne demain matin.

— OK. Tu veux que je reste ou bien… ?
— Tu as envie de rester, Wilde ?
— Très.
— Bonne réponse, dit Laila.

38

À deux heures du matin, le portable de Wilde sonna.

Il était réveillé. L'œil rivé sur le plafond de la chambre de Laila, il songeait à leur conversation et au fait qu'ils s'étaient dit plus de choses en trois minutes que pendant la dernière décennie.

Rapide comme l'éclair, Wilde attrapa le téléphone et, laissant pendre ses jambes hors du lit, s'assit sur le bord. L'appel venait de Rola.

— Tu vas bien ? lui demanda-t-il.

— Oui, ça va. Pourquoi tu chuchotes ? Oh, attends une minute… Tu n'es pas seul, c'est ça ?

Il se leva et passa dans la salle de bains.

— Quel brillant esprit de déduction.

— Je suis à Vegas, déclara-t-elle. Daniel Carter n'est pas chez lui. La maison est vide. Personne ne l'a revu récemment. Ni lui ni sa femme. Mais j'ai ma petite idée là-dessus.

— Je t'écoute.

— L'agent du FBI qui t'a interrogé sur ton père. Tu m'as dit qu'il s'appelait George Kissell.

— Exact.

— Il t'a montré sa plaque ?

— Non.

— Ça, c'est parce qu'il n'est pas du FBI.

— L'autre agent, Betz, m'a montré la sienne.

— Soit. Mais je me suis renseignée sur Kissell. Tu veux savoir la meilleure ? George Kissell n'est pas un agent du FBI. C'est un marshal fédéral.

Wilde se figea.

— Oui, je sais. Je file d'ici demain aux aurores. Mais ce n'est pas pour ça que je t'appelle à deux heures du mat'. Je veux dire, ça aurait pu attendre.

— Alors, c'est quoi ?

— Le traceur que tu as planqué. Tu avais raison. Elle vient d'arriver à l'hôtel.

— Lequel ?

— Le Mandarin Oriental dans la tour Time Warner.

Wilde garda le silence.

— Que va-t-elle faire dans un hôtel à deux heures du matin ? demanda Rola.

— On le sait, non ? répondit Wilde.

— Que comptes-tu faire ?

— Je pars tout de suite.

Le Mandarin Oriental est un hôtel de luxe cinq étoiles situé dans un gratte-ciel donnant sur Columbus Circle. Ses chambres, réparties entre le trente-quatrième et le cinquante-troisième étage, offrent une vue spectaculaire sur Manhattan. Leurs tarifs, comme le découvrit Wilde, sont tout aussi vertigineux. Pour franchir les multiples barrières de sécurité, il loua la chambre la moins chère, dont le prix s'élevait à 1 000 dollars la nuit lorsqu'on y ajoutait les taxes et autres charges extravagantes que les hôtels ne manquent pas de coller sur votre note.

Wilde se présenta à la réception au trente-quatrième étage. Il avait demandé une chambre au quarante-troisième car c'était là qu'elle se trouvait, et sa carte magnétique lui donnait ainsi l'accès à l'ascenseur. Sa requête fut acceptée et, à presque quatre heures du matin, il déclina poliment l'offre du réceptionniste de l'accompagner personnellement à sa chambre. Il monta dans l'ascenseur, chercha la bonne porte et frappa.

Wilde posa le doigt sur l'œilleton pour ne pas être vu de l'intérieur.

— Qui c'est ? dit une voix masculine.

— Service en chambre.

— Je n'ai rien commandé.

— Champagne offert. Avec les compliments de la direction.

— À cette heure-ci ?

— Je me suis planté, dit Wilde. J'étais censé vous l'apporter beaucoup plus tôt. S'il vous plaît, ne dites rien ou je me fais virer.

— Laissez-le devant la porte.

Wilde hésita. Il pouvait faire mine d'obéir et attendre qu'ils ouvrent, mais il ne voulait pas courir le risque de faire le pied de grue jusqu'au matin.

— Je ne peux pas.

— Allez-vous-en alors.

— Je pourrais m'en aller, répliqua-t-il. M'en aller et convoquer la presse pour leur dire de camper devant cette porte. Ou sinon, vous pouvez tenter votre chance avec moi.

Quelques secondes plus tard, la porte s'ouvrit sur un homme taillé comme une armoire à glace, drapé dans un peignoir éponge. Son torse luisant avait été épilé à la cire.

— Salut, Big Bobbo, dit Wilde.

— Vous êtes qui, vous ?

— Je m'appelle Wilde. Vous permettez que j'entre ? J'aimerais parler à votre compagne.

— Quelle compagne ? Je suis seul.

— Ça m'étonnerait.

Big Bobbo plissa les yeux.

— Vous êtes en train de traiter Big Bobbo de menteur ?

— C'est vrai que vous parlez de vous à la troisième personne ?

Big Bobbo se renfrogna et voulut planter son index dans la poitrine de Wilde. Ce dernier saisit son doigt et lui crocheta la jambe. Big Bobbo s'écroula. Wilde pénétra dans la chambre en refermant la porte. Debout dans un coin, enveloppée dans un peignoir assorti au logo du Mandarin Oriental, se tenait Jenn Cassidy.

— Sortez ! cria-t-elle en resserrant les pans de son peignoir. Laissez-nous tranquilles.

— Certainement pas, répondit Wilde.

Big Bobbo bondit sur ses pieds d'une façon presque comique.

— Dis donc, mec ! C'était un coup bas, ça.

— Vous voulez quoi ? demanda Jenn.

— Ouais, répéta Big Bobbo. Vous voulez quoi ? Attends, c'est qui, ce type ?

— C'est un parent de Peter.

Big Bobbo prit un air compatissant.

— Sérieux, mec ? Je suis désolé. Je l'aimais bien, ce petit gars.

— Mes fréquentations, ça ne vous regarde pas, déclara Jenn.

— Exact.

— J'ai le droit de vivre ma vie.

— Exact aussi.

— Alors allez-vous-en.

Big Bobbo bomba le torse.

— Eh, mec, t'as entendu la dame.

Wilde l'ignora.

— Je me fiche de vos fréquentations, dit-il en s'adressant à Jenn. Je me fiche de la téléréalité, de vos likes, de vos followers et tutti quanti. Mais je veux savoir la vérité.

— Quelle vérité ? riposta-t-elle. Peter et moi, c'est fini. Je suis avec Bob maintenant.

— Ouais, renchérit Bob. On est amoureux.

— Attendez, dit Jenn. Comment m'avez-vous retrouvée ?

Wilde n'allait pas lui expliquer que, lors de sa visite à son appartement, il avait glissé l'un des traceurs GPS de Rola dans son sac à main. C'était aussi simple que ça. Il avait eu des soupçons : l'attitude de Jenn, l'histoire de sa sœur, le podcast, les photos… Tout cela lui avait semblé louche.

— Écoute, mec, dit Big Bobbo, je veux pas d'embrouilles. Jenn et moi, on est amoureux. Ça fait un moment déjà…

— Bob…

— Non, poupée, laisse-moi régler ça, OK ?

Il se tourna vers Wilde.

— Tu t'inquiètes pour notre petit Peter. Cool, je comprends. Mais il est allé trop loin.

— Trop loin comment ?

Jenn répéta :

— Bob.

— Tu as entendu le podcast, poursuivit Big Bobbo. Tu as vu les photos.

Wilde n'en croyait pas ses oreilles. Il secoua la tête et regarda Jenn.

— Big Bobbo n'est pas au courant ?

— Au courant de quoi ? dit Bobbo. Oh, que Marnie a menti ? J'ai appris ça aujourd'hui. Ça craint. Je comprends. Mais notre petit Peter a déconné grave… Ces images de lui avec les autres nanas et tout.

— Bob, dit Wilde, atterré par sa balourdise, elle a tout inventé.

— Je sais. Marnie…

— Non, pas Marnie.

Il se tourna vers Jenn.

Big Bobbo eut l'air décontenancé.

— Quoi ?

— Il ment, dit Jenn.

Wilde n'avait aucune raison d'essayer de la piéger. Aucune raison de la laisser s'enferrer, verser des larmes ou recourir à une autre de ses tactiques. Il alla droit au but.

— Votre popularité était en train de plonger. La vôtre et celle de Peter. Vous avez vécu un vrai conte de fées. Vous formiez un couple charmant, et vous en avez bien profité, mais il n'y avait plus rien à en tirer, n'est-ce pas ? Bobbo, depuis combien de temps elle trompe Peter avec vous ?

Big Bobbo jeta un coup d'œil à Jenn.

— Depuis le début ? dit Wilde. Ne faites pas semblant d'avoir commencé récemment. Mais peu importe.

Il s'adressa à Jenn.

— Vous et Peter avez essayé d'entretenir l'intérêt des spectateurs. L'arrivée d'un bébé aurait été un plus, mais vous avez eu un souci de fécondité. Vos contrats avec les médias sociaux fondaient à vue d'œil. À la place du spacieux duplex, on vous a proposé un appartement plus petit… Et même celui-là, vous risquiez de le perdre bientôt. Alors, à un moment donné, vous avez compris qu'en restant avec Peter, vous pouviez dire adieu à votre carrière.

— Si tout cela était vrai, rétorqua Jenn, les mains sur les hanches, j'aurais simplement rompu avec lui, non ?

Wilde soupira.

— Vous tenez réellement à jouer à ça ? OK, très bien. Si vous aviez rompu avec Peter, qui passait pour être le plus gentil garçon du monde, vous vous seriez retrouvée dans le rôle de la méchante. Ça, ce n'était pas possible. Mais vous en tant que victime – dès l'instant où votre sœur est intervenue dans ce podcast –, les fans se sont rués sur les réseaux sociaux pour vous défendre et traîner Peter dans la boue. Votre cote est remontée en flèche. Vous étiez plus sollicitée que jamais. Vous avez tout manigancé, Jenn. Vous avez engagé Henry McAndrews. C'est vous qui avez pris les photos compromettantes de Peter. Qui d'autre ? Ce n'était pas compliqué. Il suffisait de planquer un appareil photo. Vous avez découpé les photos et vous avez été assez maligne pour ne pas faire ça dans votre chambre à coucher : quelqu'un aurait pu reconnaître le décor. Mais vous avez commis un impair. D'après les données EXIF, deux de ces photos ont été prises à Scottsdale. Ce n'était pas difficile à vérifier. Peter et vous étiez à Scottsdale à ces dates-là. Je trouverai quelqu'un pour comparer l'arrière-plan sur ces images à la chambre d'hôtel où vous avez dormi cette nuit-là. Il y aura d'autres preuves. Vous avez payé Henry McAndrews par le biais d'un cabinet d'avocats, mais maintenant qu'il a été assassiné, les flics chercheront à établir l'identité de ses clients.

Big Bobbo la regarda.

— Chérie ?

— La ferme, Bob. C'est du grand n'importe quoi.

— Nous savons tous les deux que non. Nous savons tous les deux que ça va partir en fumée. Mais tout de même, je suis un peu surpris. Je croyais que vous…

Il se tourna vers Big Bobbo.

— … vous étiez dans le coup. Mais bien sûr, elle ne pouvait pas vous faire confiance. Pas plus qu'à Marnie.

Son regard se posa de nouveau sur Jenn.

— Vous saviez que Marnie serait prête à tout pour devenir célèbre… Un peu comme vous. Alors, vous lui avez tendu ce traquenard avec la production. Cette femme qui lui a raconté avoir été droguée faisait-elle partie de la prod aussi ? Peu importe. Je m'étonne quand même que vous n'ayez pas mis Marnie dans la confidence. Peut-être parce que même elle ne serait pas allée jusque-là ? Ou parce que le fait de vous confier à elle vous aurait fragilisée ? Je n'en sais rien. Mais dites-moi : quand Peter a juré ses grands dieux qu'il était innocent, que lui avez-vous répondu ?

Jenn sourit. Elle s'obstinait toujours à nier, mais on sentait chez elle comme un certain soulagement.

— Je lui ai dit que je ne le croyais pas. Je lui ai dit de partir.

Wilde hocha la tête.

— Et vous avez en grande partie raison, poursuivit Jenn. Peter et moi, on avait perdu tout intérêt à la télé. J'ai effectivement pensé à rompre, mais comme vous l'avez dit, comment m'en sortir ensuite ? Je lui aurais bien demandé de trouver un moyen pour qu'on se sépare, mais je ne voyais pas lequel, et Peter avait choisi de ne pas tricher.

Big Bobbo dit :

— Chérie ?

Elle poussa un soupir.

— Non, je ne te l'ai pas dit, Bob. Ni à Marnie. Parce que vous n'êtes pas assez bons comédiens pour tenir sur la longueur. C'est un jeu, Wilde. *Big Brother*, *The Bachelor*, *L'Île de la tentation*, *L'amour est un champ de bataille*… C'est de la compétition et du divertissement. C'est tout. Il m'est arrivé de regarder ces émissions : parfois, un concurrent se fait piéger, on le vire et il pique une crise parce qu'on l'a trahi, mais c'est le but, non ? Il faut bien qu'il y ait un gagnant. Quelqu'un qui empoche la mise. Notre vie – celle de Peter, la mienne, celle de Bob, tenez – n'est qu'un jeu.

Se rapprochant de Big Bobbo, elle glissa sa main dans la sienne.

— Depuis le premier jour, c'est Bob que je voulais. Savez-vous ce que la production m'a dit ?

Big Bobbo se rengorgea.

— Ils m'ont dit de garder les deux, mais que c'était Peter que je devais choisir à la fin.

— Vous ne l'avez jamais aimé ? Ce n'était qu'un coup monté ?

— Non, pas un coup monté. Toute notre vie, c'est du théâtre. Il ne s'agit pas de savoir ce qui est vrai ou faux… Il n'y a pas de frontière, pas de différence. Avant de participer à l'émission, j'étais documentaliste dans un petit cabinet d'avocats. Je m'ennuyais à mourir. Soyons honnêtes, on court tous après la gloire. Le profil le plus merdique sur les réseaux sociaux cherche à accumuler plus de likes et plus de followers. Dois-je revenir à mon train-train sans me battre ? Pas question. Tous ces concepts de téléréalité sont des concours avec des gagnants et des perdants. En l'occurrence, j'ai gagné. Peter a perdu. C'est comme ça que ça marche. C'était lui ou moi, et voilà : j'ai préféré que ce soit moi. Qu'est-ce que je lui ai fait, au juste ? On ne l'a pas enfermé. Il n'y a pas eu de poursuites judiciaires. Il a perdu quelques fans, et alors ? Il savait bien que ces accusations étaient fausses. Ça aurait dû suffire, non ? Une poignée d'abrutis l'ont pourri sur Internet. Est-ce un drame ? Quitte les réseaux sociaux, si tu sais pas gérer. Trouve une autre fille. Mène une vie plus simple. Peter n'avait qu'à faire ça.

Big Bobbo semblait statufié.

— Ça en fait, des justifications, commenta Wilde.

— C'est la pure vérité.

— La sœur de Peter pense qu'il s'est suicidé.

— Si c'est vrai, c'est terrible. Mais je n'y suis pour rien. Les cœurs brisés, il n'y a que ça à la télé. Si l'un des concurrents décide d'en finir, en quoi les autres devraient-ils se sentir responsables ? Écoutez, je ne pensais pas que la vague de haine atteindrait une telle ampleur, mais un individu sain ne se suicide pas à cause de quelques tweets malveillants.

Wilde était sidéré par tant de mauvaise foi.

— Dans le cas de Peter, il y avait peut-être autre chose.

— Quoi, par exemple ?

— Peut-être qu'il était sincèrement amoureux. Et la femme qu'il aimait ne l'a pas cru quand il a clamé son innocence. Ou alors il a fini par se rendre compte que son épouse chérie lui avait tendu un piège. L'avez-vous seulement aimé ?

— C'est hors sujet, rétorqua Jenn. Quand deux personnages tombent amoureux à l'écran, faut-il nécessairement qu'ils le soient dans la vraie vie ?

— Vous n'étiez pas dans un film.

— Ah, mais si. Jenn Cassidy de Waynesville, Ohio, n'habite pas dans l'immeuble le plus cher de Manhattan. Elle n'est pas invitée aux soirées de gala du Met, ne fréquente pas la jet-set, ne porte pas de tenues haute couture et ne dîne pas dans les restaurants à la mode. Les gens se fichent de savoir où elle va et comment elle s'habille. Nous, dans la téléréalité, on a choisi de faire de notre vie un film. Vous n'avez toujours pas compris ?

Wilde était fatigué de l'écouter.

— Où est Peter ? demanda-t-il.

— Je n'en ai pas la moindre idée.

39

Comme Jenn Cassidy n'avait plus rien à lui apprendre, Wilde quitta leur chambre. Vu le prix qu'il avait payé pour la sienne, il décida d'en profiter. Allongé sur le lit, il fixa le plafond. Shakespeare avait écrit : « Le monde entier est un théâtre, et tous, hommes et femmes, n'en sont que les acteurs. » Là-dessus, Jenn n'avait pas forcément tort. Peter avait choisi cette existence. La gloire est une drogue. Tout le monde rêve d'être riche et célèbre, de mener la belle vie. Or Jenn sentait son rêve lui échapper. Tout comme Peter. Alors elle s'était débarrassée de lui pour rester dans la lumière.

Mais cela ne lui disait toujours pas où était Peter Bennett.

Wilde savait déjà que Peter n'avait pas trompé Jenn ni drogué Marnie. Le fait que Jenn ait tout orchestré n'y changeait pas grand-chose. Cela n'expliquait pas les meurtres de McAndrews, de Katherine Frole ou de Martin Spirow. Cela n'expliquait pas qui était sa mère ni pourquoi elle l'avait abandonné dans la forêt.

En somme, il avait juste découvert qu'une star de la téléréalité avait triché. La belle affaire.

Le sommeil ne venant pas, Wilde descendit, émergea dans Columbus Circle, coupa par Times Square – comme ça, pour le plaisir – et se dirigea vers Washington Square Park. Il y en avait pour moins de cinq kilomètres. Il prit tout son temps. En chemin, il s'arrêta pour prendre un café et un croissant. Il aimait la ville aux premières heures du jour. Allez savoir pourquoi. L'idée de ces huit millions d'âmes se préparant pour leur journée le séduisait. Peut-être parce que sa propre vie – une vie que Jenn ne manquerait pas de juger sans intérêt – était exactement à l'opposé.

Il ne cessait de penser à Laila. À ce que serait cette promenade si elle avait marché à ses côtés.

Il arriva finalement à Washington Square Park. Pour sa part, il préférait Central Park, mais ce lieu était la quintessence de New York dans toute son extravagante splendeur. L'Arc de triomphe de style romain avait été conçu par le fameux architecte Stanford White, assassiné en 1906 au Madison Square Theatre par Harry Kendall Thaw, un millionnaire jaloux et « psychologiquement instable » (selon sa défense). La cause de l'assassinat avait été la femme de Thaw, Evelyn Nesbit. Ce fut le premier « procès du siècle ». L'Arc était flanqué de deux statues de marbre représentant George Washington en temps de guerre et en temps de paix. D'un côté, il était accompagné de deux personnages incarnant la Valeur et la Gloire – parlons-en, de la gloire ! –, et de l'autre, la Sagesse et la Justice.

Pendant qu'il contemplait la statue de Washington président, Wilde sentit une présence tout près de lui. Une voix féminine lui glissa :

— Regardez bien la statue sur la droite.

Petite soixantaine, la femme était robuste et trapue et portait un blouson en peau retournée, un col roulé noir et un jean.

Wilde répondit :

— OK.

— Vous voyez l'inscription sur le livre que le personnage tient au-dessus de Washington ?

Il hocha la tête et lut à voix haute :

— *Exitus acta probat.*

— C'est du latin.

— Oui, merci.

— De l'ironie. J'aime bien ça. Vous savez ce que cela signifie ?

— La fin justifie les moyens.

La femme ajusta ses lunettes en écaille de tortue.

— C'est stupéfiant quand on y pense. On érige un monument en hommage au père fondateur de notre pays. Et quelle citation choisit-on pour honorer sa mémoire ? « La fin justifie les moyens. » Plus étrange encore, qui donne ce conseil amoral à George Washington ?

Elle pointa le doigt sur le personnage au-dessus de l'épaule gauche de Washington.

— La Justice. Elle ne parle pas d'être équitable, honnête, sincère, respectueux des lois ou impartial. Non, la Justice annonce à notre premier président et aux millions de visiteurs du parc que la fin justifie les moyens.

Wilde tourna la tête vers elle.

— Vous êtes R.J. ?

— Seulement si vous êtes P.B.

— Je ne suis pas P.B., répliqua-t-il. Mais ça, vous le savez déjà.

— En effet, opina la femme.

— Et vous n'êtes pas R.J.

— C'est exact.

— Vous voulez bien me dire qui vous êtes ? dit Wilde.

— Vous d'abord.

— Je présume, poursuivit-il, que P.B. a dû vous contacter – ou devrais-je dire R.J. – avant de fermer son compte. Puis il a définitivement disparu des écrans radars. Du coup, mon message d'hier soir a dû vous mettre la puce à l'oreille.

— C'est tout à fait ça, répondit la femme.

— Et vous êtes ?

— Disons que je suis une collègue de R.J. Savez-vous qui est P.B. réellement ?

— Oui. Pas vous ?

— Non, fit-elle. Il a tenu à garder l'anonymat. Nous lui avons dit la vérité. Enfin, quand je dis « nous »… C'était plutôt mon collègue.

— R.J. ?

— Oui.

— Votre collègue de Memphis.

— Comment le savez-vous ?

Wilde s'abstint de répondre.

— Si on arrêtait de tourner autour du pot ? reprit la femme. Mon collègue a fourni à P.B. les informations qu'il cherchait. En échange, votre ami, P.B., a promis de coopérer.

— Et il ne l'a pas fait.

— Non. Il a fermé son compte, et nous n'avons plus entendu parler de lui.

— Que lui avez-vous dit ? demanda Wilde.

— Vous n'allez pas me la refaire, hein ? C'est quoi, votre vrai nom ?

— Je m'appelle Wilde.

La femme sourit.

— Moi, c'est Danielle.

Elle sortit une plaque de police.

— Danielle Sheer, NYPD, retraitée. Vous voulez bien coopérer avec nous ?

— C'est une enquête officielle ?

Danielle Sheer secoua la tête.

— Je viens de vous le dire, je suis à la retraite. C'est juste pour aider un collègue.

— Votre collègue de Memphis.

— C'est ça.

— Que P.B. a promis d'aider aussi.

— Oui. Vous savez quoi, Wilde ? Si vous me donnez le vrai nom de P.B., je vous raconterai tout. Croyez-moi, ça va vous intéresser.

— Sinon quoi ?

— Sinon bye-bye.

— Peter Bennett.

— Une petite seconde.

Danielle se mit à pianoter sur son téléphone.

— J'envoie le nom à mon collègue.

— Vous voulez bien me parler de R.J. maintenant ?

Elle expédia son texto et sourit en tournant son visage vers le soleil matinal.

— Vous savez qu'on peut pénétrer à l'intérieur de cet Arc ? Il y a une porte dans l'autre pilier, côté est. Ce n'est pas ouvert au public, mais lorsque j'étais flic, il y a eu des perquisitions. La vue est époustouflante de là-haut.

— Agent Sheer ?

— Ex-agent. Appelez-moi Danielle.

— Danielle, que se passe-t-il ?

— En quoi tout cela vous concerne-t-il, Wilde ?

— C'est une longue histoire. En deux mots, je suis à la recherche de Peter Bennett. On a matché sur un site ADN.

— Intéressant. Mais vous n'avez pas matché avec R.J. ?

— Non.

— Donc, pour vous ça s'arrête là. La recherche de la parentèle, j'entends. À vrai dire, je suis ici parce que mon collègue n'a plus besoin de Peter Bennett. C'est trop tard.

Wilde réfléchit un instant.

— Visiblement, R.J. tenait à rester anonyme, mais il voulait communiquer son âge à ses matchs potentiels.

— Comment vous l'expliquez, Wilde ?

— Vous êtes dans la police.

— Retraitée.

— Mais votre collègue ne l'est pas. À mon avis, il se fait passer pour quelqu'un d'autre afin de localiser des proches via les sites de généalogie. Comme dans l'affaire du Golden State Killer. Le tueur a laissé son ADN sur une scène de crime. Les flics l'ont rentré dans des bases de données ADN, comme si c'était un type lambda à la recherche de ses origines. Et une fois qu'ils ont trouvé des matchs – des membres de sa famille –, ils ont pu remonter jusqu'à Joseph DeAngelo.

Danielle acquiesça.

— Vous n'êtes pas loin de la vérité. Avez-vous entendu parler d'un certain Paul Sinclair ?

— Non.

— Et du pasteur Paul de la Véritable Église de la Fondation chrétienne ?

Wilde secoua la tête.

— Il a dirigé une communauté religieuse dans la région de Memphis pendant près de quarante ans avant de mourir paisiblement dans son sommeil le mois dernier. Il a vécu quatre-vingt-douze ans en toute sérénité. Si le karma existe, ce n'est clairement pas ici-bas.

— C'est-à-dire ?

— Il a violé et engrossé bon nombre de ses paroissiennes. Des jeunes filles surtout. Il l'a nié bien sûr, sauf qu'une palanquée de gens se sont rendu compte grâce à Internet qu'ils avaient le même père. Du coup, mon collègue R.J. de la police d'État du Tennessee s'est procuré l'ADN du pasteur Paul et l'a mis sur des bases de données. Pour voir combien d'enfants il avait engendrés. Rien que sur ce site, il en a trouvé dix-sept. Dont douze avaient été mis à l'adoption. Les cinq autres, on leur a caché qui était leur vrai père. Comme à votre ami P.B. Aucun d'eux n'était au courant.

— Donc, le père biologique de P.B. est…

— Le pasteur Paul. Est-ce que ça vous aide dans votre recherche ?

Wilde marqua une brève pause avant de répondre :

— Je pense que oui.

De Washington Square Park, il se rendit à pied chez Hester. Lorsqu'il arriva, elle lui dit :

— Il y a Jenn Cassidy qui te cherche. Ça a l'air urgent.

— Vous avez son numéro ?

Hester le lui donna. Wilde l'appela aussitôt.

— Vous ne pouviez pas nous laisser tranquilles, hein ? lui reprocha-t-elle tout de go.

— Que se passe-t-il ?

— Marnie a disparu. Tout le monde croit qu'elle a pris la tangente à cause de la mauvaise presse, mais nous partageons une appli de localisation, elle et moi, juste au cas où. Son téléphone est coupé. Or elle ne l'éteint jamais.

— Elle a peut-être réellement…

— Non, Wilde. Il n'y a aucune transaction sur sa carte bancaire, rien. Marnie n'est pas du genre à s'enfuir. Elle n'est pas assez futée pour ça.

Wilde ferma les yeux.

— Quand l'a-t-on vue pour la dernière fois ?

— Quand elle a quitté son appartement, j'imagine. Personne n'est capable de le dire avec précision.

— Pouvez-vous consulter ses messages ? Ses textos ? Ses mails ?

— Vous croyez que je n'y ai pas pensé ? Il n'y a rien.

— Où êtes-vous ?

— Chez moi, à Sky.

— Une seconde.

Wilde fit signe à Hester de lui prêter son téléphone. Puis il composa le numéro de Rola.

— Il faut que tu envoies ton meilleur agent de sécurité chez Jenn Cassidy, à Sky. Sa sœur a disparu.

— J'y vais.

— Mais tu n'es pas à Vegas ?

— J'ai trouvé une place sur un vol privé. On a atterri à Teterboro il y a une demi-heure. Je pars tout de suite.

Wilde raccrocha et reprit son propre portable.

— Restez chez vous, dit-il à Jenn. Mon amie Rola Naser ne va pas tarder à arriver. Dites à la réception de la faire monter sans attendre.

Ensuite, il appela Vicky Chiba.

— Allô ?

— Silas est là ?

— Il vient juste de partir. Il récupère une cargaison à Elizabeth pour la livrer en Géorgie. Pourquoi ?

— Je voulais que vous le sachiez tous les deux.

— Quoi ?

— Jenn. C'est elle qui a monté le coup.

Il y eut un silence. Puis :

— De quoi parlez-vous ?

— Jenn a piégé Peter. Elle a engagé McAndrews.

— Non…

— Elle a pris les photos compromettantes. Elle s'est débrouillée pour pousser Marnie à mentir à son sujet.

— Non, répéta Vicky, plus faiblement cette fois.

Wilde continua à parler. Il lui expliqua tout, posément, sur un ton détaché.

Ses pleurs se muèrent en gémissements.

Lorsqu'il eut fini par raccrocher, Wilde ferma les yeux et, se laissant aller en arrière, inspira profondément.

— Wilde ? dit Hester.

— Je crois que j'ai trouvé.

40

Vais-je y arriver ?

Encore une fois. La dernière.

Après quoi je ferai une pause.

Vont-ils finir par trouver ? Peut-être. C'est possible. Mais je n'ai pas peur. J'aurai atteint le but que je m'étais fixé.

Encore une fois.

Et après ?

J'ai la liste des cyberdélinquants qui était dans l'ordinateur de Katherine Frole. Pourquoi m'arrêter en si bon chemin ? Tous, ils méritent la mort, non ? J'ai le choix. Soit je prends le large après le prochain meurtre et, qui sait, peut-être que je pourrai m'en tirer.

Soit je continue à tuer.

Il y a le dénommé Lester Mulner qui vit à Framingham, Massachusetts. Il s'est fait passer pour une adolescente pour harceler une rivale de sa fille jusqu'à ce que la pauvre gamine se suicide. Je pourrais l'éliminer. Tout comme je pourrais éliminer Thomas Kramer à Bridgewater, et peut-être rendre visite à Ellis Stewart à Manchester, dans le Vermont. Il n'y a qu'à suivre la liste de Frole en obéissant à ce que la presse ne manquerait pas de taxer de « folie meurtrière ». Je pourrais continuer jusqu'à ce qu'on m'enferme, qu'on me flingue ou qu'on m'arrête d'une manière ou d'une autre, car, pour ne rien vous cacher, moi je ne m'arrêterai pas.

C'est aux autres de m'arrêter.

Il me plaît bien, ce plan. Finir le boulot. Aller jusqu'au bout de mon désir de justice ou de vengeance, appelez ça comme vous voudrez. Et une fois que j'en aurai terminé avec elle, tuer jusqu'à ce qu'on me tue.

Je n'ai plus rien à attendre de la vie.

J'ai tout perdu.

Je suis de retour au garde-meuble. Pour l'instant, ça ne sent pas. J'ai versé six mois d'avance pour la location du box. Je sors Marnie Cassidy de la voiture et enveloppe son corps dans des sacs-poubelle noirs. J'ai acheté cinquante sacs à gravats de quatre cents litres, et tous les cinquante y passent, plus un rouleau entier de scotch. La clim marche à fond.

Vont-ils la retrouver ?

Je n'en sais rien.

Peut-être à l'odeur au bout d'un moment, ou parce que je n'aurai pas réglé la facture.

Je ne sais pas et je m'en fiche. D'ici là, tout sera terminé depuis longtemps.

Une fois que j'ai fini d'emballer Marnie, je traîne son corps dans un coin du box et je jette des couvertures par-dessus. Puis je monte dans la voiture et reprends la route de Manhattan. Je ne me donne pas la peine de changer les plaques. J'ai toujours celles, maquillées, du jour où j'ai tué Marnie, mais la police n'est pas encore sur le coup. Comme je m'y attendais, tout le monde pense que Marnie s'est enfuie.

Tout le monde sauf Jenn. Jenn est au désespoir.

Je lui ai envoyé un message, un peu comme je l'ai fait avec Marnie.

Je lui ai dit que je pouvais la sauver. Et sauver Marnie aussi. Je lui ai fixé un lieu de rendez-vous.

C'est là que je vais. J'ai hâte d'en finir.

George Kissell travaillait au bureau des US Marshals situé dans Walnut Street à Newark. Les US Marshals étaient la première agence de police du gouvernement fédéral des États-Unis. Wilde donna son nom à l'accueil et demanda de prévenir le marshal adjoint George Kissell qu'il souhaitait le voir. La réceptionniste le pria de s'asseoir, mais ce ne fut pas long. George Kissell parut, costume marron sale et mine renfrognée.

— Venez avec moi, grommela-t-il.

Son bureau, comme c'est souvent le cas, se trouvait dans l'enceinte de la cour fédérale. Ils redescendirent le grand escalier en marbre jusqu'au rez-de-chaussée, leurs pas résonnant sur les marches, pour ressortir dans les rues de Newark. Une fois sur le trottoir, loin des oreilles indiscrètes, Kissell questionna :

— Qu'est-ce que vous voulez ?

— Pourquoi vous êtes-vous présenté comme travaillant pour le FBI ?

— Je ne me suis pas présenté du tout. C'est vous qui l'avez décidé. Que faites-vous ici ?

— Vous le savez aussi bien que moi.

Kissell sortit un paquet de cigarettes de la poche de son veston, glissa une cigarette dans sa bouche et l'alluma avec un briquet en or. Il prit une grande bouffée, puis souffla une longue volute de fumée.

— Le FBI et les US Marshals sont deux agences de la Police fédérale, déclara-t-il comme s'il lisait une brochure. Nous collaborons souvent sur des dossiers importants.

— Votre bureau gère également le programme de protection des témoins.

Kissell avait le crâne dégarni, mais il s'était laissé pousser les cheveux sur les côtés pour les plaquer sur sa calvitie, ruse qui ne trompait personne.

— Nous sommes la plus ancienne agence de Police fédérale du pays, poursuivit-il. Nous protégeons des juges, des tribunaux de police, nous recherchons des fugitifs, nous convoyons des prisonniers et, oui, nous dirigeons le Programme fédéral des États-Unis pour la protection des témoins connu sous le nom de WITSEC.

— Vous m'avez interrogé sur Daniel Carter, mon père biologique.

Kissell conserva son air impassible.

— J'ai essayé de le recontacter, ajouta Wilde.

— Vous m'en direz tant.

— Il est introuvable.

— Comme dit ma fille adolescente, j'en ai RAF.

— Je pourrais continuer mes recherches.

— Certainement.

— Je pourrais ébruiter l'affaire. La rendre publique. Croyez-vous que ce soit une bonne idée, marshal adjoint Kissell ?

— Meilleure que d'envoyer des privés à son domicile et sur son lieu de travail, et de demander à votre ancienne associée Rola Naser d'aller frapper à sa porte ?

Il haussa les sourcils.

— Je ne vois pas ce que vous pourriez faire de plus.

Ils se mesurèrent du regard. Wilde ressentit un picotement à la base de sa nuque.

— Que cherchez-vous, Wilde ?

— J'ai envie de mieux connaître mon père.

— Comme tout le monde, non ?

Kissell tira sur sa cigarette, retint la fumée dans ses poumons, puis la souffla avec volupté.

— Alors voilà. Je ne vais pas faire comme si je ne voyais pas de qui vous parlez, car ce serait une perte de temps. Vous en savez déjà beaucoup trop. Je ne vais ni nier ni confirmer. Ça aussi, vous le savez.

— Je ne voulais pas le mettre en danger, dit Wilde. Ni lui ni sa famille. Je tiens à ce que vous sachiez – qu'il sache – que tout est clair à présent. Il n'y a pas de problème. Je l'ai vraiment trouvé sur un site ADN. Mais je n'irai pas plus loin.

Kissell ôta la cigarette de sa bouche et la contempla comme si elle allait lui fournir une réponse.

— Je ne vois pas de quoi vous parlez.

— Est-ce que Daniel Carter – ou quel que soit son vrai nom – m'a menti ?

Pas de réaction. C'était à prévoir.

— Ignore-t-il réellement qui est ma mère ou pourquoi je me suis retrouvé dans la forêt ?

Kissell consulta ostensiblement sa montre.

— Je dois y aller.

— J'ai une seule chose à vous demander.

Wilde lui tendit un mot.

— Qu'est-ce que c'est ?

— C’est pour lui. Je passerai vous déposer un message cacheté de temps à autre. Vous et moi, on pourra se retrouver ici, si vous le désirez. Vous me direz : « Je ne vois pas de quoi vous parlez », mais vous prendrez mes petits mots. Vous les lui remettrez. Et peut-être que parfois vous me rapporterez un mot de sa part. Ou pas. D’une manière ou d’une autre, on va faire comme ça.

Kissell regarda en l’air.

— Nous nous sommes bien compris ? ajouta Wilde.

Kissell lui donna une tape dans le dos.

— Je ne vois pas de quoi vous parlez.

41

Je me gare. Comme la dernière fois. Il faut que je tue Jenn. Tant pis si je me fais prendre juste après. Tant pis si les caméras filment la même voiture garée au même endroit isolé. D'ici là, j'aurai accompli ma mission. Un meurtre supplémentaire, ce sera la cerise sur le gâteau.

Je tiens le pistolet.

Mais je garde la main baissée. Jenn sera là dans une dizaine de minutes. Je réfléchis à la meilleure façon de procéder. Dois-je l'abattre direct ? Trois balles dans la tête. Mon *modus operandi*. Voilà qui va faire cogiter les profileurs de la police scientifique. Pourquoi trois ? La réponse est : sans raison particulière. Du moins, rien qui puisse les intéresser. Quand j'ai tué Henry McAndrews – ma première fois –, j'ai tiré à trois reprises. J'ignore pourquoi. Peut-être parce que j'ai fait une pause à ce moment-là ou bien je me suis demandé si c'était suffisant. Depuis, ce chiffre me poursuit.

Aucun indice valable à se mettre sous la dent. Je regrette, messieurs les profileurs.

Je ferme les yeux quelques secondes, songeant au pistolet dans ma main.

J'ai tant besoin de soulager ma douleur.

C'est comme ça que tout a commencé. Par la douleur. La douleur qui vous happe, qui vous prive de raison. On a juste envie que ça s'arrête. J'ai cru que le fait d'éliminer tous ces gens nuisibles m'aiderait à me sentir mieux.

Et, surprise, ça a marché. Correction : ça marche.

Sauf que ça ne dure pas.

Tout le problème est là. Tuer est un baume pour mon âme, mais son effet n'est que temporaire. Ses bienfaits s'estompent avec le temps. Alors on en rajoute une couche sur la cicatrice.

Juste à ce moment-là, je vois Jenn tourner au coin de la rue.

Je regarde l'arme dans ma main, puis Jenn avec ses fameuses boucles d'or auréolant un visage d'ange.

Je la tue tout de suite ? Ou je la laisse monter dans la voiture pour qu'elle voie que c'est moi, et ensuite… pan, pan, pan, terminé ? Je pense que c'est mieux ainsi. Je veux qu'elle souffre. Ça, c'est nouveau. Les autres, je souhaitais seulement leur mort. Ce qu'ils ont fait était abject. Mais ce qu'a fait Jenn, ses magouilles, sa trahison…

Elle n'est plus qu'à quelques mètres de la voiture.

Je savais qu'elle viendrait. Comme sa sœur, elle a plongé pour se cramponner à la bouée de sauvetage que je lui tendais.

Elle plisse les yeux pour essayer de voir qui est assis au volant.

Je lève mon arme.

Elle tend la main vers la poignée de la portière côté passager. Je désactive le verrouillage pour qu'elle puisse monter.

Mais à l'instant même où je presse le bouton, où j'entends le déclic indiquant le déverrouillage des portières, ma propre portière s'ouvre à la volée. Je pivote, mais quelqu'un plonge la main dans l'habitacle et m'arrache le pistolet.

Mon regard croise le regard bleu de Wilde.

— C'est fini, Vicky.

Wilde contourna la voiture et s'installa sur le siège passager. Vicky resta assise côté conducteur.

Ses yeux étaient rivés sur le pare-brise.

— Vous m'avez piégée. Vous m'avez parlé de Jenn pour voir si j'allais réagir.

Ce n'était pas la peine de répondre.

— Comment avez-vous su que c'était moi ?

— C'était une simple supposition.

— Vous auriez dû me laisser la tuer d'abord, Wilde.

Il jeta un coup d'œil par la vitre. Rola avait rejoint Jenn devant le portail grillagé du chantier. Deux de ses agents avaient pris position à proximité, mais Wilde n'avait pas eu besoin d'eux.

— Qu'est-ce qui m'a trahie ? demanda Vicky.

— Le plus souvent, comment se trahit-on ? En mentant.

— Mais encore ?

Wilde regardait toujours par la vitre.

— Pour commencer, vous avez menti sur votre lien de parenté avec Peter. Vous n'êtes pas sa sœur. Vous êtes sa mère.

Elle hocha lentement la tête.

— Comment l'avez-vous découvert ?

— De la même façon que Peter. Grâce au site ADN.

— Ce n'était pas ma faute, dit-elle d'une petite voix.

— Cette partie-là ? Non, Vicky, ce n'était pas votre faute.

— Il m'a violée, vous savez.

Wilde acquiesça.

— Votre famille vivait dans les environs de Memphis.

— Oui.

— Vous étiez l'aînée. Sur le coup, je n'y ai pas pensé. Mais vous m'avez parlé de votre sœur cadette, Kelly, qui était triste de rater le onzième anniversaire de sa copine.

— C'était vrai.

— Je n'en doute pas. Kelly avait donc onze ans. Vous étiez plus âgée. De combien ?

Vicky déglutit.

— Trois ans.

— Vous aviez seulement quatorze ans.

— Oui.

— Je suis vraiment désolé de ce qui vous est arrivé, dit Wilde.

— Il me violait depuis mes douze ans.

— Le pasteur Paul ?

Elle hocha la tête.

— Je n'ai rien dit à mes parents. À l'époque, j'entends. Il était leur dieu. Plus tard, j'ai essayé, mais ils ne m'ont pas écoutée. Quand j'ai annoncé que j'étais enceinte, ils m'ont traitée de pute. Mes propres père et mère. Ils voulaient savoir qui était le garçon qui m'avait mise en cloque. Vous imaginez un peu, Wilde ? Je leur ai dit la vérité. Ce que le pasteur Paul m'avait fait. Ma mère m'a frappée. Elle m'a mis une grosse baffe. Elle m'a dit que j'étais une menteuse.

Vicky s'interrompit, ferma les yeux.

— Et ensuite ? demanda Wilde.

— Vous ne devinez pas ?

— Vous avez déménagé.

— Plus ou moins. Mes parents ont décidé que le seul moyen de sauver l'honneur de la famille était que maman et moi partions en pèlerinage, une fois que j'ai commencé à m'arrondir. Maman dirait à tout le monde qu'elle était enceinte. Et, de retour dans notre communauté, on élèverait le bébé comme si c'était le sien.

— Et vous, on vous ferait passer pour sa sœur.

— C'est ça.

— Mais pourquoi la Pennsylvanie ? J'ai vérifié. Votre père a effectivement travaillé sur le campus universitaire. Votre famille est partie s'installer là-bas.

— Ils ont changé d'avis. Mes parents.

— Ils vous ont crue ?

— Ils ne l'ont jamais admis, répondit-elle. Mais je pense que oui.

— Pourquoi ?

Une larme perla au coin de son œil.

— Kelly.

— Votre sœur ?

— Le pasteur Paul s'est mis à s'intéresser à elle.

Elle ferma de nouveau les yeux, plus longuement cette fois.

— Du coup, mes parents se sont réveillés. Ils n'étaient pas méchants, mes parents. Ils ont tous deux été élevés dans la religion avec un lavage de cerveau à la clé.

Ils étaient conditionnés. L'idée que cet homme qu'ils vénéraient puisse souiller leurs propres filles…

Elle prit une grande inspiration.

— J'imagine que vous avez retrouvé le pasteur Paul grâce à l'ADN de Peter.

— Oui.

— Comment avez-vous su que j'étais sa mère ?

— De la même façon que Peter. Le match avec Silas. Silas s'était mis dans la tête qu'un quart d'ADN en commun avec Peter signifiait qu'ils étaient demi-frères. Or, ce n'était pas possible. Les demi-frères ne partagent qu'un seul parent. Le pasteur Paul pouvait-il les avoir engendrés avec deux mères différentes, n'ayant rien à voir l'une avec l'autre ? Cela semblait peu plausible, d'autant que Silas avait trouvé d'autres matchs, du côté de votre père cette fois. En fait, si on partage 23 % d'ADN, on n'est pas obligatoirement demi-frères. C'était bien spécifié sur le site de DNAYourStory. Il peut s'agir d'un grand-parent. Ou, comme c'est le cas ici, d'un oncle. C'était la seule solution rationnelle. Vous étiez la mère de Peter, ce qui faisait de Silas son oncle.

Vicky opina.

— Vous voulez que je vous dise ?

Wilde attendit.

— La naissance de Peter, c'est ce qui m'est arrivé de plus beau dans la vie. Après toute cette horreur, la violence et la cruauté, j'ai fini avec un bébé parfait… Un véritable petit ange qui n'était pas de ce monde. Tout ce que je vous ai dit sur lui est vrai. Peter était un garçon exceptionnel.

Wilde avait d'autres questions à lui poser.

— C'est vous qui avez contacté Boomerang ou c'est Peter ?

— Les deux. Peter me prenait encore pour sa sœur. Il était terrassé par cette histoire avec Marnie et Jenn et tout l'univers de *L'amour est un champ de bataille*. Sa seule obsession était de prouver son innocence. Quand il est tombé sur ce SarbRuegnev qui prétendait détenir d'autres photos, bien pires, il a voulu en savoir plus. Je l'ai poussé à solliciter l'aide de Boomerang. Un jour, peut-être un mois après, quelqu'un de Boomerang nous a écrit pour nous annoncer que notre dossier n'avait pas été retenu. J'ai répondu comme si j'étais Peter, expliquant que j'étais au trente-sixième dessous et que j'avais désespérément besoin de leur aide. Finalement, cette personne s'est présentée comme étant Katherine Frole. Elle m'a parlé de l'émission, comme quoi elle était accro, elle avait adoré la saison avec Peter et tout le tralala. Et elle a dit qu'elle voulait bien nous aider.

— Katherine Frole vous a donné le nom de Henry McAndrews ?

— Oui, j'ai réussi à le lui extorquer. Trop tard, hélas !

— Trop tard pour quoi ?

— Peter était déjà parti.

— Mais vous êtes quand même allée chez McAndrews.

— Oui.

— Et vous l'avez tué.

Vicky hocha la tête.

— Je pensais en rester là.

— Quand j'ai découvert le corps de McAndrews et que l'affaire a été rendue publique, est-ce que Katherine Frole vous a contactée ?

— Oui.

— Elle vous soupçonnait, vous ou Peter, d'y être pour quelque chose.

— Nous nous sommes donné rendez-vous dans son bureau à une heure où il n'y avait personne. J'ai dit que Peter et moi, on allait tout lui expliquer.

— Vous aviez peur qu'elle parle ?

— C'est ce que je me disais, répondit Vicky. Et je crois qu'elle aurait fini par le faire. En même temps, Katherine Frole avait beaucoup à perdre, elle aussi. Une fonctionnaire du FBI collaborant avec un groupe de justiciers clandestins. Mais je ne vais pas m'étendre là-dessus parce que ça n'a pas grand intérêt. Après que j'ai descendu McAndrews, je me suis rendu compte – je sais ce que vous allez penser – que tuer me faisait du bien.

Son sourire donna à Wilde la chair de poule.

— On peut l'attribuer à mon enfance, au traumatisme du viol, mais ce serait un lieu commun, non ? C'est peut-être une maladie, un autre événement dans ma vie ou, plus vraisemblablement, un quelconque déséquilibre chimique dans mon cerveau. Vous voulez mon avis, Wilde ?

Il ne répondit pas.

— Beaucoup de gens sont des tueurs en puissance. Non pas un sur un million, comme on a l'habitude d'entendre. Je dirais plutôt un sur vingt, voire un sur dix. Mais si on ne passe pas à l'acte, jamais on ne connaît l'ivresse que ça procure. Bon nombre d'entre nous pourraient être, mettons, accros à l'héroïne, mais si on n'essaie pas, si on n'y prend pas goût…

— Ce qui explique Martin Spirow.

Vicky acquiesça.

— Les salopards, c'est pas ça qui manque. Vous avez vu, Wilde, ce qu'il a écrit sous la nécro de cette pauvre fille ? J'ai récupéré la liste de Boomerang chez Katherine Frole… Des individus tellement pitoyables, tellement retors que leur seule façon d'exister était de persécuter anonymement des gens qu'ils ne connaissaient même pas. Réfléchissez un peu. Un matin, Martin Spirow se lève et tombe sur une famille endeuillée qui pleure la mort de leur plus jeune fille. Et que fait-il ? Il met en commentaire : « C'est malheureux, une chaudasse qui finit en bouillie. » Comment est-on amené à faire une chose pareille ?

Elle secoua la tête, écœurée.

— J'ai rendu service à l'humanité.

— Où est Peter ? demanda Wilde.

— Je vous l'ai dit la première fois où on s'est vus.

Elle sourit.

— Vous le savez, Wilde. Depuis le début. Mon fils, ce garçon merveilleux, a mis de l'ordre dans ses affaires. Puis il a acheté un billet et pris l'avion pour se rendre sur cette île. Il a passé le contrôle des passeports et dormi dans un hôtel qu'il a quitté le lendemain matin. Un taxi l'a conduit jusqu'au sentier qui mène tout en haut de la falaise. Il m'a laissé un message sur une de ces applis qui les suppriment automatiquement au bout de deux minutes après l'ouverture. Il m'a dit au revoir. Avec le fracas des vagues en bruit de fond. Et ensuite, mon fils s'est jeté dans le vide.

Wilde garda le silence.

— Vous savez à quel point il a été harcelé, humilié, traîné dans la boue pour quelque chose qu'il n'avait pas commis. Il a perdu sa femme, le prétendu amour de sa vie, sa carrière et, disons-le, sa célébrité. Personne ne voulait le croire. Mettez-vous une seconde à sa place. Le monde entier pense que vous avez drogué votre belle-sœur pour abuser d'elle, et même votre propre femme se retourne contre vous. On vous a dépouillé de tout ce que vous aviez. Et ça ne s'arrête pas là, Wilde. La personne que Peter a aimée toute sa vie, celle qui l'a élevé et a pris soin de lui, celle qui, comme Silas l'a fait remarquer, le chérissait par-dessus tout et en qui il avait toute confiance, lui a menti depuis toujours : elle n'était pas sa sœur, mais sa mère, et il était né d'un viol. Qu'en dites-vous, Wilde ? Ça ne vous fait pas vaciller ? Parfait. Parce que, après votre coup de fil d'aujourd'hui, je peux en remettre une couche. Peter était tellement taciturne vers la fin, tellement renfermé et triste. Je sais maintenant pourquoi. Il avait tout compris. Il avait compris que c'était un coup monté par Jenn. La femme qu'il aimait. Imaginez sa douleur. Ça l'a achevé. Alors répondez-moi, à qui la faute ? À Marnie ? À la téléréalité ? À McAndrews ? Aux fans qui l'ont fustigé sans répit ? Ou est-ce ma faute à moi ? Dites-le-moi, Wilde. Qui a tué mon garçon ?

Sa question demeura sans réponse. Baissant la vitre, Wilde adressa un signe de tête à Rola. Elle sortit son téléphone.

Cinq minutes après, la police arriva pour emmener Vicky.

42

Un mois plus tard, après que Chris eut disparu de sa vie et que le corps de Marnie fut découvert dans le box du garde-meuble, Wilde reçut un appel du marshal adjoint George Kissell.

— Ils veulent vous parler.

Ses doigts se crispèrent sur le téléphone.

— Quand ?

— Maintenant. Un mot à quiconque, et ils seront partis. Une heure de plus, et ils seront partis. Je suis en train de vous épingler la position.

Le cœur battant, Wilde consulta l'écran de son portable. La carte indiquait un lieu à proximité d'East Shore Road, à côté du lac Greenwood dans l'État de New York. Il aurait pu y aller à pied, mais cela lui aurait pris trois ou quatre heures.

Pourquoi là-bas ?

— Ça va ? lui demanda Laila.

C'était dimanche, et ils étaient en train de regarder le foot à la télévision. Fervente supportrice des New York Giants, elle ne ratait pas un seul de leurs matchs.

Il faillit répondre : « Mon père veut me voir », mais un reste de bon sens le retint.

— Je peux emprunter ta voiture ?

— Tu sais bien que tu n'as pas besoin de demander.

Il se leva.

— Merci.

Laila scruta son visage.

— Tu me raconteras ?

Il se pencha pour l'embrasser.

— Si je peux, répondit-il honnêtement.

Wilde monta dans la voiture et prit la direction de l'ouest. Un mois plus tôt, une fois que tout avait été fini, Silas l'avait recontacté.

— Toi et moi, on est toujours parents, avait-il dit. Éloignés, je sais. Sauf qu'il ne me reste plus grand monde.

Ils s'étaient retrouvés deux semaines après. Silas lui proposa de consulter les albums de famille sur plusieurs générations, mais Wilde déclina. Un jour peut-être, mais pour l'instant, il voulait penser à l'avenir, pas au passé. Il demanda à Silas de laisser tomber, et ce dernier avait respecté son souhait.

Cependant, Wilde n'avait pas oublié pour autant.

Le trajet lui prit une demi-heure. Il se gara à l'angle d'East Shore Road et de Bluff Avenue. Plusieurs voitures noires stationnaient déjà le long du trottoir. Wilde descendit, et le marshal adjoint George Kissell en fit autant.

— Vous permettez que je vous fouille ?

Wilde leva les bras. Après l'avoir palpé avec soin, Kissell lui indiqua une maison au coin de la rue. Une résidence classique de style colonial propre à la Nouvelle-Angleterre, au toit en pente, avec une cheminée centrale et des fenêtres parfaitement symétriques. Son charme rétro était quelque peu gâché par un revêtement en alu aux reflets argentés et des volets bordeaux.

Wilde hésita. Il se sentait soudain tout bizarre.

— La porte est ouverte, dit Kissell. On vous a à l'œil. Un geste de trop, et ils tireront.

Wilde se borna à le dévisager.

— Je sais, je sais, mais on est en dehors de tout protocole. Tout le monde est à cran.

— Merci.

Il remonta l'allée sans se presser. Lui-même n'aurait su dire pourquoi. Il avait attendu ce moment toute sa vie. Arrivé à la porte, il eut envie de faire demi-tour. Il n'avait plus besoin de savoir. Jamais il ne s'était senti aussi bien dans sa peau. Il était en train de construire quelque chose avec Laila. Il avait mis fin à une série de meurtres. Dans l'existence, tout était affaire d'équilibre, et aujourd'hui, il était en terrain solide.

Il tourna la poignée et entra.

Il pensait voir Daniel Carter. Or c'était Sofia, la femme de Daniel, qui se tenait au pied de l'escalier, la tête haute et l'air déterminé.

L'espace d'un instant, ils ne firent que se regarder. Wilde remarqua que ses lèvres tremblaient.

— Est-ce que…

Il ne savait même plus quel nom lui donner.

— Votre mari va bien ?

— Très bien.

Le soulagement qu'il éprouva le surprit lui-même.

— Mais mon Danny ne vous a pas dit la vérité.

Il ne répondit pas.

— Il est votre père biologique. C'est ça, le plus important. Et c'est un homme bon. Il est fort et généreux, un mari et un père aimant… J'espère pour vous que vous tenez de lui.

— Où est-il ?

Sofia éluda la question.

— Vous avez découvert qu'on faisait partie du programme de protection des témoins.

— Et vous êtes en sécurité ?

— Nous avons changé d'identité.

— Et vos filles ?

— Nous avons été obligés de leur dire la vérité. En partie, du moins.

— Elles n'étaient pas au courant ?

Sofia secoua la tête.

— Nous étions déjà Daniel et Sofia Carter avant leur naissance. Vos sœurs sont des amours. Un vrai cadeau du ciel. Elles nous ont beaucoup questionnés sur nos familles, mais bien sûr, Danny et moi avons dû leur mentir. Faire comme si on ne savait rien. C'est dans le programme. Alors figurez-vous que ces filles exemplaires, ces filles qui adorent leur papa, lui ont fait la surprise de mettre son ADN dans une base de données pour qu'il puisse en apprendre davantage sur ses origines. Pour ça, elles se sont servies d'un autotest Covid. Malignes, nos filles. Vos sœurs. Quand elles l'ont annoncé à Danny, on a blêmi tous les deux. Ça a été un tel choc. Danny s'est précipité pour supprimer son profil, mais c'était déjà trop tard.

— Je suis désolé, dit Wilde. Je ne voulais pas vous causer d'ennuis. Si je m'étais douté que mon père avait le statut de témoin protégé…

— Ce n'est pas Danny qui est responsable de ce qui nous arrive, répliqua Sofia. C'est moi.

Le sang de Wilde ne fit qu'un tour.

— Mais avant d'aller plus loin, ajouta-t-elle, je peux vous poser une question ?

Il hocha la tête.

Sofia Carter était une belle femme, fine, aux pommettes saillantes et au regard d'acier. Elle leva le menton.

— J'ai lu un vieil article à votre sujet. Vous disiez avoir gardé quelques souvenirs de…

Sa voix se brisa.

— Pas vraiment, répondit Wilde, la bouche sèche. Ça revient plutôt sous la forme de rêves ou de flashs.

— Vous voyez des images.

— Oui.

— Comme une rampe d'escalier rouge, disait l'article. Une pièce sombre. Le portrait d'un homme moustachu.

Pétrifié, Wilde commençait à comprendre.

Sofia posa la main sur la rampe d'escalier blanche.

— C'était rouge avant. Rouge sang, même. Toute la maison était en boiseries foncées. Les nouveaux propriétaires l'ont repeinte en blanc.

Elle désigna une tapisserie jaune et bleu sur sa gauche.

— Ici, autrefois, il y avait le portrait d'un homme moustachu.

Pris de vertige, Wilde ferma les yeux pour tenter de se ressaisir. Les cris d'une femme résonnèrent dans sa tête, suivis de visions familières – la rampe d'escalier, les murs, le portrait – en une succession rapide, fulgurante, façon stroboscope. Il rouvrit les paupières.

C'était là. Dans ce vestibule. Il le reconnaissait à présent.

— J'ai entendu hurler, bredouilla-t-il.

Leurs regards se rencontrèrent.

— C'était moi.

— Vous êtes donc…

— Je suis votre mère, Wilde.

Et voilà. Après toutes ces années, il se retrouvait enfin face à sa mère. Il la regarda. Son cœur était sur le point d'éclater.

— Cet endroit où je me tiens, poursuivit Sofia d'une voix blanche, c'est précisément là où je t'ai vu pour la dernière fois. J'ai ouvert cette porte…

Elle pointa le doigt sur un cagibi sous l'escalier.

— … et j'ai fait promettre à mon petit garçon de ne pas faire de bruit jusqu'à mon retour. Puis j'ai fermé la porte et je ne t'ai plus revu depuis.

Étourdi, Wilde se sentait au bord du malaise.

— Je ne peux pas te donner de noms. Ni de détails. Comme avec tes sœurs. Je m'y suis engagée pour qu'ils puissent organiser cette rencontre. Nous n'avons pas beaucoup de temps. J'ai peur qu'en entendant mon histoire, tu en viennes à me haïr. Je ne t'en voudrai pas. Mais le moment est venu de te dire la vérité.

Il n'osait pas bouger. C'était comme un rêve… On sait qu'on est en train de rêver, mais on n'a pas envie de se réveiller.

— Dans mon adolescence, j'ai attiré l'attention d'un horrible individu. Un dangereux psychopathe issu d'une famille de criminels. Il était obsédé par moi, et quand un homme comme lui décide que vous êtes sa chose, soit on acquiesce, soit on meurt. Il n'y a pas d'autre choix.

Son regard se posa sur l'escalier. Wilde n'avait toujours pas bougé.

— Tu dois te demander pourquoi mes parents ne m'ont pas aidée. Mon père était mort, et ma mère, eh bien, elle a accepté la situation. Je ne vais pas m'attarder sur mon enfance. Il suffit de dire que je n'avais personne vers qui me tourner. J'étais prise au piège. Ce monstre m'a fait vivre un enfer. J'ai essayé de fuguer une ou deux fois. Ça a été pire. J'étais retenue prisonnière dans cette immense propriété avec trois générations de mafieux : ses grands-parents, son père, ses deux frères. Tous parrains du crime organisé.

Sofia continuait à fixer l'escalier.

— Ils avaient un four au fond du jardin. Quand j'ai eu dix-huit ans, cet homme m'a conduite là-bas et m'a montré les cendres. C'était là, m'a-t-il dit, que son grand-père se débarrassait des corps. Il a cessé de les brûler parce que sa grand-mère s'était plainte de l'odeur. Mais le four fonctionnait toujours. Et si j'essayais de le quitter, il m'enchaînerait à ce four, le mettrait sur minimum et repasserait deux semaines plus tard. D'ici là, je me serais transformée en cendres aussi.

Elle regarda Wilde droit dans les yeux. Il ouvrit la bouche – sans vraiment savoir que dire –, mais elle secoua la tête.

— Laisse-moi aller jusqu'au bout, OK ?

Il dut acquiescer machinalement.

— Un jour, j'ai rencontré ton père. Peu importe comment ou pourquoi. Je suis tombée amoureuse de lui. J'avais tellement peur. Pour moi. Pour lui. Mais…

Elle souriait maintenant.

— … j'étais trop égoïste pour renoncer à lui. Alors j'ai mené une double vie. Mon Dieu, nous étions si jeunes. Je n'ai rien dit à ton père. J'aurais dû, bien sûr, mais de toute façon il partait faire son service à l'étranger. Ça ne pouvait pas durer, et ce n'était pas grave. Nous avions deux mois devant nous. Il ne m'en fallait pas plus. Après ça, je pouvais rester avec l'autre et vivre de mes souvenirs.

Elle s'interrompit brièvement.

— Ce qu'on peut être bête quand on est jeune. Tu devines la suite.

— Vous êtes tombée enceinte.

— Oui. Je ne l'ai pas dit à ton père. Tu peux le comprendre, ça. Il n'avait rien demandé, lui. Je craignais qu'il ne veuille qu'on se marie, et que l'autre monstre et sa monstrueuse famille ne découvrent la vérité. Ton père était… c'est quelqu'un de solide, mais il ne faisait pas le poids face à ces gens-là. Ni lui ni personne.

— Vous avez donc fait croire à votre bourreau que l'enfant était de lui ?

Sofia hocha la tête.

— Je me disais que c'était la meilleure solution. J'allais rompre avec ton père pour le protéger. Et ce bébé serait une part de lui que je garderais toute ma vie.

Elle eut un sourire triste.

— J'étais encore gamine. Je me racontais des histoires. C'était de la folie, quand j'y repense.

— Et que s'est-il passé ? demanda Wilde.

— J'ai essayé de m'en tenir à mon plan, mais deux ans plus tard, quand il a eu fini son service militaire, ton père est revenu me chercher. Je me suis efforcée de garder mes distances, mais le cœur a ses raisons.

J'ai fini par lui avouer la vérité. Toute la vérité. Je pensais qu'il allait partir en courant, mais non, il a voulu m'emmener. Il était prêt à affronter l'autre. Mais nous n'avions aucune chance. Tu comprends, n'est-ce pas ?

Wilde acquiesça.

— Le FBI cherchait depuis toujours à retourner un proche de cette famille. Mais ils ne trouvaient personne car nous savions tous que la famille le découvrirait un jour ou l'autre. C'était la mort lente assurée. Seulement voilà, ton père et moi étions fous amoureux. J'ai donc décidé de tenter ma chance. J'ai contacté le FBI. Ils m'ont promis de nous mettre tous les deux en sécurité si je leur fournissais plus de renseignements. Ils m'ont renvoyée chez cet homme. J'avais un micro sur moi. J'ai volé des documents. Je leur ai procuré les informations qui leur manquaient. Sauf qu'à un moment donné, ça a très mal tourné.

— Ils se sont aperçus que vous aviez trahi ?

— Pire, répondit Sofia. L'autre a su qu'il n'était pas ton père.

Un lourd silence régnait dans la maison. Au loin, on entendait le vrombissement d'une tondeuse.

— Mais comment ?

— Ils avaient une taupe au FBI.

— Qu'avez-vous fait ?

— J'ai été prévenue, alors j'ai sauté dans ma voiture avec toi et je suis partie. J'ai appelé ton père. Il avait un ami qui pouvait nous prêter sa maison au bord d'un lac. Personne ne nous y trouverait. Du coup, toi et moi, nous nous sommes réfugiés ici. J'avais peur d'appeler le FBI. À cause des fuites. Mais nous connaissions déjà George Kissell à l'époque. Je lui ai téléphoné quand nous sommes arrivés dans cette maison. Il m'a dit de ne pas bouger. C'est ce que j'ai fait. Sauf que l'autre nous a retrouvés en premier. Il a débarqué avec trois de ses hommes. Je l'ai vu se garer là où est George maintenant. Il a cogné à la porte. Il avait un couteau à la main. Il hurlait qu'il…

Sa poitrine se souleva convulsivement.

— … qu'il allait te couper en deux sous mes yeux. J'étais terrifiée, désespérée. Tu n'as pas idée. Je me tenais ici, à cet endroit…

Son regard se voila, comme si elle était en train de revivre la scène.

— … pendant que l'autre cherchait à défoncer la porte. Que pouvais-je faire ? Du coup, je t'ai caché sous l'escalier. Je t'ai dit de ne pas faire de bruit. Mais ça n'a pas suffi. La porte a cédé. Ma seule pensée à ce moment-là était de l'éloigner de toi. Alors j'ai hurlé de toutes mes forces et je suis montée en courant. Il m'a suivie. Tant mieux, me suis-je dit. Je suis entrée dans une chambre et j'ai sauté par la fenêtre. Directement dans la haie. Il fallait que je les attire dehors. Toi, tu étais à l'abri dans ce cagibi. J'ai traversé la rue et foncé dans le bois tout proche. Ils étaient sur mes talons. Il faisait déjà sombre. Je pensais pouvoir les semer… Seulement, ils risquaient de retourner dans la maison et de te trouver. J'ai donc couru en faisant du bruit pour ne pas les perdre. Ça m'était égal qu'ils me rattrapent. Parce que, même s'ils me tuaient, toi, tu serais toujours en vie. Je ne sais pas combien de temps ça a duré, mais ils ont fini par m'attraper.

Wilde se rendit compte qu'il retenait son souffle.

— Cet homme a commencé à me frapper. Il m'a brisé la mâchoire. Je la sens encore craquer de temps en temps. Il voulait savoir où tu étais. Je lui ai dit que tu étais parti devant. Tout, *tout* pour les empêcher de retourner dans la maison. À un moment, j'ai perdu connaissance. Puis ton père et les marshals sont arrivés, et l'autre a pris la fuite avec ses hommes de main. Je me souviens, ton père m'a prise dans ses bras. George Kissell a essayé de l'aider. Ils voulaient me conduire à l'hôpital, mais j'ai dit non… Il fallait que j'aille te retrouver…

Elle donna libre cours à ses larmes.

— Nous t'avons cherché. Mais tu avais disparu. Entre-temps, l'autre a remué ciel et terre pour remettre le grappin sur nous. Les marshals nous ont dit qu'on devait partir.

Elle regarda Wilde, et il sentit son cœur chavirer.

— Les marshals nous ont emmenés. Je me suis laissé faire. On nous a relocalisés sous une fausse identité. Tu connais la suite. Nous avons eu trois filles. C'est là toute l'étrangeté de la condition humaine. On est obligés de continuer à vivre. Que pouvons-nous faire d'autre ?

Ses larmes coulaient à flots maintenant.

— Sauf que j'ai abandonné mon fils. J'aurais dû rester. J'aurais dû fouiller ce bois pendant des semaines, des mois, des années. Mon petit garçon était tout seul, perdu en pleine nature, et j'ai renoncé à le chercher. J'aurais dû…

Wilde fit un pas vers elle en secouant la tête, et elle tomba dans ses bras.

— Tout va bien, chuchota-t-il.

— J'aurais dû te sauver, répétait-elle entre deux sanglots.

— Tout va bien, dit-il en la serrant contre lui.

Puis :

— Tout va bien, maman.

En entendant le mot « maman », Sofia sanglota de plus belle.

43

Oren s'occupait du barbecue, vu que c'était sa grande spécialité. Laila était dans la cuisine. Assis dans des fauteuils en bois, Wilde et Hester contemplaient la forêt depuis le jardin de la maison que Hester et Ira avaient fait construire quarante ans plus tôt.

Hester avait à la main un verre de chablis. Wilde buvait de la bière.

— Comme ça, tu sais tout maintenant, dit-elle.

— Presque tout.

— Parce que ?

— Il y a des failles dans son récit.

— Genre ?

Pendant qu'il parlait avec sa mère, George Kissell avait surgi pour annoncer que leur temps était écoulé. Le danger, déclara-t-il, était encore réel. Wilde n'était pas vraiment convaincu, tout comme il n'était pas convaincu que ses parents n'avaient pas lu ni entendu l'histoire du petit garçon trouvé dans la forêt. En tout cas, ils n'avaient pas réagi.

— Peu importe, répondit-il. Nous avons appris l'essentiel.

— Ta mère t'a abandonné pour te sauver. C'est tout ce qui compte.

Wilde hocha la tête et lui tendit une vieille photo Polaroid. Chaussant ses lunettes, Hester l'examina. Les couleurs sur la photo avaient passé avec les années.

— On dirait une piste de danse le jour d'un mariage.

Wilde acquiesça.

— Silas a trouvé plein de vieilles photos que sa mère gardait au sous-sol. Beaucoup ont été endommagées par l'humidité, mais je les ai toutes regardées. Celle-ci date du début des années 1970.

— OK.

— Vous voyez la fille au fond, à côté de la batterie ?

Hester plissa les yeux.

— Il y a trois filles au fond, à côté de la batterie.

— Celle qui a une robe verte et une queue-de-cheval.

— Ça y est, dit Hester.

Puis :

— Attends, c'est... ?

— Maman, oui.

— Silas savait qui elle était ?

Wilde secoua la tête.

— Il n'avait aucun souvenir d'elle. Ce mariage a dû avoir lieu avant sa naissance.

Hester lui rendit la photo et, fermant les yeux, se tourna vers le soleil.

— On te voit plus souvent ici, non ? observa-t-elle.

Laila sortit avec un grand plat vide qu'Oren s'empressa de remplir de grillades. Une montagne de grillades.

— J'espère que vous avez faim ! cria-t-il.

Se retournant, Hester leur adressa un petit signe de la main.

— On s'est bien débrouillés, toi et moi.

— Au-delà de ce qu'on pouvait espérer, opina Wilde. Je l'aime.

— Je sais.

Hester posa la main sur son bras.

— C'est OK. Il aurait été heureux pour vous deux.

Ils se laissèrent aller en arrière. Fermant les yeux, Wilde prit son courage à deux mains.

— J'ai quelque chose à vous demander.

Il n'eut pas le temps de poursuivre. Derrière lui, Matthew hurla :

— Yo, Wilde, j'y crois pas… Il faut que tu voies ça.

Il accourut, suivi de Sutton qui brandissait son téléphone portable.

— Qu'est-ce qui se passe ? s'enquit Hester.

— C'est la page du fan-club de *L'amour est un champ de bataille*. Ils sont en plein délire. Marnie est devenue une martyre, une sainte presque. Ils ont transformé le box où on a trouvé son corps en une sorte de mausolée. Et Jenn, elle se cherche toujours des excuses, mais beaucoup de gens la soutiennent. Certains disent qu'elle a juste joué le jeu. D'autres la considèrent comme une victime.

— Mais c'est pas ça, le scoop, ajouta Sutton.

Elle tendit son téléphone à Wilde.

— Une seconde, je vais cliquer sur le lien.

Une page Instagram s'afficha à l'écran.

La page Instagram de Peter Bennett.

La dernière fois que Wilde l'avait consultée, il était tombé sur son post suicidaire avec la photo des falaises d'Adiona.

Cette fois, il y avait une vidéo. Elle datait de vingt-deux minutes. En haut à droite, on lisait simplement : « POLYNÉSIE FRANÇAISE ».

Sutton lança la lecture.

Peter Bennett apparut ; il avait une longue barbe hirsute et souriait à la caméra.

— Je suis en vie, les Batailleurs. Maintenant que vous connaissez la vérité, je rentre à la maison.

Le portable de Sutton sonna. La vidéo disparut. Elle reprit son téléphone et, s'éloignant, le colla à son oreille.

— Oui, j'ai vu ça ! s'exclama-t-elle avec excitation. C'est incroyable, hein ? Il est vivant !

Matthew regarda Wilde.

— Qu'en penses-tu ?

— À propos de quoi ?

— Les fans avaient raison ? Peter aurait tout orchestré depuis le début ?

— Je ne sais pas, répondit Wilde sincèrement. Peut-être.

Matthew se tourna vers Hester. Elle haussa les épaules.

— Puisque tu es là, dit Wilde, rassemblant de nouveau son courage, je voudrais vous poser une question à l'un et à l'autre.

Matthew se rapprocha. Hester se redressa sur son fauteuil.

— Laquelle ? dit-elle.

— Ai-je votre permission de demander Laila en mariage ?

Ils sourirent tous les deux.

— Tu as besoin de notre permission ? dit Hester.

— Et de votre bénédiction. C'est que je suis vieux jeu, vous comprenez.

Remerciements

Faisons vite car vous n'avez pas envie de lire un long discours, et je n'ai pas non plus envie d'en écrire un. Je commencerai par mon éditeur Ben Sevier, qui a déjà publié une bonne douzaine de mes livres. Le reste de l'équipe se compose de Michael Pietsch, Wes Miller, Beth de Guzman, Karen Kosztolnyik, Autumn Oliver, Jonathan Valuckas, Matthew Ballast, Brian McLendon, Staci Burt, Andrew Duncan, Alexis Gilbert, Joseph Benincase, Albert Tang, Liz Connor, Flamur Tonuzi, Kristen Lemire, Mari Okuda, Rick Ball, Selina Walker (qui dirige l'équipe au Royaume-Uni), Charlotte Bush, Lisa Erbach Vance (agent hors pair), Diane Discepolo, Charlotte Coben et Anne Armstrong-Coben.

Un merci tout particulier à la Personne que j'oublie de citer et qui pardonne tout. Vous savez qui vous êtes. Vous êtes top. Merci d'exister.

Je voudrais mentionner également Timothy Best, Jeff Eydenberg, David Greiner, George Kissell, Nancy Urban et Marty Vandevoort. Ces gens-là (ou leurs proches) ont contribué généreusement aux œuvres caritatives de mon choix, moyennant quoi leurs noms figurent dans ce roman. Si jamais vous souhaitez participer à votre tour, écrivez à l'adresse giving@harlancoben.com pour plus de renseignements.